路非·著

【典藏版】

7

江山为聘

【上册】

青岛出版集团 | 青岛出版社

图书在版编目（CIP）数据

江山为聘. 上 / 路非著. — 青岛：青岛出版社，2022.8

（凤逆天下：典藏版；7）

ISBN 978-7-5552-9236-4

Ⅰ. ①江⋯ Ⅱ. ①路⋯ Ⅲ. ①言情小说—中国—当代 Ⅳ. ①I247.5

中国版本图书馆CIP数据核字（2022）第026563号

FENG NI TIANXIA〔DIANCANGBAN〕7 JIANGSHAN WEI PIN（SHANG）

书　　名　凤逆天下〔典藏版〕7 江山为聘（上）

作　　者　路　非

出版发行　青岛出版社

社　　址　青岛市崂山区海尔路182号

本社网址　http://www.qdpub.com

邮购电话　18613853563　0532-68068091

责任编辑　龚雅琴

特约编辑　孙红彦

校　　对　耿道川

装帧设计　小　贾

照　　排　孙顾芳

印　　刷　三河市良远印务有限公司

出版日期　2022年8月第1版　2022年8月第1次印刷

开　　本　16开（700mm×980mm）

印　　张　134

字　　数　1668千

书　　号　ISBN 978-7-5552-9236-4

定　　价　260.00元（全8册）

编校印装质量、盗版监督服务电话　4006532017　0532-68068050

目录

【上册】

目录

【下册】

第一章
大破杀境

阿萨雷和吉克等人已经互相搀扶着慢慢地聚集在她的四周。

凰北月抬起眸子，看着这一张张熟悉的年轻脸庞，忍不住感慨地说："我回来了。"

众人沉默了一会儿，看着她。

她不在意地摸摸自己的脸，道："皮囊只是假象而已，不管长什么样，美或丑，我都是我。"

"王……"阿萨雷犹豫了一下，道，"还是这样的您最好，我们看着舒服。"

"哦？"凰北月笑了，有些好奇地道，"为何？难道我以前不好看吗？"

"现在这个样子独一无二。"阿萨雷郑重地说，"您就是您，是遮夜之王，不是北月郡主，也不是红莲。"

凰北月一怔，然后单手撑着下巴缓缓地笑了。其实不管变成什么样子，她都无所谓，不过，之前的面孔确实有点儿麻烦，像很多人也不是好事。

"以后，我就叫月夜，或者戏大。"

众人闻言，一起看向她，脸上都是轻松的表情，好像身上的伤也都好了，恨不得点一堆篝火围着跳舞。

接下来的时间，谁也没有浪费，大家很有默契地养伤、巡逻。

凰北月则抓紧时间调理身体。

谁也不知道，她还有很多事情没有做完，想到风连翼和魔的失踪，她的心就没有办法平静。可是，她不能冲动，重塑的灵体并非一开始就能与魂魄融合得很好，就像刚做了心脏移植手术的人需要调养一段时间，确定不会排斥才算成功。

从只是魂魄到拥有肉身，这其间的艰难，只有她自己知道。所以，这一次的机会，她一定会好好珍惜。两次重生，三世为人，她不一定每次都这么幸运，一切都要小心!

先前她一直强撑着，如果不是昀离要伤害红烛，千钧一发之际，她强迫自己提前醒过来，恐怕还要沉睡一天。

魂魄和肉体的融合说简单也简单，说难其实真的很难，逆天的事情，向来不会轻轻松松就让你称心如意。

不知道过了多久，当凰北月缓缓地吐了一口气、慢慢睁开眼睛的时候，原本昏暗的林子里已透进晨曦的光芒。她揉了揉酸痛的额角，感觉到魂魄终于在肉体中平静下来，才彻底放心。

双臂撑在身后微微用力，凰北月站起来，用有知觉的双腿在地上走了几步，踏实的感觉比魂魄的飘荡要舒服许多。

一阵冷风吹来，冰灵幻鸟从树林中飞出，稳稳当当地停在凰北月面前。先前她让它不要跟来别月山庄，而是去调查风连翼和魇的行踪，想必已经有眉目了。

它抬起头打量着这个陌生的少女，翡翠色的眼睛里并没有太多惊讶之色，通过气息，它就可以确认是她。

一贯高傲冰冷的冰灵幻鸟，脸上也没有露出惊讶或高兴的表情，只是淡淡地说："有消息了。"

冰灵幻鸟不愧是和她合作时间最长的灵兽。

凰北月也没有废话，立刻走近冰灵幻鸟，听它在自己耳边低声说了几句，而后她面色凝重地点点头。

"杀境……"凰北月喃喃地念着这个词。

魇没有跟她提起过，不过，这应该是由强大的念力形成的幻术。

"连魇都被困住了，可见那个地方凶险得很。而且，不知道昀离将杀境放在什么地方？"冰灵幻鸟说。

"魇是个强大的对手，风连翼也不简单，这两人都被困在杀境中，昀离对这两人的戒心又很重，所以不会让杀境离自己太远。"凰北月摸着下巴，若有所思地说。

"可是昀离的行踪很难掌握，他的速度太快了，没人跟得上他。"

"想要知道他的行踪倒不难。"凰北月脸上露出冰灵幻鸟熟悉的狡猾笑容。

这时，刚刚去准备食物的红烛走过来，看见冰灵幻鸟回来了，便笑眯眯地说："主人总喜欢留一手的。"

冰灵幻鸟闻言，脸上立刻露出了然的表情。

凰北月看着这两人极有默契的样子，愣了愣，旋即失笑地摇摇头，看来她那有点儿阴的性格还真是众所周知了。

凰北月收起笑容，简单地对冰灵幻鸟和红烛说了几句话，待他俩都皱着眉点头后，两人一鸟才开始吃东西。

凰北月外出行动的时候一贯不喜欢带太多人，因此这次她留下了阿萨雷等人，只带着冰灵幻鸟和红烛匆匆离开。

通往修罗城的路非常长，好在这一路上没有遇到任何阻碍，加上他们全力以赴赶路，所以半天时间就接近了目的地。

凰北月驾驭着冰灵幻鸟，隐藏好气息，在树林中慢慢地飞着，闭了一下眼睛再睁开，然后低声说："就在附近了！"

昀离带走小狐狸的时候，她来不及救小狐狸，但将自己的一点儿元气放在了小狐狸身上。淡淡的一丝元气，昀离不会注意，却能让她一路追踪而来。

魔兽的神识范围非常广，可以覆盖一座城市，其间的任何风吹草动都逃不过他们的眼睛。凰北月从冰灵幻鸟的背上跳下来步行，并且让冰灵幻鸟和红烛都回到灵兽空间中。

她一个人的话，隐藏气息十分容易，毕竟这是她没来这个世界之前最拿手的本领——神不知鬼不觉地靠近目标，然后一击必杀。她从未失手过。

树木茂盛，半点儿阳光都没有透进来，地上满是枯叶，厚厚地堆积了一层。凰北月走在上面，却半点儿声音都没有弄出来。

周围除了植物，再没有任何活着的生物，昀离的威压太强大，连蚂蚁都拼命逃走了。

凰北月屏着呼吸，走了十几步才悄悄地换一口气，这种能力是在以前的专业训练中练出来的。她可以在水中长时间闭气，让肺部的运转降到最低程度。在这里，有元气的帮助，更加容易让她成为隐形人。

她悄无声息地靠近那股越来越强大的威压，随着距离缩短，那股威压在心脏上造成的压力也是不小。不过，对她这种心理素质超级强大的人来说，影响不太大就是了。

咕咚……咕咚……竟是流水的声音，一丝淡淡的雾气从林子里飘了出来。

凰北月凝眉想了一下，根据她对周围地形的了解，附近应该有一个温泉。她不会正巧撞见昀离在洗澡吧？那就更好办事了！

凰北月一边想着，一边加快脚步，终于在温热的水雾中停了下来。

透过朦朦胧胧的水汽看过去，饶是她也忍不住倒吸了一口凉气。

面前确实如她猜想的那般是一处温泉，旁边堆着大小不一的石头，石头缝中长出了诡异的黑色灵芝。那些灵芝生长得很快，从小蘑菇状长成花盆大小，前后不过三秒钟时间。

长成的灵芝却以一种肉眼看得见的速度枯萎腐烂下去，慢慢变成黑色浓稠的汁液，顺着石头的缝隙流入温泉池中，原本清澈的池水，此刻却是浓浓的一片黑色。阵阵腐臭夹杂着灵芝特有的香味弥散在空气中，十分刺鼻，熏得人头晕。

凰北月捂住口鼻，皱着眉继续看着。

温泉池中，一个人慢慢地抬起一条修长的手臂，攀住池边的一块石头，然后一个头颅从水中浮了上来。

那人动作很慢，用力攀着，过了很长时间，半个身子才趴在石头上。然后，那人像是耗尽了力气，就那样趴在石头上喘着气，一动也不动。

他的背上有许多伤口，像是被火焰灼伤的，没有结痂，全都流着血。伤口仍在逐渐扩大，翻开的皮肉里面，隐约可以看见筋骨在动。

谁有能力对入魔之后的昀离造成这么大的伤害？凰北月不敢相信地怔怔看着。

他凌乱的头发被水浸湿了，如同一块破掉的上好绸缎披散在背上。泡在被黑色灵芝浸染的水中，似乎对他的伤口很有好处，至少没有造成让他不能忍受的痛苦。

他一直背对着凰北月，凰北月却依然能够一眼就看出此刻的他很虚弱。

昀离在温泉附近扫视了一遍，发现小狐狸就蹲在他身前不远处的一块石头上。小狐狸怯怯地看着皆是水的四周，不知道该从哪里离开。

昀离慢慢地动了一下，抬起头看着小狐狸，轻轻启唇，道："说话呀！"

小狐狸害怕地看着他，往后退了一步，差点儿掉进水中，吓得它连忙停止了移动。

昀离道："你一句话也不肯跟我说了吗？"

小狐狸一脸茫然之色，根本不明白他说的是什么意思。

凰北月却在听到他的话时，心中微微动了一下，有些不忍地别开了目光。

昀离喃喃地说："我这样很恐怖，是不是吓到你了？"

小狐狸还是很茫然。

昀离说："我不想一个人孤独太久，所以想找你做做伴。"

凰北月没有想到，成为魔兽的昀离会有这样孤独的一面，是不是所有魔兽都这样？昀离，强大如你，也会这样无奈吗？

凰北月不愿意继续被这样的情绪左右，忽然放开捂住口鼻的手，深深地吸了一口带着刺鼻味道的空气。

凰北月一呼吸，昀离立刻察觉到有人在附近。昀离先是诧异在他神识的覆盖范围内竟然有人能够靠近他，看来此人绝非泛泛之辈。然后，他才凭借着那丝被故意泄漏出来的气息，判断出了来者是何人。

昀离血红的双眸冷冷地转过去，一把大刀却已经没有任何预兆地朝他当头砍下来，速度快到连他都感到震惊。

他的一只手在水面轻轻一拍，巨大的水柱瞬间冲天而起，在接触到刀刃的那一瞬间冻结成冰，成功地将雪影战刀冻结在了寒冰中。

凰北月皱着眉，双手用力将冰破开。

昀离的身体也离开了水中，一袭黑袍轻轻掠过，松松地披在了他的身上。

“又是你。”昀离诡异的红色眼眸在看见那张清丽的脸庞时眯了起来。

“又是我。”一击未中，凰北月并没有立刻进行第二次攻击，只是抬起头迎视着他的目光，嘴角微扬。

既然她第一次在他毫无防备的情况下袭击都伤不到他，那么第二次在他眼皮子底下，就更别妄想了。她一向聪明，不会做没头没脑的无谓冲杀。

“为了它吗？”昀离轻轻拂袖，小狐狸已经到了手中，被他无情地抓在手里。

小狐狸害怕地挣扎着，冰蓝色的眼睛抬起来，向凰北月求救。

凰北月只能无奈地看了它一眼，轻轻叹了一口气，道：“它是一只好狐狸，你如果好好待它，它一定会陪着你，为你排遣寂寞。”

像是被凰北月说中了什么，昀离身上陡然聚起了杀气，道：“你不为了它，那是为了什么而来？”

凰北月清丽的小脸上露出一点儿神秘的笑容。她没有直接回答昀离的问题，而是用实际行动说明了她这次来的目的。

凰北月忽然抬起手，黑色的元气在手中一闪而过，然后，周围的空间似乎出现了一丝涟漪，而涟漪的中心就是她。

“想逃？”昀离冷哼一声，几乎是不屑地看着她那点儿伎俩，从宽大的衣袖下抬起一只手，冲着凰北月的方向凌空一抓，空间骤然扭曲。

凰北月站立的地方忽然陷落，整个人也被扭曲的空间束缚住了。

原来是这样！凰北月脸上虽有微微的惊讶之色，那双清澈的眸子却是一弯。他还来不及看清她眼中的情绪，扭曲的空间便一下子将她带离了这个地方。

昀离一怔。那个人类为何会笑？被摄进杀境中，只有死路一条，可她不仅不害怕，竟然还笑了！难道她来这里，就是为了被他摄进杀境中吗？

凰北月只感觉一阵晕眩，眼前一黑，狂风便在她的身体周围刮了起来。

突然，刺眼的光线从天空中射下来，她抬手在眼前一挡，便见天空中出现了一道道裂缝，汩汩的鲜血从裂缝中流出来，全部流向一处悬崖。

狂风阵阵，夹杂着鲜血的腥气，令人作呕。

凰北月站在悬崖边，只要稍稍往前一步，就会坠入万丈深渊。她的衣摆随风飞扬，用丝带绑住的头发也被吹散了。

凰北月看着周围的一切，除了觉得震惊，再也没有别的情绪。

就算知道这是幻境，她还是被眼前这一幕震撼到了。

红烛跟她说过杀境是幻境，也是魔兽内心邪恶的凝聚，魔兽越凶残狠厉，杀境之中就越危险。她看着四周恍若刀子一样的裂缝，就知道昀离有多么危险。

凰北月紧紧地抿着唇，慢慢地后退一步，真怕一不小心就被风卷到悬崖下面去。在幻境中，她可不敢期待会有奇迹发生。

红烛说在幻境中的时限只有三天，如果三天之内没办法出去，她便会被幻境吞噬化成血水，从天空流入无底的悬崖。

风连翼和魇已经进入幻境两天了，所以，她只剩下一天时间带他们出去。当务之急，还是先找到他们吧！

从悬崖边慢慢离开，悬崖后面是嶙峋的石山，一座又一座。光线昏暗，但一切都能看清楚。凰北月一边慢慢走，一边用感知力在附近搜索。

风太大，灵魂的感知力被严重干扰，凰北月不禁皱眉。她一眼望去，幻境里的空间似乎是无边无际的，难道要每个地方都去找一遍？

她正在担心的时候，忽然一座石山后面传来骂骂咧咧的声音，听起来十分耳熟。

“都是你，乱提什么意见？差点儿害死我！哼！你一在我旁边，我就倒霉，离我远一点儿！”

凰北月似笑非笑地看向前面，只见两个身影一前一后从狂风中走了过来。走在前面那人穿一身让人无法忽视的夭红色衣裳，红衣中透出来的气息和周围的狂风一样邪冷疏狂。后面一人则白衣如雪，即便风再大、天再暗，那一抹白色也如同飞雪中飘落的花瓣，淡雅幽冷。

两人都略显疲惫，除了刚才那句欠抽的话，没有人再说话。

察觉到杀境中忽然多出一个人，两人同时抬眸朝凰北月看过来。

红衣男子的面孔真是妖孽到了极点，即使带着疲惫之色，稍微蹙眉，也有种令人心碎的魅惑感。

“哪里跑来的丫头？”

凰北月瞥了他一眼，微笑的样子让魇怔了一下。

她的一颦一笑，一个细微的眼神波动，全都落入风连翼的眼中。风连翼心里一动，忽然激动得不能自抑，情不自禁地朝她走过来。

嘴唇微微一张，风连翼刚想说话，忽然，一道疾风如刀刃般从他们中间掠过。

杀境中主宰一切的疾风杀伤力太大，强大的气势让三人都不敢怠慢，他们不约而同地向后退开。

凰北月身子一旋，飞身上了一座石山，冷眸一扫，看见风连翼和魇也上了一座石山。

周围的风骤然狂暴地呼啸起来。

魇皱眉道：“那家伙突然疯了不成？”

他说完，便转眼看向对面一身黑衣、气质冷酷的少女，压低了声音问身后的风连翼：“有没有觉得她很像一个人？”

“不像。”风连翼斩钉截铁地说。

魇一怔，道：“我都没说像谁，你怎么知道不像？”

风连翼往前走了一步，淡紫色的眸子深深地看着凰北月：“因为那就是她！”

一阵狂风吹来，将他的声音吹得七零八落。

魇大声问：“你说什么？”

魇没有等到回答，便见风连翼足尖一点，离开了这座石山，朝着那少女急速而去。

疾风如刀，道道凌厉凶残。

风连翼天生就能操控任何风元素，可唯独对这些疾风束手无策。不过，纵使他操控不了它们，而它们想伤他也不容易，否则，他和魇早已死过上百次了。

昀离没有动手，是因为知道这样做很费力气，不如将他们困在杀境中三天，等着他们直接化为血水。

凰北月看着那道白色身影离自己越来越近，嘴角微微一扬。她没有在原地等待，身子一晃，踏着凛冽的狂风扑向风连翼。

风连翼看着凰北月这番太快太粗蛮的举动，苦笑着张开手臂，让她重重地撞进了自己怀中。风连翼摇头苦笑。这种霸气的表达情感的方式，天底下恐怕只有她一个人会吧？

耳边听得他一声闷哼，凰北月这才露出大大的笑脸，低声说：“不好意思，刚脱离了魂魄状态，还掌握不好力度。”

她都这么说了，吃了闷亏的风连翼还能如何？脱离了小狐狸身体中的封印，她其实才是比狐狸还要狡猾的家伙啊！

"不疼，一点儿都不疼。"能够让她这样在身边撒娇，他即便立刻死去都甘愿，这一点儿痛又算得了什么？

狂风肆虐的半空中，两个人紧紧相拥。身体灵活地避开所有袭来的疾风，而后落在地上，一闪身，两人便躲到了一座石山之后。

石山上，看着这一幕的魇忽然间明白了什么，猛地往前一步，又忽然停住。

他心中沉甸甸的，像压着千钧巨石。为什么每次第一眼就认出她的人都不是他呢？他那么了解她，那么喜欢她，却一次又一次地错过她……

魇心里忽然难受得要死，压抑着想要过去的冲动，抿着唇，默默地站在原地。

石山后面的两人经历了种种坎坷终于重逢，却不需要千言万语来互诉衷肠，听到对方低低的一声笑，便什么都明白了——他等得很辛苦，她寻得也很辛苦。

凰北月与风连翼相视一笑后，便说："杀境是昀离的幻术。但凡强大的幻术，都需要依靠媒介来实施，只要破坏了媒介，幻术便能破除。"

生死攸关，他们没有时间浪费，凰北月一开口便将知道的重点说了出来。

"媒介？"风连翼闻言，立刻抬起头看向流出浓浓鲜血的天空。

凰北月微笑着点头，道："你跟我想的一样。"

"哼！"两人正说着，魇踱着步子走过来，有些不屑地嘲笑了一声。

这熟悉的声音让凰北月紧绷的心微微放松了些。她微笑着回过头，道："魇阁下有何赐教？"

"既然知道要向本大人讨教，还不快点儿过来给本大人捶腿捏肩？"

"死到临头你还要享受？"凰北月笑着摇头。

她对魇的脾气再熟悉不过，以前两个人斗嘴，魇从来没有赢过她，现在又怎么赢得了她？与敌之争，攻心为上，她永远都能找到敌人的要害所在。

魇哼了一声，道："死不死都无所谓了。就算让你知道媒介是什么，你身在杀境中，能找到办法毁掉那媒介吗？"

"办法是可以想的。"

"不是我笑话你，你若能轻而易举破掉杀境，岂不是显得我们很没用？"他们在杀境中可是已经待了两天了。

"那你的意思是，我们三个人要一起死在这里了？"凰北月眯了眯眸子，道。

"无所谓，反正我活够了。"魇毫不在乎地说。

"你是无所谓，可我跟你不一样。"凰北月说完，抬起头看着满是裂缝的诡异天空。这片天空就像是伤痕累累的肌肤，而周围的疾风就如同伤口造成时痛苦的低呼一样。

她脑海中闪过昀离泡在黑色灵芝水中的画面，他那满是伤口的背部与这片天空如此相像，再加上风连翼在杀境中待了两天的观察所得与她所想吻合，应该就是了。

昀离真是可怕，竟然以自己为媒介创造出如此强大的杀境，让自己承受那样巨大的痛苦。他是不想太快地失去自我，才用伤口的疼痛时时保持头脑清醒吧？

魇凝视着那张沉思的秀丽面孔，目光有些深邃。片刻后，他道："就算知道杀境的媒介是昀离本人，你现在身处杀境中，又能怎么办？"

凰北月一愣，略微迟疑了一下，便双手合十，结了一个印出来。随即，她闭上眼睛，片刻之后，却又皱着眉睁开眼。

"嘿嘿，在杀境里，无论怎样都是和外界联系不上的。"魇笑眯眯地说。

确实，就算通过万兽无疆，她也无法连通外界。

看着凰北月皱眉的样子，风连翼微微笑着说："没关系，先找个地方坐下，再慢慢想吧！"不管身处多么危险的境地，他永远都是这样从容不迫。

只剩下不到一天的时间了，如果还不能从这里出去，他和魇都会死。

凰北月抿了抿唇，什么都没有说，心中却难免生出一股焦急的情绪。

三个人在悬崖边坐下，迎着狂风，默默地看着天空中逐渐扩大的裂缝。

"昀离那家伙够狠的呀！没有什么东西比他本人作为媒介更强大，这样的杀境才是万无一失啊！"

听着魇的笑言，凰北月不禁开口问："你当初制造杀境，是用什么为媒介？"

"害死谨儿的人。"魇不咸不淡地说。

凰北月微微一怔，若有所思地看向他。

魇魅惑地一笑，一瞬间颠倒众生："就是你爷爷。"

"他和我一点儿关系都没有。"凰北月冷冷地说。那是北月郡主的爷爷，跟她半分关系都没有。

魇一寻思，随即点点头，心里一阵轻松，半开玩笑地说："那家伙的本体实在太弱了，不管我用多少灵丹妙药维持他的灵体不坏都没用，若不是这样，我早就杀了轩辕问天，何至于被他封印？"

魇撇着嘴，想起当年一战，还愤愤不平。

"小肚鸡肠的男人。"凰北月摇着头说。

“阴险狡诈的女人。”魇反唇相讥。

二人对视了一眼，冷冷的，淡淡的，却像有无数火花被激撞出来。

看着两个人斗嘴，跟小孩子一样，风连翼无奈地叹息。

突然，风连翼抬手一指天空：“看那边，有些不对劲。”

凰北月和魇这才将目光从对方身上移开，顺着风连翼的手指看向天空。只见其中一道巨大的裂缝汩汩流着鲜血，此刻好像被什么东西划开了，骤然扩大开来。

凰北月猛然站起来，轻笑一声，道：“来了！”

“你留了谁在外面？”风连翼看见她脸上露出一抹狡黠的笑容，笑着问道。

凰北月嘿嘿一笑，道：“来之前，我让红烛顺道去修罗城找厉邪，告诉他，你被昀离困在这里了。”

风连翼无奈地道：“找他来也是个大麻烦啊！”

“能出去再说。”

凰北月往前跨了一步，站在悬崖的最边缘，手中慢慢凝聚起了黑色元气，原本乌黑的发丝逐渐被耀眼的火红色取代。

看着这熟悉的红发，风连翼脸上的笑意变得更加温柔。

魇则冷哼一声，偏过头，道：“果然是个狡猾的丫头！”

杀境之外，冰火两道庞大的元气猛地席卷了整片森林。顷刻间，原本郁郁葱葱的森林寸草不生，树木花草全部化为灰烬。

轰隆一声巨响，一个足球场那么大的深坑出现了，随即火光飞闪而过，漫天的水汽将深坑笼罩起来。待水汽逐渐消散，一黑一白两个人影露了出来。

“果然是超级别的魔兽战斗，这气势太可怕了！”红烛潜伏在远处的一棵树上，看着眼前战斗的场面，不禁吃了一惊，喃喃地道。

随即，红烛看向那个一身黑色、发丝狂舞的男子。他制造的幻境在什么地方？厉邪出马，真的能破除杀境吗？

据她所知，除了杀掉幻境的媒介，根本不可能破除杀境。难道要杀了昀离？以厉邪的能力，虽然短短几招就已经展现出了他可怕的实力，但红烛心里很清楚，他想要杀掉昀离几乎是不可能的。

到目前为止，她还不清楚凰北月的计划，因此只能在远处默默地观战，不敢有所动作。

厉邪与昀离面对面站着，相隔不过数十丈，二人身上散发出的强大气息却让整片森林都寂静无声，任何灵兽都不敢靠近。

银白色的发丝凌乱地在眼前飞舞，淡紫色的眸子微微抬起，厉邪看向那个从一开始就淡定从容的黑袍男子。

没想到一年不见，昀离的实力竟然强大到如此深不可测的地步。比起以前，这种恐怖的实力，怕是翻了无数倍吧？

昀离身上散发出来的气息，让厉邪隐约觉得有几分熟悉。

厉邪不动声色地想着，忽然面色一凝，是他？

不，这气息不是他！当年引起天下大乱的魔兽也有这样恐怖的气息，昀离的气息和那魔兽的气息几乎一模一样，但他似乎比魔兽还要强上几分。

“灵尊阁下，我只为修罗王而来，只要你放了陛下，修罗城和你自然两不相欠。”厉邪心中波涛汹涌，声音却依旧平静无波。

闻言，昀离轻轻抬眸，那双血红色的妖异眼眸比之前更加邪恶，越发加深了厉邪心中的疑惑。

“修罗王？”昀离淡淡地说，“不肯断情绝爱，叫什么修罗王？”

“这是修罗城的事情，不劳阁下费心。”

“想要他活命，用天夔来换。”

厉邪一怔，随即皱眉道：“地狱魔兽乃修罗城四大魔兽，轻易不出修罗城。”

“他不出来，那我去抓他出来。”

“阁下言下之意，是要和修罗城为敌吗？”厉邪怒道。

“是又如何？”区区一个修罗城，在他眼中算得了什么？

见对方如此不将修罗城放在眼里，厉邪心中苦笑：若是陛下肯断情绝爱，昀离也会对修罗城忌惮三分，可是现在……

厉邪没有多说，只是举起了手中的剑，以行动来表明自己的态度。

昀离轻轻地拢起衣袖，将小狐狸塞到宽袖之中，然后冷冷地道：“你也想进杀境？”

厉邪沉着脸，雪白的衣袍无风自鼓。他忽然跃起，左手中的剑朝着昀离当头斩落而下。

铿！昀离抬起手，修长的手指竟然凭空抓住了厉邪的剑尖。

厉邪心中骇然，剑上的元气忽然暴涨，凌厉的劲风朝着昀离的胸口射去。

昀离微微侧身，躲过那道劲风，抓住剑尖的手微微用力，将厉邪掼倒在了地上。

身子一缩，厉邪闪身来到昀离身后，右手的折扇忽然打开，扇子边缘闪过锋利的寒芒，狠狠地划过昀离的背。

昀离怒而转身，左手一根手指的指端射出一条细鞭，向后一甩，只听厉邪闷哼一声，向后跌出去。

然而，被惹怒的昀离哪会那么容易就放过他？眨眼间，他左手的五根手指都射出细鞭，一条条细鞭之上燃着红色的火焰，几乎将周围的空气都燃烧起来。

厉邪皱眉，一头银发飞舞起来，如藤蔓一样将朝自己甩过来的五条细鞭都缠住了。

昀离眼睛也不眨一下，丝丝火元气顺着厉邪的发丝，如蝗虫过境般燃烧过去。

厉邪目光一寒，立刻举剑将燃烧起来的银发斩断。

然而，就在厉邪的发丝落地的一瞬间，那五条细鞭猛地朝他抽过来。他身上的风元气骤然暴涨，形成一个防护罩护住自己的身体，面色却变得苍白。

"噗……"厉邪一张嘴，喷出一口鲜血。

紧接着，厉邪双手成爪，手指上有寒光凌厉地闪过，抓住那五条细鞭。他大喝一声，狠狠地将鞭子扯断。失去了细鞭的束缚，厉邪立刻远远地退开，擦着嘴角的血迹，冷冷地看着面无表情的昀离。

昀离后背的伤口正在慢慢扩大，鲜血染红了衣裳，他的目光也越来越暗。然而，怒火一旦被点燃，就一发不可收拾，他不想下杀手，却有人一而再、再而三地挑衅，那就别怪他不客气了。

五条细鞭如同有生命一般，齐刷刷地钻进了他的指尖，消失不见。与此同时，昀离宽大的衣袖陡然鼓了起来，恐怖的暗红色光芒灼灼闪耀。

光芒中强大的能量形成狂风，凌厉地扫过厉邪的脸庞。他面上满是震惊之色，来不及躲闪，脸上和身上已经被那暗红色的光芒割出数道恐怖的伤口。

眼睛里露出骇然之色，厉邪再也不敢小觑对方。扇子突然离手，在空中变幻成巨大的屏障，挡住了来势汹汹的暗红色光芒。然而，只是一瞬间，扇子的表面便出现了一道又一道裂缝，根本挡不住。

照这样下去，他今天必定会惨败于此。魔兽不会死，却免不了重伤。

"糟糕！这暗红色光芒的力量太强大，连厉邪都拦不住他。"远处的树上，红烛看着这番战斗场面，担忧地道。

红烛暗暗焦急，要是连厉邪都败了，还有谁能拖住昀离呢？

就在红烛焦急不已、厉邪苦苦支撑的时候，谁也没有注意到一脸淡漠的昀离，忽然微微一眯血红色的眼睛，一丝痛苦之色在他波澜不惊的眼眸中扩散成巨大的涟漪。

面色变了变，他微微启唇，喃喃地道："怎么可能？"

他俊美的脸上满是匪夷所思之色，既惊疑，又带着愤怒和痛苦。

没有人看见他背上的伤口正在快速扩大，鲜血流出来的速度也越来越快，直到最后，一道血柱直接喷涌而出。昀离忍不住闷哼一声，嘴角缓缓流出一抹血。

突然，被暗红色光芒充斥的空间扭曲了一下，肉眼可见的波纹在空气中一荡。与此同时，一道银白色的光芒从荡开的波纹中激射而出。

“剑技！千军银光斩。”

清越的少女声音凭空响起，在这片被震荡的空间中如浪潮般来来回回产生了无数回音。

昀离陡然睁大眼眸，不可置信地看着眼前的一幕。

少女高挑纤细的身形毫无预兆地出现，修长的双腿在空中轻轻一迈就到了昀离眼前。雪白的战刀还保持着斩落的姿势，刀光刺目耀眼，与她的红色头发交相辉映。

是她！怎么可能有人从杀境中逃出来？可是这个少女真的出来了。尽管他不相信，但亲眼所见，又不得不信。

昀离的身子飞快地一闪，躲过那道银白色的光斩。然后，他抬起头，冷冷地看着凰北月。

凰北月轻轻地落在地上，发丝在空中飞旋一圈，缓缓地沉落。她眸若点漆，目光清冷，一瞥眼间，尽是自信洒脱。

雪影战刀轻轻地点在地上，凰北月抬起头，与昀离震惊的目光相对。她淡淡一笑，让他微微失神。

接下来，从那荡开的波纹中，风连翼和魇也先后走出来，毫发无损地站在昀离面前。

这三个人的出现无疑是对昀离的挑衅，说明他苦心制造的杀境被破了。

昀离的目光沉冷，渐渐下移，落在了凰北月握剑的手上。那双纤细的手此刻鲜血淋漓，恐怕她的手臂和身上也有不轻的伤吧？

在杀境中，只要动用元气，就会被反噬。为了与厉邪里应外合破开杀境，这丫头想必动用了庞大的元气，而元气越庞大，被反噬得就越强烈。

此刻，她站在他的面前却像没事人一样，这样的定力和心性，却不像是她这种年纪的丫头该有的。

昀离看着看着，目光不知不觉高深起来，那把熟悉的雪影战刀似乎在提醒他一个差点儿被忽略的事实。

凰北月见风连翼和魇都出来了，终于松了一口气。她偏过头，冲着厉邪微微一笑：“多谢了！”

“哼！”厉邪捂着闷痛的胸口，重重一哼。虽说修罗王平安无事地出来了，但他对这丫头是不会有半句感激的言语的。

被厉邪冷漠对待，凰北月也不在意。她也从来没想过要和厉邪好好相处，这一次合作不过是偶然，更是迫不得已。

眼角的余光看见厉邪走向风连翼，凰北月微微低头，神色恭谨地对风连翼说了几句话。淡漠的脸色微微缓和，风连翼点了点头。

修罗城的事情，她不想过问，也没去听。

看见魇朝自己走过来，凰北月不禁笑了。

那袭鬼魅的红衣一飘就到了凰北月身边。魇抬起尖尖的下巴，血红的眸子里有些妖魅的雾气在流转。

“昀离，你的杀境竟然也有人能破，想不到吧？”

这种幸灾乐祸的口气让凰北月又一次在心里喟叹：他就不能安分一次，不要主动去惹这种不好对付的魔兽吗？

昀离冷冷地说：“少得意！”

魇却故意瞥着他的后背，啧啧地说：“里外结合，想必伤得不轻。”

昀离的面色彻底冷了下来，杀气隐现。很明显，只要魇再说一个挑衅的字，他就要动手了。

“哈哈哈！”魇大笑起来，“杀境被破，你的元气损伤巨大，加上你是以本体为媒介制造幻境，现在内伤加外伤，你确定能打败我们四个？”

昀离目光淡淡地扫过凰北月等四人，不屑地道：“你想试试看吗？”那种嘲弄的语气，证明他完全不将魇放在眼里，“你以为此刻的你能对我产生多大的威胁？”

魇听着这种讥讽的话，眼角微微一抽，道：“动手的人是这个臭丫头，不是我。”

“她又是何人？”昀离将目光转向凰北月。

这个丫头确实从一开始就让他看不透，诡异的实力深不可测，她竟然能从他的杀境中逃出来，足以让人震惊。

魇眯了眯眼睛，笑眯眯地说：“她是万兽无疆的主人。”

忽然被魇推出来做挡箭牌，凰北月在心中暗骂他不讲义气。一会儿要是动手，她怎么可能是昀离的对手？别说现在受了伤，就算没受伤，她也没有把握在昀离的手下全身而退。

她心中隐隐担忧，目光淡淡地扫过四周，脑筋飞快地转着，想着逃跑的路线。

听魇这样说，昀离脸上淡漠的神色忽然消失，取而代之的是一种既愤怒又犹豫的表情。万兽无疆的主人？

“你……”昀离的话还没说完，忽然看见一道银白色的光芒快速落在凰北月身边，银白色的龙慢慢化身成一个娇俏可爱的少女。

“主人！”少女脆生生地喊了一声。正是红烛。

昀离眯着眼睛，脑筋一转，便立刻想明白了。这少女身上有种诡异的黑色元气，那不正是万兽无疆的气息吗？还有这出身皇族的神兽，真是冤家路窄。

目光中的犹豫之色逐渐被一种凶狠邪恶的光芒取代，昀离看着凰北月，笑容诡异地道：“今天先饶了你们，不过……”

他说话的时候，一直用血红色的眼眸狠狠地盯着凰北月的脸，那目光让人浑身汗毛直竖。

凰北月却依旧波澜不惊，嘴角甚至还带着一抹笑意。

昀离饶有兴致地笑了：“你的命，我会来取的。”说完，衣袍微动，昀离整个人和那股强大的威压一瞬间消失得无影无踪。

众人倒吸一口凉气，好可怕的速度！

凰北月的面色却在昀离离开之后变得有几分难看。她拽了一下魇的衣袖，问道：“什么意思？”

魇正准备转身就走，被她一拽，便懒洋洋地说：“由神入魔后，他便与万兽无疆成了死敌。”

“那他刚才为何不杀我？”

“因为他拿不准。”魇将自己的衣袖从凰北月手中扯出来，“他刚刚入魔就被你破了杀境，元气波动之下，对你的实力又不了解，自然有所忌惮。”

凰北月哼了一声，道：“你可以选择不将万兽无疆的事情说出来。”

“不说出来怎么唬住他？”魇生气地瞪了凰北月一眼，“臭丫头，赶快离开这个地方，若是等他缓过神来，就走不了了。”

凰北月也没有真的怪他。她清楚，魇比她知道得多，而且不会害她。她只是习惯性地与他斗斗嘴而已。

凰北月一边说着，一边走到风连翼身边。

“北月郡主的婚礼快要举行，我们打算参加完婚礼就离开。”凰北月笑着道，没有理会厉邪那充满敌意的目光。

风连翼笑着点头，道：“我正有此意。”

一行人不再多说什么，飞快地离开。

转瞬之间，那温泉池安静得如同坟墓一般。

第二章 桃花落情

因为要参加北月郡主的婚礼，各国使臣早已纷纷进入临淮城，不少商贩也乘机带着各种商品而来，准备大赚一笔。另外，还有各国的能人异士来到这里，其中以炼药师和医师为最多。

临淮城比从前热闹了好几倍，大街上每天人头攒动，熙熙攘攘。

皇上非常重视这次婚礼，不仅大赦天下，还命人准备了铜币和银币，只要祝贺郡主大婚的百姓，都能得到红包赏赐。尤其城里在临近婚礼的这几天取消了宵禁，临淮城区张灯结彩，彻夜狂欢，比过年过节还要热闹。

凰北月一向不喜欢热闹，所以只是待在锁月楼中，专心修炼。

重塑灵体之后，她的相貌与从前大不相同，自然没人知道她是谁。驿馆中的人也只是知道经常有个一身黑衣、表情冷酷淡漠的少女前来。由于凰北月并没有刻意隐藏，谈的都是寻常之事，因此大家都猜测她是北曜王的旧友，并没有多想。

这天傍晚，凰北月刚刚修炼完，和魇闹了点儿别扭，便去驿馆找风连翼。

大街上人多，为了方便，凰北月几乎不走正门，总是拣着偏僻无人的后巷走，从后门进入驿馆。

平常，风连翼在驿馆中闲来无事总会抚琴，而且像是知道她什么时候会来，每次她一到，都能听到悠扬的琴声。可是今天，凰北月一直走到风连翼住的院子外都没有听到琴声，不禁觉得有些好奇。

凰北月理了理衣摆，从墙外翻进去，脸不红心不跳，一点儿做贼心虚的感觉都没有。刚翻进去，她便听见有人说话。那声音有几分熟悉，凰北月不禁怔了一下。

“此事有劳了！若是真能治好北月的眼睛，我和父皇都感激不尽。”此人嗓音略显低沉，是战野。

自从上次让他取来千年玄紫灵龟的龟壳后，凰北月就再也没有见过他。凰北月重塑灵体后，相貌变得与以前不一样，有几次想去找他，可是一来不知道见面该怎么说，二来她也不愿意再打扰战野平静的生活，或许让他以为自己从此消失了，再也不会出现，也是好事一件，就像对洛洛那样。

她本以为自己的心够冷，做这种事情早已得心应手，不会觉得难过，可是那天，偶然在大街上看见洛洛策马而过，那个一脸冷峻的尊贵少年忽然让她心里很难受。现在又听到战野的声音，她更觉愧疚和心痛。

凰北月在原地站了一会儿，心绪烦乱，没有听见里面还说了什么。等她抬起头的时候，忽然觉得错愕。战野竟从回廊转过来，正朝着她所在的院子走来。想来他也是为了避开前面大街上的热闹，想从后门离开，却没想到两个人就这么撞见了。

驿馆中清净，除了风连翼带来的守卫，只有两三个侍从在内院伺候，此时送战野出来的人正是风连翼。

两人从小就认识，没有外人在的时候可以轻松地闲谈几句，抛却那些繁复的礼节规矩，倒是相谈甚欢。

凰北月想躲开已经来不及。战野精锐的双眸一眼就看到后院中唯一的一个人。她站在墙角下面，很明显是刚刚翻墙进来的。

凰北月穿了一件月牙白的长袍，精致的领口和袖口上的花纹都是阿丽雅一针一线绣上去的。一条淡蓝色的腰带缠在腰间，她细细的腰身不盈一握。

这件长袍的款式是男款，但阿丽雅有心，刻意做得有些飘逸，让它略显出几分阴柔来。

魇一看这件长袍就很喜欢，可惜阿丽雅不给他，也不愿给他做一件红色的，气得魇今天早上就为这件小事和凰北月闹了别扭。

凰北月也不是省油的灯，为了气他，故意把这件长袍穿在身上，然后大摇大摆地在魇面前晃悠。把他气走之后，她就高兴地穿着出来了。

此刻，她站在这里，华服精美，气质高贵，和以往的形象大不相同。再加上她那张和过去不再相同的面孔，所以战野看到她也是一怔，目光便有些移不开。

这个少女站在风连翼的院子里，也没人阻拦，看样子是经常来，是风连翼的妃子也说不定。

如此失礼地盯着别人的女人，这辈子于他还是第一次。战野不自然地轻咳了一声，便慢慢地将目光移开。

这次，凰北月是故意悄无声息地进来的，因此，风连翼看见她的时候也吃了一惊。

“她是……”

风连翼抬起紫眸，看了凰北月一眼，想从她的表情看看她是不是愿意把身份透露给战野。

她的心思一向难以捉摸，自从回来后，她从未提起过战野，他不确定她的心意，所以一时犹豫，不知道应该怎么介绍才好。

风连翼犹豫着，凰北月却抬起精致的下巴，轻启红唇，笑着说：“在下戏天。”

呼吸陡然一滞，战野移开的目光又闪电般移到了她的身上。他瞳孔紧缩，冷酷的面庞上满是震惊之色。

“戏……”战野轻轻地张开嘴，说出一个字后，忽然发现剩下的话都哽在了喉咙里，无论怎样努力都说不出来，一种酸涩的感觉立刻在心尖蔓延开来。

这个少女镇定地看向他，目光清冷无波，嘴角却带着浅浅的笑意。她虽然冷傲，却让人感到一种安心的力量，这也正是她最独特的地方。

战野怔住了，一句话也说不出来。

看着这样的他，凰北月只好冲风连翼使了一个眼色。

风连翼立刻会意，微微一笑，温和地说：“前面院子里的花开了，不如太子过去坐坐吧？我去沏茶。”

对凰北月，风连翼总是温柔体贴，顺着她、惯着她、宠着她。她想做什么就做什么，他从来不过问，只要她高兴就好。即便是刀山火海，若她想上去，没问题，他陪她到底。

风连翼说完，便微笑着转身离去。

凰北月看着他的背影，心里不禁生出一丝感激和愧疚之感。

不过，战野在这里，不是她胡思乱想的时候。她稍微整理了一下情绪，便笑道：“一起走走吧。”

战野没有说话，转过身，不紧不慢地向前走着。

初春时节，院子里，桃花、梨花压弯了枝头，花瓣随风而落，铺了满地。

踩着细细的花瓣，双脚落地无声，他身后好像根本没有人一样。战野微微蹙眉，忽然转过身，映入眼帘的却是一张笑吟吟的清丽面孔。

凰北月漆黑的眼眸顾盼生辉，鼻梁小巧，嘴唇好像枝头绽放的桃花般新鲜粉嫩，唇角的弧度很柔和，带着一丝笑意，衬着尖尖的下巴，精致而秀美。

“我第一次看见这张脸的时候也觉得很陌生。”凰北月轻轻地抚着自己的脸庞说道。战野沉默，很大程度是因为这张陌生的面孔吧？

“其实你变成什么样，都好。”战野低声说。

凰北月抬头看着他的眼睛，坦诚地说：“多亏你送来的千年玄紫灵龟的龟壳。那天因为有事情，我提前离开了。”

“我知道。”战野难得露出笑容，俊美冷酷的面庞也因为这一抹笑容显出几分柔和之色，“戏天，我们总是没有缘分，这是不是天注定的？”

凰北月一怔，没想到一向冷漠的战野居然会信天注定一说。她轻蹙着眉头，看着战野脸上的笑容慢慢变得苦涩。她张了张口，心里一阵难过，想说些什么，却不知从何说起。

“什么都不用说。”战野轻轻地摇头，抬起手，将散落在凰北月脸颊边的一缕黑发拨开。指尖碰到她的脸，他犹豫了一下，还是忍着心中的渴望将手指移开了。

“我不想看到你难过的样子，可以笑一笑吗？”战野嗓音低沉地道。

凰北月嘴角上扬，努力挤出一个笑容。

战野低声笑出来，心情似乎好了许多。他抬头看着落花纷飞，表情柔和。

“以前，我一直在想，如果我从小就保护北月，照顾北月，我们的结局一定会不一样。”说着，他顿了一下，有些自嘲地笑了，“现在我明白了，就算时间倒流，依然什么都改变不了，我喜欢的那个人一直都离我很远。”

战野一向沉默寡言，性格冷酷，让人难以接近。今天他却一下子说了这么多，让凰北月觉得心里像是堵着什么东西一样，一阵压抑。

战野的背影挺拔修长，像一座高耸的山峰，站在她前面遮风挡雨。此刻在她看来，那身影却显得有几分脆弱和孤独。失去樱夜后，那个坚强的太子战野似乎一下子变得很容易受伤。

凰北月心里微微一动，忽然上前一步，伸出双手从背后抱住战野。

“对不起。”凰北月心中有很多话，最终说出口的，只有这简单的三个字。她觉得很愧疚，可是有些事情不是单纯的愧疚就能弥补的。

战野怔了一下，睫毛一颤，漆黑的眼眸有些发红。他的双手垂在身侧，慢慢握成了拳头。压抑的感情在心中几番徘徊，被他用力压下去，又不安分地跳出来，让他的身子都微微颤抖。

他从小就被当成一国之君培养，喜怒哀乐皆不能表现在脸上，不能让人看出来，那些强烈的感情也只能压在心里，因为一丝一毫的流露都可能影响大局。

父皇说过，他不是一般人，不能有一般人的感情。他听着，并牢牢地记在了心里，不曾放纵自己半分。然而此刻，那压抑的感情却让他觉得如同深陷地狱般痛苦。如果他不是南翼国的太子，不是百姓寄予厚望的未来国君，或许可以放手一搏，为了她而放弃一切。

战野苍白的嘴唇无声地颤抖着，嘴角自嘲的笑容苦涩而艰难。

“我爱上了一个女人，但我不能和她在一起，所以……可不可以请她好好照顾自己？”

额头抵着他的背，凰北月用力地点头。

回廊尽头响起脚步声，端着茶水走过来的风连翼抬起头，落花缤纷中的这一幕恰好落入他的眼中。淡紫色的眼眸有些不自然地黯淡了一下，风连翼顿住脚步，呼吸滞在胸腔，觉得有些窒息。

他一向了解凰北月的随意洒脱。她不拘小节，和阿萨雷、吉克他们勾肩搭背、喝酒说笑也是常有的事情。那些人被她的魅力折服，根本不会在意什么礼仪束缚，高兴就好。可是，看到她抱着战野，侧脸露出那种难过的表情，他心里也觉得一阵酸楚。虽然知道那个拥抱并不代表什么，但他仍不希望她露出那种表情。

只是微微怔了一下，风连翼便抛开所有杂念，继续向前走去，表情平淡，笑容清雅。

听到脚步声，战野这才将凰北月的手从自己腰部拉开，然后向前走了一步，与凰北月拉开一些距离，面对着满树梨花深深地吸了一口气。清淡的梨花香气瞬间盈满鼻端，让他激动的情绪缓缓平复。他到底是从小就习惯了隐忍的人，只是一瞬间，表情便又恢复了平常的冷酷和平静。

风连翼端着茶水走过来，放在花树下的石桌上，请他们过去坐下。

三个人的表情都很平静，他们谈笑自若，气氛很是和谐。

“我刚才进来的时候，听到战野太子说起有关北月郡主的事情，是怎么回事？”凰北月捧着茶杯慢慢喝了一口，笑着问道。

她对北月郡主的事情一向很上心，经常派阿丽雅去长公主府看看，之前那放肆的萧灵也让她不留痕迹地修理过。听说萧灵现在也不敢经常去长公主府当大小姐了，安分了许多，就算去府中，对北月郡主也是恭恭敬敬的。凰北月出马，一次就能彻底将萧灵震慑住。

北月郡主性格柔和宽容，而她凰北月可不是省油的灯。若不是看在方姨娘只有这一个亲女儿的面子上，她早就把萧灵剁了。

战野也清楚凰北月对北月郡主的感情，便说：“父皇对她一直心存愧疚，所以这一次放出皇榜，只要有人能医治好她的眼睛，便赏神器灵丹，封侯爵。”

怪不得临淮城最近出现了那么多能人异士！但北月郡主的眼睛是圣君下咒所

致——以眼还眼，用她的眼睛交换了墨莲的眼睛。

“听说洛洛找到一个药方，只要集齐了药方上的灵药，将丹药炼出来，北月郡主的眼睛就能复明。”风连翼笑着道，然后若有所思地看向凰北月，“看来洛洛少爷对北月郡主很是关心。”

凰北月知道他说这话是想让自己安心，便笑了笑，说：“那么，找你炼药是最合适不过的了。”

七破丹都被他炼制成功了，别的丹药自然不在话下。

当年，在南翼国为质的风连翼和身为首席炼药师的逍遥王走得那么近，也是因为二人同为炼药师，所以彼此更能相谈。当初给她的两颗洗髓丹，也是他亲自炼制的。洗髓丹一下子让东菱和洛洛越级成长，可见他的炼药天赋有多强。

“宋秘离开之后，南翼国便再也没有实力高深的炼药师，父皇很为此事苦恼。我也是擅自做主，来请陛下帮这个忙。”战野说得很客气。

“事关北月郡主，不管怎样我都会尽力。”风连翼对战野点点头，笑着说。

凰北月放下茶杯，道：“战野，她的眼睛不是寻常眼疾，而是圣君的诅咒，以眼还眼，不可逆转，恐怕丹药炼出来也不一定有用。”

“这……”战野怔了一下。她的话无疑是将目前仅有的希望打碎，要是最后真的不成功，父皇恐怕最伤心。

“我去试试吧！”凰北月看着一片桃花瓣落进茶水中，轻轻吸了一口气，抬起头来道。

风连翼微微变了脸色，看着她，却没有开口。

战野眼睛一亮。他知道她的本事，她一向都能创造奇迹。她说试试，那就表示有希望。

“没问题！你什么时候有空？我安排你进长公主府。”

“明天吧！不要告诉她我是谁。”

“我明白。”战野站起来，显然很高兴，“那我先回去，明天早上我去锁月楼接你。”

凰北月点点头，站起来目送战野大步离开。

身后，一只手轻轻握住她的手，风连翼低声说：“你真的有办法吗？”

“先看看再说。”

“月，”风连翼语气沉重地唤了凰北月一声，“你这是何苦呢？以眼还眼不可逆转，你不可能治好她。你究竟想用什么办法？”

“我暂时还没有想到。”凰北月低声说着，慢慢坐下来，回头看着风连翼，

“她看不见是因为我。”

“她现在拥有的一切还不够作为补偿吗？”风连翼激动地说，“为了她，你连洛洛都牺牲了。”

“不要这样说！牺牲洛洛不只是为了她。”胸口微微起伏，凰北月明显也激动起来。

“月……”风连翼无奈地看着她微微泛红的双眼，语气逐渐软下来，“我知道你不想欠任何人，可你……”

凰北月慢慢地将头靠在风连翼的肩膀上：“对不起！可是我每次梦见樱夜，都觉得自己是个罪人。别人都以为犯错的人是北月郡主，她太软弱，不像我这样坚强，所以，只要我能做到，一定要帮她。”

风连翼顺势将凰北月搂进怀中，怜惜地拍着她的背，道：“好，你喜欢做就去做吧！我希望有一天能看到你真正自由、高兴，只为你自己而活。为了这一天，我会帮你的。”

“翼，你为什么这么好呢？”凰北月喃喃地说。

“因为你啊！”风连翼抬起手，宠溺地揉了揉凰北月的头发。

以前总听人说她冷血无情，甚至连魔都说她无情无义，可是，她若真的是个冷血无情的人，他倒觉得好一点儿，至少那样她可以完全属于他。

凰北月抬起头看着风连翼完美无瑕的下颌，手指有意无意地绕着他的发丝。

“可我以前听人说，你是个阴鸷可怕的人，就算不断情绝爱，你也是如修罗一样的人，我怎么没看出来？”凰北月笑眯眯地看着风连翼，道。

风连翼垂下眼眸，潋滟的紫眸中笑意倾城。

“就算我不好，在你面前也要装成好的。”

“啧啧，要是以后我看见你不好的一面，说不定就不喜欢你了。”

紫眸里的笑意更盛，风连翼愉悦地说：“在你面前，我永远不会露出不好的一面。”

“是吗？”凰北月拖长声音，一脸坏笑，道，“以前，不知道是谁差点儿杀了我呢！”

风连翼面色一凝，抱着她的手臂忽然紧紧地收起，沉默下来。

凰北月定定地看着他，纤细的手指慢慢地覆上他的脸颊，柔声说：“那样的你，我都很喜欢，更何况是现在的你呢！”

他沉默片刻。在她深深地看着他，想把他从不好的记忆里拖出来的时候，他却忽然扬唇笑道：“就等着你说这句话呢！”

凰北月一怔，随即握起拳头捶了他一下，敢情他刚才一脸忧伤的样子，只是为了让她说出这句话啊！

“我瞎了眼，真没看出你还有这么坏的一面。”

风连翼心情大好地放声大笑，笑声惊得桃花、梨花纷纷落下，如同初冬的细雪，落地无声。

这个时候的风连翼在想：只要这样就足够了，她可以偶尔娇嗔、撒娇，腻在他怀中像小孩一样，即便每次都只有很短暂的时间。等到她将一切都放下的那天，她就完完全全只属于他一个人了。

他却没有想到，就连这样短暂的美好时光也会被打破。

回到锁月楼，凰北月整个晚上都在翻阅典籍，寻找以眼还眼的诅咒。天快亮了，她还没有休息。

消失了一个晚上的魇，也在天蒙蒙亮的时候回来了。魇看见凰北月房间里的灯亮着，便径直推门进来。

凰北月看见他，也不去想昨天赌气的事情，连忙让他过来坐下，将一个晚上整理出来的结果拿给他看。

魇虽然还在生气，可是看见她这副样子，也不好发脾气，目光从那些书卷上扫过，便随手推开："都没用！"

凰北月见一整个晚上的心血都泡汤了，精神一下子萎靡下来，肩膀耷拉着，疲惫地趴在桌子上。

“不可能没有办法的。”她喃喃地说。

魇沉默地坐着，似乎没什么想说的。

凰北月抬起头，看着他，道："昨天晚上你去哪里了？"

“光耀殿。”

“你去光耀殿干什么？”凰北月坐起来，隐约觉得这样沉默的魇有些不对劲儿。

“墨莲回去了。”魇低声说，“孟祁天自然是新的圣君。你知道新的红莲是谁吗？”

“谁？”凰北月心里隐约有种不好的预感。

魇道："是千代冬儿。"

“她？”凰北月大吃一惊，睡意全消，站起来在屋子里走了一圈，转回来问道，“她和孟祁天并没有什么交集，为什么会……成为光耀殿的红莲有什么好处吗？”

“实力提升，光耀殿有无数资源可以利用，好处多着呢！”魇淡淡地说。

“这些只是表面。以千代冬儿的性格，我很好奇孟祁天是怎么说动她的？”凰北月坐下来，声音中透着疲惫。

凰北月只觉太阳穴突突直跳，心跳和脉搏也有些不正常，是昨晚没有休息的缘故吧？

“连你都说孟祁天很聪明，这有什么奇怪的？”魇无所谓地耸耸肩，倒了一杯冷掉的茶水喝下，苦涩的味道让他皱了一下眉。

“现在光耀殿在大陆上是什么地位？成为光耀殿新一任红莲，就等于和整个卡尔塔大陆背道而驰。”

魇听着她苍凉的话，怔了一下，抬起头，问：“也包括和你背道而驰？”

凰北月点点头，道：“不管孟祁天最后会把光耀殿带向何方，千代冬儿答应的时候，恐怕已经很清楚自己以后要走的路。”

“你之前不能保护她，她只能自己寻求保护了。”魇凉凉地说，“臭丫头，不要怪别人没有心，现实所迫，这世道就是这样。”

“你安慰我的时候，就不能说点儿好听的话吗？”凰北月轻轻地瞥了他一眼，没好气地笑道。

“干吗把好话说给没良心的人听？”魇轻哼一声，明显还记着那件长袍的仇。

他果然是个小肚鸡肠的男人啊！

凰北月不想在这个问题上多纠结，很快就转移了话题，谈了一阵后，还是回到了医治北月郡主眼睛的问题上。

在魇看来，以眼还眼确实没有办法逆转。他对光耀殿的禁术知之甚少，只能选择无奈。

这样的话，还得凰北月亲自去光耀殿走一趟，或者和孟祁天见一面。

眼看着天就大亮了，想起还要去长公主府，凰北月便稍微休息了两个时辰。

战野亲自来接她，在路上简单交代了一下她的身份：戏天，一个隐姓埋名的炼药师，从不在卡尔塔大陆上行走，这一次是机缘巧合之下被战野请来的。

她的外貌看起来只有十七八岁，清丽脱俗。为免被人质疑身份，战野告诉长公主府和布吉尔家族的人，她已经一百多岁了，只是身为炼药师，保养得当。

听了这话，凰北月一路上笑个不停。以前，她觉得战野太冷酷，没有幽默细胞，现在才觉得人不可貌相这句话说得对极了。

凰北月走在昔日居住的长公主府，只觉一切都很熟悉。这几年府邸虽然不断修葺，但所有摆设都原封未动。

因为皇上要怀念故人，不愿意看见时光流逝留下的痕迹，因为那样会提醒他，皇姐已经离开很久了。说起来，皇上是凰北月见过的人中最固执的一个了。

两人在走廊上遇见匆匆走来的洛洛。洛洛也看见了战野，大步走过来笑着说了几句话，却对凰北月完全陌生。

这个昔日对凰北月满目崇拜的少年，似乎一下子长大了许多，沉稳、俊朗，身上隐隐有种大权在握的气势。

“有劳阁下了。若是能治好郡主的眼睛，布吉尔家族愿意答应阁下的任何条件。”洛洛诚恳地道。

听到“戏天”这个名字，洛洛英俊的脸上也没有任何不自然的表情，看来吱吱真是做得滴水不漏。

凰北月点点头，不多说话，等着侍女过来，领她去流云阁。

随后，战野和洛洛一起离开了。

第三章 浮生半寸

领着凰北月往流云阁走的侍女时不时抬起头打量她，心中暗暗称奇，知道她是战野太子千辛万苦请来的高手，却没想到看起来这么年轻。

对于侍女好奇的目光，凰北月全然不理会。走进流云阁，乱花几乎迷了眼，空气中散发着阵阵清雅的花香，凰北月不禁一怔，想不到原本清冷的流云阁，已经变得这么热闹了。

院中新建的六角亭中，北月郡主倚着美人靠。桌上煮着新茶，茶香四溢，她的表情却很落寞。

亭中的侍女看见凰北月走来，便低声对北月郡主说了几句。

北月郡主从小就性格温和柔婉，对任何人都礼貌有加，此时立刻坐起来，空茫的双眸转向凉亭外。

“在下戏天，斗胆为郡主医治双眼。”凰北月沿着台阶走上来，一看见北月郡主的脸，内心便有些起伏不定。

“大人客气了。”轻柔的少女声音中有着一丝对陌生人的害怕。

北月郡主伸出皓腕，放在桌上的锦垫上。听出来人是女子，她也不用特别避讳。这种阵势，北月郡主这几天经历多了，不少高手来为她诊治，无非是把把脉，询问几句。

这个叫戏天的人是战野太子请来的，因此她特意早早地等在这里。但是没有听到战野的声音，她不免有些失望。

凰北月没有去把她的脉，因为这根本没必要。凰北月手速非常快，在侍女阻止之前，已经按在了北月郡主的眼角上。

“你小心一点儿……”

侍女的话被北月郡主抬手打断。战野请来的人，她当然信任。

凰北月微微闭着眼睛，手指上有丝丝元气流动，一抹细小的黑色元气顺着经脉在北月郡主的眼睛四周游走，没有遇到任何阻碍。经脉根根通畅，没有任何损伤。

片刻后，凰北月慢慢地将手抽回来，掩在衣袖中。凰北月寻思了一会儿，才开口道："郡主的眼睛没毛病。"

侍女原本见她动作熟练，以为真的是位高人，此刻听她这么说，不禁嗤笑道："郡主分明看不见，大人怎么说没毛病呢？"若不是知道此人是战野太子请来的，此刻她早就把对方轰到门外去了。

"看不见，就一定是眼睛的毛病吗？"凰北月冷冷地反问。

侍女一时说不出话来。

北月郡主温婉地笑道："大人说得有道理。我也从来没有觉得眼睛不适，可眼前就是一片漆黑。"

"郡主的眼睛很漂亮，看不见太可惜了。"

"可惜又有什么用？"北月郡主轻轻地摇头微笑，"其实我已经不抱希望了，看不见也没什么不好的。大家都说治不好，只是皇上不肯放弃。"

"谁说没有希望？"双手笼在衣袖中，凰北月离座站起来，"郡主安心请等着婚礼那天，亲眼见证世人对你的祝福。"

北月郡主一怔，脸上慢慢现出一丝喜色："大人的意思是？"

"你这么好，值得最好的一切！"凰北月笑着说完，没有再耽搁，转身步出了凉亭。

侍女只看见她一身黑色锦袍十分帅气，一眨眼就消失在了院子里。

"大人？"北月郡主还在茫然地喊着。

侍女惊喜地说："郡主，也许这次真的遇到救星了。"

"真的吗？"北月郡主喃喃地说。纤细的手指轻轻抚在自己的眼睛上，她仍有些不敢相信。

她正高兴着，一个侍女匆匆跑进来，恭敬地说："郡主，永宁公主来了。"

北月郡主脸上的笑容几乎在听到"永宁公主"四个字的时候便消失得无影无踪，一种很不舒服的感觉涌上来，她皱了皱眉，说："我今天不舒服……"

"郡主不舒服的话，我这里有些丹药，或许有用。"一个冷冰冰的声音响起来。

北月郡主悄悄打了一个寒战，脸上尽力堆起笑容，微微屈膝，道："参见公主殿下。"

“郡主还是这么多礼。按礼来说，你被封一字宁亲王，和我地位相等，不用行礼。”

一身水红色襦裙的少女顺着石阶款款走上来，明艳的妆容遮盖了她脸上原本不自然的苍白之色。红色很衬她，一下子就将她的美貌提升了好几分。来者正是红莲，她的容貌和北月郡主的一模一样，只是在性格上，一个淡雅如山谷幽兰，一个则浓烈如燎原之火。

红莲用冰凉的手指抚了一下北月郡主的手臂。北月郡主吓了一跳，立刻退开。

“郡主还是怕我？”红莲无所谓地走到一边坐下，看见桌上的锦垫，便问，“又有高手来看郡主的眼睛，这一次怎么说呢？”

侍女看见红莲就生气。以前的樱夜公主，不言不语也招人喜爱。这个后来出现的永宁公主，白白长了和郡主一样的容貌，却那么令人讨厌。

“那位大人说郡主的眼睛能治好。”侍女大声说。

“哦？”红莲轻轻地敲了一下桌子，朝北月郡主看过来，目光中带着一丝疑惑：“哪个高人敢如此大放厥词？”以眼还眼是圣君亲自下的咒，不可逆转，什么高手竟敢说能解？

侍女一听她这话，觉得她明显是不相信也不希望郡主的眼睛能治好，一下子就怒了，道：“是战野太子请来的高手，可不是寻常之辈。”

“大陆上的高手我多半都知道，你且说说他叫什么名字？”

侍女一愣，看向北月郡主。北月郡主性子柔弱，不敢与人结仇。红莲这么厉害的人，她先从心里惧了三分。

“她……她叫戏天。”

眸中寒光一闪，红莲轻轻敲着桌子的手指忽然用力，涂着蔻丹的红艳指甲一下子就断了。

啪嗒一声脆响，将北月郡主吓了一跳。北月郡主不自觉地后退一步，靠着凉亭中的柱子，有些紧张。

红莲身上的气势忽然不一样了，张狂凌厉，充满杀气，小小的凉亭瞬间变得如同修罗地狱一样可怕。

侍女看见红莲眼睛里掩藏不住的浓烈仇恨，如同锋利的刀刃，可以将人千刀万剐。

“女的？”红莲转过头，狠狠地盯着北月郡主。

北月郡主点点头，眼眶红了一圈，泪水在里面打转。

“哼！”红莲冷哼一声，猛地站起来，冷冷地说，“居然有这样的高手！看来我也要去会会她了。”

“公主……”北月郡主弱弱地开口，可是凉亭中早已没有了红莲的身影。

侍女声音发颤地道：“她……她走了。”

侍女以前只知道永宁公主不讨人喜欢，今日才知道她的身手竟然如此了得，一瞬间就消失了，实力似乎不亚于那位戏天大人。

侍女一下子觉得喉咙发干，心跳失速。想起之前对永宁公主那么无礼，她就觉得后背凉飕飕的。

凰北月离开长公主府后，在路上寻思了一下，不打算立刻回锁月楼，而是朝着城外飞掠而去。

“主人，”红烛从灵兽空间里悄悄出来，好奇地问，“我们去哪里？”

“光耀殿。”

红烛吃了一惊，以现在的身份去光耀殿，会不会……

“难道主人打算悄悄潜伏进去？”

“应该没问题。我只去光耀殿的藏书阁看看，只要小心点儿，应该不会被人发现。”凰北月说着，足尖在一棵树上轻轻一点。枝干微微摇晃，她整个人便如同离弦的箭一般，朝着城郊逍遥王府的方向飞射而去。

不知道孟祁天为何到现在都没有把设在王府中的结界去掉，凰北月进入光耀殿很顺利。光明神殿中向来没有人，除非是圣君有事，否则这个神圣的地方，一向紧锁着大门。

无数蜡烛燃烧着，光洁的地板上映出凰北月修长的影子。凰北月向四周扫了一眼，上次那场大战几乎将这里毁成废墟，没想到这么快就重建好了。

身影如鬼魅一般在殿中穿梭，凰北月专挑有阴影的地方走，很快便从光明神殿中走了出去。藏书阁离光明神殿不远，她在光耀殿假扮红莲的时候，就将这里的地形摸得很清楚了。

“红莲尊上，这些经卷要拿到哪里去？”忽然，前方转角处有人说话。

凰北月立刻停下脚步，巧妙地躲藏在阴影中。

“不要叫我红莲尊上。”微冷的女子声音里带着一丝厌恶。

“是。”那人恭敬地回答道。

“把这些送到红莲殿去，我看完后自会拿回藏书阁，所以不必告诉圣君。”

“属下明白。”

两人说着话，脚步声也慢慢朝凰北月靠近。

从转角处走来的女子正是千代冬儿。她走到阴影处，忽然觉得有些不对劲，猛地转头一看，阴影处却空无一人。

“尊上在看什么？”捧着书卷的人小心地问。

“没什么，走吧！”千代冬儿淡淡地说，很快带着人离开。

另一边，凰北月身形如电，飞快地掠过墙角，转眼间到了藏书阁外面。

惊险！要是她动作慢一点儿，就被发现了。

凰北月狠狠地喘了几口气，推开藏书阁的门，一闪身就进去了，然后立刻将门关上。整个动作花了不到半秒钟，也没有弄出任何动静。

原本她想着终于可以松一口气，却没想到进了藏书阁，她的心才真正悬了起来。藏书阁里有人！

细碎的阳光从纸窗透进来，落在那些存放多年的泛黄经卷上，显出岁月斑驳的痕迹，细微的灰尘则在阳光中曼舞不定。

一个人正站在正对门口的书架前面，一只手保持着要从书架里拿书的动作，微微顿了一下。

凰北月的呼吸一瞬间就停滞了。生平经历了那么多凶险危急的事情，无数次命悬一线，她也没有这么紧张过。而此时，她的心脏差一点儿就从胸腔里跳出来。手心一下子冒出冷汗，她全身僵硬，背靠着门一动不动地站着。

空气似乎在这一刻停止流动，灰尘也像是被暂停的电影一样定格在空中。

凰北月屏着呼吸，眼睛都不敢眨一下，只是定定地看着书架前的那个少年。

一缕阳光照在他的肩膀上，她完全看不清楚他脸上的表情，他的上半身被阴影笼罩着。

他在藏书阁找书，竟然不拿发光石。就着这么昏暗的光线，他其实很难看清楚书本上的字，只不过这对他来说无所谓。前面十几年，他早就习惯在黑暗中生活，也习惯了摸索。有时候不用眼睛，他也看得很清楚，因为用心看，才能看到事物的本真。

少年的手终于动了一下，慢慢地从书架上将那本书抽出来，放在另一只手里。他低下头，轻轻地翻开书页。阳光照在他的下颌上，脸上依然是苍白的肤色，依然是有些僵硬的弧线。

凰北月知道，他是不会笑的。她的心中忽然有些酸苦，苦得不可思议，竟然连心尖儿都颤抖起来。

满是汗水的手轻轻地握了一下，凰北月张了张嘴，刚想说话，身后的脚步声却又让她再次闭上了嘴。身上气息全无，她只等着那阵脚步声过去。

可是，让她煎熬的是，那脚步声不但没有停下，反而走到她靠着的门口，一只手推了一下门。

凰北月身子微动，顺势让门打开。她正好被挡在门后，额头冒出一层冷汗。

老天啊！她今天真是接二连三地提心吊胆啊！

“墨莲？”推门进来的竟然是千代冬儿。

她去而复返，想必是想到刚才的那处阴影，还是感到有些不对劲吧？她天生就很警觉。

开门后，千代冬儿见墨莲平静地站在书架前，静静地看着手里的书，没有半分异样，不禁呆了一下。

墨莲微微偏头，没有说话，脸上询问以及不高兴的表情却已经很明显。

千代冬儿有些讪讪地问：“我刚才似乎感觉到有人闯了进来，你感觉到了吗？”

墨莲只是摇了一下头。他一向沉默寡言，千代冬儿也习惯了。有时候，他宁愿出手杀一个人，也不愿意开口说一个字。

“没有就好。”千代冬儿准备退出去，看了他一眼后，又忍不住说，“关于北月郡主的眼睛，前几天圣君给了我一些资料，我看过，也许有用，我想你可以看看。”

“嗯。”她说的话似乎是他感兴趣的，所以他终于不咸不淡地应了一声。

“你不用太担心，她一定会重新看见的。”千代冬儿说着，发现墨莲已经低头去看书，根本没有听她说话。她便慢慢地退出去，将门关上。

千代冬儿在门外站了一会儿，才离去。

心里的一块大石悄悄放下，凰北月心思一转，想到方才千代冬儿说的话。果然，孟祁天绝顶聪明！以眼还眼，别人找不到解法，他却能找到。看来这一趟，她没有白来。

有了下手的目标，凰北月也不着急了。

千代冬儿走了，偌大的藏书阁里只剩下凰北月和墨莲。两人却都静默无声，只有墨莲偶尔翻动书页的细微声响提醒着她，这时间是在流转的。

凰北月和墨莲已经很久没有正常地说过话了。修罗城一战的时候，墨莲被圣君蛊惑，凰北月来不及开口，就已经被他……

后来被封印在小狐狸的身体里，凰北月完全失去了记忆，遇见他也不知道说什么。

其实，她很明白墨莲的心情。他这么敏感的一个人，对于自己犯下的错，会比别人更悔恨万分。就像在祁阳城的时候，他看不见，不小心伤了她，便躲着她连面都不敢见，一心觉得她不会原谅他。事实上，她从来没有怪过他。

在修罗城死在他手中时也一样，她要怪的人是宋秘，而不是被宋秘当成工具的墨莲。她一向爱憎分明，知道谁是对她好的人。

凰北月抬起头看向墨莲，微微张口，刚想说话，却见墨莲忽然放下手里的书，朝藏书阁深处走去。

凰北月一怔，习惯揣测别人心意的她觉得是因为刚好站在门口，说话可能会被人偷听，所以墨莲想走进去一点儿。

尽管以她和墨莲的能力，别人想靠近他们偷听根本不可能。不过，光耀殿中高手众多，既然墨莲担心，她随着他就好了。

一排排书架静默无声地矗立着，上面的书本似乎看着他们就这样一前一后地走着。他们越往前走，光线越暗，窗外的阳光根本照不进来。墨莲的身影慢慢地隐入黑暗中，越来越模糊。

还好凰北月在黑暗中视物的能力也很强，否则，根本不知道应该怎样走，才能在这种迷宫一样的藏书阁里紧紧地跟着墨莲的脚步。

他们已经走进来这么深了，应该可以说话了吧？凰北月不解地看着继续行走、根本不打算停下来的墨莲，一脸迷惑。

忽然，墨莲的脚步顿了一下。凰北月以为他终于要开口了，便加快步子走上去。可是她没有想到，墨莲只是稍微停顿了一下，便从书架的尽头转过身，由另一侧沿着来时的路走出去。

凰北月彻底怔住。他不想和她说话？

从书本之间的缝隙里，凰北月看着墨莲慢慢地走过。在那不甚明亮的光线中，他苍白的脸上那朵诡异的黑色桔梗花如同某种烙印一样，从她的眼前一闪而过。

凰北月心有不甘，想追上他，耳边却传来开门和关门的声音。等她来到门口的时候，墨莲已经出去了。

带她绕了这么大一个圈子，她满心希望可以好好跟他说几句话，他竟然一声不响就走了。魇说得对，他真是个小浑蛋。

光耀殿永远不缺少光明，在结界中，就算是寒冷冬夜，也可以看见光明神殿周围亘古不变的灿烂阳光。

墨莲慢慢地走在光明神殿前方空旷的广场上，一直沉默无语。

短短的相处时间，浮生半寸，对他来说，像是偷来的一场梦，他不忍心将其打碎。

不能打碎，碎了就没了，她就再也不回来了，连梦也不给他。

他耳边回响着刚才那轻轻的脚步声，像是藏书阁中她不紧不慢地跟着他，永远都不会走丢。

尽管没有看见她的样子，可是没有关系，他一开始什么都看不见的时候，也不知道她的样子。那时候，他们还有美好快乐的回忆。可自从他能看见她，记忆里就一直是噩梦。

这双眼睛是诅咒。

我爱你，太美好，时间会知道。

凰北月被墨莲气得不轻，一个人在藏书阁中徘徊了一阵，最终还是打定主意要去千代冬儿那里走一趟。孟祁天给千代冬儿的资料，应该是她想要的。

只是此刻天还亮着，出去就多有不便，凰北月便决定天黑之后再出去。夜黑风高，对她来说一向是做各种事的最佳时间。

既然决定了，凰北月就打算在藏书阁里四处看看。难得有这么好的机会，她可是知道光耀殿的藏书阁里有不少好东西。

她抬起头，目光落在刚才墨莲站着看书的地方，他看过的书还放在那里。

凰北月忽然很好奇，墨莲看的会是什么书？她对墨莲一直有几个印象标签：单纯很好骗，强者不能为敌，很穷没有钱，文盲不识字。

一个从小就看不见的人会很博学吗？当然，盲文除外。

所以，她从一开始看见墨莲在藏书阁里，就很好奇。他是为了让北月郡主复明才来的，但他会看什么书呢？

凰北月走到书架前，将墨莲翻过的书拿起来，看着封面上的字，是一本药经。凰北月却忍不住笑起来：“笨蛋，书都拿反了。”

凰北月嘴角含笑，将书翻开。一个东西忽然从书里滑了出来。

凰北月手疾眼快地接住一看，是块圆形的紫玉，上面雕了一朵非常精致的桔梗花。几片叶子衬托着半开的花苞，花苞像是随时都会盛开。

看见紫玉的瞬间，凰北月只觉心忽然紧紧地揪了一下，随即无声地将紫玉紧紧地握在手里。

“墨莲，我从来没有怪过你啊！”凰北月低声喃喃地说。

凰北月想象着刚才站在这里的墨莲，以及他小心翼翼地将紫玉放进书中的样子，忽然一阵愧疚涌上心头。

外面的太阳慢慢地西斜，浮光里的灰尘渐渐看不见了。

凰北月一直等到天完全黑了，才将书放回书架中，然后收起紫玉，悄无声息地从藏书阁走出去。

她住过红莲殿，自然很熟悉，因此潜进去时完全不费吹灰之力。

除了几个在院子里打扫的侍女，这里再没有其他人在。凰北月很顺利地进入千代冬儿的房间。

光耀殿鲜有人能进来，那些资料是要给墨莲看的，所以千代冬儿应该不会藏得太隐秘。凰北月直奔书桌，果然看见几份卷宗摆在桌上。她立刻走过去。

凰北月刚将卷宗拿起来，忽然一个冷冷的声音从内室传来："你是什么人？"

凰北月嘴角一扬，被发现了也不奇怪，千代冬儿早就有戒心，察觉到有人闯进来，又怎么会不多一层防备呢？

凰北月只是没想到，才一年不见，千代冬儿隐藏气息的本事居然这么厉害了。是因为成为光耀殿新一任红莲，所以孟祁天给了她不少好东西吧？

不过，既然找到了想要的东西，她也没有必要继续留在这里了。凰北月这样想着，拿起卷宗，转身就往外走。

"光耀殿是你想来就来，想走就走的吗？"千代冬儿冷喝一声，忽然从内室掠出来。

一阵疾风闪过，房间里明亮的烛火摇晃了一下。

看见来人并不打算动手，只是拿走了桌上那些有关治疗北月郡主眼睛的卷宗。千代冬儿心里微微动了一下，一种类似希望的情绪升腾起来，让她更加不想放眼前的人离开。

可是，她的速度再快，又怎么及得上一向速度惊人的凰北月？她刚从内室出来，凰北月已经离开房间了。

千代冬儿眉心一蹙，忽然双手合十，掌心结印，低喝一声。

院子里响起一阵轰隆隆的声音，院墙倾倒，土壤如同拔高的山脉一样，忽然在凰北月眼前矗立起来。

脚步一顿，凰北月不得已后退一步。哼，真的要动手吗？

凰北月将卷宗放进纳戒，扬了扬唇角。既然这样，就让她看看，如今千代冬儿的实力，究竟增长到什么地步了吧！

凰北月身后有破空之声传来，浑厚凌厉的劲气直击她的后背。凰北月轻轻地旋身，脚下如同踩着冰雪一样滑向另外一边，随即转过身子。

一直对凰北月的相貌抱着一丝期待的千代冬儿，在看见凰北月的容貌时，不禁觉得一阵失望，她以为……

千代冬儿心里酸楚，知道以前的凰北月再也不会回来了。

千代冬儿低喝一声，一柄玄黄剑出现在手中。剑锋上有土元气缭绕，随着她的动作，从地上高高堆起的泥土便排山倒海般朝凰北月而来。

“你以为只有你会驾驭土元气吗？”凰北月轻笑一声，没有拿出武器，只是单手结印，空气中骤然闪过符咒的光芒。顷刻之间，压向她头顶的土山立刻土崩瓦解。

千代冬儿一怔，冷冷地道：“想不到竟是一位土属性的高手。”

方才，她觉得凰北月的速度那么快，隐藏气息的能力又如此强悍，一定是风元气的修炼者，却没想到凰北月竟是以力量和防御著称的土属性高手，这实在让人有些意外。

“同样是土属性，你会不会是我的对手呢？”凰北月扬了扬唇，有些挑衅地说。

“哼！少看不起人了！”千代冬儿快速地一挥剑，念动驭兽诀。倾倒的土山中，一只土元气巨兽嘶吼着爬起来。那正是千代冬儿的召唤兽——巨犀甲龙。

凰北月以前就领教过，巨犀甲龙的防御力和攻击力都很强，不过她败过一次，不会再败第二次。

千代冬儿身子一跃，跳上巨犀甲龙的肩膀。随着她手中的剑扬起，巨犀甲龙也举起了巨大的手臂，掌心朝着凰北月猛然拍下。

凰北月站在原地一动不动。在那巨掌拍下的一瞬间，她身边的土元气骤然凝聚，形成了一座牢不可破的土元气壁障，将巨犀甲龙的手掌反震回去。

眉心紧紧地蹙着，手臂隐隐发麻，千代冬儿想不到此人的实力这么厉害。

千代冬儿正想着，凰北月忽然飞身跃起，身形灵活矫健，如同掠水而过的飞燕，在空中变换了几个动作，双脚连续向她踢来。

千代冬儿手中的剑立刻变成一张巨大的土色盾牌，将她整个人都挡住。

凰北月一脚狠狠地踢在盾牌上，脚上虽有土元气保护，却仍疼得悄悄吸了一口凉气。

“缚网，结土蛇形阵。”盾牌上面光芒一闪，千代冬儿的声音冷冷地响起。

无数土元气形成的蛇从盾牌上钻出来，紧紧地缠住凰北月的脚。

凰北月似乎有些轻敌了，这结土蛇形阵的威力比想象中要强很多。凰北月同样以土元气去挡，结果所有土元气在撞上那些蛇形的时候，只会突然使蛇形的体积壮大。

这种诡异的术法想必是孟祁天给的吧？成为光耀殿的红莲后，千代冬儿确实得到了不少好处。凰北月这样想着，不慌不忙地冲着千代冬儿一笑。

千代冬儿怔了一下。她已经被束缚住了，为何还笑得出来？这种轻松自在的笑容，完全是对自己的侮辱。

千代冬儿在盾牌后面的手指一紧，蛇形随着她的动作也是一紧。然后，她提着凰北月的腿，猛然将凰北月整个人都提起来，倒吊在半空。

这时，巨犀甲龙怒吼一声，抬起巨大的手掌，狠狠地捏向凰北月，打算一掌将她捏得粉碎。

凰北月淡淡地瞥了一眼巨犀甲龙的大掌，体内暗暗涌动起雷元气，土属性的术法不可能困得住她。

只是没等凰北月动作，一道黑色的雷光意外地自远处射来，正好从巨犀甲龙的掌心穿过，然后十分迅猛地割断了千代冬儿的结土蛇形阵。

凰北月腿上忽然没有了束缚，身子立刻往下掉去。然而还没有落到地上，她便被一股无形的力量轻轻地托了一下，随后稳稳地站在了地上。

巨犀甲龙早已疼得嘶声大喊。

千代冬儿在看见这道黑色雷光出现时，面色陡然一变，转过头看着元气射来的方向。墨莲？他为什么要阻止她？

红莲殿中战斗的动静有些大，早就惊动了不少光耀殿的人，墨莲会赶过来也属正常。只是他在如此危急的关头救了凰北月，想必已在暗处观战许久吧？

墨莲知道凰北月的实力深不可测，千代冬儿不会是她的对手，然而看见她身处险境，还是忍不住出手。

凰北月也看向雷元气射来的方向，却只见倒塌的墙壁之间，一个身影匆匆地掠过，随后便消失不见。

凰北月在心中微微叹了一声。他还是这种别扭的性子！

“看来错过了精彩的一战啊！”笑如春风般的声音传进来。

几个黑衣高手当先走进来，之后才是那个永远一脸笑容、似乎很平易近人的男人，慢慢地踱着步子进来。

如今的孟祁天已经是光耀殿的圣君，身份地位不可同日而语，却依旧是一身颜色淡雅的衣服，只是腰间系着一条金色的腰带。看似是腰带，凰北月却一眼便看出那是一条鞭子，绝对的上品神器，威力比火神鞭只会有过之而无不及。看来光耀殿的好东西真是很多啊！

圣君的位置并没有改变他太多，只是他眼中那抹从前一直被掩饰得很好的精锐锋芒，此时已经无须再掩饰。

犀利的目光投向凰北月，孟祁天怔了一下。看到凰北月的长相，孟祁天也感到十分陌生。刚才她出手也用的土属性术法，并没有透露给他太多有关她身份的信息，因此他也拿不准她究竟是谁。只不过，刚才墨莲悄无声息地出手了。以墨莲的性格，他不会这样默不作声地去帮一个人，然后还那么仓皇地逃走。而这世上只有一个人会让他这样做。

聪明如孟祁天，眼睛里只是微微闪过一丝陌生的光芒，目光便有些高深起来。

凰北月的双手环抱于胸前。她也是聪明人，自然一眼就看明白了，孟祁天已经认出她来了。

“好久不见。”孟祁天的脸庞上，那总是让凰北月觉得很虚伪的笑容不禁深了几分。

“别来无恙。”凰北月只是淡淡地道。

她瞥了一眼已经悄悄将自己包围起来的高手，嘴角略有讥讽的笑意。

知道这些人全部加起来，恐怕也不是这个女人的对手，孟祁天稍稍示意，便让那些人都离开，只让千代冬儿留了下来。

千代冬儿看着他们互相打招呼，似乎认识，不禁问：“圣君认识她？”

孟祁天笑着看向凰北月：“怎么会不认识呢？曾经那样叱咤过风云的……”

“孟祁天阁下已经坐上圣君的宝座，可喜可贺。可惜今日来得匆忙，并未带贺礼，下次在下一定补上一份大礼。”凰北月打断他的话。孟祁天狡诈得很，谁知道他会说出什么样的话来误导千代冬儿？

孟祁天似乎知道她的心思，微微一笑，道：“阁下客气了。既然来了，就是客人，不如留下来喝杯酒，一叙旧情。”

“旧情？未免说得太过了，你我不过萍水相逢而已。”

孟祁天听到她这样冷淡的话，脸上的笑容微不可察地凝了一下，随即若无其事地道：“阁下说得是！不知阁下此次前来，有何指教？”

“指教不敢当，无意中闯进来而已。打扰多时，我自觉十分抱歉，这便离开。”

“不能走！”千代冬儿大声说，“你拿走的东西请交出来。”

“阁下哪只眼睛看到我拿东西了？可有人证物证？”凰北月挑着眉，问道。她其实是个讲理的人，不过该无赖的时候也要无赖到底。脸皮这东西，除了好看之外，其实没多少用处。

千代冬儿被她噎得一句话都说不出来，只能冲她干瞪眼。

这个女人拿走那些卷宗的时候，只有她一个人看见，哪有什么人证物证？见过无赖的人，没见过她这么无赖的。

孟祁天见千代冬儿面色涨红，说不出话来，心中暗暗发笑。对于凰北月的性格，他是了解几分的。这个女人聪明狡诈，虽是一代强者，别人却不能把她想象成那等光明磊落、胸无城府、正直善良的高手。

在这片大陆上，他孟祁天自认聪明，很少佩服什么人，除了从小代替了他的修罗王风连翼，便只有这个女人能让他刮目相看了。

“冬儿，想必是你放错地方了，这位阁下不会拿你的东西。”孟祁天笑着对千代冬儿说。

“她真的拿了。”千代冬儿不甘心地道。分明是她亲眼所见，为什么连孟祁天都相信这个女人？

“好了，这件事不必再说。”孟祁天淡淡地摇头，然后对凰北月说：“天色已晚，就不留阁下了。改日，本君会亲自去府上拜会。”

凰北月轻轻地吐出一口气，眯了一下眼睛。她听孟祁天这口气，似乎对自己现在住在锁月楼的事也知道了。她果然不喜欢和太聪明的人相处。

“恭候圣君大驾光临。”凰北月笑着说完，黑色衣摆翩跹，大步走出红莲殿，无人阻拦。

“她拿走了记载治疗北月郡主眼睛的卷宗，我亲眼看见的。”千代冬儿看着凰北月离开，咬着牙不甘心地说。

“放心，那些卷宗的内容我都记在脑子里了，再写一份给你便是。”孟祁天温和地说。

“我不是怕丢了，而是分明是她拿走的，又不是我说谎，我不明白你为何要包庇她？”让她生气的根本就不是丢了卷宗。

孟祁天看了千代冬儿一眼，忽然拍了拍她的肩膀，十足一个关心妹妹的兄长，语气温和地道：“冬儿，我并非包庇她，而是做了你心里最渴望做的事情。”

千代冬儿一怔，不明白他说的话是什么意思。她想让他细细地解释，他却笑了笑，不愿意多说，只让她早点休息，便要离开。

“你和墨莲都包庇她，我真是不明白。”千代冬儿喃喃地说。

孟祁天笑着转身离去。若你知道她的身份，就不会有这么多疑问了，冬儿，我很想告诉你，你等的那个人回来了，真正的凰北月回来了。可我这么一说，你一定会离开光耀殿吧？

凰北月还没回到锁月楼，便先以意念查看了那些卷宗里的内容。她一边看着，嘴角的笑意一边加深。她也很少佩服什么人，这个孟祁天却当真是绝顶聪明，若自己与他为敌，还真有些麻烦。

以眼还眼确实不可逆转，但据孟祁天所说，此术并不会伤及眼睛，只是以咒术挡住人眼前的光明。

一般不可逆转的咒术都没办法解除，但这世上一物降一物，用科技发达年代的语言解释，大概就是：物质守恒，等价交换。

光耀殿的古籍中有记载“转移之术”，因为烦琐复杂，会危及施术者的生命，所以被列为禁术。

孟祁天找到这个术，也不敢擅自使用，不过以他的聪明才智，自然研究出了一些可靠的办法。只要你能提供和以眼还眼的咒术相等的代价，就能用“转移之术”将咒术解除。换句话说，咒术也是懂得不能吃亏的道理的。

有了这个突破口，凰北月一下子心情大好，吹了一声嘹亮的口哨，拍拍冰灵幻鸟的脖子，道：“完成了这件事，我心里就安心多了！”

“主人觉得高兴就好。”冰灵幻鸟在心里回答她，随即翅膀一振，便飞快地划过夜空，消失在天边。

第四章
转移之术

凰北月等人走后，不到十秒钟，一道漆黑的影子便从夜色中慢慢地浮现出来。

诡异的血红色眼睛在月光下闪过幽冷的光芒，在他看着凰北月远去的身影时，俊美的脸庞微微露出一抹嗜血的表情。

“月夜。”

“呜呜……”一只小狐狸从他的衣袖里钻出来，向四周看了一圈，最后将目光停留在他的脸上。他的表情有些吓人。想起他最近做过的那些残忍事情，小狐狸不禁打了一个寒战，缩回衣袖中不敢再出来。

忽然，一种熟悉的感觉出现，小狐狸怔了一下，冰蓝色的眼睛转了转，却什么都没有看见。

然而，衣袖里一阵晃动，它的身子骨碌碌滚了一大圈，差点儿掉下去。

一道黑色的雷光擦着衣袖飞过，下面的树林立刻被毁了一大半。

昀离冷冷地抬起头，看见不远处一只庞然大物陡然出现，漆黑的身体，薄薄的翅膀，似乎将整片天空都渲染成浓墨一样的颜色。

一个少年站在巨兽的脑袋上，身上黑衣飞扬。月光下，他苍白的脸颊阴寒可怖，眼角的桔梗花像是某种标记。

昀离眯着眼睛，饶有兴致地看了一眼他眼角的桔梗花，冷冷地道：“光耀殿的墨莲。”

“离她远一点儿！”墨莲盯着他道，声音没有半点儿起伏。

“若我说不呢？”昀离冷笑着问。

没有言语，回答他的是一波密集的黑色雷光。

少年抿着唇。他本就不喜欢开口，对方惹怒了他，就等于想尝尝死的味道是什么。

昀离身子灵活地闪躲，然而铺天盖地的雷光没有半点儿缝隙，从四面八方涌来。以昀离的身手，他虽然能将雷光全部躲过，但身上的衣服不免被雷光擦到，立刻就被焚为灰烬。

昀离低头看了一眼被焚毁的左衣袖，血眸中冷光一闪，道："光耀殿的死神，名不虚传。"

墨莲盯着他，道："靠近她，死！"

"狂妄的小子。"昀离轻笑一声，道，"你让我对那个丫头更感兴趣了。"

墨莲眼中杀气一凛。

昀离却转过身，冷冷地瞥着他，道："等我从修罗城回来，再去看望她吧！"

黑暗忽然铺天盖地而来，转眼之间，昀离的身影就不见了。

墨莲紧紧地皱着眉，看着四周，没有半点儿那个人的气息，他当真是离开了。

这个人……

"他叫昀离，是凰北月父亲轩辕问天的召唤兽。轩辕问天死后，他受到万兽无疆的反噬，由神入魔，失去了自我。"带着笑意的声音缓缓地在身后响起，墨莲不用回头，也知道是孟祁天。

墨莲静静地听着。

孟祁天走上来，和他并肩而立。

"现在的他已经彻底失去自我，没有了从前的感情。他以前是凰北月的师父，教导她、保护她，可是现在，他只想杀了她。"

"为何？"墨莲低声问道。

孟祁天道："因为她身怀万兽无疆。就像当年魇疯狂地攻击轩辕问天，致使轩辕问天召唤出黑水禁牢后死去，现在的昀离也会这样对凰北月。"孟祁天忍不住苦笑，"没有人知道，他们对万兽无疆的恨有多深。"

"那月……"

"墨莲，如今在卡尔塔大陆上，风连翼拒绝断情绝爱，魇因为黑水禁牢转为封兽符，实力锐减。凰北月虽有万兽无疆，但若封印了昀离，恐怕也只会落得和轩辕问天一样的下场。"

"不可以！"墨莲猛地摇头，接受不了月再次消失。

孟祁天看着他脸上惊恐的表情，叹息道："能对付昀离的人，或许只剩下你一个。"

"我打不过他。"墨莲有些沮丧地道。刚才对方虽然没有出招，不过以他的感应，知道昀离如果出手，他也会吃亏。

“现在的你打不过，但是打开四把无极天锁之后的你……”

想起当日墨莲击杀凰北月的一幕，干净利落，一招毙命，相信所有人都心有余悸吧？

那时的凰北月何等厉害，连宋秘都不是她的对手。可是在墨莲手下，凰北月根本没有还手之力。打开四把无极天锁之后的墨莲，肯定会更可怕。

墨莲听孟祁天这么一说，也陡然想起当初的情景，本就苍白的面色，更是一瞬间变得极其难看。

“不行！”墨莲断然说。他自己清楚，打开四把无极天锁之后，他会和昀离一样失去自我，不知道自己会伤害谁。

似乎早就料到墨莲会反对，孟祁天笑起来：“我明白，这只是我的建议而已。昀离现在去修罗城，想必是为了唤醒地狱魔兽天夔。他带回天夔后，应该会有一番大动作。在此之前，我会另外想办法的，你放心。”

墨莲点点头。看得出来，他对孟祁天很信任。

在长公主府外落地后，凰北月立刻让冰灵幻鸟回到灵兽空间，自己悄悄地潜入安静的长公主府。

这个时候，府中的人都已经睡下，而暗中守卫的人不可能发现她。

流云阁里安静无声。

凰北月从窗户翻进北月郡主的房间，一股淡淡的沉香味在房间里弥漫，几个守夜的侍女睡在外间。

凰北月的手指轻轻一弹，细细的火光闪过，一枚燃烧的药丸便被弹进紫金香炉中。不知不觉间，迷香弥漫了整个房间，那些侍女睡得更熟。

凰北月掀起北月郡主的床幔，借着烛光凝视着那张熟悉的脸庞，心中一阵感触。她没有多想，立刻将北月郡主扶起来。

红烛从灵兽空间里出来，看着凰北月的动作，低声问：“主人要带她去哪里？”

“在这里不方便，先把她带去锁月楼吧！”

红烛点点头，弯下腰，将北月郡主背上身。

随即，两人小心翼翼地跳出窗户，从后院离开。

二人飞快地赶回锁月楼。凰北月推开门，魇竟然在房间里，似乎是特意等着她回来。

“你怎么来了？”凰北月又惊又喜地问道。正好，她也有事情想找魇帮忙。

魇披着一件红色的外袍，斜倚着床榻，诱惑的姿势让红烛都不好意思看。

红烛连忙将北月郡主放在床榻上，站到一边。

魇懒懒地看了北月郡主一眼，似乎不用问，就已经明白凰北月的想法。

“你想救她？以眼还眼之术，你有办法破解吗？”

“我去了一趟光耀殿。孟祁天这个人实在聪明，他找到一种禁术，名为‘转移之术’。”凰北月丝毫不隐瞒地道。

“转移之术？还真有人想到这个办法。”魇不屑地轻嗤，“孟祁天的实力不怎么样，论阴险倒是没人比得上。这种名为救人，实则削弱对手实力的办法真是歹毒。”

“这么说，你早就知道转移之术是可行的办法？”凰北月没有理会孟祁天到底是好意还是歹意，反正她要救北月郡主，刀山火海她都无所谓。

魇没有承认，不过他只要一沉默，就代表认同了。

凰北月倒没有生气他有所隐瞒，只是笑着说：“既然你都知道，那我也放心了许多。”

“你放心什么？施行转移之术，只要稍微出一丁点儿差错，就可能把你自己赔进去！”魇生气地狠狠瞪了她一眼。不得不说，他生气的时候，样子真可爱。

凰北月严肃认真地道：“魇，我是经过认真思考才决定这样做的，并不是一时冲动。”

魇望着一脸坚决的凰北月，喃喃地道：“你对这种禁术一点儿都不了解。”

“慢慢会了解的。”凰北月随意地扬了扬从光耀殿带出来的卷宗，笑眯眯地说，“你放心好了！别的不敢夸口，对于这些术法口诀的解读，当今世上，没有人会比我更厉害了。”

万兽无疆本身就是集高阶术法一体的法宝，对符咒、咒术等的运用要求很严，所以，这么多年来，她也算是解读术法口诀的一把好手了。

“你想清楚了吗？可能要付出很大的代价，会让你失去最重要的东西。”魇抿了抿唇，问道。

凰北月怔了一下，随即嘴角露出一抹笑意，道：“你知道我这个人有恩必报。北月郡主如同给了我第二次生命，为她做任何事，我都愿意。”她的语气平淡如水，其中的坚定认真却让人丝毫都不怀疑。

她是真心诚意的，即使别人都不理解，可是魇一定会理解吧？他们的心意，在那么多年的相处中，早就逐渐融合了。

听她这么说，魇没有开口嘲笑，只是深深地看了她一眼，浅红色的眸子里流淌着暗暗的光芒，然后起身回去休息了。

凰北月摇头笑了笑。魇虽然总喜欢和她唱反调，不过也是因为关心她。以前她担心他从黑水禁牢出来之后会变成自己的敌人，现在总算放心了，这家伙的魔性慢慢泯灭了。

凰北月看了一眼在榻上沉睡的北月郡主，在心里做了一番打算。她吩咐红烛去找战野，把北月郡主的情况告诉他，请他不要担心。过两天，她自然会把郡主安然无恙地送回去。

红烛走了之后，凰北月又让阿萨雷等人轮番守在外面，这才安心地去书房，研究卷宗上记载的古老禁术——转移之术。

一番研究下来后，凰北月发现，转移之术会被列为禁术，果真有其理由，单是那些复杂的符号就够她头疼一阵子了。

凰北月一夜没睡，通宵研究，待天快亮的时候，竟然不知不觉睡了过去。梦里不知道见到了什么，满眼血光，她一惊之后，满头大汗地醒过来。

凰北月见自己还是身处安静的书房，蜡烛烧到底部，就快熄灭，而窗外亮堂堂的，天色已经大亮，微微松了一口气。看来她是太紧张，想太多了。

凰北月揉着太阳穴站起来，大概没有睡好，眼皮一直在跳。她微微怔了一下，忽然打开门冲了出去。

北月郡主的房间外面，守卫的人换成了阿萨雷和一个年龄最小的少年。两人精神抖擞地站着，看起来什么事都没有发生。

凰北月气喘吁吁地站在院子里。想太多了，她一定是想太多了！

“王，这么早就出来了？”阿萨雷笑着道。

凰北月擦了一下额头的冷汗，笑着点点头，道：“辛苦你们了。夜里没发生什么事吧？”

“王请放心，什么事都没有发生。”

凰北月走过去。

阿萨雷一边打开门，一边回头看着她，道：“红烛回来了。她说已经告诉了战野太子。太子请王只管放手做就是，其他事情都不用担心。”

房间的门并没有上锁，原本一推就开，可是阿萨雷用力推了好几下都推不开，不禁疑惑地道：“难道从里面反锁了？”

他们的人日夜守卫，北月郡主如果锁门，有动静他们一定会听到，所以门不可能被锁上，肯定是被什么东西挡住了。

阿萨雷手上暗暗凝聚了元气去推。

凰北月看着他的样子，早就皱起了眉。她似乎想到什么，立刻喊道：“别推！”

她的话音刚落，阿萨雷忽然闷哼一声，整个人被一股力量反震了出来。

那股力量太强，落地后的阿萨雷直接吐了一口血。那扇门也被那股力量震开了。

凰北月以为会看到什么触目惊心的画面，条件反射般眯起眼睛。然而，房间里很安静，她一眼看进去，也没有发现什么地方不对劲的。

少年将阿萨雷扶起来。

凰北月走向门口。

“王，小心一点儿，那股力量很强大。”阿萨雷捂着闷痛的胸口，咬着牙说。

“是结界。”凰北月走到门口，抬起手，轻轻碰了一下无形的墙壁。结界只是防止外人打扰，并不会主动攻击人。是谁在里面设了结界？

“红烛，叫小灯笼过来。”凰北月在结界上试了一下，沉着脸，道。这个结界竟然有这么强大的力量，连她都打不开。

红烛很快把小灯笼叫了过来。小灯笼是出色的结界师，一看结界上元气的波动，便皱着眉说：“是魔兽。”

“难道是昀离？”面色一下变了，红烛想到的第一个人就是由神入魔的灵尊昀离。

“打开！”凰北月绷着脸，看着小灯笼结印。忽然，她的脑子里一片空白，太阳穴突突直跳，双眼红得骇人。

待结界终于打开一道口子，凰北月立刻冲了进去，转过屏风来到卧室，映入眼帘的是无数复杂的符号，用鲜血写在地板上、屏风上、墙壁上，甚至横梁上。

凰北月的呼吸瞬间滞在喉咙里，心跳快得不可思议，脚步凌乱地走进去。榻上躺着北月郡主，她白色的亵衣上面也画满了符号，一块圆形的镜子放在她的胸口。

凰北月走到榻边，看着北月郡主安静的睡容。北月郡主的胸口有规律地起伏着，她安然无恙。

目光向四周一扫，凰北月一下就看见床榻的另一边有着一片夭红的衣角。她立刻跳了过去。如果可以的话，她这辈子都不想看到这样的一幕。

“魇！”

倒在床榻旁边的妖孽男人脸色苍白，双眸紧闭，发丝凌乱，衣服上都是血。他这么爱美的人，从来不会让自己如此狼狈。

魇的十根手指上都有破开的伤口，鲜血已经凝结成痂。

凰北月将他扶起来，轻轻地摇晃他的身体，道："魇！魇！"

他虽然有微弱的呼吸，可是她怎么叫他，都没有半点儿回应。就像以前在黑水禁牢里和她赌气的时候，他躲起来，不管她怎么叫，就是不应声。

"你别赌气了，我错了还不行吗？"凰北月心如刀绞，声音哽咽地道。

随后跑进来的红烛和阿萨雷等人看到这一幕，惊得目瞪口呆。

红烛看着周围的符号，惊呼道："这是转移之术啊！"

凰北月忽然低下头，将脸贴在魇的肩膀上，道："它拿走了你的什么？"

红烛见魇虽然紧闭着双眼，但看起来眼睛好好的，这让她更加害怕，倒吸一口凉气，道："不是眼睛，那是什么？"

心几乎沉入谷底，凰北月下意识地去探魇的脉搏，发现除了有些虚弱，没有任何异样。虽然这样，她的心却没有办法真正安宁下来。施行了转移之术后，魇究竟失去了什么？

"魇？"

连续叫了好多次，魇就像沉沉地睡着了一样，没有半点儿回应。凰北月用了很多办法，包括将自身元气输入他的体内，可是每次刚输进去一点，元气就被全部排斥出来。他的身体不接受外界的任何干扰，这究竟是怎么回事？

试过很多办法，发现没有半点儿作用，凰北月不得不放弃。她对转移之术不了解，看来要找孟祁天好好谈一谈了。

"主人，北月郡主醒了。"红烛见凰北月凝眉深思，也不敢大声说话。

凰北月抬起头，见睡在榻上的北月郡主微微动了一下，紧接着，北月郡主浓密的长睫毛掀起，露出了清澈的瞳眸。大概是一下子不适应室内的光线，北月郡主睁开眼睛后又立刻闭上。

北月郡主静默了好一会儿，才再次小心翼翼地睁开眼睛，茫然地转着眼珠看向周围。

红烛站在她面前，对她微微一笑。

北月郡主缩了一下身体，细声问："这是哪里？我的眼睛……"待她慢慢看清楚了房间里的情景，那些布满整个房间的怪异血咒吓得她脸色苍白，身体蜷缩着向后退去，身子一歪，差点儿倒下去。

凰北月抬起一只手，托了她一下。

北月郡主立刻惊惧地大喊起来："不要杀我！求求你们！"

凰北月看她如此懦弱胆小的样子，忽然觉得一阵悲哀。自己过去那么努力，现在也不顾一切地为她铺好路，她怎么还是一点儿都不明白呢？

魇为了她变成现在这样，可是救得了她的眼睛，却没有办法救她的心。

“别怕。”凰北月深吸一口气，情绪慢慢地平静下来，“我是戏天，受战野太子所托，医治郡主的眼睛。”

北月郡主一怔，慢慢抬起头来打量着凰北月。眼前的少女和自己一样的年纪，乌发如墨，皮肤白皙，漆黑的眼眸清冷慑人。她身上有一种令人折服的强者气息，如同王者一样令人望而生畏。

北月郡主听到战野的名字，胆子稍微大了一点儿：“你真是那个戏天？”

“我的声音，郡主听不出来吗？”凰北月尽量柔声说，“你现在能看到我了，至少说明我是真的帮你的。”

“我看到了。”北月郡主有些羞涩地点点头，抬手小心翼翼地摸了一下自己的眼睛，“不好意思，我刚才……”

“没事，你能看见就好。”

凰北月转头对红烛使了一个眼色。

红烛会意，便说：“郡主既然能看见了，我就先送您回去，以免太子殿下和洛洛少爷担心。”

北月郡主听话地点点头，扶着红烛的手从榻上下来。她因为能看见了，心里有说不出的感激，道：“戏天大人，谢谢您！我……”

“不用谢我，这是我的责任。”

责任？北月郡主有些迷惑，想问她，但一感受到她身上那种冷漠的气质，心里胆怯，便不敢开口，跟着红烛走了出去。

到了门外，北月郡主才轻声说：“我总觉得认识她。”

红烛一怔，看着北月郡主的面孔。北月郡主长得和长公主几乎一模一样。红烛心里毕竟还是存有几分感情的，因此耐心地说：“主人是南翼国的人，说不定以前和郡主见过。”

北月郡主点点头，抬头看着明媚的天空，脸上不知不觉露出开心的笑容。

“谢谢她！”

阿萨雷已经叫人进来，将魇抬到榻上躺着。

凰北月沉默地坐在榻边，一句话也不说。

阿萨雷见凰北月沉默，忍不住说：“王，这术是光耀殿的禁术，想必光耀殿的人会很熟悉。我去找墨莲打听一下，说不定他有办法。”

“不用找他。”凰北月轻轻地摇头，知道墨莲对禁术不了解，“我出去一下，你派人守着他。他醒过来后，立刻让红烛通知我。”

阿萨雷点点头，看着凰北月起身走出去，她的脚步虚浮。从来没见王这么失魂落魄过，他不禁有些心疼。

凰北月一声不吭地跳上冰灵幻鸟的背。冰灵幻鸟什么都没有问，就带着她去了驿馆。

等凰北月回过神的时候，冰灵幻鸟已经降落在院子里。凰北月苦笑着拍拍它的翅膀，从它的背上滑下来。

刚刚落到地面，凰北月就听见轻缓的琴声响了起来。这琴声干净出尘，好像和这个世界半点儿关联都没有，将她烦躁的情绪一点儿一点儿安抚下来。

凰北月听着琴声，慢慢走到风连翼的房间外面，伸手轻轻地将门推开。

雪白的衣袂在涌入房间的光线和微风中，轻飘飘的，像一片干净的云。

风连翼十指修长，肌肤似雪。在凰北月开门的一瞬间，他抬头对她微笑，瞬间城池沦陷，千军万马湮灭。

凰北月站在门口，逆着光，肤色雪白晶莹，一双秋水般的眼睛波光盈盈。

琴声慢慢进入尾声，在越来越轻缓的音调中，她哑着声音问：“为什么我不想犯错，却总是伤害别人？”

音符在风连翼的指尖停止流动，戛然而止的收尾缘于他看见了她动摇的目光。坚强如她，也开始怀疑自己了吗？

“人都有自己想拼命守护的东西，你也有，你也会不惜伤害自己，付出一切。”

“我有。”凰北月缓缓地点头。

风连翼微笑着站起来，将她打横抱起，走进内室，轻轻地放在了床上。

“你太累了，好好睡一觉，醒来后会觉得好一点儿。”

“翼！”凰北月颤抖着拉住他帮自己掖被子的手，抬眸看着他，“有什么办法可以让我不伤害你？”

“你不会伤害我的。”

“万一会呢？”

“能让你不伤害我的办法有两个，一个是我死，一个是我不再爱你，你觉得哪一个比较容易一点儿？”他温柔地笑着问，带着一脸宠爱之色。

“第二个。”她不假思索地脱口而出。她潜意识里就觉得，他死会让她绝望到想死。

表情微微一凝，他苦笑着说：“你的选择已经很伤害我了。”

“我不希望你死。”

“那我苦苦地从断情绝爱里解脱出来，又是为什么？月，看着我的眼睛，看着我的心，你不明白吗？唯一能伤害我的，只有失去你。”他说完，就匆匆地站了起来。

凰北月下意识地想跟着站起来，他却忽然拂袖，一阵带着甜味的香风拂过，她便软软地倒了下去。

他知道，如果她的情绪不处于崩溃的边缘，她是不会对他说出这种话来的。因为她和他一样清楚，在他心里，她和她的一切都排在第一位，永不可逆。

今天究竟发生了什么事，竟然让她这么难过？

“影凰。”风连翼冲着虚空的方向轻轻地唤了一声。

没有动静，只是窗帘拂动了一下。一个朦胧的人影对他点点头，然后就消失不见。风连翼转头看着凰北月沉睡的容颜，忍不住一阵心疼。月，我是不是应该带你远走高飞，远离这里的一切？

这一觉，凰北月并未睡得太安稳，对她来说，迷药本来就没有多大作用。况且风连翼也没有下重药，只是希望她睡一会儿，让脑子清醒一点儿。

果然，凰北月醒来之后，脑子就没有那么混乱了。

她抬手撑着额头。刚才她梦见了一场盛大的婚礼，新娘是北月郡主，可是当北月郡主掀开盖头转过身的时候，她却恍惚觉得那是她自己。那张脸深深地印在她的记忆中，想忘也忘不了。

房间里没有人，隐约可以听到外面有人说话。凰北月一时好奇，就下了床，悄悄走出去。

廊下，风连翼背对着她，和一个淡淡的影子低声说着话。

那个影子她认识，是“五灵”之中的风灵兽影凰。他神出鬼没，平时根本看不见，只有当他想让你看见的时候，才会现出一个隐约的影子。

影凰对空气流动很敏感。凰北月一走出来，他就抬起头看了她一眼。

风连翼这才慢慢地转过身来，面色却极其严肃。

“怎么了？”凰北月好奇地问，一颗心却越来越往下沉。

“月……”

风连翼刚想开口，凰北月却听到脑中响起红烛焦急的呼唤：“主人，魇醒了！”

凰北月一愣，二话不说，立刻召唤出冰灵幻鸟，匆忙地离开。

影凰看了风连翼一眼，等着他决定。

风连翼说：“我们也去看看吧！”

话音落下，一阵微风卷过，雪白的衣袂一闪，风连翼眨眼间就消失在廊下。

第二章 桃花落情

从驿馆到锁月楼并不远，以冰灵幻鸟的速度，凰北月不到两分钟就赶到了。

天色已晚，星光暗淡，一弯斜月挂在天边，冷冷的清辉洒下来。

凰北月老远就看到了锁月楼的顶端，一个夭红的身影映着月光，拉出一道长长的影子。

红色的纸伞在他的手中旋转。因为月光太淡，他的脸半明半暗，血红的眸子微微垂着，有些怜悯地看着下方，红唇轻启，冷冷地吐出两个字："蝼蚁。"

那阴柔的声音有些诡异，传入凰北月耳中的时候，她也不禁一怔。

待冰灵幻鸟飞近，凰北月定睛一看，锁月楼中的人都横七竖八地躺在地上，院子里的一切都被毁了，只有魇脚下的锁月楼还安然无恙。

凰北月震惊地看着这一幕，几乎说不出话来。

从那些自地面的缝隙里冒出来的红色花朵不难看出，这一切的破坏者是谁。可是她怎么都不敢相信，黑水禁牢里的十七年相伴，她竟然对他半点儿都不了解吗？

魇将红纸伞微微移开一点儿，红伞下面，妖魅的红色眼眸斜斜地看着凰北月。

凰北月想要喊出他的名字，他却比她先一步开口，略带讥讽地说："又一个送死的。"

凰北月浑身一震，还没来得及多想，就感觉一阵疾风从背后掠过。她本能地向旁边一闪，无数红花擦着她的身体飞过去。

红花飞入魇的手中，慢慢地凝聚成一把巨大的镰刀："该死的，竟敢拦本大爷的路。解决了你，本大爷就可以走了吧？"镰刀在半空中划过一个弯月形的弧度，忽然朝凰北月飞过来。

凰北月立刻以雪影战刀抵挡，然而那把镰刀具有的巨大的砍杀力，连她和冰灵幻鸟加起来都招架不住，一起被砍得身子猛地向下一沉。

凰北月咬着牙，低吼一声，将镰刀架开，怒道："魇，你疯了吗？"

"臭丫头，竟然知道本大爷的名字。"

魇撇着嘴，红唇的形状比他身旁的红花还要撩人。若不是面色有些苍白，此刻的他真是妖孽无双，狐狸精看见他都得甘拜下风，羞愧欲死。

很明显，他现在狂性大发，根本不将凰北月放在眼里。

镰刀一击不中，魇一手握着纸伞，一手握着镰刀，身形一晃，闪着寒芒的镰刀就在凰北月的头顶举了起来。

糟糕！凰北月举起雪影战刀抵抗，只听铿的一声，她的手臂差点儿断掉。

凰北月依旧死死地握着刀柄，咬着牙和魇僵持着。

"黑水禁牢里十七年相伴，我是凰北月。"

魇垂下眸，目光和她的一撞，忽然说："凰北月？我想起来了！"

凰北月感到一阵欣慰。还好，他不是和昀离一样失去自我。他没有变回以前那个危险的魇。

庆幸的笑容刚刚在凰北月的脸上出现，魇忽然猝不及防地第二次挥起镰刀，以迅雷不及掩耳的速度和力度，将她猛地拍落下去。

"哈哈哈……我骗你的！你还真相信了，傻瓜！"魇张狂的笑声在空中响起。

凰北月的身体迅速向下坠落，幸好有冰灵幻鸟，在她快要砸在地面的时候拼命振翅，险险地带着她擦着地面飞过。

饶是这样，刚才两刀相撞，依然震得她几乎左手麻木。此刻，她连刀柄都握不住了。

凰北月咬破嘴唇，不甘心地抬起头瞪着魇。

"看什么看？本大爷知道凰北月，不过是要杀了她的。你这个臭丫头敢冒充她，那就连你一块儿杀了。"

"没想到你连这个都忘了。"凰北月有些苍凉地笑起来。

魇听出她语气中的嘲讽之意，挑眉问："臭丫头，你是什么意思？"

凰北月不多解释，只是从纳戒里拿出万兽无疆，握在手心，翻转过来让他看："这是什么不用我说吧？"

"万兽无疆！"魇狠狠地盯着她手中的黑玉，眼中的杀气忽然重了几分，"臭丫头，你从哪儿得来的？"

"这还用问？现在的北月郡主不过是个空壳而已，我才是真正的凰北月。"凰北月眯着眼睛冷笑，"如今的我是以轩辕谨的七破丹重塑灵体而生，这些你比我更清楚吧？”

魔恍惚地想着，轩辕谨、七破丹……脑海之中，这些记忆若隐若现，每当觉得要想起来，又瞬间无影无踪，让他无比烦躁。

“既然你才是凰北月，那我杀你就好了！”魔语气狠厉地道，镰刀翻转，再次朝凰北月攻来。

凰北月一擦嘴角的血迹。万兽无疆的黑气中，一条雷光闪烁的鞭子飞快地延伸了出来。

“雷神之鞭。”

爆闪的雷光中，黑气夹杂其间，随着鞭子甩起，四周的空气明显都被影响了流动速度和方向。

镰刀被雷神之鞭缠住，魔想拽回来，凰北月的力气却出乎意料地大，她死死地拽住鞭子不松手。

趁着这拉锯的瞬间，凰北月身子前倾，飞起一脚，踢向魔的腰部。然而，她还没靠近，便有无数红花涌现出来，将她的脚挡开。

“不自量力！”魔轻蔑地看着她。

镰刀忽然缩小，从雷神之鞭中脱出来，转眼间又变大。

凰北月目光一闪，身子猛然退开，雷神之鞭也飞快地变幻了数十个不同的角度飞向魔。

魔却将一把镰刀挥舞自如，鞭子那么刁钻的角度，竟都近不了他的身。

“哈哈哈……臭丫头，有些实力。”

“过奖了！”凰北月狠狠地说。

她一掌对着魔的胸口拍去，可是毫无意外地被红花挡住了。凰北月眼中闪过狡猾的光芒，另一只手一转方向，雷神之鞭便在魔的腰部狠狠地抽了一下。

魔恼羞成怒，从没在战斗中遇到这么狡猾的丫头，是他一时大意了。

魔反转右手，握住凰北月执鞭的手，一条藤蔓顺着她的手蔓延至整个左肩。

那条藤蔓会生根，细细的根茎从凰北月的衣服钻进去，扎入骨肉中。

凰北月大惊失色，连忙调集万兽无疆的元气去抵挡，却一时疏忽了魔，只听头顶一声冷笑，胸口便重重地挨了一下，整个人如同断线的风筝般掉了下去。

半空中的魔犹不放弃，挥舞着镰刀朝着凰北月而来。

凰北月咬牙抬起头，手指结印，以身体为核心，一圈黑色火焰腾空而起。

“无尽玄火！”

魔的身体刚刚触到黑色火焰的边缘，便立刻停了下来。他倒转镰刀，提在手中。红色纸伞从空中慢慢飘下来，落在他的另一只手里。

魔微微抬眸，看了一眼远处，冷哼一声，道：“臭丫头，今天算你运气好，本大爷留你一条命，过几天再来取。”说完，魔转身离去，夭红的身影瞬间就消失在月色中。

凰北月捂着闷痛的胸口低咳一声，冰灵幻鸟带着她降落在地上。

锁月楼一片狼藉，她从浮光森林带出来的十五个青年死了三个，其余活着的人也伤得很重，可见魔下手之狠，比昀离更甚。

凰北月走到那三个死去的青年旁边，默默地蹲下来，亲手将他们脸上的血迹擦干净。

“当初跟着王出来的时候，就已经将生死置之度外了，请王不要难过。”吉克默默地蹲在她身后，低声说。

他嘴上虽然这么说，但他们是和他一起长大、同生共死的兄弟，说不难过怎么可能？只是，这种事情根本就是无法避免的，难过也没有用。

“吉克，把他们送回赫那拉族安葬。告诉他们的父母，他们是在战斗中牺牲的，没有一人临阵脱逃，不负勇士之名。”

“是。”吉克点点头。

其他人也围过来，都是赫那拉族的人。他们看着自己的同伴，沉默不语。

“陛下，那个叫魔的家伙，十多年前是整个卡尔塔大陆的灾难，本以为他变好了，没想到……”

已经进来一会儿的风连翼站在院子门口，没有上前打扰凰北月等人的哀悼。

影凰只是个淡淡的影子，用很低沉平淡的声音说着。

他们虽然没有看见刚才的战斗，可是根据这里惨烈的场面也能揣测一二。

风连翼沉默地听着，淡紫色的眼眸深深地看着凰北月的背影。她是很在乎同伴的人，这一次她会怎么做呢？

这一夜，气氛格外沉重，所有人的沉默使得月亮都悄悄地隐藏起来了，天上逐渐聚起浓密厚重的乌云，眼看着一场大雨就要来了。

凰北月紧紧地握起拳头，像是下定了决心，终于开口道：“如果魔从此为魔，我就得再次封印他。”

“主人？”红烛抬起头想要说什么，稍微犹豫后，还是什么都没有说，选择了继续和众人一起沉默。

凰北月深深地吸了一口气，转眼间，脸上的表情已经恢复了以往的平静和坚定。

“这几天，大家小心一点儿，如果魔再次出现，不要和他硬拼，让我来对付他。”

众人点点头。他们都明白魔的强大，自己根本不是他的对手，唯一能和他过几招的只有他们的遮夜王。

刚才虽然没有取胜，但是无尽玄火出来的瞬间，魔还是非常忌惮地选择放弃战斗，离开了。他们对王的信心一直没有消减，有她在，仿佛一切都不是问题。

凰北月吩咐众人各做各的事情，又妥善地安放了那三个人的遗体，这才转过身，看见了一直站在院门口不说话的风连翼。

她走到他面前，有些自嘲地摇头，笑道：“我没有想到，转移之术没有夺走魔身上的任何东西，却夺去了他的自我。”

她之前竟然以为，所谓的以物换物、等价交换，就是转移之术只会相应地夺走人身上的器官，而她连放弃身上某个部位的打算都做好了，却没想到转移之术根本不像她想的那样。她终于明白为何光耀殿将它列为禁术，因为它夺走的正是那个人最害怕失去的。

她现在想起来还觉得身体阵阵发凉，如果当初是她亲自施行转移之术，那么她失去的会是什么？

魔从黑水禁牢出来后一直战战兢兢，因为他曾经化魂，由神入魔。他怕自己再变回以前那样，所以一直小心翼翼地保留着自我。

虽然他从来不说，但凰北月心里很清楚。他本来就是尊贵的神兽，骄傲自负，怎么会愿意堕落为魔？

凰北月忽然觉得眼皮又酸又沉，低下头靠在风连翼的肩膀上，喃喃地说：“他早就知道转移之术的条件，但是劝不住我，就只好自己去施术。我到底在做什么事情啊？”

一双手忽然握住她的肩膀，坚定地搂着她：“你做的事情一直都是对的，没有半点儿错。”

“那错的是谁？”凰北月激动地反问，“是老天吗？我凰北月这辈子都不信苍天神灵！他既然是神，为什么不善待他的子民？为什么人世间还有这么多苦难？”

风连翼叹息，低声说：“谁都没有错。苍天神灵，我也不信，但是你不能不信自己。”

“我信自己！”凰北月抬起头来，通红的眼睛定定地看着风连翼，“事已至此，挽回不了的话，我只能竭尽所能，做我该做的。”

风连翼点头，道：“这样最好。”

看她重拾自信，他也放心了不少。她果然不是那么容易就被打倒的人。

接下来的几天平静得不可思议，本来凰北月一直戒备着魇可能随时都会出现，然而一连过去了七八天，临淮城里都风平浪静。

北月郡主的婚礼在三天之后举行。因她眼睛复明，皇上大喜，在宫中设宴，让战野亲自邀请凰北月进宫，接受封赏。

凰北月对赏赐半点儿兴趣都没有，况且最近她一心扑在万兽无疆上，哪有心思参加宫宴？因此一连几次都拒绝了。

高手都有怪癖，何况是她这样的隐世高手。就算皇上心里不悦，也没有多说什么，只是让人将说好的赏赐都送了过来。

北月郡主亲自来过，洛洛也来过，只是都被吉克挡下了。凰北月不见客就是不见客，不会因为来者的身份特别就破例。

整个临淮城，能见到她的人，除了风连翼只有战野。

最近两天，临淮城发生了一件不大不小的事情。西边城郊的一个村子发生了地震，死了好多百姓，房屋也被毁了。

战野亲自带人去救援。地震在这个时代本来也不罕见，可是战野回来后，竟然神色匆匆地来到锁月楼见凰北月。

战野一进门，凰北月就看见他额头上满是冷汗。他身上还穿着戎装，上面带有灾区的泥土和血迹，看样子是匆忙赶回来的。

“究竟是怎么回事？”凰北月捧着茶杯，几夜没睡好，眼眶都是青的。

“不是地震，”冷酷俊朗的面孔上第一次露出慌乱的表情，战野声音干涩地道，“是火山。”

“那里怎么会有火山？”凰北月好奇地问道。那个村子，她曾经路过，青山绿水，以她所懂得的知识来看，那里根本不可能出现火山。

“我是第一个赶到村子的人。当时百姓都因为害怕逃出来了，只有我进去。我发现那条还没有合上的裂缝下竟是滚动的岩浆。”

闻言，凰北月的面色也变了。战野不是会说谎的人，看他的样子，很明显当时也感到十分震惊。

凰北月的脑子转得飞快。她瞬间联想到了灵央学院第七塔下面的无边火海。

她记得第一次和战野进去的时候，从火海跑到阴冷的地下，那里有一座非常古老的城市，已经沉入水底多年。据说当年那是一座非常繁华的城市，却一夜之间消失在了世上。

因为外面有火海，所以凰北月猜测，那座城市和地中海的圣托里尼岛一样，是因为火山爆发而沉入海底的。

想到这里，凰北月忽然觉得后背一阵发凉，端着茶杯的手有些颤抖。

她与战野对视了一眼，知道他的想法肯定和她一样。

第七塔下面的巨大火海太惊人了，一旦爆发，那临淮城……

“是天要亡南翼国吗？”战野苦笑一声。

“你先别担心。这个消息不要走漏了，我去第七塔下面看看火海是否有异样。”凰北月放下茶杯，冷静的语气有种安抚的作用，让战野的内心也慢慢冷静下来。

“我跟你一起去吧！”

“不用。”凰北月摇摇头，忽然问，“战野，南翼国迁都的可能性有多大？”

“龙脉在此，国祚不能移，那些老臣会拼死反对。况且迁都是大事，没有五六年时间不可能完成。”

“要是火山爆发了，就什么都没有了。”凰北月激动地道。

不过，她转念一想，一个泱泱大国忽然迁都，肯定会弄得人心惶惶。如今灭了东离国，西戎国也归降，可这两国的百姓和老臣余孽还在蠢蠢欲动，一旦失了民心，南翼国将不保。

战野是从小被培养的太子，心中第一位永远是南翼国，否则他不会这么慌乱地来找她。但是火山爆发，老实说，她没有能力阻挡。

这个国家，这座城池，这里的许多人，是她来到这个世界的起点。如果这里一夜之间被火山吞噬，该怎么办？

凰北月带着这样沉重的心情，还是在半夜潜入第七塔下面。

扑面而来的热浪似乎比之前更强烈几倍，一推开石门，凰北月就承受不住了。她在身体周围布置了冰元气的结界，才敢走进去。

翻腾的火海中，一朵朵巨浪暴躁地腾起，重重地拍打在石台边缘。那些石块已经被火焰吞噬一大半，用不了多久，火焰就会蔓延到石门边。

凰北月看到这样的情景，眉头皱得更紧了。为何此前一直平静的火海，突然变得这么暴躁呢？是因为灵尊离开的关系吗？

凰北月驾驭着冰灵幻鸟高高地飞在火海上空，时不时要躲开那些翻腾起来的巨浪，因此飞行的速度格外慢。好不容易到达灵尊之前所在的那扇石门前，凰北月已经满头大汗。

石门没有关闭，火海中的岩浆已经涨上来，从门口倒灌进去。

从外面看，里面那些曲曲折折的道路全都燃烧着火焰，红红的火光照亮了原本漆黑幽暗的一切。

从这里不可能进去了！凰北月在石门外徘徊了一圈，掉转方向继续往前飞去。

当初救红烛出来的时候，她强行打开过山壁。此刻，山壁依旧保留着原先的缺口，缺口很高，所以火焰并没有灌进去。

她从缺口飞进去的一瞬间，身后一个巨浪忽然拍过来，幸好冰灵幻鸟飞得相当快，才险险地躲过。

凰北月回头去看，进来时的缺口居然被火焰堵上了。她心里一惊，下意识地看向前方。果不其然，中间的火焰池里有一叶扁舟，昀离飘身而立，衣摆微动，宛如神祇。

他当真在这里……

当年的记忆再一次浮现。第一次在这里看见昀离的时候，自己被他打得差点儿毁容。他不打别的地方，专门打脸，让她恨得咬牙切齿。如今再见，他已经不是当年那个眉目如画、清冷孤傲的灵尊，而是随随便便可以让大陆动荡的魔兽。

凰北月站在冰灵幻鸟背上，从上往下俯视着他。

“果然是你。”昀离微微抬眸，妖异的红色瞳眸里带着一种似笑非笑的邪恶光芒，“我来到这里，发现很多曾经留下来的东西，你想不想看看？”

凰北月抱着手臂，一副兴致缺缺的样子，道：“我来这里，是为了火山的事情……”

没等她说完，昀离已经荡着扁舟漂到岸边，然后上了岸，走进一条通道。

凰北月咬了咬唇，最终不得不跳下冰灵幻鸟的背，跟着昀离走进去。

这条通道很曲折，不知道通往什么地方。昀离在前面带路。凰北月发现，居然没走几步，就到了他之前所住的地方。

火光在远处闪耀，岩浆慢慢地流进来。如果他们迟来一两天，这里恐怕会被岩浆彻底淹没。

房间里被毁坏过，桌椅、杯盏全都被砸碎了。

昀离手指一弹，两只火灵先后飞进来，一左一右照在他的身侧。

昀离慢慢地走到一面墙壁前，墙壁上垂着一道厚重的帘子。他伸手拉了一下，帘子便慢慢地落在地上，墙壁上的一切缓缓地显露出来。

整面墙壁上空荡荡的，只挂着一幅画。

凰北月慢慢地走过去，借着火灵的光芒看清了画上的内容，忽然呆住。

桃花林嶂，紫霞青烟，画中的少女红发如火，面若桃花，那灿烂的笑容让她都觉得陌生。她此刻回想，竟无法忆起自己曾有过这么快乐的时光。

凰北月怔怔地看着画出神，声音卡在喉咙里，一时默然无言。

“看到画的时候，我在猜她是谁。”昀离站在画前，一边说着，一边转过身来看着凰北月，“你是不是觉得很熟悉？”

凰北月一愣，随即躲闪着他的目光，低声说：“是北月郡主。”

昀离低声笑道：“若是她，在南翼国精心筹备的婚礼上，恐怕新娘只能是个死人了。”

“你想干什么？”凰北月猛然抬头。

“我不喜欢无法掌控的感觉，所以，她要死。”

“画上的人是我。”凰北月无畏地道。

凰北月怕他不信，便将自己和万兽无疆联系起来。顿时，耀眼的红色头发如同倾泻而下的瀑布般散落在肩膀上。远处的火光映出无数细碎的光芒，在她发丝上如精灵般跳跃，她的面容在此时此刻也变得格外清晰。

昀离若有所思地盯着她，片刻之后移开目光，不看她，也不看那幅画。

“昀离，你若对北月郡主下手，我发誓和你不死不休。”

“不相干的人，你以为我会屑于动手吗？”昀离冷冷地问。

凰北月悄悄地松了一口气，神情戒备地看着他。反正自己和他已经是敌对的关系，若他因为她是画中人要杀她，也无所谓。

“你要杀我，我无所谓，但是有件事我要问清楚。”

“是关于这片火海吗？”昀离微微扬唇，没有等她发问，就给了她答案，“你的猜想是对的。”

凰北月倒吸一口凉气，有些震惊地道：“你可以操控这片火海？”她始终还是低估了他的能力。

“为什么要对南翼国下手？这个国家没有任何对不起你的地方！”想到那座无辜毁灭在火山动荡之下的村庄，凰北月身上忽然戾气暴涨，紧握的拳头咯咯作响。

昀离慢慢地转过身，冷笑着道：“凰北月，我这么做，只是想引你来这里。”

凰北月一怔，随即骂道：“你浑蛋！”

她觉得来到这片大陆以后，耳濡目染那些风雅的人吟诗作画、弹琴咏文，连脏话都不会说了，没想到关键时刻还能这么利落地骂出口。

被骂的人却笑道：“让你愤怒用不着打你，我有的是办法。”

“浑蛋！”凰北月狠狠地瞪圆了眼睛，怒急攻心，一张口只能骂人。

昀离淡淡地看了她一眼，脸上带着得胜之后的笑容。

“有什么事冲着我来，让无辜的人受害算什么本事？”

“你？你可以怎么做？”

“你想要怎么做？想杀我？我奉陪到底！我凰北月也没那么容易死！”她发狠地说，嘴角讥诮地扬起来，“昀离，斗到最后，谁死在谁手上还不好说呢！”

“杀你？”昀离不屑地笑了一声，“万兽无疆的主人，必死！不过在此之前，我想做一件事。”

“什么事？”凰北月斜眼看着他，直觉告诉她不会有什么好事。不过，既然是谈条件，她愿意听一听。

昀离抬头看着墙上的画，沉默片刻，才慢慢地开口，说出了她绞尽脑汁都没办法想到的一句话：“嫁给我。”

凰北月完全被这句话惊呆了，脸上的表情如同一个玻璃面罩，正一寸寸碎裂，然后从脸上剥落下来，只剩下一片茫然和震惊。

这只是很平淡的一句话，她相信他说这句话的时候心里并没有波动，却让她的心一瞬间乱了。

“笑话！”凰北月沉默半晌，终于冷笑出声，借以掩饰自己内心的慌乱之感，“我为何要嫁给你？为了南翼国吗？我现在不是北月郡主，南翼国是好是坏关我屁事？”

昀离没说话，只是疏离冷漠地看着她。

凰北月看了他一眼，道：“我的话说完了，我走了！”

她转身离去，他也没有阻拦，淡漠得如同什么事情都没有发生过。

凰北月走到门口，脚下忽然一晃。她扶住墙壁，一股灼热的感觉扑面而来。

她心里一沉，慢慢地抬起头，只见原本平静的通道里忽然天摇地动，然后，灼热的岩浆宛如咆哮的恶龙，疯狂地涌了进来。通道完全崩塌，也无法阻止岩浆的来势汹汹。

凰北月连忙后退，一道道厚重的冰墙在她身前竖起来。然而，无数道冰墙在接触到火焰的瞬间，不是被撞碎，便是被融化。

不可能！那只是普通的火，怎么可能这么厉害？她还来不及多想，就见岩浆撞开了数十道冰墙，从她的头顶猛然扑下来。

凰北月变幻着手印，张开结界，头顶巨大的压迫力量让她的脸色越来越难看。

连她抵挡这些岩浆都这么困难，那整座临淮城……心绪一乱，一只手从她的背后伸过来，轻轻地往前一拦。

像是路上有一个蹒跚老人走过，而他漫不经心地抬手，就阻止了老人继续前行。岩浆像是听话的宠物，在他的掌心前面顿时停步，温顺而惧怕地向后退开了一点。

凰北月满头大汗，看着眼前曲曲折折的通道完全被损毁，被滚滚的岩浆淹没，和外面的火海相连，宽广无边。

这样的景象太壮观太惊人，就像她当年肆无忌惮地横越太平洋，低下头去看的时候，发现前面是海水，后面是海水，左边是海水，右边是海水，地平线在遥远得似乎永远都不会到达的地方。那时，她才知道自己不知天高地厚，与天抗争的心有多渺小。

时至今日，她忽然想起当时的心境，觉得无比苍凉，整颗心好像沉入海中，又苦又涩。

她有些无力地看着，而昀离站在她身后，轻而易举地穿过了结界，将手搭在她的肩膀上。

“怎么样？这样的景象是不是特别美？”

凰北月深吸一口气，才让自己忍住没有对他动手：“你究竟想怎么样？”

“我知道你喜欢谈条件，我的条件刚才已经说清楚了，答应与否，就看你了。”

她身子一僵，抿着唇，问道：“为什么？”

昀离扬唇一笑，声音忽然低沉下去：“看见那幅画的时候，我在想，自己以前究竟有多喜欢你？我在这里想了很久，最后只明白了一件事，你知道是什么吗？”

“什么？”

昀离道：“不管我有多喜欢你，你都不会选择跟我在一起。”

“我以前从未发现你是这么儿女情长的人。”

“你错了，我现在也不是儿女情长的人。”

“那你想娶我是为什么？”

“因为……”昀离顿了一下，随即淡淡地说，“理由，我不想说。”

“你……”

“我给你三天时间。三天之后，北月郡主的婚礼上，你若是想让南翼国永享太平，就穿上嫁衣来找我。”昀离说完，便把她往前轻轻一推，让她堪堪站在了岩浆的边缘。

火焰地狱，无边无际。

火海前，她眼底的光芒若隐若现，身后的人则满脸冷漠地轻轻瞥了她一眼，然后消失不见。那幅挂在墙上的画，也随着他的消失一同不见。

第六章 盛世婚礼

朗朗天空，晨光初现，一眼看出去是灰蒙蒙的颜色。在地平线的尽头，有细细的光芒努力挣扎而出。

凰北月抬起手挡在眼前，光芒透过手指的缝隙落在眸中，顿时就被那清冷的目光吸收得无影无踪。

她站在第七塔的顶端，放眼望着整座临淮城。临淮城被晨光笼罩着，天亮之前总是这么静谧无声。

凰北月站在这里，没有隐藏气息。不久后，空旷的天空中便有一道影子飞快地掠过，一声鹤鸣，仙风道骨的苍河院长落在她的身边。

长长的胡须飘荡在风中，他着一身灰白长袍，干净出尘。苍河院长虽然年迈，一双眼睛却依旧精明湛亮。

好歹是历经了百年岁月，见多识广，苍河院长看了凰北月一眼，便道："老夫觉得阁下很眼熟，但是不敢轻易下决断，不如请阁下告知吧！"

凰北月火红的发丝飞舞在晨风里，那无法掩饰的光芒如同地平线上慢慢出现的曦光，惊艳绚烂。

凰北月低笑一声，抬起头，说："学生凰北月见过院长。"

苍河院长抚着胡须一怔，随即哈哈大笑，道："你终于又出现了啊！自从听说一个叫戏天的人医治好了北月郡主的眼睛，老夫就知道是你回来了。"

凰北月谦逊地笑了笑。在这位老者面前，她是学生，不用摆出清高的架子。

二人在晨风里站了一会儿，凰北月忽然开口问："院长可知道第七塔下面是什么？"

苍河院长面色凝重地点点头，抬手一指七塔之阵的方向，道："当年那个人留下阵法，一来是为了将毕生所学传承下来，二来也是希望以阵法压制地下那可怕的东西。”

凰北月并不觉得意外。以轩辕问天的聪明，他怎么可能料不到地下的火海是个巨大的隐患呢？

“七塔之阵能永久镇压那片火海吗？”

苍河院长面色严肃地摇了摇头，道：“那个人说过，只要有灵尊大人守护，就可高枕无忧。若是灵尊大人离开，那么……”

“看来那个人也料到了这一切。然而，连他都没有办法继续阻止了吧？”凰北月叹了一口气，苦笑道。

“戏天阁下，不瞒你说，城外那场灾难并不是地震，而是……”

“我都知道了。”凰北月点点头，“战野太子跟我说过。”

“那阁下可愿意帮忙？”苍河院长精锐的老眼充满期待地看着她，可以看出，他对她抱有很大的希望。

凰北月心中一阵压抑，不过，还是认真地说：“我费尽千辛万苦，甚至牺牲了樱夜，才让南翼国成为卡尔塔大陆上最强盛的帝国，怎么会忍心看着它一夕之间沦亡呢？那样又怎么对得起亡故的樱夜？”

苍河院长喜道：“太子殿下果然没有看错人！阁下是南翼国的救星，老夫要上奏皇上……”

“院长，”凰北月诚恳地说，“长公主府里有一位北月郡主已经够了，戏天只是个外人。”

苍河院长一怔，只听凰北月接着道：“今天见过我的事情，请院长保密。若是太子殿下问起，请转告他，就算没有樱夜，还有我这个妹妹为他分忧。他高兴，我就高兴。”

“这些话，戏天阁下为何不亲口对太子殿下说？”

凰北月道：“当面我说不出口。在他面前，我没有资格提起樱夜。”

“阁下……”

“请院长务必帮忙，凰北月感激不尽。”

“唉，好吧！”苍河院长颇为惋惜地说。

这位戏天阁下如今脱胎换骨，和北月郡主已经毫无瓜葛，虽然其中的缘由他不是很明白，但至少知道，她和战野太子并没有血缘关系。

这个女娃不仅实力强大，而且聪明果决，若她能和战野太子结合，南翼国将如虎添翼。只是，他虽然有心这么想，事实却似乎和他的想法背道而驰。看来，南翼国没有福气拥有这样一位惊才绝艳的太子妃，甚至是将来的皇后。

凰北月向苍河院长请教了许多关于地下火海的事情，才离开第七塔，回到了锁月楼。

吉克等人要护送那三个死掉的青年回浮光森林，只留下阿萨雷和阿丽雅兄妹跟在凰北月的身边。

亲自将他们送走后，凰北月才想起风连翼还没有离开。他没有插手他们的事情，只是一直在书房里等着她。

凰北月深吸了一口气，朝书房走去。

红烛的声音从灵兽空间里传来："主人要怎么跟他说？"

"照实说。"凰北月不疾不徐地道。

这样冷静的她，让红烛也说不出话来。

凰北月推开书房的门，风连翼坐在书桌后面，桌子上堆放着的卷宗、书籍几乎把他遮挡住了。

"月儿，过来。" 风连翼听到开门声，笑着说了一句，然后从书桌后面走出来，"这些是关于当年魇肆虐卡尔塔大陆时的记载，不少都是和他接触过的高手留下的。各国视那段历史为耻辱，资料都被封存，并且从民间抹除了所有记载。"

凰北月看着堆成一座小山的资料，心里有点儿堵，不过面色如常，只是有些疲惫地笑道："你私自把北曜国的资料拿出来，不怕被史官乱写吗？"

"影凰办事，怎么会让人察觉？"笑意缓缓地漫上唇角，风连翼道，"况且，你不是外人。"

凰北月在一份份资料上慢慢移动的手指忽然顿了一下，但很快就又继续移动起来。然而，这个细小的动作，怎么可能逃过风连翼那双精明的眼睛？他的眉心微微一蹙。他对她了解至深，所以她短暂停顿的一个动作，竟像是敲打在他心上的一记重锤，让他脸上的笑容一寸寸消失。

他抿着唇，许久没有说话，只是看着她的身影，等着她先开口。

凰北月察觉到背后的沉默，如同无言的质问，再也无法假装平静，慢慢地转身看着他，"我有些话想跟你说。"她没想到自己一开口，声音就这么干涩。

风连翼仔细地端详着她的脸庞，原本心里存有的一丝希望，被她的话彻底碾碎。

"什么话？"他平静地问。

凰北月走到书桌后面坐下，一只手撑着下巴，淡淡地说："我在第七塔下面见过昀离。以前，我不知道自己这么伟大，可以为了救南翼国而付出一切。我觉得我一向都是自私冷血的，这样做好像是背叛了自己一样，你觉得呢？”

“我……”

“对不起。”

在他说出任何话之前，她已经把这三个字重重地抛了出来，像是一堵厚厚的墙壁挡在他的面前，让他过不来。

风连翼怔怔地抬起头。堆成山的书籍挡着她，他根本看不见她的表情。那一瞬间，他的心和他的脑子一样空白，什么感觉都没有。他知道这不是麻木，而是另外一种东西。

他听完她的话，没有发表任何意见，转身走了。等他打开门走到院子里的时候，才感觉到心里的痛楚铺天盖地而来。

他眼前一阵模糊，走下台阶的时候，绊了一下，差点儿摔下去。

阿萨雷如旋风一样冲上来，扶住风连翼，笑嘻嘻地问：“陛下想什么想得这么出神？我们王没对你做不好的事情吧？”

凰北月和风连翼的事情，他们早就心照不宣。既然王喜欢，他们只能支持到底。此时，阿萨雷的脸上尽是揶揄的笑。

风连翼看了他一眼，淡淡地笑道：“她的爱是一把利剑，在爱上她的那一刻，就应该做好随时被刺伤、被杀死的准备。”说完，风连翼推开阿萨雷，快步离开。

“利剑？”丈二和尚摸不着头脑的阿萨雷摸着脑袋思索了半天都没想明白，无奈之下只能走进书房。

“王？”阿萨雷走到书桌旁边，看见凰北月坐在椅子上一动不动，心脏不禁猛地跳了一下。

阿萨雷正想询问，却见凰北月忽然抬起头来，神色正常地道：“怎么了？”

“刚才看见修罗王出去，好像受了不小的刺激。没想到一向从容不迫的修罗王，会露出那种表情。”

凰北月淡淡地瞥了他一眼，道：“我觉得身为女子，在你面前真是羞愧。”

“为何？”阿萨雷不解地问。

“你这颗强大的八卦之心让我无地自容。”

阿萨雷一脸赧然，哈哈一笑，道：“王，你真是的，你自己没有，也不能这么嫉妒我啊！”

凰北月扑哧一声笑出来，然后低下头。谁也没有看见她那双带着笑意的眼中隐藏的悲伤和难过。

接下来的三天平淡地过去，转眼就到了北月郡主婚礼这一天。

这天清晨，临淮城万人空巷，喜庆的音乐天不亮就开始奏响。街道两旁挂满了红绸和鲜花。御道上铺着红毯，从长公主府一路铺到布吉尔家族的城堡外。

十里红妆，盛世婚礼。

长公主府里一早就忙得不可开交。

相比长公主府的热闹，锁月楼就冷清多了。凰北月一早起床，沐浴更衣，而后坐在妆台前面，让红烛和阿丽雅帮她梳妆打扮。

> 小山重叠金明灭，鬓云欲度香腮雪。懒起画蛾眉，弄妆梳洗迟。
>
> 照花前后镜，花面交相映。新帖绣罗襦，双双金鹧鸪。

阿丽雅一双巧手在她眉心画了一朵精致的牡丹，拿起菱花镜让她看看，小声问：“漂亮吗？”

凰北月看着镜子里的人儿，此等绝色，令她自己都觉得陌生。

“随便就行了。”

她的妆化得差不多了，发上不必有太多坠饰，只配以一顶小巧的花冠。罗裙曳地，大红色，鲜艳又喜庆。

凰北月回头看了一眼，毫不犹豫地用一道雷光将拖在地上的裙摆斩去。这层层叠叠的嫁衣不知道有多麻烦，内纱、外纱足有十几层，不知道阿丽雅从哪儿找来这么烦琐的嫁衣。

“王，不等着迎亲队伍来接吗？”阿丽雅哭了几晚，嗓子早就哑了。

凰北月笑着说：“要是真来迎亲，整个临淮城不就乱了？还是我自己去吧！”

阿丽雅跟着她跑出去，想一起去，却被红烛拦了下来：“阿丽雅妹妹，我跟着主人就行，你不用担心。”

红烛说完，冰灵幻鸟便出现了，带着凰北月和红烛离开。

密林辽阔，一眼望去，是看不到尽头的郁郁葱葱的草木。一阵风掠过，那片密林顿时如海浪般由远及近，起伏不定。

林海的尽头，一黑一红两个人影先后从天空飞掠而过，最后落在一棵参天巨树上。

诡异的黑、妖艳的红，二者之间呈现强烈的对比，却不妨碍他们一起行动。

夭红的身影落定后，左手一扬，手中便出现了一把红色的纸伞。

他慢慢地撑开伞，挡住头顶的阳光，抱怨道："一路上你不准杀人，到底是什么死规矩？"

"弱小之人，杀之有何快意？"

这二人正是魇和昀离。两只能引起天下动荡的魔兽，此刻却为能不能杀人起了争执。

"本大人喜欢闻血的味道。哪像你，一点儿都不像魔兽！"魇魅惑地舔了舔嘴唇，动作相当性感。

可是，他即便再妖魅，照样被昀离无视了去。

魇开始无情地嘲笑昀离："黑子，你这个家伙无聊到一种境界了。你说，你除了每天不准我杀人，不准我乱跑，你究竟还有什么爱好啊？"黑子是魇为昀离取的新外号。

魇似乎对直呼别人的名字有种天生的障碍，在他的口中，凰北月是臭丫头、风连翼是讨厌鬼、墨莲是小浑蛋、昀离是黑子。

"与你无关。"昀离淡淡地道。忽然，他抬起头，看了一眼蔚蓝的天空。

魇依旧喋喋不休地在抱怨，吃不好，玩不好，杀人都不尽兴。

昀离把他所有的话都选择性忽略，问道："你真的不记得凰北月？"

魇撑着小红伞，回眸妖孽地一笑，道："谁告诉你我不记得她？"

"你记得？"

"当然。"小红伞在手中慢慢地旋转，魇掩唇而笑，"记得又如何？记得她，就不能杀她？谨儿我都杀了，何况是她？"

昀离不置可否。

魇想起了什么，忽然回头，兴冲冲地说："我入魔在你之前，魔性比你深。至于实力，还没比试过，不如现在来比一场，如何？"

"没兴趣。"

"黑子，你不会是害怕吧？"

昀离不屑地轻哼一声。

魇急了，开始质问："你这个人无不无聊？不准我杀人就算了，还不跟我打，那你说我们究竟要做什么？"

昀离抬起头，淡淡地说了一句："来了。"

"啊？"魇不明所以，满脑子的问号和不甘，只好也抬起头，顺着昀离的目光看去。

远处，晴空之下，一点儿晶莹的雪色忽然出现，转眼间已经到了近处。那抹雪色是一只冰鸾鸟，鸟背上，盛装的红衣少女迎风而立。

“绝色美人儿……”魇喃喃地说，眼睛都看直了，“黑子，有没有觉得那鸟有点儿眼熟？”

“冰灵幻鸟。”昀离回答了他之后，便朝前走了一步。

刚好，这时冰灵幻鸟也到了近前。少女看了他一眼，从鸟背上轻轻一跃。

凰北月落地之前，昀离本想抓住她的手，一晃眼间，夭红的身影却先他一步闪身而上。

“原来是你！”魇用红伞轻轻一钩，钩住凰北月纤细的腰身，把她往自己面前一拉，“你是故意穿这么漂亮，好和本大爷凑成一对吗？”

他一身夭红的衣裳和她的红色嫁衣刚好相配，没想到他入了魔还这么自恋。

凰北月似笑非笑地看着他，道：“你想得太多了。”

随即，凰北月绕过魇，走到昀离面前，神色淡然地看着昀离：“我来了。”

魇转过头，轻锁着眉，看着他们。

昀离轻轻地执起她的手，只说了一句：“走吧。”

“走之前，我有件事情要办完。”凰北月站着没有动。

昀离轻轻地瞥着她，目光中没有任何情绪。

凰北月抬起头。盛装打扮过，她知道自己此刻有多好看。即使有魇做对比，她也没逊色多少，能够令任何人动容。

凰北月冲昀离轻轻地一笑，道：“办完这件事后，我想，我对南翼国就没有牵挂了。”

昀离淡淡地说：“给你一个时辰。”

“多谢了！”凰北月柔柔地一笑，然后偏过头，看见魇一直以一种奇怪的目光盯着她。她眼睛一弯，道：“怎么了？”

“没什么。”魇一副嫌弃的口吻，道，“看来看去，你还是没我好看。”

“魇阁下倾国之貌，天下无双。”凰北月毫不吝啬赞美之词。夸他两句又不用花钱，让他高兴高兴，她何乐而不为？她以前一直给他气受，想让他高兴一点儿的时候，竟然都没机会了。

果然，她一夸奖，魇立刻十分受用地笑起来，真是半点儿谦虚的样子都没有。

凰北月乘机说：“魇阁下，请你帮个忙，可以吗？”

“说来听听。”他心情好，什么都好商量。

“能不能跟我去参加北月郡主的婚礼？我想送她一份贺礼。”

魔没有拒绝，反正闲来无事，跟着她走一趟也没关系。只不过，他会另外收取一些利息就是了。

昀离没有阻止，两人便一前一后往临淮城的方向飞快掠去。

路上，疾风吹拂，魔身上的衣服却不受任何干扰，只是微微摆动，有一种恰到好处的美。他撑着红纸伞，在湖边闲庭信步，悠闲得不得了。

凰北月不禁暗暗佩服。这样的境界要耗费太多元气，她都不舍得随便这么玩儿，他却很随意。果然，魔兽都是逆天的。

“臭丫头，”魔散漫地问，“你穿成这样，想干什么？”

“和昀离成亲。”凰北月毫不避讳地说。

魔忽然停下来，一脸沉冷地道：“谁允许的？”

“我愿意。”凰北月嗤笑道，“我嫁给谁，还要请示谁吗？”

魔一时说不出来要请示谁，但还是嘴硬地问：“他有什么好？你的眼睛长哪里去了？”

“我也不知道他有什么好，但我就是得嫁给他。”为了南翼国，这句话，凰北月只能在心里说出来。

接下来的路上，魔非常郁闷。他倾国又倾城，一旁的美人儿却要嫁给别人，不管怎么样，这不科学啊！

万人空巷的临淮城。

两人一同飞掠到城市上空，用结界将身形隐去。

向下方扫视了一圈，二人很快就发现新娘已被从长公主府迎出来，走到了布吉尔家族前方的广场上，而那里早就挤满了百姓。

这次盛大的婚礼，太后和皇上也出席，只见广场前的看台上，军队森严，护卫、高手暗藏其中。皇帝的身旁是苍河院长等众高手，下方则是皇亲国戚、王公贵族及各国使臣。

目光从看台上的众人面上扫过，却没有看见风连翼，凰北月心里暗暗奇怪，他为何没有出席？现在又在哪里？

只是，想这么多终究没有用，她暗暗收敛心神，从纳戒里拿出一支竹箫，在手里转了一圈：“魔阁下，想借你华丽的飞花术一用。”

魔一寻思，就明白了她意欲何为，当即笑道：“借你可以，但我有什么好处呢？”

“你想要什么好处？”

“我最喜欢美人儿，不如你……”

晶亮的眸子微微一转，清波荡漾，凰北月笑道：“你要是能让昀离同意，我无所谓。”

“哈哈哈……我喜欢痛快的人！”魇大笑起来，欣然同意。

锣鼓喧天，新娘已经迎到。

洛洛从马背上跳下来，气宇轩昂地走到花轿前，牵着新娘的手将新娘领出来。

他长大了！看见那张俊脸上成熟的神情，凰北月稍感安慰。

郎才女貌，天作之合。

见他们牵手走上台阶，广场上的百姓齐声欢呼起来。

皇上主持婚礼，仪式盛大而隆重，礼官一直在唱和，每次行礼都会鸣奏喜乐。

皇上很高兴，看着这对新人，就像看着自己和心爱的人成亲一样，容光焕发，笑容满面，隐约可见他眼睛里有一层薄薄的水光。

有情人终成眷属。此刻，皇上心想，若这新郎是他，新娘是惠文长公主……几十年的执念仍然未能释怀，当真可怕。

仪式一过，半空中忽然响起悠扬的箫声。

广场上欢声震天，这箫声本该被淹没，却非常奇异地让每一个人都听到了，如同在脑海中回响。

欢呼声渐渐消失，每个人下意识地抬头寻找是哪里发出的箫声，可是空中分明空无一人啊！

一些实力深厚的高手微微皱起眉。这箫声里融入了一股非常强大的元气，通过音符传递到每一个人的耳朵里，所以众人听得极其清楚。此等实力的高手，必定很可怕。

高手们纷纷戒备，下意识地用元气将耳朵覆盖住，不去听这乱耳的魔音。

“看！那是什么？”人群中，一个百姓忽然指着天空惊呼道。

一朵鲜红的花随着箫声从天空坠落，在万里无云的晴空中分外显眼。

“那儿还有。”

“还有那里。”

一个声音响起，紧接着便是此起彼伏的声音。

晴空之中，忽然如同降雨，无数红色花朵飘落而下，喜庆张扬，像是在为这场婚礼庆贺。

有几个别国的高手皱眉看着，道：“幻术？”

他们的第一个想法自然是对方用幻术造出了这么多飞花，以及箫声，而能使出如此强大幻术的人，一定是九星以上的高手。可是，当空中的花朵落在那些高手手中，他们才纷纷变色。这些花竟都是真的！真实的触感，娇嫩的花瓣，淡雅的香味，幻术绝对达不到这样逼真的效果。

片刻之间，盛大的婚礼现场便安静下来，只有悠扬的箫声柔柔地奏响，以及漫天飞花飘洒。

高台上，苍河院长等人也面面相觑，不知道发生了什么事情。

贵族们都站起来，仰头去看，甚至一些贵族少女忍不住伸手去接那些红花。

皇上和北月郡主周围已经有许多高手在护卫，四周也都张开了结界，避免那些花落下来沾染到他们身上。今日这大喜的日子，各国使者都在这里，如果有细作或者刺客潜进来，现在就是下手的最好时机。

北月郡主悄悄地把红盖头掀起，额前的一层珠翳下，双眸明亮。

“为何天上会落下这么多花？”

漫天红花盛开的盛景，美得让人说不出话来。

“也许是为了庆贺郡主的大喜之日。”洛洛笑着对她说。

北月郡主听洛洛这么说，脸上慢慢地涌上一层红霞，羞涩地低下头去。

北月郡主天真无邪，而所有人都愿意成全她的天真。

半空中没有一个人，箫声和鲜花真的好似从天而降。一些百姓以为出现了神迹，已经跪下去祈祷。

虽然这番景象在一些高手看来是有人刻意为之，但做这件事的人必定有着非常恐怖的实力，因此他们都忍着不说出来，就看这个高手下一步打算怎么做了。

百姓都是普通人，不了解其中内情，以为是神迹而纷纷膜拜，这场面让那些高手一时之间也无法控制。

“院长，是否觉得这红花十分眼熟呢？”高台之上，还镇定地坐着的只有苍河院长，及几位长老，其中一个长老问道。

闻言，苍河院长点点头，语带叹息地道：“和当年那魔物极其相似啊！”

苍河院长如此说着，心里却忍不住颤抖了一下。

十几年来，魔销声匿迹，但是他还活着，并且随时都会回来。这一点，苍河院长一直都没有忘记。

“这些红花里没有夹带元气，应该不是伤人的暗器。”南宫长老接了一朵红花在手，淡淡地道。他将手掌以元气覆盖住，才敢触碰这些花。

“未必每一朵都会伤人，也许有特定的，不可大意。”苍河院长面色凝重地道。他忽然转过头，看见皇后身边的永宁公主站起来，慢慢地走到护栏边，任那些红花轻轻地落在她的身上。

苍河院长开口之前，皇后已经出声道："红莲，你站在那里干什么？还不快回来！"

此时，地上已经落满花朵。红莲低下头，抬起脚狠狠地踩碎了一朵花，然后回头乖巧地笑道："母后，是否听说过南翼国的神话？"

闻言，皇后皱起眉。这场婚礼，她本就不想参加，为了自己一双子女才不得不出现，此时心情抑郁，也不想听红莲说什么神话，便意兴阑珊地摇了摇头。

红莲自然而然地忽略了皇后眼中的不耐烦，自顾说着："很久很久以前，南翼国只是一片焦土，神出现在这里，吹响了箫声，唤醒了沉睡在焦土中的灵魂，以盛开的扶桑花塑成人形，这就是南翼国先祖的起源。虽然是神话，可是寻常百姓都虔诚信奉，而这些花正是扶桑花。"

红莲的声音不大，在只有箫声回荡的广场上，却被许多人都听到了。

苍河院长猛地站起来，直接冲出结界，走到外面。

"这是……有人故意制造神迹？"苍河院长看着广场上大多数百姓都已经跪下去膜拜，面色有史以来第一次阴晴不定。

在北月郡主大婚的这一天制造神迹……一时之间，好多人都忽然明白了什么。

皇后也想通透了，面色不变，倒是看着北月郡主的方向冷笑一声："想不到还有人暗地里这么帮她。"

"母后，您在说什么？"红莲拿着一朵扶桑花，走近皇后。

皇后眼眶微红，喃喃地说："她凰北月做的事就光明磊落吗？为什么只有我的樱夜得到了报应？"说完，皇后才意识到红莲就在自己身边，连忙抬头看向红莲。

红莲的脸上有一抹受伤的笑。她没有说什么，转过头去。

"红莲……"

"在母后心里，时时牵挂的都是樱夜，我……只是多余的罢了。"红莲说完，快步走下看台，不打算再留在这里。

红莲走下台阶的时候，正好遇上匆匆走上来的战野。他显然是想将想到的事情告诉皇上。

红莲伸手拦住他，笑道："皇兄，北月郡主真是集万千宠爱于一身，父皇宠爱她，布吉尔家族将她视若珍宝，现在还有人为她制造神迹，让百姓都爱戴她，这样的好运真让人嫉妒，是不是？"

战野面色铁青地道："不要乱说话！"

“我有没有乱说，你心里很清楚。你看那些百姓，已经开始冲她膜拜了，是把她当成神的转世，寄托希望了吧？我很好奇，这个在背后如此大费周章、耗损元气帮她的人究竟是谁？”

“你想干什么？”战野面色阴冷地看着红莲。若她敢有对南翼国不轨的举动，他也不在乎做一些让母后伤心的事情。

红莲冷笑着抬起头，看向天空，道：“有这样的高手，我能做什么？皇兄这么凶恶地看着我，真让人心寒。我才是你的亲妹妹啊！”

“你既然知道自己是我的亲妹妹，就别惹我生气。外人我可以宽恕，但是亲人，我一向不留情面。”战野留下狠话，便绕过她走了上去，留下红莲一个人站在原地冷笑。

“好母亲、好兄长，这就是亲情吗？真让人恶心！”红莲嘴上虽然不屑，眼底的一丝委屈难过却还是飞快地划了过去。

凰北月看着广场上百姓的举止，也吃了一惊。这有点儿出乎她的意料了。

魇撑着红伞，只是微微动着手指，天空中便如同下雪一样倾撒着红花，这种实力实在太变态了。

“是不是正如你所愿？”魇妖魅地一笑，“神话重现，万人跪拜，哈哈哈……”

凰北月放下竹箫，淡淡地问道：“我记得你之前召唤出来的花，并不是扶桑花。”扶桑花虽然鲜艳，但以魇的个性，他怎么会喜欢这种单调的花？

“我在尽力帮你啊！我喜欢看美人儿高兴。”一双暗红色的眼睛微微眯起来，魇盯着下面的北月郡主，啧啧惊叹。

凰北月无奈地说：“我在你旁边，就不用看别人了吧？”

魇偏过头，被她看过来时的盈盈一笑弄得微微失神，轻咳了一声，掩饰尴尬。

“这样一来，应该没有人敢去欺负她了吧？”凰北月看着下面抬起头来、开心地看着飘落而下的扶桑花的北月郡主，脸上露出一丝欣慰的笑容。

对她来说，北月郡主更像是她渴望成为的自己，简单而幸福，多好！她得不到的，至少让那个和曾经的她长相一模一样的人得到，也算是一种安慰吧！

凰北月不再吹响竹箫，魇也停止往下撒花，天空放晴，万里碧空如洗，连云朵都那么干净纯白。

盛大的婚礼在这样的神迹中结束，相信不用多久，这件事便会传遍卡尔塔大陆。而神迹之下的北月郡主，会在这层虚幻的神光之下，得到永世的庇护。这就是凰北月的目的。现在目的达到，她也没有必要继续待下去了。

“走吧！”

凰北月和魇一起转身，对这里已经没有过多的留恋，所以走得很干脆。

透明的结界划过天空，半点儿痕迹都没有留下来，似乎从来没有人来过。

凰北月和魇走后不久，亲自来祝贺的北曜国皇帝风连翼才姗姗来迟。护卫成群，衣冠严整，头发以金冠束起，他身上少了平日的闲散风雅，多了帝王的冷酷严谨。风连翼来到这里，没有看见喜庆的场面，却只看见一地的红色扶桑花。百姓跪在地上，念诵有声，虔诚地膜拜。这一幕和婚礼的场景相差甚远，风连翼也不得不蹙眉看着。

一朵扶桑花被一只虚无的手拿起来，影凰的声音响起：“陛下，这花里残存的元气是魔兽的。”

看见这些扶桑花的瞬间，风连翼已经联想到魇，只是想不通他降下漫天飞花意欲何为？

影凰将扶桑花放在鼻端轻嗅，然后抬起手，在空气中轻轻地搅动，皱眉道：“还有另一股元气，是……”

“是她。”风连翼在他之前脱口而出。

随即，风连翼想也没想，便快步走向看台。

刚才的一幕盛大而美好，天降神迹，对南翼国来说是天大的福音，皇上立即下令举国欢庆三天，并大赦天下。百姓欢欣鼓舞，人头攒动，乌压压的都是人。

茫茫人海中，竟然看不到哪一个是她。

“北曜王！”风连翼正四处搜寻凰北月的身影，战野匆匆走过来，压低声音说，“是她做的，不过，她没有露面。”

风连翼这才恍然，轻轻地点头，道：“很符合她的个性。”

“陛下，冒昧地问一句，可知道她去哪里了？”战野犹豫了半晌才问出口。

“我也不知道，不过……”风连翼顿了一下，才略带冷淡地说，“南翼国有她，才是真正的神迹。”

战野一怔，仔细回味着他的话，忽然面色变了：“她去了第七塔下面，不会是……”

“今日北月郡主大婚，大喜的日子就不要谈其他琐事了。”风连翼淡淡地说完，便冲战野礼节性地点了点头，然后走向北月郡主和皇上。

他这次来南翼国，只是为了恭贺北月郡主大婚，为了感谢这个少女把北月带到他的身边，却没有想到，这期间会发生这么多事情。

在这里，他以为永远失去了的月会再次回到他的身边，他那么珍惜，已经如此小心翼翼，没想到最后还是会失去她。

月，我已经不知道究竟应该怎么做了，是不是我真的应该换一种方法，不用这么心疼你？他走过满地的红花，脸上的笑容逐渐冷淡，直至消失，如同黑暗中燃烧到尽头的烛火。

这一路，他走得太孤独。

第七章
修罗之王

随着时间的流逝，夜色缓缓地笼罩了整个卡尔塔大陆。

森林里，一些凶猛的野兽开始发出嘶鸣，声音在夜色中回荡，久久不散。

狰狞的石壁前，三个身影先后出现，将周围一些盘踞的灵兽吓得四散逃开。

一袭红色嫁衣的少女慢慢地向前走了一步，抬头看着从石壁中露出来的洞口。

她做梦都没有想到，昀离会带她来修罗城。不过，看样子他也没打算解释半句。黑袍缓缓地移动，他已经走进洞里。没办法，她也只能跟着进去。

魇看了看四周，不满地说：“你们有没有问过我的想法啊？我一点儿都不喜欢这个地方啊！”他一边说着，一边追进去，“这里的美人儿个个都是人首兽身，太可怕了！”

凰北月习惯性地讽刺他一句：“你嫌弃什么？你自己还不是只兽！”

“不要把我和那些可怕的怪物相提并论。”魇大声抗议道。

他的话刚说完，一个人首蛇身的女人就出现了。他居然比闪电还快地躲到了凰北月的身后。更好笑的是，他还把自己的脸挡住了。

“不用挡了，她不会看上你的。”见来人竟然是熟人，凰北月道。

“灵尊大人，您回来了！”那拖着长长的蛇尾、身穿灰色衣袍、看起来死气沉沉的女人，正是修罗城的十二魔神之一——未央。

想不到玄蛇阴后死了，她居然还活着，而且看样子已经归顺了昀离。

昀离淡淡地点头，没有多说什么，也没有介绍身后跟着的两个人，便走了进去。

未央看见凰北月和魇，也聪明地没有表现出任何有疑问的样子，而是退到一边，让他们走过去。

凰北月经过她身边的时候，特意顿了一下脚步，斜了她一眼，道："未央阁下，好久不见了。"

身体狠狠地颤了一下，未央抬起头，原本如同一潭死水的眼睛骤然间射出光芒。她震惊地盯着凰北月，这张脸很陌生，这种气势却让她熟悉到深入骨髓。

"不可能！"未央喃喃地说，"她已经死了。"

闻言，凰北月低声笑起来。故人相见，她本想与未央多说几句，可是魇怕这个蛇女，不停地拽她，她也只好笑着离开了。

刚才那一幕，昀离分明看到了，可一个字都没有说，只是带着凰北月来到修罗城内部的宫殿。

修罗王登基，王殿的门才重新打开，只是新的修罗王已经离开，王殿一直荒废。

这座庞大的王殿建在地下，丝毫不比光耀殿的光明神殿逊色。黑色的墙壁，黑色的巨大石柱，撑着高耸的穹顶。数百级台阶两旁错落分布着十二座兽形的石台，台阶的尽头才是万人景仰的王座。

王殿的墙壁上，各种各样的浮雕绘画令人眼花缭乱，目不暇接。

他们走上石阶，才看见王座的旁边有两个人站立在那里，似乎等候多时了。

凰北月眼力极好，一眼就看出那两人正是厉邪和乌煞。

乌煞脾气急躁，正想大步走过来，却被厉邪悄悄地扯了一下衣服。

看来，今天有好戏看了！

凰北月倒是乐于看戏，时间耽搁得越长，她越高兴。否则，难道让她和昀离成亲，被送入洞房？

厉邪那方没有动静。魇却忍不住了，身形一晃，慵懒地坐在宽大的王座上。

"这个座位虽然硬邦邦的，本大人却很喜欢。"

"你下来！那是王坐的地方，岂容你放肆？"乌煞一看，双眼圆瞪，大怒道。

魇偏着头，轻飘飘、妖兮兮地说了一句："无礼，掌嘴。"

他的话音落下，乌煞的脸就凭空挨了结结实实的一巴掌。

乌煞看见魇坐下，立刻大步冲上来，因此他被打的一瞬间，连厉邪都没办法阻止。乌煞那么强壮结实的一个人，居然一下子就被打蒙了。

这一幕看得人乐不可支，凰北月在一旁已经当先笑出来。魇这家伙虽然入魔了，可那本性……这就是江山易改，本性难移。

无视这小小的插曲，昀离径直走上来，与厉邪对视了一眼。

"昀离阁下，这是何意？"厉邪冷笑着问。

“修罗城不能无主，我的意图还不够明显吗？”昀离淡淡地说着，已经走上台阶，站在王座旁。

厉邪道：“自古以来，修罗城只认血统，不认实力。昀离阁下再强，也不能和我结契，更不能召唤地狱魔兽。”

“有例外。”

“从无例外！”厉邪面色铁青地道。

“哈哈哈……”这两人说着话，在一旁听着的魔却放肆地大笑起来。

“你笑什么？”乌煞回过神来，想起刚才一巴掌的屈辱，愤然大喝道。他知道此人手段凶狠诡异，才没有莽撞地冲上去。

“厉邪，本大爷就坐在这里，你说这话也不害臊！你真当我入魔之后就失忆了吗？”魔嘲弄地说完，才狠狠地瞪着乌煞。

“当年的事情不可能重现。”厉邪狠狠地说。

魔继续嘲笑道：“不过，很可惜啊，你多次处心积虑地杀凰北月，却都失败了，连修罗王都被逼走了，而如今那个臭丫头不但好好地活着，还回来了。”

厉邪满脸震惊，下意识地将目光转向站在台阶下面的盛装新娘。刚才他没有仔细看，此刻才发现在浓妆艳抹之下，凰北月依旧没有掩饰那双眼睛里的清冷和骄傲之色。

魔欣赏着厉邪震惊的神色，心情大好，冲着凰北月招招手：“臭丫头，过来。”

凰北月抱着双臂站在原地，冷冷地问：“我为何要过去？”

“过来做修罗王啊！”魔从王座上站起来，宽大的衣袖如流云般散下来，对着她做了一个“请”的手势。

面色瞬间冷凝，凰北月看了一眼脸色无比难看的厉邪，又看了看一直默不作声的昀离，隐隐约约明白了什么。

“笑话，我又不是修罗城的人。”凰北月扬声道。

随即，凰北月发现厉邪看向她的眼中充满了敌意。她瞬间大怒，道：“见鬼的修罗王！谁爱当谁当，关老子屁事？”

被蒙在鼓里的感觉一瞬间把她点炸了。她看着昀离的沉默高深、魔的魅惑嬉笑、厉邪的杀气重重、乌煞的怒火中烧，这才明白这些人早就对所有事情了如指掌，如今却联合起来算计她一个人。

想不到啊！她一辈子算计别人，今天反倒被人算计了一回。

凰北月反手一拉，身上的红色嫁衣瞬间被扯下来，露出了里面的黑色精致长袍。目光一一扫过这些人的脸，凰北月不语，转身而去。

她不生气，仰头大笑，笑声在空旷的王殿中回荡，如同被困囚牢的野兽四处突围，却只能被无情地反弹回来。

她刚走了几步，忽然，一个矮小的身影挡在了她的面前。这个人的身高只到凰北月的膝盖，她仰头大笑的时候根本没看见，一脚下去，差点儿踩到这个人。

下一秒，让人意想不到的事情发生了！凰北月不但没有踩到这个人，反而被一股强大的推力狠狠地往后一推，若不是她身手了得，凌空借力向后一闪，稳稳地落在台阶上，恐怕今天要在这里摔得很惨。

“哈哈哈……”魇无情地大笑起来，“看看她的样子，傻得多可爱！”

凰北月没有理他，只是有些震惊地看着站在台阶上的那个小孩。

那个小孩穿着红紫相间的衣服，留着齐耳短发，刘海儿齐着眉毛，服帖地落在额头上，眉头紧紧地皱着，闭着眼睛，很像年画里的童子，只是那副愁苦的模样没有半分童子的喜庆。

“天夔大人？”身后的乌煞十分震惊地脱口叫出来。

凰北月倒吸一口凉气，仔细地去看这个小孩。难道她就是修罗城的地狱魔兽天夔？她回想起血池地狱里将人榨干，将血浆倒进去供养地狱魔兽的情景，再看看眼前这个小孩，强烈的反差更让人汗毛直竖。

地狱魔兽居然被唤醒了？风连翼不在，她怎么可能苏醒？

在凰北月想明白之前，厉邪已经大步走下来，先是难以置信地看了天夔一眼，然后才回头去看昀离：“是你？”

“是不是觉得没有修罗王的血脉也能唤醒地狱魔兽，很不可思议？”魇妖孽地笑着，放肆无礼。

昀离冷漠地说：“厉邪，时代不一样了。”

他一开口，那个紧闭着双眼的小孩蓦然睁开双眼，乌黑的眼珠快速扫了一眼凰北月。

“昀离，你千方百计唤醒我，就是为了这个丫头？”

“万兽无疆的新主人。”昀离淡淡地道。

“哦？”天夔略感兴趣，只是那张脸上依旧是很愁苦的表情。她瞥了凰北月一眼，然后转身，道：“跟我来吧！”

凰北月站在原地没有动，面无表情，居高临下地看着天夔。

在四五个绝世高手面前，她竟然也能如此镇定，倒是让人不敢小看。

天夔略微偏头，道：“轩辕谨的后人，连这点儿胆量都没有？”

凰北月讥诮地扬起嘴唇。她不想走，谁能奈何她？

见她如此坚定，天夔也不悦地抿着唇，那张愁苦的脸上透出阴森之色。

“跟她去。”昀离在凰北月身后淡淡地开口道。

凰北月冷笑道：“昀离，少糊弄我！我是什么样的人，你还不清楚吗？解释清楚，对大家都有好处。”

“你想知道什么？”

“刚才魇说的话是什么意思？”

“就是说，即便你没有修罗城的血脉，你也可以成为修罗王。”没等昀离回答，魇已经先开口了。

凰北月看着他那双如同血雾一样妖魅的眼睛，脸上写满了不解。

昀离道：“你有万兽无疆。”

又和万兽无疆有关系！凰北月头疼地笑起来。这东西还真是麻烦。

听着他们的话，天夔也开口道：“当年，我和轩辕谨合作过。”

“噗……”她刚说完，魇便很不给面子地笑了起来，半个身子都斜倚在王座上，笑得花枝乱颤，“合作？哈哈哈，你居然说合作？”

天夔锐利的目光射向他：“你这话是什么意思？”

“这话的意思就是，你们修罗城的人个个脸皮都这么厚。”魇开怀大笑，“别忘了，你和厉邪都是谨儿的手下败将。”

天夔看起来不好惹，没想到竟然极其能忍，被魇如此取笑，居然都没有发火。

厉邪见她忍着，自然也不好发作。

凰北月则从他们的对话里猜出了一些东西，心思微微转动，一层一层细想着。

万兽无疆的影响力远远超乎她的想象。厉邪对她赶尽杀绝，就算风连翼多次阻挠，也不死不休。之前她以为厉邪不过是怕她阻碍风连翼断情绝爱，所以非杀她不可，现在一想，这其中应该另有缘由。

凰北月瞥了厉邪一眼，冷笑道：“各位真是费尽心思了。”

厉邪面色阴沉，看样子，依旧没有死心。

“想知道更多的话，就跟我走吧！”天夔适时地道。

这一次，凰北月没有拒绝。她想清楚之后，知道自己此刻的处境并不是那么被动。

“走吧。”凰北月淡淡地一笑，便走下台阶。

凰北月经过天夔身边的时候，没想到这个小小的地狱魔兽居然张开短短的手臂，面不改色地说：“抱着我。”

凰北月一愣，在魇嘲弄的笑声中才明白过来，不禁有些诧异。不过，她没有表现出来，很自然地将天夔抱起来，顺着台阶走下去。

王座旁边，四个男人目送她们的背影消失后，才各自收回不同的心思。

“黑子，我敢打赌，这个臭丫头绝对靠不住。你指望她可是大错特错。说起狡猾奸诈，你我在她面前都要甘拜下风。”魇笑眯眯地说。

昀离只是沉默着，什么都没有说。

厉邪隐隐有些愤怒，道：“昀离阁下不具备修罗城的血脉，强行召唤出地狱魔兽，导致她苏醒之后只能是幼儿状态。现在要借万兽无疆的力量让她成长，恐怕没有那么容易。”

“她会按我的意思做。”昀离毫不怀疑地道。他一眼就看出了凰北月是什么样的人。

在这个世界上，你想要得到某些东西，就必须牺牲另外一些东西，这很公平。

他知道，她很明白这个世界的规则。她一直冷静、聪明，没有一般女孩的妄想和侥幸心理，知道一切都要通过辛苦获得，从来没有不劳而获的道理。

“你相信她是会乖乖听话的人吗？”厉邪冷哼了一声。那个女人，他不敢说了解，但也知道她绝对不是善茬。

“她不会的。”昀离很有自信地道，“我在万兽无疆里封印了我的元气，她若有异动，我立刻就会知道。”

闻言，厉邪这才稍稍放了心。

魇无聊地翻白眼，道：“我说，你们到底在玩什么？本大爷不喜欢拐弯抹角，痛痛快快地出去杀一场不是更好？”

“人总有杀光的一天，到那时又如何？”乌煞气呼呼地开口道。

“也是啊！我以前杀过那么多人，还是觉得很无聊。”魇叹气，懒散地问道，“那你们究竟想玩什么？”

“你不用多问，到时候你会觉得比杀人有意思一百倍。”昀离淡淡地道。魇的个性，他同样了解。

既然昀离都这么说了，魇也只好耐心等待。他扳着手指头，说：“黑子，你可不能骗我啊！你要是敢骗我的话，我就反过来杀你了！”

他美得让女人都感觉羞愧，说着邪恶的话，偏偏有种魅惑的感觉，让人有种想要喷鼻血的冲动。

这边，凰北月抱着天夔，按照天夔的指示，来到一间宽敞的房间，将天夔放在石床上。

天夔盘腿坐着，不知道什么时候又闭上了眼睛。

“万兽无疆在你身上吧？”

凰北月点点头。虽然天夔闭着眼睛，但凰北月知道她是看得见的，因此也不开口。

果然，凰北月一点头，天夔便说：“万兽无疆自被创造出来，有三个很重要的时期，一百多年前、十九年前，以及现在，你应该了解一些。”

凰北月依旧点头。

天夔接着道：“一百多年前，是卡尔塔大陆最耀眼的时期，有创造万兽无疆的轩辕谨、集咒术之大成者的桔梗、强横凶残的修罗王楼越、惊才绝艳的光耀殿圣君宋云霜、诡异神秘的司幽境夜王萧阑。这些人，除了轩辕谨，想必你都很陌生。”

天夔说得确实不错，有的人，凰北月还是第一次听说。

那个时代，她不用想也知道是何等的风华盛世，只是凰北月今天并没有听故事的兴趣。

“说重点吧，天夔阁下。”

天夔面色不悦，但还是道：“刚才魇说得没错，我确实败在轩辕谨的手下。当年，桔梗想和楼越陛下同归于尽，危急时刻，楼越召唤我。我杀了桔梗，惹怒了轩辕谨，她大闹修罗城。那时候她还没有万兽无疆。可是时隔三年，她带着万兽无疆再次出现，我和厉邪没有半点儿胜算地败在了她的手下。她逼我们和万兽无疆立下契约，对这块黑玉永世臣服，不得违逆。”

凰北月微微吸气，随即微笑，轩辕谨要是还活着，和她绝对是一拍即合的伙伴。

“轩辕谨离开时，将我重新封印在血池。她死后的近百年，万兽无疆销声匿迹，直到十九年前轩辕问天出现。他有万兽无疆在手，厉邪只得败退。厉邪大怒之下请陛下召唤我，可惜上一任修罗王爱美人不要江山，被玄蛇阴后蛊惑，放弃召唤，最后被光耀殿圣君宋秘乘虚而入，含恨而终。你现在应该明白为何厉邪那么想置你于死地了吧？”天夔冷笑一声，“这大概就是宿命，拥有万兽无疆的你，却蛊惑了新一任的修罗王，别说厉邪不能容你，我也不能。”

凰北月自动忽略她后一句话，现在关于风连翼的一切，她都不想提起。

“这么说，谁是万兽无疆的主人，谁就能让你和厉邪臣服，成为修罗城的王？”

“话是这样说没错，不过，也要看那个人的实力。”天夔冷冷地说，“刚才你抱着我的时候，我悄悄地摸过你的脉搏，你现在只有五种咒印中的三种吧？”

“没错。”凰北月如实地点头。在这种变态的强者面前，她知道自己的实力很难隐藏住。

天夔道：“三种咒印，昀离却说你很强，看来我也要多加小心了。”

“他大费周章找我来，想必是因为你吧？我没猜错的话，你此刻的形态并不是你正常的样子。”

天夔点点头，道：“轩辕谨封印我时，以万兽无疆的元气压制我。现在，你只要每天以同样的元气在我的经脉中游走一遍，十二天之后我自然能恢复原本的形态。”

“昀离已经够强了，我不明白他还要你干什么？”昀离和魇两个人加起来，足够将这块大陆搅得天翻地覆。

天夔沉吟片刻，道：“我一开始说的那几个人，除了我们修罗城，桔梗的后人、光耀殿的圣君、司幽境的夜王，以及现在不知所终的宋秘，都不是泛泛之辈。”

凰北月一阵沉默。这些人中除了桔梗的后人，大部分也是她想要对付的，至少那个宋秘绝对是。

“开始吧！”天夔似乎明白她心中所想，也不再啰唆，双手结了一个修炼的印，轻轻地吸了一口气，安静地盘腿坐着。

昀离早就安排好了一切，看来，凰北月想拒绝都拒绝不了呢！嘴角冷冷地牵起一个弧度，凰北月也干脆地上床，盘腿坐在天夔身后。她的掌心缓缓地出现黑色元气，手也慢慢地按在那具小小的身体上。

顿时，随着黑色元气的进入，凰北月的神识也跟着一同进去，在天夔的经脉中游走。因为天夔不是万兽无疆的主人，经脉被自身元气占据，所以黑色元气行走得很慢很艰难。不过，也因为这样慢的速度，让凰北月第一次看见了魔兽的经脉内部。

凰北月之前见过小虎的经脉，对神兽的经脉有所了解，只是魔兽和神兽不一样，魔兽的经脉更加坚韧。经脉壁上还有一层薄薄的膜覆盖着，这些膜看起来脆弱，可是每当黑色元气靠近的时候，它们便会产生巨大的推力，将元气排斥开。凰北月不得不增加元气，继续艰难地前行。

两个时辰后，元气才堪堪到达经脉的内部。这里是命脉所在，不管是召唤师、神兽，还是魔兽，只要被破坏了这里，就一定会危及性命。因为他们凝聚元气的气源便在此处，像是心脏一样，有无数经脉连接着，所有元气顺着经脉进来后都储存在这里。只要凰北月稍稍动点儿手脚，神不知鬼不觉，这魔兽……

虽然凰北月这么想，这想法却是一闪而过，就被摒弃了。昀离敢放心地让她来帮助天夔，岂会不做些防护措施？恐怕凰北月还没来得及动手，他那边就发现了。

凰北月不再多想，让黑色元气在气源中运转一圈后，正准备出去，忽然，另一抹浓郁的黑色元气在深红色的气源中悄悄地浮起来，神不知鬼不觉地钻进她运转的元气中。

神识的感知非常敏锐，凰北月立刻就察觉到这抹黑色元气不属于她！然而，那种和万兽无疆十分贴合的气息，却让她的元气根本拒绝不了。

凰北月大惊，运转所有元气想要将那抹黑色元气隔开，可是两种元气一接触，就完全融合在了一起。而随着那抹黑色元气的涌入，一丝天夔气源中的红色元气也随之融进凰北月的元气里。

这一切持续了短短十几秒，却已经让凰北月觉得无比煎熬。

三种元气融合之后，也没有什么特别的事情发生，凰北月的黑色元气继续平静地在天夔的经脉中缓缓地游走。

"怎么了？"

刚才凰北月忙着排斥那抹黑色元气的时候，手掌稍微用力地按在了天夔的背上，因此天夔问道。

凰北月的心跳加快。刚才的事情，难道天夔半点儿都没有感知到吗？

"没什么！经过气源的时候，多调动了一些元气进去，如此才能让它正常运行。"既然天夔没有发现，凰北月也不打算说出口。

那抹黑色元气和万兽无疆的气息太贴合了，想必连天夔都不知道自己的气源里会有万兽无疆的气息吧？这肯定是轩辕谨留下的，是好是坏，不言而喻。

至于那丝红色元气是怎么回事，她就想不到了。不过，既然和万兽无疆同源，她也不需要太担心。

元气在经脉中运转一周，用了将近四个时辰才结束。这件事看似简单，却累得凰北月浑身虚软。刚一结束，她就立刻回到了天夔安排好的隔壁房间休息。

因为有刚才的意外，凰北月并没有立刻休息，而是在口中含了两颗恢复体力的丹药，然后盘腿坐下，仔细地检查自己的符源。果然，刚才那抹浓郁的黑色元气和红色元气已经进入她的符源。

五种颜色的元气互不干扰地运转着，冰、雷、火三种属性最强，颜色也最浓烈。

五种颜色的元气中，又有黑色元气存在，如今，那抹浓郁的黑色元气便和她本身的黑色元气融合在一起共同游走。而那丝淡淡的红色元气被那抹浓郁的黑色元气紧紧地包裹着，如同小蝌蚪般拖着尾巴游走。

凰北月试着让自己的元气带着那抹浓郁的黑色元气顺着经脉流出来，结果一直到达手腕，那抹浓郁的黑色元气才因为太稀少而中断。

凰北月低下头看着自己的手腕，忽然震惊得说不出话来。那抹浓郁的黑色元气中断了退回去后，那丝红色元气却依旧停留在她的手腕部位，慢慢地在皮肤上显现出来，形成又细又淡的一撇。

这一撇本不足为奇，但是习惯使用符咒的凰北月，立刻认出这一撇正是符咒的起符式。而所谓的起符式就是所有符咒的第一笔。

凰北月用另一只手试着去擦，这个起符式却像刺青一样根本擦不掉。她等了一会儿，这红色的一撇才终于慢慢地从皮肤上自动消失。

凰北月再次回到符源中探查，发现这抹红色元气又乖乖地回到黑色元气中，像蝌蚪一样游走着。

接下来，凰北月以同样的方法试了两次，得到的结果都一样。那抹红色元气只要流出来，就会在她的手腕上变成一个起符式。如果再多几个符号，不知道最终会变成一个怎样的符咒？

凰北月心里有些期待，同时又有些忐忑。对于未知的事物，所有人都会有这种感觉吧？

做完这一切已经是深夜，想到明天还要继续，凰北月便打算睡下了。

然而，就在这时，却传来敲门的声音。

那几个人想进来是不会敲门的，何况这种力道！她立刻就猜到是谁。果然，凰北月下床将房门打开，便见未央站在外面。未央捧着一个放着嫁衣的托盘，目光炯炯地看着她。

凰北月礼貌地微笑道："深更半夜，未央阁下有何指教？"

"灵尊大人让我拿给你。"未央冷冷地说，然后将托盘往凰北月怀里一送，"婚礼十二天之后举行，他让你好好准备。"

凰北月一怔。婚礼？她以为昀离让她来这里只是一个圈套，没想到还有真正的婚礼。

十二天之后，不刚好是天夔恢复正常形态的时候吗？昀离啊昀离，你究竟在打什么算盘？

"他人呢？"

"我怎么知道？"未央冷哼一声，看向凰北月的目光中带着刻骨的恨意，"凰北月，陛下为你吃了那么多苦，你居然背叛他。”

“你懂什么？”凰北月冷下脸，“好了，嫁衣我收到了，你可以走了。”

她退后一步想关门，未央却悍然地伸出手抵住门，飞快地说：“杀死阴后的人不是陛下。他……他从阴后那里拿走了王玺。他想要修罗城也对付陛下。凰北月，陛下对你一片真心，你忍心害他吗？”未央说完，就转身匆匆地离开了。

凰北月吃了一惊，没想到未央还有这等忠心。

不过，王玺是什么？是很重要的东西吗？她之前从未听说过。但是，既然未央这么说，这王玺肯定不简单，她必须要想个办法打听打听。

接下来的几天，凰北月没有看见昀离，只有魇时不时地来骚扰她一下。此人不怀好意，知道昀离要和她成亲，所以有意破坏，哄骗她犯错，要多无耻有多无耻。

习惯了以前在黑水禁牢中总被她拿捏的魇，如今邪恶、不择手段的魇才是真正让人害怕的。为了避开魇，凰北月宁愿在天夒那里多待一会儿。每天例行的元气运转后，不管天夒脸上有着多么明显的拒绝之色，凰北月都装作没看见，留下来问东问西。

反正，天夒要是不高兴杀了凰北月的话，这个世界上就再也没有第二个人能帮她了。对于这一点，凰北月是真正的有恃无恐。再说，现在的她们，谁杀谁还不一定呢！

这天，元气运转之后，手缓缓地离开天夒的后背，凰北月轻轻地“啧”了一声，道：“我已经能感觉到你经脉里的元气开始肆意生长，隐隐有排斥我的势头了。”

天夒点点头，不置可否。她闭着眼睛，依旧是一张苦着脸不讨人喜欢的小孩子样儿。

“你躲在我这里，就是为了避开魇？”天夒淡淡地问道。

“当然，那个家伙无耻极了！”凰北月略显无奈地道。

自从她前几天洗澡的时候，魇强行闯入，差点儿吃了她的豆腐，她就宁可在这里对着天夒那张苦兮兮的脸。

“我有个办法可以让他不骚扰你。”

“哦？快说！”

天夒闭着眼睛伸出一只小小的手，从自己的纳戒里拿出一把颜色漆黑的断刀。

“他不骚扰你了，你也不准来骚扰我。”

凰北月疑惑地看着那把断刀，道：“这是什么？”

凰北月虽然能从漆黑的刀刃上感觉到有强大的元气在流动，知道这必然是一件罕见的武器，可是她并不缺武器，而且她知道魇也不缺。

“他使用的镰刀是不是只有上半段是红色的？”见凰北月不识货，天夔不耐烦地解释，“地火双月镰，当年，这下半段被轩辕谨用来封印我。你只要拿给魇，他自然会答应不骚扰你。”

凰北月恍然大悟，连忙将断刀拿过来，轻轻地抚摸，啧啧惊叹道：“就算是断刀，里面的元气也如此惊人。”

“里面的元气都是我的。”天夔隐隐皱眉，有些不甘心地道，“这把断刀只要伤到人，便会从伤口处源源不断地吸收那人的元气，你要小心了。”

“既然这样，为何要还给他？”

“你不做这个顺水人情，他自己也会抢回去。”天夔不耐烦地道，“好了，你走吧！”

凰北月跳下石床，将断刀收起来，临走前道：“对了，当年轩辕谨封印你，除了这把断刀，还有什么？”

“你这几天似乎格外关心这件事，怎么，你想封印我？”天夔冷冷地抬起眼眸，声音里带着一丝讥讽。

“当然不是，我只是有点儿好奇而已。”凰北月耸耸肩，道。这几天，她向天夔详尽地问了当年封印的事情，只是想弄清楚天夔体内的那抹黑色元气，以及她手腕上逐渐成形的符咒究竟是什么。

“不用好奇。你若想封印我，将五种咒印集齐了，才算具备能如此妄想的条件。”天夔不可一世地说。她说完后，不再理会凰北月，用元气将周身屏蔽起来，不想再听凰北月说任何话。

五种咒印吗？凰北月不在意地撇嘴笑了笑，转身出了房间。

凰北月轻轻地抚摸着自己的手腕，加上今天的，那里已经有七条红色印记，正逐渐形成一个符咒初步的样子。照这样算的话，一天一条，总共十二条，而十二画的符咒有哪些呢？

凰北月仔细地想来想去，似乎并没有太大杀伤力的，而且那个符咒的形状歪歪扭扭，画得十分潦草，她也是半蒙半猜地去看。轩辕谨啊轩辕谨，你究竟留下了一个什么东西？

今天，凰北月没有在天夔那里逗留太久，出来的时候幸运地没有遇到魇。

这两天，她一直在想王玺的事情。之前被魇骚扰，现在正好有时间，她要去王殿各处看看。

一路上，凰北月没有看见一个修罗城的人，正觉得奇怪，忽然感觉身后一股强烈的杀气靠近。她一惊，本能地闪开。然而，就在她闪开的一瞬间，便被夭红的花朵围住了。

凰北月的额头爬满黑线。这家伙，居然这么快就追来了。

“浑蛋，你究竟有完没完？”凰北月恨恨地道。

夭红的身影从绚烂的红花中出现，魇的眉眼间带着一股怒意：“你敢骂我？臭丫头，你骗我的账还没有算呢！”

“我什么时候骗你了？”凰北月也怒道。上次洗澡，为了躲开他变态的攻击，她在地上滑了一跤，腰到现在还火辣辣地疼呢！要算账，也该是她找他算吧？

“哼！上一次我帮你，你答应过跟本大爷在一起，现在你竟敢天天躲在天夔那里。连本大爷都敢骗，你活腻了？”

“笑话！我上次就说过，你若是能说服昀离，就随便你。你有本事找他说去！”凰北月一边说着，一边挡下了魇的攻击。

魇邪笑一声，道：“只要生米煮成熟饭，何愁说服不了他？”

瞬间，凰北月面色森冷，眼睛危险地眯了一下，看得魇心中一跳。魇以为她要大发雷霆，和自己好好打一架。

正好，他在修罗城的日子要多无聊有多无聊，找她大战一场也不错！魇摩拳擦掌地等着，却终究低估了凰北月的心思。此刻，她竟然缓缓地绽开了笑颜。

“魇，我们这么打下去没意思，除非你能杀了我，否则永远没有我低头的那一天。”

魇一怔。这丫头居然笑了？

“我想和你做个交易，你应该会感兴趣。”凰北月笑着说。

“你那里也有我感兴趣的东西？我不信。是什么？”魇不屑地问。

凰北月也不卖关子，从纳戒里将那把黑色的断刀拿出来，冲魇扬了一下：“这个东西，想必你认识吧？”

魇眼睛一亮，急切地问道：“你从哪里得到的？”

“不要问我是从哪里得到的。我问你，我把断刀还给你，让你的地火双月镰完整，咱们能不能将之前的过节儿一笔勾销？”

“这个嘛，好商量。你先让我看看它。”魇搓着手，迫不及待地想看看这件失去了近百年的宝贝。

凰北月微微一偏手，从他身边走过，道：“你的话，我可不会轻易相信。”

魔要是活在她那个时代，绝对是当之无愧的影帝。瞬间，他的态度就是一百八十度大转变，表情由凶狠嗜血变为媚笑连连。

“没问题，之前的事情一笔勾销了。小可爱，你还要我怎么做？要不，帮你捶捶肩膀？现在腰还疼不疼？我帮你揉揉吧！昨天，我真是太浑蛋了，应该轻一点儿才对……”他越说越无耻了。

两人一起走进王殿，魔还在喋喋不休地说着。

无奈之下，凰北月打算赶紧将断刀还给魔，让他赶紧滚蛋。可是，她忽然发觉，王殿中的气氛有些不对劲。她慢慢地抬起头，一眼看过去，王殿之中满是人。

修罗城的长老、文臣、武将、十二魔神、守护魔兽、王族魔兽，列位而站，整齐有序，肃穆庄严，共同仰望着高高王座之上的冷酷沉默的修罗王。

心脏跳动的声音忽然在凰北月的耳边放大了无数倍，其他声音则自动被屏蔽了。

人生中总有一些时候，会发生让你措手不及的意外。这样的时候，你是不是希望自己赶紧消失？也许总有一个人，你始终想和他保持一段距离，却因为无可奈何的意外而再次重逢。这样的时候，你是不是希望自己依旧能面带微笑？可是现在，凰北月连半个笑容都挤不出来。

王殿中，所有人都看着她，目光中带着不同的情绪。

这些视线，凰北月通通可以忽略，唯独有一个人的目光，让她无法无视。

“看来，发生大事了。”

凰北月再次听到外界的声音，第一个入耳的却是魔散漫的声音。

凰北月立刻回神，倒吸了一口凉气。

王座旁的厉邪发出一声冷笑，脸上那意味不明的笑容让凰北月的心瞬间揪紧。

凰北月还没想明白这突如其来的变化，王座上的修罗王已经淡淡地开口道：“抓起来。”

厉邪身形微动，眨眼间到了凰北月和魔的近前。凰北月后退一步。魔则自然而然地出手，飞花骤起，却被一阵风吹得花影缭乱。

透过无数红花，凰北月抬头看了一眼王座上岿然不动的冷漠男人。他那毫无感情的疏冷目光轻轻地落在她的身上，让她感觉心里一疼。然后，她飞快地转过身。

“臭丫头，快把断刀交给我。”魔和厉邪过了一招后，便对凰北月大喊道。

凰北月握了一下那把断刀，思绪飞快地掠过，最终还是果断地将断刀收进了纳戒，并不理会魔。她把断刀还给他后，不用想，他会变得更加恐怖，若再加上昀离，就更可怕了。

见凰北月拒绝，魇一怔之后大怒，赤红的眼睛里闪过杀意。他忽然放弃了与厉邪对战，转而朝凰北月追来。

凰北月的身子像鱼一样灵活，魇一伸手抓空了，大怒之下，指尖忽然出现了一朵硕大的花，狠狠地打在凰北月的后背上。凰北月口中一阵腥甜，鲜血的味道在唇齿间蔓延开来，随即，鲜血便从嘴角缓缓地溢出。

饶是如此，凰北月的脚步依旧没有片刻停顿。脚下如同踩着风，她甩开魇，从王殿冲了出去。

“驭土！移山困城。”

凰北月的手指间，一张符咒忽然飘落，上面的符文迅速地消失，涌入地下。

顷刻间，王殿前面，一座高山忽然拔地而起，撞破了宏伟的宫殿大门，将路死死地封锁住了。王殿顶上的砖石在坠落，凰北月避开砖石，飞快地跑到天夔的房间。

发生了这么大的事情，天夔自然也感应到了。愁苦的脸上有一丝震惊之色，她抬头看着凰北月，道：“我感觉到了王族的气息。”

凰北月二话不说，一把抱起她便走。

“谁来了？”天夔不悦地问。

凰北月抿着唇，好不容易将涌上来的一股腥甜狠狠地压下去，却答非所问：“天夔，你对修罗王究竟有几分忠心？”

“你问这个干什么？”

“回答我！”凰北月忽然厉喝道。

天夔吃了一惊，还从未有人对她这样呼喝，就连修罗王对她也要恭敬三分，这丫头竟敢……

天夔虽然觉得凰北月无礼，但是此刻能感觉到四周动荡的元气，而且凰北月嘴角的血迹也说明了事情的严重性。于是，她道：“只要修罗王有王玺在手，我就是百分之一百的忠心。”

凰北月冷笑。她现在终于明白，为何昀离要杀了阴后，抢走王玺了，原来他很早之前就算计好了。

天夔见凰北月冷笑，越发疑惑，想了想，问道：“难道修罗王回来了？”

“你猜得没错。”凰北月擦着嘴角的血渍，继续问，“有些事情不对劲。冥已经死了，风连翼不可能断情绝爱。可是从刚才厉邪和魇过招来看，厉邪实力大增，我不明白这是怎么回事。”

天夔一点儿都不觉得意外，只是淡淡地说：“很简单。冥死了，桔梗的诅咒破了，修罗王不必经历断情绝爱，只要摒弃心中所爱，便能和厉邪正式结契。”

快速奔跑的脚步忽然停下来，凰北月脸上布满了震惊之色，脑海中闪过风连翼方才看着自己时的画面，他那冷漠无情的目光……

“你怎么了？”天夔抬起头看向凰北月，赫然发现这个丫头的眼眶有些发红。

万兽无疆的主人，坚强如她，也会眼眶发红？

“什么叫摒弃所爱？”

脚步停顿了片刻，凰北月便冷静下来，继续往前狂奔。她从修罗城出去后，立刻召唤出冰灵幻鸟，往高处飞去。

天夔迎着冷风，冷冷地解释道：“桔梗没有下诅咒之前，修罗城并没有断情绝爱，但是和王族魔兽结契的重要条件依旧是不能爱人，为此，从前的历代修罗王会选择王后身上的一样东西，用自己的血立下契约。若是修罗王再爱上王后，便会被自己的契约封印，除非王后死了，否则封印不可解开。”天夔说着，看了凰北月一眼，“不过，历代修罗王很少会动情，王后也不一定是自己喜欢的人。据我所知，每一位动情的修罗王，最终的结局都很惨。所以，我觉得若是现在的陛下选择了摒弃所爱，是很聪明的。”

“是啊，为什么要为没有未来的爱情白白浪费生命呢？无论等多久都没有结果，不是吗？”凰北月低头微笑道。

那一刹那，天夔看见她眼睛里有泪水滑落下来。

“你哭什么？”

“我没哭。”

“那落在我头发上的是什么？”

“风太大了。”

天夔默不作声，过了一会儿才问：“你为什么要带我走？你不会真想帮昀离吧？”

“把你留下来，风连翼此时没有王玺，想必你也不会听他的吧？”凰北月冷笑道。

“陛下血统纯正，我会听他的，但若是昀离带着王玺出现，就不一定了，毕竟王玺才是契约所在。四个魔兽里，只有厉邪是直接与王族结契的。”

“所以，把你留下也没用。”凰北月抬头迎着风，脑子里纷乱的思绪渐渐地被吹散。她看着远处，开始思索接下来应该怎么办。

“接下来，你要去哪里？”天夔闭着眼睛问。

“去一个昀离找不到的地方。”经过一番思虑后，凰北月淡淡地开口道。

“哦？”天夔饶有兴趣地道，“天下虽大，可是哪里能逃过他的双眼？”

凰北月的嘴角微微一扬：“司幽境。”

天夔一怔，纠结的眉皱得更紧，道：“从来没有人去过司幽境，你知道怎么去吗？”

“不知道可以问路啊！”

“凰北月，你以为司幽境是什么地方？菜市场吗？”天夔不屑地冷笑道。

凰北月微微挑了一下眉。要真是菜市场的话，她还真得费一下心思了。毕竟长这么大，她还从未去过菜市场。不是她矫情娇贵，而是一个生活中充满了残酷训练和冷血仇杀的人，哪有时间悠闲地去逛菜市场？

有一次，她在摩洛哥执行任务，又饿又累地回到酒店，发现冰箱里有半个三天前吃剩下的三明治。她狼吞虎咽地吃下去之后倒头就睡，梦里都觉得人生很满足。那时候是凌晨两三点，她连等送餐服务的时间都没有，谁能理解三天三夜没合眼只吃药物维持体力的辛苦？

将思绪从过去的严苛生活拉回来，凰北月微微一笑，道：“在这个时代，契约真是种好东西。一旦和人立下契约，只要契约没完成，就能循着契约找到他。”

天夔闻言，哪里还不明白她话里的意思，吃惊地问：“你和司幽境的谁立过契约？”

“雷怒。”

“看来我当真小看你了。”天夔不再担心。这丫头真是让人惊喜连连。

凰北月拍拍冰灵幻鸟的肩膀，抬手指向西方，道：“冰，朝着那个方向一直飞。”

冰灵幻鸟点点头，翅膀一振，在高空中流畅地侧身，速度飞快地转向西方。

夕阳缓缓地沉落，冰灵幻鸟展开巨大的羽翼，义无反顾地投入夕阳的怀抱。

第八章
日落夜城

司幽境位于卡尔塔大陆的最西方，在很久以前，曾被称为“日落之城”，因为只有在日落的时候，人们才能看见那扇隐藏在霞光中的大门。

一百多年来，司幽境从未有外人踏入，牢固严密的城防却没有一天松懈。

城市中，依旧有来来往往的行人。街道上不算热闹，各种各样的交易却不缺少。道路两旁绿树成荫，芳草萋萋，百姓安居乐业。不远处有良田阡陌，房屋错落，宛然一处世外桃源。

司幽境的北面，最大的府邸便是雷王的居所，那恢宏庞大的建筑十分符合雷王的个性。

此刻，这座府邸中却传来雷王暴跳如雷的声音。

“什么？！陛下下的禁令，不许老夫出去？老夫四肢健全，养什么伤？外面魔兽出世，快要天翻地覆了。”

即便在这样雷鸣般的声音里，依旧有淡淡的声音响起：“外面天翻地覆，和雷王大人有什么关系？司幽境一向不和外界牵扯。”

“鹿涯，你是专门和本王作对的吗？”

“鹿涯不敢，一切都是为了雷王大人考虑。”

一身灰袍的鹿涯慢慢地站起来，帽檐没有遮挡住脸，露出一张瘦削灰白的脸庞，他的一双眼睛却隐藏得极深。

雷怒一双铁拳交握，在屋子里走来走去：“老夫失信于人，以后还有脸出去见人吗？”

“这个雷王大人不用担心，那个女人或许永远都不会出现了，她的魂魄气息，我已经占卜不到了。”鹿涯淡淡地说。

“什么？！”雷怒脸色苍白，隐隐有些悲伤地道，“那丫头……”

“所以，大人好好养伤吧！”鹿涯说完，便告辞离开。

雷怒颓然地坐着，道：“丫头啊丫头，没想到你这么命薄，唉……咦？”喃喃自语的雷怒忽然抬起手来看着自己的掌心，只见掌心有一个契约的符号闪过。他猛地站起来，面色从震惊到大喜过望。

“哈哈哈……鹿涯，你小子也有看走眼的时候。” 雷怒大笑三声，快步走出去。

只要这契约还在，那丫头就一定活着，而且契约符号有动静，说明她就在附近。

刚刚走到院子里的鹿涯听到身后的大笑声，不禁疑惑地回头。他还没开口询问，眼睛中忽然有光芒一闪。

“有人硬闯司幽境？”

“本王早就说过，那丫头不是一般人！哈哈，这下子有意思了。”

“是她？”鹿涯大为震惊地道，一看满脸笑容的雷王，瞬间明白了什么，不禁又气又急，“大人，把外人引进来，实乃糊涂之举啊！”

雷怒毫不在意地往外走，道：“司幽境已经快有一百年没有外人进来过了，你不觉得无聊吗？”

鹿涯知道说什么都没有用，为今之计，只能立即通知几位王，尽量将那丫头拦在城外，不行的话，只能下杀手了！

城外。

透过霞光，茫茫云烟之后，恢宏壮丽的城池隐隐在望。

城池全部由黑色巨石建成，一入夜就完全隐没在黑暗中，无法窥见。城墙上布满了弓箭台，尖锐的箭矢整齐划一地直指城外，可想而知，若是有人强行闯入，立即就会被那密密麻麻的弓箭射成刺猬。

冰灵幻鸟隐匿行踪，距离城池数十丈，便感觉到隐隐的元气波动。想不到城池的外层还设置了元气壁障，只要她靠近这元气，立即就会被城内的人发现吧？

果不其然，他们一靠近，城墙的瞭望台上便有守卫挥动旗帜打信号。被发现了也无所谓，反正她要进入司幽境，似乎只有这一条路了。

凰北月带着冰灵幻鸟果断地现身，两只手结印，一个符咒贴在那层元气上。瞬间，元气壁障被黑气快速地吞噬出一个巨大的缺口。

那些在城墙上搭弓、准备射箭的守卫看见这一幕，震惊得目瞪口呆。他们原本以为这道元气壁障可以挡一阵子，没想到这么快就被破了。

巨大的冰灵幻鸟张开冰翼，飞扑进来，阴影缓缓地投下。

“射！”城守一声大喝，令旗挥动，那些震惊的守卫纷纷手忙脚乱地开始射箭。

每一支射出来的箭上都带着强悍的元气，一两支箭容易闪躲，上千支箭就不那么容易躲过了。

眼见密集的箭雨就要射中凰北月，忽然，庞大的冰灵幻鸟凭空消失，鸟背上的少女脚上像坠着秤砣一样急速下降。一轮箭矢堪堪擦着她头顶的发丝过去，虽然惊险，不过她躲得漂亮。

城守一看慌了，不断地挥动令旗，大喊道：“继续射！不准停！”

身子直线下坠，对凰北月来说，就跟玩跳伞一样。她没有半点儿惧意，反而嘿嘿一笑，道：“看来，是时候让你们领教一下我的秘密武器了。”

灵兽空间里，红烛摩拳擦掌，跃跃欲试，对冰灵幻鸟眨眼睛，道：“主人叫我了。听到没有？我是秘密武器。”

冰灵幻鸟不屑地冷哼一声。

下一秒，红烛的笑容却僵在了脸上，因为凰北月低声喊了一句：“小虎！”

一道赤金色的身影猛然从他们面前掠过，一声虎啸后就消失了。

“咦？刚才那是小虎吗？”红烛惊疑地道。

最近一段时间，小虎躲在灵兽空间里，谁也没见过小虎。刚才那一瞥间，红烛怎么觉得小虎的毛色变了？难道之前是换毛期，小虎躲着不好意思见人？

万箭齐发，箭雨一波接着一波从城墙上射出，这下子不管凰北月躲在哪里，都逃不开这罗网一样的攻击了。

城守笑了，摸着下巴上的小胡须。她想闯司幽境，哪有那么容易？

城守正想着，忽然看见黑沉沉的云雾中光芒爆起，赤金色的火焰瞬间将黑夜照亮，周围的云雾顷刻间便消失无踪。

天空亮如白昼，一声尖锐的虎啸怒吼而出，空气都被震得如同涟漪一样，层层扩散开去。

迎着箭雨，赤金圣火迅速燎原，从一个点扩散到四周，熊熊燃烧，强悍恐怖。

那些箭矢一沾上赤金色的火焰，便没有任何悬念地被焚成灰烬。

神兽中，赤金圣火是最恐怖的一种。小虎虽然只是四阶神兽，但凭着这火焰，对上六阶，甚至更高阶的神兽都有优势。

城守看着箭雨瞬间被吞噬，面色苍白，嘴唇发紫，睁大了双眼，惊恐地瞪着火焰中忽然冲出来的庞然大物。

小虎看了一眼城墙上面，低吼着，忽然张开口，喷出一团火焰。城墙上的守卫连忙扔下弓箭，丢盔弃甲而逃。赤金圣火瞬间将城墙烧出一个角。

小虎大步一跃，跳上城墙，四处喷火。

凰北月站在小虎的背上，红色头发在烈焰中飞舞，微笑地看着小虎的“杰作”。

她爱怜地伸手拍了拍小虎的耳朵，道：“第一次出战，很漂亮。”

小虎目光坚定地盯着前方，声音低沉地开口道：“这里就是……司幽境？”

“没错，我们到了。”凰北月看着这座隐藏在夕阳之后的壮丽城池，心中同样有些感叹。是不是卡尔塔大陆上，每一个死去的人的灵魂都会来到这里呢？如果是这样的话，那些她很想念的人，是不是都能见到了？

“哼！哪里跑来的丫头，竟敢硬闯司幽境，毁了本王建的城墙，真是罪大恶极！”凰北月正想着，突然听到一声咆哮凭空响起。

片刻后，一个男人慢慢地从城墙的缺口处钻了出来。男人留着褐色的长髯，圆溜溜的光头，狰狞的脸上还带着几分醉意。最可笑的是，他那寸毛不生的脑袋上，还有着几个红红的唇印。

凰北月嗤笑，道：“阁下想必就是司幽境的土王吧？这身行头，倒和你的名字极其相配。”

光头被人一眼认出身份，本还有些得意，随即听出凰北月是有意将“王”和“吧”两个字连在一起重读的，立刻横眉冷对，道：“臭丫头，你骂谁呢？”

“谁应我，我骂谁。”凰北月摇头轻笑。

她知道此人是个直肠子的老实人，也不好在嘴上欺负人，便道：“司幽境，今天我闯定了。阁下请赐教吧！”

“哼！今天让你见识见识本王的厉害，免得你这么嚣张！”土王低喝一声，一只脚重重地踏在地上，忽然轰隆一声，城墙竟然开始晃动。

泥土纷纷掉落，城墙如同一个被吵醒的人慢慢地站起来，一声声怒吼从地底发出。

小虎立即纵身跳开。凰北月站在小虎背上向下看去，觉得不可思议地说：“想不到城墙居然是一只沉睡的神兽。”

“哈哈哈，丫头，你有神兽，本王也有神兽，而本王神兽的等级在你的之上，吓死了吧？”土王放声大笑起来。

他一招手，城墙表面的泥土全部剥落，露出一条土色的长龙来。

凰北月抱着双臂，淡淡地笑道："我可不止一只神兽啊！"

银光闪现，红烛从灵兽空间里出来，化身为龙，冲着那条土色长龙怒吼一声。身子一颤，长龙惊恐地抬起头，双眼被银光刺得睁不开，随即匍匐在地上，不敢起来。

土王的面色立刻难看得与泥土没两样。土王看了看自己的神兽，又看了看凰北月，怒喝一声，两只拳头暴涨成铁锤，冲向凰北月。

凰北月踩住小虎的肩膀，雪影战刀染了一层黑色的元气，刀尖向前一指。

"裂土，你不是她的对手，回来。"一个淡淡的声音响起，紧接着，一只无形的手抓住了土王的手臂，将他往后一扯。

"风无行，你来凑什么热闹？"土王怒气冲冲地看向身后。

"从远处听动静，就知道你连城池都守不住，没用的东西！"女子讥讽的声音响起。

同一时刻，一个白衣翩翩的男人和一个美艳高贵的红衣女子先后出现在凰北月眼前。

土王被那个白衣翩翩的男人拉住，正想发怒，又听见红衣女子的声音，立刻噤声，半个字都不敢说了。

白衣男人虽已到中年，却不难看出年轻时的风华绝代。男人看到凰北月的火红色长发，似乎明白了什么，一句话都没有说。

美艳高贵的女子却道："想不到有生之年，还能看到如此美丽的红发。"

"火夕，小心一点儿，她有万兽无疆。"那个叫风无行的男人提醒道。

"怪不得连裂土都要吃亏，原来是万兽无疆的新主人。"火夕上下打量着凰北月，道。

此时，凰北月站在小虎的肩膀上，周身被赤金圣火笼罩，面容在火焰中更显绝色大气。

火夕打量凰北月的同时，凰北月也在打量着他们。想必这两个人就是司幽境的风王和火王，没想到他们来得这么快。若这三个人联手，可就有些麻烦了。

通过契约的感知，凰北月知道雷怒也正往这个方向赶来。运气不好的话，说不定还有一位冰王也正赶来。

五王聚齐，肯定会惊动夜王，吱吱也会知道吧？

今天她硬闯司幽境，只想寻一个可以暂时避身几天的地方，不想和他们有正面冲突，成为死敌。因此，看着眼前的三个人，凰北月没有先出手。

"在下凰北月，来司幽境找一个人。"

那三个人听到凰北月自报姓名，居然同时震惊地朝她看过来。

“你就是凰北月？”火夕脸上露出一丝诡异的笑容。

“什么，居然是她？！”裂土也大吃一惊。

“王，看他们的样子有些奇怪，小心一点儿。”红烛在凰北月耳边低声道。

“三个打一个，司幽境没什么好东西！”小虎也低声愤愤地道。

忽然，一个稚嫩的声音急急忙忙地响起来：“你们谁都不准动手，不准伤害他们！”

周围的空气忽然变得有些寒冷，一个蓝衫男子抓着一个十二三岁、穿着嫩黄襦裙的少女飞快地往这边赶过来。

凰北月拍拍小虎的脑袋，说：“对这个世界要抱着美好的态度，谁说没有好东西？你看那个小萝莉多可爱。”

一听到这个萝莉的声音，火夕等人连忙转身，恭恭敬敬地行了一个礼：“瑶殿下。”

凰北月乐了，还是个殿下呢！

红烛忙说：“王，这个小姑娘这么护着咱们，肯定是吱吱在这里新交的朋友。”

是吗？凰北月看向小萝莉，总觉得有几分眼熟。

蓝衫男子飞快地到了近前，冷漠地将那个小萝莉放下，然后站在一边，面无表情地不说话。

小萝莉落了地，一双水汪汪的圆眼睛看着凰北月等人，眼中波光荡漾，说不出地可爱灵动。

“主人，我好想你！哇……”话没说两句，小萝莉就张开嘴巴，哇哇大哭起来。

在场的几人都慌了。

火夕连忙上前，好声劝道：“殿下，快别哭了！这么大的人，哭成这样实在太丢脸了。”

凰北月满头黑线。这个美女究竟会不会哄小朋友？不过，这个小萝莉刚才为什么会叫她“主人”？吱吱来了司幽境，不会连司幽境的人都带坏了吧？

“我不跟你说话，你走开！”小萝莉绕过火夕，走到凰北月面前，一把抱住她的腿，哭得稀里哗啦。

凰北月迅速地跟红烛、小虎对视一眼，低下头仔细打量着小萝莉，半晌才不确定地说：“吱吱？”

凰北月忽然有种被雷劈了的感觉，连忙抬头向那三位王求助。谁来告诉她发生了什么事？为何他们家好端端的一颗土豆会变成一个萝莉？

“哈哈！丫头，本王就知道你福大命大，没那么容易挂掉的。”洪亮的声音从远处传来，正是飞快赶来的雷怒。

凰北月一看是熟人，立刻指着小萝莉问：“雷怒阁下，这是怎么回事？”

雷怒从天而降，落在她的面前，震得地面都摇晃了几下，一旁的土王等人皆是一副无奈叹气的模样。

“这是瑶殿下！”雷怒不觉得有什么奇怪，“殿下本就应该是这个样子，脱离了织梦兽的形态，是不是很漂亮？和夜王陛下真是一个模子刻出来的啊！”

“可是……”凰北月看着吱吱，哭也不是，笑也不是，“她怎么会是女孩？”

“殿下当然是女孩！”雷怒理所当然地说，“我们殿下哪里看起来像男孩吗？”

凰北月很想把之前的吱吱弄出来，让他仔细看看。哪里不像男孩？哪里都像好吧！谁会把一颗土豆和这么漂亮的萌妹子联系起来啊！

“这……这是吱吱啊？哈哈……”红烛勉强笑着蹲下去，摸摸萝莉吱吱的脸，感叹一声，“真是女大十八变啊！”

凰北月也笑着揉了揉吱吱的脑袋，不管是男孩还是女孩，只要还是吱吱就行。

这么长时间以来，小虎心心念念地期盼来司幽境，对于让人带走了吱吱，小虎一直心存愧疚，想必现在有很多话要对吱吱说吧？

“小虎，怎么不说话了？”凰北月偏头问道。

吱吱擦了一下眼泪，欣喜地抬起头，水汪汪的大眼睛看着光芒璀璨的小虎，赤金色光芒映在她的眼睛里，熠熠生辉。

小虎却只是瞥了吱吱一眼，什么都没说，便回到灵兽空间去了。

“这家伙怎么了？”凰北月苦笑着摇头。这么久不见，小虎居然半句话都不说，好歹他们两个也一起生活了很多年啊！

红烛微一沉吟，然后说出一句奇葩的话来：“大概小虎发现吱吱是个女孩，大受打击了吧！”

凰北月轻笑一声，摇摇头，不再多管闲事，看向雷怒，道：“雷怒阁下，我们的契约还有效吧？”

“当然！”雷怒豪迈地说，“需要帮什么忙，尽管说吧！”

“其实也没什么，只是希望借贵地暂住几天。”凰北月礼貌地说。虽说和雷怒有契约，但她从未真正将他当成仆人。两人合作，最起码的尊重，她还是懂的。

“不行！自古以来，司幽境不允许外人踏入，阁下还是另寻地方吧！”雷怒没有开口，一旁的鹿涯却果断地拒绝道。

此时此刻，司幽境的五位王都在，除了雷怒，其他人脸上的表情都和鹿涯一样，明显不同意一个外人进来。

不过，凰北月也不着急。有吱吱在，无论如何厚着脸皮，她都得住下，不然在外面，不管躲在哪里都会被找到。在弄清楚天夔的那个咒印是怎么回事之前，她哪里都不能去。

“主人，不用管他们，跟我来吧。”吱吱冲凰北月招招手，全然不理会其他人。

“瑶殿下，这件事需要先请示陛下。”风无行恭敬地说。

“你去请示吧！我先带他们去休息。”吱吱根本不看任何人。这种时候，谁说什么都没用。

风无行知道劝不住，只好默然不语。

“这样的话，本王也跟去看看吧！哈哈哈……”雷怒大笑着跟上去。

一行人从城墙上下来，走在空无一人的街道上。两旁的房屋都门窗紧闭，只有零星的灯火亮着。

“司幽境有宵禁吗？为何街上一个人都没有？”凰北月好奇地问道。此刻刚刚日落，不至于所有人都回家睡觉去了吧？

“日落之后，是魂魄活动的时间。活人不和死人争，所以夜晚是留给他们的。”雷怒说。

凰北月听他这么一说，后背立刻起了一层鸡皮疙瘩。这么说，现在是不是满大街都是灵魂在活动？

不愿多想，他们连忙加快了脚步。

路上，几人简单地商量了一下，跟吱吱去王宫的话，离夜王太近不安全，于是凰北月暂时住在雷怒的府上。

雷怒倒是好客，立刻让人备足了好酒好菜款待。

他们正吃着饭，火夕带着夜王的旨意来了。

“陛下明天想见见凰北月阁下。” 火夕传达完夜王的旨意，也不客气地坐了下来。

凰北月想不到夜王这么快就召见自己，握着酒杯，沉默了片刻。

“主人放心，父王是很好的人。”吱吱连忙说，怕她误解。

凰北月笑道："既然来了司幽境，自然应该去拜见夜王陛下，我明日就随火王大人一起进宫。"

火夕点点头，对吱吱道："瑶儿，你是司幽境未来的王，不要随便叫别人'主人'。就算你愿意，整个司幽境的人也不会同意，折辱了殿下，就等于和司幽境为敌。"

吱吱听了，抱住凰北月的大腿，使劲儿地蹭。

凰北月自然知道火王的一番话不是说给吱吱听，而是说给她听的。

从前，吱吱不会说话，她一直不知道吱吱对自己是怎么称呼的，现在听到，也觉得有些无奈。

"吱吱，我以前怎么教你的？撒娇只能在没有外人的时候。要是有外人在，应该怎么办？"

吱吱懵懂地抬起头，正好看见凰北月低头，用那双清冷的眼睛轻轻地瞥了她一眼。她心里一个激灵，眨巴了两下眼睛，便非常乖巧地正襟危坐。

孺子可教也。

凰北月微笑着看向火夕，道："让火王阁下见笑了。以前吱吱在我身边，我却一直没有好好教导她。"

火夕高贵的面容没有变。她给凰北月一个下马威，对方漂亮地回敬回来，很合理。她没有生气，是因为从这个少女身上看到了昔日一个熟人的影子，针锋相对，巧舌如簧，从不低头认输，亦倔强得让人头疼。

火夕淡淡地一笑，道："瑶儿长大了，自己就会懂事。"

没想到一向冷若冰霜、骄傲不饶人的火王也会主动服软，这简直大大出乎雷怒的意料。他仔仔细细地打量着火夕的神情，确定她没有动怒的迹象，这才稍稍放心。

为了避免再起争执，雷怒早早地结束了晚宴，请客人去休息，然后亲自送火夕出门。

"呃……"雷怒粗糙的大掌抓着后脑勺，"那个丫头虽然嘴巴厉害了一点儿，其实心地不错。"

火夕一笑，道："上一次看见你这么护着别人，是一百多年前了。"

司幽境没有月光，只有府门上挂着的两个大灯笼发出的光芒照着雷怒刚毅的脸庞。面色渐渐沉下去，他涩声说："还是你了解我，这么容易就让你看出来了。"

"她确实很像年轻时的谨儿。"

"哈哈，谨殿下的风姿，永世难忘啊！"雷怒开玩笑地说。

在他强装的笑声里，火夕轻声叹息，道：“我时常在想，若当年王位之争，陛下没有设计陷害谨儿，逼她出走，也许后来……”

“已经发生的事情，何必再想？我们都老了，过去的事情就让它过去吧！”雷怒忽然叹了一声。

火夕很少听他说这么感性的话，苦笑着摸摸自己依旧美艳的脸庞，道：“也是。”

火夕淡淡地笑了几声，召唤出一团火，消失在里面。

雷王也闷闷地转身回了王府。

两个人都没有注意到，他们说话的时候，府门后，一个漆黑的身影隐在黑暗中，将他们的话听得一清二楚。

待二人都离开后，那个黑影才慢慢走出来，灯光照见她一半的脸，赫然是凰北月。

“看来，明天去见夜王，会很有意思呢！”她怎么都没有想到，轩辕谨和司幽境竟有这么大的渊源！

王位之争？设计陷害？怪不得当年轩辕谨会打得司幽境从此之后远离了光明，隐退到黑暗之中。

凰北月回到房间时，红烛已经带着吱吱睡了。她坐在床上，将天夔从灵兽空间里放出来，帮她隐去身上的气息。

天夔被闷了这么久，不悦地看了她一眼，但没说什么。

“刚才的话，你也听见了吧？”凰北月问道。

“我只知道夜王萧阑有个妹妹，名叫萧谨。她从小天赋卓绝。可惜，有预言说她心术不正，将来会祸及司幽境。因此，她和王位无缘，被逐出了司幽境，从此下落不明，没想到她就是轩辕谨。”

“看来那个预言也不是空穴来风啊，后来确实被证实了。”凰北月笑道。

天夔不悦地道：“你问这么多干什么？想为她报仇？”

“我吃饱了撑的。”凰北月嗤笑道，“我只想知道，夜王的实力如何？”

“深不可测。”天夔简单地说了四个字。

在她这样的高手口中，这四个字的评价，有些高得过分了。

凰北月轻轻地吸了一口气，无奈地摊手，道：“看来明天得小心了！”

“在我恢复实力之前，除了运转元气时，我都不会出来。”天夔的言下之意是，发生意外的话，她不会帮忙。

凰北月点点头，展开空间让天夔进去，然后她自己也躺下来，回想今天发生的事情。凰北月一闭上眼睛，便会看见一双没有感情的冷漠紫眸从远处看着她。

“我们会有未来的，为什么……不相信我呢？”睡着之前，她喃喃地说。

一大早，火夕便出现了，带着凰北月去王宫面见夜王。

天亮之后的司幽境完全就是一片人间乐土，世外桃源，一路繁花似锦，让人的心情也不知不觉地好起来。

吱吱在王宫的花园中等着，又央求凰北月让小虎出来。她好久没见小虎，只想和他玩。然而，凰北月问了小虎的意思后，只能无奈地摇摇头，弄得吱吱一脸失望。

夜王很快就来了。

凰北月凝神想着会面对一个高深莫测的王者，然而，最开始传入耳中的是几声虚弱的咳嗽声。

凰北月不禁一愣，抬头看去，只见花园的小道上，两个宫人推着一辆轮椅过来。轮椅上坐着一个锦衣的男子。男子神态憔悴，病态严重，用帕子捂着嘴巴不停地咳嗽着。拿下帕子后，他不着痕迹地将帕子放入衣袖中。

听着那破碎的咳嗽声，恐怕他是咳血了，凰北月不禁皱眉，千想万想也没想到会看见一个病恹恹的夜王。

“父王！”吱吱看见他，蹦蹦跳跳地跑过去，拉着他的手，“你好些了吗？”

“好多了。”夜王看着吱吱，苍白的脸上露出一个虚弱的笑容。

他那样子哪里是好多了？分明有种病入膏肓、命不久矣的感觉。

凰北月忍不住看了火夕一眼，对方淡淡地说：“陛下的病是从娘胎里带出来的，当年为了平乱，又受了重伤。不过，即便是这样的陛下，也不是好惹的。”她说的平乱，自然是轩辕谨造成的乱。

凰北月点点头。

这时，夜王的轮椅已经被推过来了。凰北月上前一步，礼貌地行了一个礼。

“不用多礼，还没有感谢你照顾瑶儿这么多年。”

夜王抬起手虚扶了凰北月一下，然后慢慢地站起来，让火夕带着吱吱去别处玩。他则带着凰北月顺着花园小径走到湖边。

凰北月看他的脚步轻飘飘的，轻声道：“听说陛下这是旧疾，我这里有些秘方，兴许有用。”

夜王笑道：“让阁下担心了。不过，即便独孤药圣来了，也治不好寡人的病。”

“独孤药圣虽然厉害，不过据我所知，有一位炼药师，就算是他老人家也不得不佩服。”

“哦，阁下说的是谁？”夜王慢慢地转过身，笑着问。

“她叫轩辕谨。她留下的七破丹药方，帮我重塑灵体复活。”凰北月淡淡地说着，抬起头，与夜王的目光相对。

也许是许久没有听到这个名字，夜王居然怔了很久，才慢慢地回神：“此人已经消失多年，寡人已经不抱希望了。”

“夜王陛下忘了吗？我是她的传人。”凰北月走上前，“陛下可放心让在下把把脉？”

夜王看了她一眼，慢慢地伸出手来。

指尖搭上他瘦削手腕上的脉搏，凰北月微微凝神。

“阁下带来的那位贵客，寡人也有许多年没见了。”夜王忽然感叹了一声。

睫毛轻轻一颤，凰北月平静地道：“可惜她古怪得很，不喜欢见人，否则，倒能和陛下叙叙旧。”

凰北月的手指从夜王的脉搏上移开。夜王慢慢地拉起衣袖，覆盖住手腕，道：“阁下诊得怎么样？”

“从胎里带来的病症，在下不敢医治，不过陛下体内的余毒，在下倒是可以一试。”

“你是说，寡人中毒了？”一瞬间的震惊后，夜王了然地笑了笑，“这毒，阁下打算怎么解？”

凰北月认真地沉吟了一下，道：“这并非一朝一夕的事情。陛下中毒这么多年，毒素早已深入骨髓，我需要时间研究一个良方。”

“并非寡人要怀疑阁下，只是，阁下凭什么让我信服？”

凰北月早就料到他会这么问，淡淡地一笑，不慌不忙地说：“毒是轩辕谨下的，她已经不在人世，而这世上只有我有万兽无疆，你别无选择。”

凰北月清冷的双眸轻轻地瞥了夜王一眼。即使底牌还没有亮出，她眼底的自信依旧让人信服。

夜王怔了一下，喃喃地问：“她死了？”他低沉的声音忽然空落落的，如同沉入了深渊。

“夜王！”凰北月迅速出手，托住夜王的手臂，稍稍用力扶住了他。

这边的动静一出现，附近立刻有宫人匆忙赶过来，将夜王扶到轮椅上坐着。

“她是怎么死的？”夜王紧紧地抓着凰北月的手，“她死之前说了什么？”

凰北月无奈地摇摇头。她也只见过轩辕谨的尸体，要想知道轩辕谨死前说了什么，恐怕只能去问魇了。

夜王失望地被人推走了。

凰北月看着夜王离去，忽然想起什么，对着他的背影大喊道：“夜王，在找到办法解毒之前，我的安全，就有劳贵境了。”

虽然夜王已经走远，凰北月倒不担心他听不见。

自身的安全暂时有了保障，凰北月也安心了些。她回到雷王府，立刻帮天夔运转元气。

第八天了，万兽无疆的元气进入天夔的筋脉中，比第一次顺畅太多了。

半个时辰后，凰北月收回手，闭目查看了一下。果然，她的符源中又多了一道红色元气！那道浓郁的黑色元气的范围也在逐渐扩大，渐渐地，似乎和她原本的元气形成了分庭抗礼之势。

凰北月看着这样的情况，心情不禁有些沉重。她这是在用生命下赌注啊！万一这个符咒是个陷阱，她凰北月这一生就真的走到尽头了。可是万一她赌赢了，将来的事情就都不好说了。

“夜王真的中毒了吗？”在凰北月查看符源时，天夔忽然问道。

“当然。”凰北月立刻收敛心绪，表情自然得看不出半点儿不对。

“你要躲避昀离，还有心思帮夜王解毒吗？”

“当然有，不过要靠你多配合了。天夔，你也不想帮着昀离去对付修罗王，是吗？”

“想不想不是我能决定的，除非修罗王拿到王玺，否则，将来发生什么，现在也说不好。”

“王玺……”凰北月皱着眉，摸着下巴沉默片刻，道，“我或许能拿到。”

天夔冷冷地道：“王玺至关重要，昀离肯定贴身保存。你只要靠近他就会被抓住。你敢吗？”

“谁说我不敢？”凰北月躺下去，靠着软垫，单手撑着下颌，“再过几天是我和他的婚礼，到时候想靠多近都行。”

“你……”天夔一直闭着的眼睛忽然睁开，觉得不可思议地看着她，“你疯了不成？”

凰北月苦笑道：“你以为我要躲一辈子？他动动手指就能让南翼国一夜之间灭亡。他清楚我的弱点所在，所以根本不急着来抓我。我自然会送上门去。”

“那你躲到这里来是为什么？”天夔冷笑一声，“你别说是为了我。”

凰北月很想说一句“你真是太聪明了”，话到嘴边却还是选择咽下去，叹气道：“其实我只是不想让你帮昀离。我用万兽无疆帮你疗伤，只是希望你能够忠心于风连翼。”

“你对他真是一往情深。”天夔再次闭上眼睛，“看在你是为了修罗王帮我的分上，我答应你，我伤好之后，给你一天时间拿到王玺，而在这一天里，我绝不会靠向昀离。”

“当真？”凰北月眼睛一亮。她之前还在犹豫，一旦天夔伤好了，自己不能控制她那该怎么办，没想到天夔会主动退让一步。

“我们魔兽，从来都是言而有信。”

“立契约吧！给我一天时间。”

天夔冷哼道：“多疑！”

“没办法，我只求安身立命。小命只有一条，我可不敢随便开玩笑。”

天夔不再多说什么，咬破了手指，迅速和凰北月立下了一天的契约。

立完契约之后，天夔冷笑道：“记住，只有一天。超过一天，可别怪我不客气了。”

“没问题！”凰北月也放心地去睡觉了。

深夜，凰北月忽然听到窗外传来一声细微的轻响。她一向警觉，立刻睁开眼睛往窗户外面瞟了一眼，只见一个黑影迅速地从窗前掠过。

凰北月本想立刻起来，但转念一想，这里是司幽境，有什么人会半夜潜进来要她的命，还弄出动静来？对方分明就是想让她发现。因此，她没有轻举妄动，静静地闭上眼睛躺着，却全神贯注地听着周围的动静。

片刻之后，窗户被无声无息地推开，一个身影快速闪了进来。那人几步到了她的床前，手指成爪，抓向她的肩膀。

凰北月一挑眉，嘴角扬起，淡淡地道：“阁下想干吗？”

那人吓了一跳，但是没有立刻退走，反而一掌拍过来。

好大的胆子！

凰北月在床上顺势一滚，躲过了那一掌。紧接着，她爬起来，一个横扫腿扫了出去。那人向后一仰，忽然，一条鞭子无声无息地从那人的手里飞了出来。

那人没有使用任何术法，看来是不想弄出太大的动静。

凰北月和那人想法一样，因此纵身跳下床，避过鞭子，迅速闪身到帘子后面。

那人立刻跟了过来。帘子一掀，窗外廊下灯笼发出的光芒在屋子里闪了一下，刚好照亮了那人的脸庞。

惊鸿一瞥间，凰北月微微吃了一惊，却未出声，只是敏捷的身子忽然顿了一下。身后，那条鞭子立刻缠了上来，捆住凰北月的手臂，然后她的肩膀被重重地拍了一下，一股元气透体而入。

凰北月微微皱眉，灵兽空间被封住了。

"火王阁下这是何意？"凰北月镇定地问道。

缠住凰北月的鞭子慢慢地松开。那人转身走到窗边，窗外的灯光照亮了她的侧脸。她高贵典雅，宛如女神。

凰北月想象不到，这样的女子会半夜扮成刺客进来行刺她。

这女子正是司幽境的火王——火夕。

"跟我走。"火夕低声说了一句，便飞快地从窗户跳出去。

凰北月耸耸肩，深夜冒险，好玩得很，于是二话不说跟了上去。

夜晚的司幽境静得没有半点儿声音。天上无星无月，半点儿光亮都没有，街道上弥漫着一层浓浓的雾，几乎是伸手不见五指。

凰北月紧紧地跟在火夕的身后。火夕带着她穿过大半个城市，来到了郊外一座府邸前。

火夕伸出纤纤玉手，在府门上优雅地抹了一下，才带着凰北月继续往府里走。

凰北月看了一眼那扇门，火夕居然在上面设下了结界。凰北月的嘴角微微一扬。还真是有意思！

"火王阁下，你这样一言不发，让人很没有安全感啊！"凰北月四处看着，火王府里居然一个人都没有，真是奇怪。

"有胆量假装被我打败，让我抓住，还怕我杀了你不成？"火夕淡笑了一声。

"我只是好奇，阁下既然来行刺，为何不选择速战速决的方式，反而要和我浪费时间纠缠？"

此刻，凰北月自然明白了，火夕封住她的灵兽空间，恐怕是为了避过天夔的耳目吧？

走在前面的火夕淡淡一笑，还好这丫头够聪明。

走到后院，火夕才停下来，玉手轻轻地拍了一下。院子四周的灯笼自动亮了起来，一座打理得精致漂亮的花园缓缓地出现。一同出现的，还有几张不算熟悉的面孔。

“还是夕儿出手速度最快。”光头的土王裂土走出来，讨好地对着火夕一笑。

火夕冲他轻轻地点了点头，美目在院子里一扫，道：“冰没有来吗？”

“他一向这样，不会来的。”风无行淡淡地说。

火夕点点头，似乎并不在意，道：“没有他也没关系，开始吧！”说完，她自己退到一边，将凰北月暴露出来，直直地面对着风无行和裂土二人。

“喂，喂，这是想干吗？至少跟我说清楚吧？”凰北月摊开手，无奈地笑着问。哪怕一无所知，她也不惊慌。

“臭丫头，问那么多干什么？你走运了！”裂土咧着嘴，道。看样子，他对上次凰北月毁了城墙的事情，依旧耿耿于怀。

凰北月冷笑道：“走不走运，我自己说了才算。你们半夜把我带来这里，招呼也不打一个，就想开打？”

“嘿，这丫头不识好歹啊！”裂土不爽了。若不是火夕亲自去请他，他还不来呢！

火夕和风无行对视了一眼，火夕正想开口，忽然沉重的脚步声响了起来，接着一个粗犷宽厚的声音道：“丫头，他们不会害你的。”

凰北月转头一看，来人竟是雷怒。

凰北月看见雷怒，心情自然放松了一些，毕竟这几个人当中，能让她信任的，只有雷怒一个。

“我不明白。”凰北月摇摇头，语气柔和了一些。

见雷怒出现，火夕便带着风王和土王退到一边，好让他们说话。

“哎，这件事情若是说起来啊，三天三夜都说不完。”雷怒抓抓脑袋，满脸诚恳地道，“只是，丫头，你若是信得过老夫，就暂时把疑心收起来吧！我们……只是想帮上忙，弥补一点儿愧疚而已。”他躲躲闪闪地不敢说重点，大概是觉得说出来，凰北月也不会懂。

不过，凰北月心里跟明镜似的，哪里会不明白？

“雷怒阁下，既然你们这么拥护萧谨，为何当年王位之争，谁也不帮她呢？”

雷怒的身子一颤。这话不啻于晴天霹雳，一下子让他脸色苍白：“你……你怎么知道？”

“我是万兽无疆的传人，对很多事情都略知一二。”凰北月脸不红心不跳地说。

“唉……”雷怒颓然地叹息，不停地摸着额前的头发，好像一个垂垂老矣的老者，面对着没办法咬开的核桃般无可奈何。

“陈年旧事，不说也罢。可是，今天的事情，阁下有必要跟我说一说吧？”见他如此难以开口，凰北月也不忍心撕开他的伤口，便转移了话题。

雷怒得到了解救，不禁感激地看了她一眼，道：“我们知道万兽无疆需要五种咒印，才能真正发挥威力。原本，你可以顺利完成咒印，但你之前的灵体被破坏过一次，新的灵体阻碍太多，需要的时间也太多。”

“你们可以帮忙？”凰北月恍然大悟，怪不得刚才火夕让她直接面对风王和土王！

风之咒印和土之咒印，前者虚无缥缈，后者坚不可摧，都是最难获得的。她重塑灵体之后想尽了办法，终因灵体限制，屡屡失败，这让她十分受挫。

“不瞒你说，当年谨殿下修炼五种咒印，是在我们五人的帮助下完成的。”雷怒说起这个，脸上颇有些骄傲和敬佩之色，“谨殿下一出生就能凝聚五种属性的元气，是真正的天才啊！”

凰北月听到这话，大喜过望地道：“太好了！”

“丫头，”忽然，雷怒面色严肃地道，“帮你是因为对谨殿下存有愧疚之心，而我等忠心为司幽境，所以……”

“放心吧！”凰北月迅速地咬破了手指，“只要司幽境不犯我，我凰北月这一生绝不侵犯司幽境。”

契约的云纹在空气中一闪，雷怒也笑着滴血立下契约。

“这件事，得瞒着你灵兽空间里的那个怪物，说到底，天夔始终是属于黑暗和破坏的。丫头，我劝你一句，就算你手里有修罗城的王玺，也不要留天夔在身边，她太危险了。”雷怒对凰北月语重心长地说完，便对火夕等人招招手，让他们都过来。

火夕随手扔了一个玉瓶给凰北月，优雅地说：“吃下去吧！”

凰北月从玉瓶里倒出一颗散发着淡淡香味的蓝色药丸，用炼药师的感知能力探查了一下，这是一种疗伤的药。不用怀疑，这药没问题。

凰北月将药丸扔进嘴巴里，一边嚼一边说：“这药的疗伤功效怎么样？我这里有不少疗伤的好东西。”

“这不是疗伤药。”火夕看了她一眼，嘴角隐隐有些笑意。

“那是什么？”凰北月好奇地问道。

“让你耐打的。”火夕说完，便抿着红唇退到一边去了。

雷怒也嘿嘿笑着随火夕一同退下。

凰北月满脸黑线，无奈地道：“要打很久吗？”

“开玩笑！土属性的特性就是防御！”裂土带着一脸报复的恶笑，“换句话说，就是要耐打。”

风无行如一阵微风一样，淡淡地说：“开始吧！”

夜，很漫长，而这一切才刚刚开始。

远处，王宫最高处的望台上，一个瘦削的身影扶着护栏站立，偶尔一两声咳嗽从他胸腔里逸出来。

他看着浓浓的黑雾中，火王府里一点若隐若现的灯光，苍白的唇轻轻地抿着，扶在护栏上的手微微一颤，道：“妹妹啊，你死之前一定对我下了诅咒，诅咒我……这一生都记着你。”

他的身后，一个寒凉的身影靠近。

“他们在训练那个女孩，帮她得到风、土两种咒印。”冰王说完后，抿着唇，目光幽深地看着火王府的方向。

“喀喀……”夜王轻轻地咳了几声，慢慢地说，“叫鹿涯来。”

冰王点点头，正欲退出去，夜王忽然叫住他：“不要让瑶儿知道。”

“明白。”冰王说完，身影慢慢化成雾气，消失在原地。

远处的风将浓浓的夜雾吹过来，夜王咳了一声，才慢慢地转身回到宫殿。

火王府里的灯光逐渐被夜雾遮住了。

一双小小的手拍打在脸上，睡梦中的人困倦地叹息了一声，道：“一分钟，一分钟就好。”

凰北月浑身酸痛到难以忍受的地步，就像第一次被师父高强度训练了一整天后，骨架都快散了那样。

而这一次和高强度训练完全不一样，她整个晚上都在挨打，若不是有火夕的药保护，恐怕当真要皮开肉绽，太残忍了。

“你昨晚究竟做什么了？”冷冷的声音在凰北月耳边响起，同时，那只小小的手也毫不留情地把她拎起来摇晃。

凰北月头昏脑涨，半闭着眼睛，道：“昨晚来了刺客，我追刺客去了。”

“那为何我一直感应不到你的气息，而且也没办法从灵兽空间里出来？”

“我也正想问你呢！”凰北月揉着眼睛，“昨天我追着刺客出去，想叫你出来帮忙，你居然一直不应我。”

天夔疑惑地看着她，道：“怎么可能？”

凰北月将衣袖拉开，露出青紫的手臂给她看："我被打成这样，你还怀疑？"

天夔发现，那些伤痕不像是装出来的，但是对她说的话依旧半信半疑。

"昨天刺客来的时候，我知道。可是之后，你和刺客的气息都消失了，我也不知道发生了什么事。"

"总之，我不会害你就是了。你可以放心。"凰北月走下床，倒了一杯冷茶喝下去。

天夔冷冷地瞥着她，道："你最好别耍什么花样，否则，你会知道得罪一只魔兽的下场。"

茶杯轻轻地碰着嘴唇，凰北月微微一笑，道："知道了。"

"开始吧。"天夔闭上眼睛，坐下来。

"喂，喂，看到我满身伤，你就不能让我休息一会儿？"凰北月苦笑道。

"少废话！"

凰北月耸耸肩，只好走过去帮天夔运转元气。

第九天了，元气运转顺畅，很快就完成了，天夔再次回了灵兽空间。

凰北月想了想，让红烛带着冰灵幻鸟和小虎出去，反正他们几个在灵兽空间里，气氛也很剑拔弩张。

天夔霸道，凰北月不可能让她出去，所以只好委屈自己的灵兽了。

一到晚上，凰北月照样封住灵兽空间，然后一个人趁着夜色去火王府。

司幽境王宫。

深夜，鹿涯匆匆进宫，在殿外候了一会儿，便立刻被夜王召见。

夜王的寝殿里弥漫着浓浓的药味，侍女端着药碗走出去。

鹿涯在软榻旁边跪下，从宽大的衣袖里拿出一个玉牒来呈给夜王。苍白的手轻轻地拈住玉牒，夜王拿到近前看了一眼，面色骤变，道："怎么可能？！"

几声剧烈的咳嗽逸出来，苍白无色的脸上慢慢浮现一抹病态的红晕，夜王难以置信地喃喃道："没道理啊！"

鹿涯道："臣奉命查看凰北月的命盘，为她预言，可是她的命盘一片空白，看不到过去，也看不到未来。"

"她究竟是什么人？"夜王拿着玉牒的手有些颤抖，一时没拿稳，玉牒掉在地上，摔得粉碎。

"陛下不要激动，臣再去查。"鹿涯慌忙说。

"来不及了。"夜王站起来，一挥衣袖，"鹿涯，寡人命你调集'夜影'，全力捕杀凰北月。"

“陛下！”鹿涯大惊失色，“她可以帮助陛下解毒，不如等陛下大好之后……”

他的话没有说完，便被夜王果断地抬手阻止了：“她有万兽无疆，也和谨儿一样，浑身上下看不到未来。寡人不能让司幽境处于危险之中，也不会容许第二个萧谨出现。”

“是。”鹿涯低下头，慢慢地退到门口。

“父王！”清脆的声音忽然从门外传来，一个梳着丫髻的小丫头跑进来，扑进夜王怀里，轻声哽咽着。

“怎么了？”一瞬间，方才杀伐决断的夜王消失，取而代之的是温柔慈祥的父亲。

夜王抱着吱吱坐下来，抬头冲鹿涯使了一个眼色，让他去办事，然后便轻柔地抚摸着吱吱的头发。

吱吱吸着鼻子抬起头来，大眼睛水汪汪的，很是惹人怜爱：“父王，我还是喜欢做织梦兽。”

“瑶儿，你不是织梦兽。”

“可是我喜欢，我喜欢做织梦兽，喜欢做吱吱。他们说，如果我是萧瑶，就再也不是吱吱了。”吱吱说着，大颗大颗的泪珠儿滚落下来。

夜王微微皱眉，道：“谁这么跟你说的？”

吱吱紧紧地闭着嘴巴，看样子是绝对不会说出口的。

夜王叹气。不用说，他也能猜到是谁。看来，凰北月和她带来的那些灵兽，对瑶儿的影响不小啊！

“瑶儿，”他温柔地开口，苍白的手带着温暖的力量，轻轻抚着吱吱的小脸，“你难道一点儿都不想做父王的女儿吗？”

吱吱一怔。她完全没有想过这个问题。她以为做吱吱，也还是他的女儿，顶多名字不叫萧瑶不就行了吗？

来司幽境，虽然刚开始她不喜欢，但夜王对她很好，血浓于水的亲情让她很快就喜欢上了这个身体不好却很温柔慈祥的父亲。

夜王看着她那张委屈又不知所措的脸，温柔地道：“瑶儿，父王不能逼你做任何事情。可是，我还是很希望你做我的女儿。”夜王轻轻地拍了拍吱吱的头，笑道，“去睡吧。”

吱吱慢慢地站起来，依依不舍地拉着他的手：“父王，你好好休息。”

“嗯。”

吱吱朝外走了几步，咬着嘴唇想了想，又回头说：“父王，我很喜欢做你的女儿，想好好照顾你，不舍得让你生病难受，因为你是天底下最好的人。”

“我没有那么好。”夜王欣慰地笑了起来。

“有的。”吱吱坚定地点头，“父王在这个时候收留月儿姐姐，保护他们，就是最好的人。”

因为被火王说过很多次，凰北月也授意，所以吱吱改口叫凰北月“姐姐”。她是凰北月，不是北月郡主，不用担心辈分上有什么不对。

夜王脸上的笑意变得有些淡，但他没让吱吱看出来。

“月儿姐姐一定会医治好父王的。”吱吱信心百倍地说完，便转身跑出去了。

夜王怔怔地看着她的背影，心头像压着一块大石头，又沉又闷。

夜王犹豫了片刻，立刻站起来，大声道：“鹿涯！”空荡荡的宫殿里，只有他的声音在回响。

一个侍女立刻跑进来，恭敬地说：“陛下有什么吩咐？”

“让鹿涯回来！”

侍女面露难色，道：“鹿涯大人恐怕已经走远了。”

夜王大步踏出去，侍女想阻拦，却被他狠狠地推到一边。

夜王走到宫殿外，便开始狠狠地咳嗽。

夜雾太浓，冷风狂肆，天上依旧无星也无月，整个世界黑暗得如同真正的地狱。那些隐藏在黑暗中的不安分因素，似乎在蠢蠢欲动。

夜王忽然深深地吸进一口带着夜雾的寒凉空气。

第九章
囚困殇情

火王府。

结界之内，刀剑铿锵之声激烈不绝。

一阵大笑声响起：“哈哈哈……这丫头真耐打，这么久居然还能坚持！”

“别小看她，小心一点儿！”温淡的声音也响起来，但很快被一阵兵器交撞的声音打断了。

“跟我打的时候，可不要分心啊！”凰北月的身影瞬间就到了近前，闪电般迅速。手中的一把铁剑挡住了裂土和风无行的剑，手臂微微一沉，她一咬牙，仍是挺了过去。

裂土将土元气凝聚在腿上，力量浑厚。他还没靠近凰北月，已经产生重重压力。

凰北月一只脚死死地固定在地上，单手握剑，另一只手肘猛然下沉，竟然没有任何防护地狠狠压在了裂土的腿上。

裂土大惊道：“这丫头疯了！”

凰北月低头一笑，在手肘即将和裂土的腿撞上的一瞬间，一层土元气忽然从她的指尖散发出来，在身体下方形成一道厚实的墙壁。

裂土一脚踢上去，顿时整张脸连带光头都青了。他低吼一声，身体被重重地撞开。在地上滑出很长一段距离后，裂土才抬起头，不可思议地看着凰北月。半晌后，他不得不竖起大拇指，道：“好样的。”这句话是发自内心的佩服了。

凰北月淡淡一笑，目光转向风无行，脸色瞬间变得严肃起来：“风王阁下，现在我们一对一了。”

凰北月收起土元气，改为极力催动身体里的风元气运转。

之前，风无行一直不主动攻击，总是在裂土即将被她打败的时候，他才从旁看准她的要害部位来一下，手段又狠又快，让她恨得牙痒痒。现在终于可以正面和他打一场，她身体中好战的细胞全都兴奋了起来。

风无行不紧不慢地看了凰北月一眼。这丫头的实力和毅力都出乎他的意料，让人惊喜又震惊，和她战斗，似乎回到了当年与萧谨战斗的时候。

在司幽境多年，说实话，他已经很久没有遇到这样拼尽一切的对手了，很有意思。

风无行的剑上，一层无形的风元气慢慢覆盖上来。

风无形嗓音低沉地道："看清楚了。" 他说到"楚"字的时候，身影已经从凰北月的眼前消失。

凰北月一怔，随即只觉身体周围风元气涌现。无数夜雾被吹进来，她瞬间便被卷入了夜雾的包围之中。

裂土一瘸一拐地走到廊下的火王等人身边，龇着牙说："那丫头够狠，不过打得很爽。"

火王淡淡地瞥了他一眼，随手将一个药瓶扔给他，那高雅的姿态，似乎怎么都不会动容。不过，火王这个举动还是让裂土心花怒放，看向她的目光带着明显的爱慕。

火王这样高傲的美女，早就习惯了男人爱慕的眼光，表情没有丝毫不自然，只是看向一旁的雷怒，道："无行这次是动真格的了吧？"

"一开始就使出了黑煞迷阵这样的大阵，看来，他是真的打算和月丫头酣战一场了。"

雷怒看着面前的战斗场面，忍不住有些羡慕。若不是凰北月现在不缺雷之咒印，他早就下去好好打一场了。

"在黑煞迷阵里，可就任凭无行操控了。凰北月的一举一动，他了若指掌。他的动作，凰北月却一无所知，凶险得很啊！" 火王看着浓如墨般的黑雾，道。

"别小看那丫头，她可是经常出人意料啊！"雷怒颇有信心地道。他和凰北月简单地交手过一次，深知她的能力绝非一般人能比。

火王点点头。她也很期待那丫头最后的成长，看那丫头和裂土的对战，相信土之咒印应该差不多了，只差风之咒印了。

火王正深思着，忽然见浓墨般的黑雾抖动了一下，一个身影忽然从里面退了出来。那人踉跄了一步，震惊地抬起头，看着面前的黑雾。

"无行？"火王吃了一惊，美艳的脸庞上也写满了震惊之色。

雷怒大步走过去，声如雷鸣地道：“风无行，你不会这么没用吧？才这么一会儿就被打出来了？”

风无行回过头，满脸不解地道：“我们还没有开始打。”

“没打？你连黑煞迷阵都使出来了，怎么……”雷怒说到一半便停住了。

黑煞迷阵出现，风无行一定是在阵中，而他一出来就代表阵法撤销了，可是……

雷怒看向依旧如浓墨般弥漫了整个院子的黑雾，忽然一声大喝，天上惊雷阵阵。

“是谁？竟敢闯入司幽境来？”

他正待冲进去，却被风无行伸手一拦，只听风无行肃声说：“司幽境除了我，会使用黑煞迷阵的，只有夜王陛下的亲卫队——夜影。”

雷怒浑身一震。

“陛下就算知道了我们暗中帮助凰北月，也不至于让夜影来阻止。”火夕走到黑雾旁，凝视了一瞬，便对风无行道：“既然已经帮她了，也不在乎多帮一次吧？”

风无行点点头。雷怒和裂土也同意。四个人立刻站成一条线，各自施展本体元气，打算将黑煞迷阵破开。

然而，四人刚有所动作，忽然一个身影从黑煞迷阵里出来。来人慢慢地从灰色帽檐下面抬起了苍白的脸庞。

“四位大人，这是夜王陛下吩咐的事情，劝各位不要阻拦。”

“臭小子鹿涯！”雷怒一看见他，立刻怒火中烧，冲上去一把揪住他的衣领，将瘦弱的他从地上提了起来，“你说！为何每次都跟我作对？”

“我听命于夜王陛下。”鹿涯无奈地说，“雷王，有些事情你们不懂。这个凰北月一直是司幽境的不确定因素，为何不干净利落地将她除掉，免除后顾之忧？”

“本王不知道你小子怎么蛊惑了陛下，不过，今天本王不会让你得逞。”雷怒发狠地抓住鹿涯，转身对身后三人吼道：“救人啊！”

风无行、火夕和裂土却没有立刻行动，只是互相看了一眼，面露迟疑之色。

鹿涯看着他们的反应，满意地微微扬唇，道：“雷王，我们都是司幽境的人，第一个要考虑的自然是司幽境。”

“混账！”雷怒咬着牙，暗骂了一声，“你们一个个……”失望、悲戚，种种情绪涌上来，雷怒不怒反笑，“好一个不确定因素啊！当年谨殿下背上的也是这样的罪名！你们……你们为了这样的理由背叛她，可笑！”

“雷怒！”火夕忍不住激动，脸上慢慢浮现一抹心痛之色，“我们何尝愿意这样？可是鹿涯的预言之后都一一成真了，我们怎么可能再犯错？”

“哈哈哈……”雷怒仰头狂笑，“预言成真？难道不是你们逼迫她让这个预言成真的吗？”

闻言，三人心中同时一震。

雷怒笑过后，便一言不发地闯进黑煞迷阵里去了。

火夕三人对视一眼，还没有动作，便听黑煞迷阵中传来一声巨响。

鹿涯吃了一惊，连忙回头去看，只见几道黑影迅速向四周闪开，而迷阵的中心，翻腾的烈焰烧开一个豁口。雷怒扶着凰北月从里面出来，片刻不停留，立刻朝远处飞掠而去。

“追！不能让她跑了！”鹿涯大喝一声，对夜影们下令。

转瞬间，数十条黑影嗖嗖嗖射上高空，如同离弦的箭。

“怎么回事？”凰北月咬着牙低喝一声，怒不可遏。

“夜王下令杀你，我立刻送你出司幽境。”雷怒低声说。

凰北月一愣，道：“夜王？”

雷怒点点头。

凰北月冷笑道：“这世上只有我能帮他解毒，我并未说假话。他是吱吱的父亲，我确实想帮他。”

“这个说来话长了。”雷怒有些愧疚地道，“丫头，身为司幽境的王，有些时候，他不得不下决断，连我们都不能怪他。”

“混账决定。”凰北月怒喝，胸腔里一阵剧痛，这次真是吃大亏了！

那黑煞迷阵，她本以为是风无行测试她而布置的，因此只用了并不纯熟的风元气去抵挡，结果硬生生挨了那些夜影的好多阴招。没有人能想到，好好的对决会变成真正的绝杀。

好在她天生对杀气有敏锐的感知能力，吃了几次亏后，开始全力反击，可她依然处在吃亏的境地。

那些夜影配合密切，神出鬼没，而她没有带着红烛等人在身边，一时被困在黑煞迷阵中。若不是最后一刻天夔出手，她不敢想象后果会变成什么样子。

身后，追来的夜影如鬼魅一样，悄无声息地从夜雾里出现。

铿！夜雾中，一把剑陡然砍下来。雷怒抬起铁臂去挡，一阵火花瞬间在夜色中激溅。

“这些家伙……”凰北月咬着牙狠狠地道。

她一只手结印，黑色的元气在符印中飞旋。随后，她凭空将符印扣在黑雾中，黑色的电光便顺着黑雾向四面八方延伸过去。片刻之后，黑雾中传来阵阵惨叫以及低呼声。

凰北月冷笑道：“我在黑煞迷阵中一时不慎，让你们得逞，你们以为我当真那么好欺负吗？”

“他们个人的实力虽然不强，却有一套联合作战的方法，很恐怖，还是不要和他们纠缠为好。”雷怒担忧地说。夜王已经派出夜影了，看来，真的发生了让自己担心的事情。

“不在这里打发掉他们，他们会像尾巴一样穷追不舍。”

在黑煞迷阵中短暂地过招之后，凰北月对这些夜影的实力也了解了一个大概。她不想一直被追杀，只能选择在这里和他们一决胜负。

凰北月听着夜雾里的惨叫声，手上凝聚着丝丝黑气，手指飞快地结印。

“布天罗地网阵！”黑雾中，一道阴冷的声音急速地响起，显然是夜影中的指挥者。

凰北月目光一闪，忽然消失在原地。紧接着，刚才指挥者声音响起的地方传来一声惨叫。

剩下的夜影听见这声惨叫，片刻没有耽搁，有序地分成两队，一队直冲天际，一队则诡异地钻入了地下。

凰北月结好的印狠狠地拍在地上，黑色的光芒一闪，地下便有一声接一声的闷哼响起。

就在这时，头顶庞大的元气忽然压迫下来，她抬头一看，一张以元气织成的网当头罩了下来。

“驭火……爆！”

凰北月迅速扔了一张元符出去，立刻如飞燕一样飞出去，身后升起一朵小小的蘑菇云，然后火焰腾空而起。

雷怒看着这一幕，不禁对她竖起大拇指。夜影是保护夜王的亲卫队，也是司幽境的执法队，他们联合作战的实力不可小觑。可是，这丫头第一次和他们对战，就能在短短时间内给他们造成重大的伤亡。

凰北月轻笑，看着眼前的一幕。

四种咒印，她现在对万兽无疆和符咒的运用可不像以前那样生疏，而它们产生的力量也绝非以前可比。

“裂土不在这里，我帮你破开城门的防守，你出去。”雷怒道。

“红烛他们还没有跟上来。”凰北月忍不住回头看了一眼，浓浓的夜雾遮挡着，什么都看不清楚。

夜晚的司幽境，元气波动很微弱，她想感知红烛几人的元气也不容易，大概是离得太远了。

雷怒道：“夜王要对付的是你，暂时不会动他们，何况还有瑶殿下在。你放心出去，我去接应他们。”

凰北月站在城墙之上，感激地看着他：“雷怒阁下，大恩不言谢，你这个朋友，我凰北月交定了。”

雷怒爽朗地笑道：“本王也认定你这个朋友了！”

两人在夜空中重重地一击掌。

凰北月点点头，足尖在城墙上一点，借着风元气飞掠而去。

雷怒看着她的身影没入黑暗中，才放心地转身离去。

有雷怒的帮忙，凰北月没有遇到任何阻碍地离开了司幽境，在一片古老的森林里降落。四周都是野兽的嘶吼声，黑漆漆的，伸手不见五指。

她以指尖点亮一簇火焰，照了照四周。黑暗中，一些兽类的眼睛被火光照亮。不过，她身上散发出来的元气太强大，那些野兽根本不敢靠近她。

她拿出小刀在树上刻了一个记号，封印了一点儿本体元气在记号上，告诉红烛等人，她要往南边的南翼国去，若是他们安全出来，就立刻去追她。

昀离一定会在南翼国等她。那家伙了解她，只有确定南翼国没事，她才会嫁给他。

现在她带着天夔，不能在这里停留，要是夜王派的人追上来，又免不了麻烦。这样想着，凰北月便毫不犹豫地向南方走去。

走了一刻钟，她忽然觉得周围有点儿不对劲，脚步不禁慢慢地减缓。

不对劲的地方在于，那些在远处观望着她的野兽的眼睛全部消失了，这倒让她忽然生出一种非常不自在的感觉。但是，周围的元气波动很正常，这也是让她疑惑的地方。

不过，她也没有疑惑太久，因为如果周围有一个风元气的超级高手潜伏，绝对能够做到不让半点儿元气泄漏出来。

想到或许是风属性的强者，凰北月就一阵头疼。最后的风之咒印她还没有得到，不会这么倒霉，自己正好闯进了某个风属性高手的地盘吧？

脚步停下来，清冷的目光向四处扫了一眼，凰北月淡淡地说："阁下请现身吧！"

微风轻轻拂动着她的头发，一股若有若无的熟悉感轻轻撩拨着她的神经。凰北月抬起头，心里一动，忽然，手指上的火焰暴涨，猛然向前射去。

火光照亮的地方，一个人慢慢地转过身来，白衣翩然，倾国倾城，一双冷漠的眼睛定定地看着她。

"我等你很久了。"

心脏猛地一跳，那一瞬间，凰北月差点儿连呼吸都忘记，只能怔怔地看着他："你在这里等我干什么？"

"你说呢？"那人淡紫色的眸子冷然地看了她一眼。

凰北月忽然觉得身后不对劲，正想动作，一只手却重重地按住了她的肩膀。

凰北月看见雪白的发丝被风吹到眼前，就知道按住自己的人是厉邪，那股属于魔兽的邪冷气息让人身体发寒。

"放开！"凰北月冷冷地拂开他的手，"我现在没空，有什么事，以后再说！"

那人看向她的紫眸中微微闪过一抹失望和痛楚，随即便被冷冷的嘲弄取代："凰北月，这次落在我手里，就没有以后了。"

他说完后，厉邪再次抬手按住凰北月的肩膀，这一次的力道更大，成功地激起了凰北月心中的怒意。不仅是愤怒，更多的是一种悲戚。凰北月从来没有想过，他们之间除了断情绝爱，还会有这么决绝的相处方式。

"风连翼，我再说一次，我现在没空，你非要惹我是吗？"

风连翼的嘴角扬起，凉薄的笑意缓缓地浮现："你把我当成什么？招之即来挥之即去！我是你的召唤兽，还是你的奴仆？凰北月，你高兴的时候可以顺便撩拨一下我；你不高兴，就可以把我随便扔在哪里。我对你的爱，却变成你可以肆无忌惮伤害我的武器，是吗？"

"我从没这样想过。"凰北月轻轻地抿唇，道。她的心里确实有深深的愧疚感，也无从解释。可她从来没有把他的爱当成可以伤害他的武器，他怎么可以这样说？

"你没有这样想的话，现在就跟我走。"风连翼冲她伸出手。

凰北月一动不动，抬头看了他一会儿，才缓缓地摇头，道："现在不行。"

闪动的火光中，他脸上的笑容，冷漠中带着讥讽："看吧，你就是这样冷血无情的人。"

凰北月的身子狠狠地一颤。她在厉邪要出手之前飞快地闪开，大声说：“我冷血无情又如何？你都舍弃心中所爱，我为什么不能冷血无情？”

风连翼的面色有些苍白。他果断地对厉邪挥手，道：“抓住她！”

“我说不走就不走，谁也不能逼我。”凰北月怒喝道，战刀出手，一转身就对着厉邪砍去。

厉邪冷冷地一笑，道：“实力增长了？不过，今天你该好好看看，王族魔兽的实力是怎样的。”一条漆黑的铁链瞬间从他宽大的衣袖里飞了出来。

凰北月一看那铁链就知道不能触碰，极力闪躲，那铁链却非常诡异，一靠近她就会自动贴上来。

厉邪阴冷地看着她，突然绕着她转了一圈，将铁链紧紧地缚在她的身上。

刺啦！铁链一缠上凰北月的身体，一阵白烟就冒了起来，凰北月的面色瞬间苍白。

怎么回事？这条铁链没有杀伤力，却能把她的元气都封印起来。

凰北月调了万兽无疆的元气出来抵挡，将那条铁链从自己身上剥离。

厉邪冷冷地看着她的举动，另一只衣袖里，同样的铁链再次出现。

看他靠近自己，凰北月冷哼一声，飞起一脚，重重地踢在了厉邪的肚子上。

厉邪闷哼一声，后退。凰北月终于挣开铁链，往另一个方向奔逃。

“凰北月，别逃了。”灵兽空间里的天夔忽然冷冷地开口道。

凰北月怒喝道：“你还想不想让我帮你？想的话，就出来帮我。”

天夔却犹豫着说：“此刻的我不是他们的对手。我劝你也不要勉强。那条铁链叫困神链，想不到我不在的这些年，厉邪居然得到了这件东西。”

“那玩意儿能封印元气。”

“不止这么简单，若厉邪有三条困神链，便能打散你的符源，让你完全失去凝聚元气的能力。”天夔郑重地说，“若是没有这困神链，你我倒可以试着联手打一次。可是现在不行，你若失了符源，我就不能恢复原本形态了。”

“笑话！我不信那东西有那么邪乎。不然的话，只要厉邪有困神链，我岂不是一辈子都打不过他？”这简直是天方夜谭。

“也不尽然。”天夔冷冷地道，“只要你将五种咒印集齐，或者我恢复实力，困神链就难不住我们。”

凰北月深深地吸了一口气，然后无力地问道：“那你的意思是现在……”

“不要做无谓的抵抗。”天夔简单地道。

凰北月不甘心地看了风连翼一眼，只见他面色平淡，果真对她漠视冷血到了极点。

她天生是要强倔强的人，宁肯站着死，也绝不跪着生。凰北月狠狠地一咬牙，将目光从厉邪那里移回，然后孤注一掷地扑向了风连翼。

风连翼的眼眸里，有夜一般的深沉颜色，只不过被紫色渲染得更加迷离。

风连翼的瞳孔中映着凰北月飞快靠近的身影。她手中的印诀变幻了一次，然而当看见他的面孔时，她竟然选择放弃了结印，而是抽出了火神鞭。

距离太近，用符印太容易伤到他，她不忍心。可笑啊！她凰北月竟然也有这种犹豫不决的时候。

就在火神鞭快要靠近风连翼的一瞬间，风连翼忽然抬起手，一条黑色的铁链从他的衣袖里钻了出来。

困神链！凰北月瞳孔紧缩，猛然停住脚步。

厉邪立刻赶上来，二话不说，抛出困神链，再次缠住凰北月。

她一阵剧痛，白烟冒过，手中的火神鞭消失不见。紧接着，风连翼手中的困神链也缠上来。

凰北月疼得弯下腰，额头上直冒冷汗。

风连翼却无动于衷地看着她："你还想要尝尝第三条困神链的滋味吗？"

"风连翼，算我求你。"凰北月低着头，用低得只有他一个人听得见的声音道，"我现在不能跟你走。"

"我知道，为了南翼国，为了你欠下樱夜的，是吗？"

"你知道为什么还……"

"他们跟我有什么关系？"风连翼冷冷地反问，"我恨极了你为了别人，一次次地把我扔开。凰北月，那天你对我说出'对不起'三个字的时候，我这辈子都没有那样恨过一个人。若是可以，我当时真想抓着你一起下地狱。"

凰北月的眼眶慢慢地湿润。困神链不断封印着身体里的元气，虚软的感觉涌上来，凰北月膝盖发软，半跪下去，深深吸了一口气，道："我已经跪下了，你还想怎么样？"

忽然，风连翼伸手将她拉起来："你跪断了腿，我也不会放你走。"

"你……"凰北月用尽力气挣扎着，愤怒地大喊，"既然你选择了舍弃所爱，为什么还不放过我？"

"因为我不甘心！"他咬着牙在她耳边一个字一个字地说，"我不甘心你没有一天是为我而活的。"

凰北月抬起头，狠狠地瞪着他，眼泪在眼眶里打转，那发狠的目光却依旧让人胆战："风连翼，什么叫狼心狗肺、忘恩负义？我救你的时候，连命都可以不要，你瞎了是吗？"

风连翼低声笑道："既然要救我，为什么不救得彻底一点儿？救到一半又走掉，逼得我舍弃所爱，这就是你救我的方式吗？"

"我……"

"凰北月，闭嘴！"他冷冷地说，"再多说一个字，我会杀了你。"

凰北月苍凉地笑了一声，果真不再开口。倒不是她不敢，而是困神链将元气封印完毕之后，她的精神力也暂时被抽取一空。她昏昏沉沉地倒在了风连翼的怀里。

等她彻底失去了知觉，风连翼才收紧手臂紧紧地抱着她。

"陛下，"厉邪走上来，看了凰北月一眼，才恭敬地问，"天夔在凰北月的灵兽空间里，是不是该惩处她？"

"暂时不必。"风连翼将凰北月拦腰抱起来，转过身，"回北曜国。"

随后，两人的身影瞬间消失不见。

之前燃烧在树林里的火焰，也在他们消失之后，尽数熄灭。

司幽境的大门悄悄地打开，几个身影飞快地闪了出来。

"雷王大人，多谢了！"红烛脆生生的声音在黑暗中响起。

"她才走了不久，应该在前面的树林里等着你们，快去吧！"雷怒浑厚的声音刻意压低了。

红烛点点头，和小虎，以及冰灵幻鸟一起飞快地赶到了树林里。

"是主人的元气。"

红烛感知能力敏锐，身形一晃，飘落在一棵树前。她拿出发光石，照亮了树上一个印记，发现印记中有隐隐的元气在波动。

她摸了一下那个印记，道："主人说，她先一步回南翼国，让我们跟上她。"

冰灵幻鸟看了四周一眼，有些不放心地道："为何没有半点儿她的元气在附近？"

"主人带着天夔，必定格外小心。她怕被夜影一路跟踪，肯定是将身上的元气隐藏了才行动的。"红烛道。

凰北月的元气正是在这里断掉的。

其实，红烛说得也没错，凰北月留下记号之后，就隐藏了身上的元气，然后进入树林。

考虑到凰北月确实一向都这么谨慎，冰灵幻鸟也就不再怀疑，道："走吧。"

红烛点点头，回过头去看小虎，看见他失落的样子，忍不住摸摸他的头，笑道："放心吧，我们一定还会再回司幽境的。"

"是吗？"小虎低声说。

"当然了！"红烛俏皮地眨眨眼睛，"司幽境的人得罪了主人，以她的性格，她哪有不报仇的？"

听她这么说，小虎才点点头，说："那个夜王太可恨，不能放过他。"

"下次我们回来，把吱吱也带走。"

三人说说笑笑，乘上冰灵幻鸟，一路往南翼国的方向飞去。

司幽境。

冰、火、风、土、雷，五位王齐聚议事大殿，等待着夜王部署接下来的行动。

王座上的夜王看着他的左膀右臂。这五个人的面色各不相同，然而，每个人的神情中都有相同的一点，那就是疑问——为何要下令捕杀凰北月？

鹿涯站在夜王身旁。身为司幽境的大祭司，正式场合里，他都与现在一样，穿着宽大的灰色祭祀袍，手捧能看到过去和未来的神器——命运之盘。

帽檐挡在脸上，他那消瘦灰白的脸庞隐在阴影中，根本看不真切。他身形瘦弱，乍一看，如同一个披着斗篷的骷髅人。

鹿涯的目光从五位王的脸上一一扫过，最后看向夜王。见夜王对他轻轻点头，鹿涯才走出来，将命运之盘放在桌上。

火王离他最近，一眼就看到命运之盘上是一片空白。

秀眉轻轻地皱了一下，火王动人的声音响起："陛下让你召集我等，就是为了看这空白的命盘吗？"

"正是。"没想到，鹿涯真的点了头。

闻言，除了冰王，其他三人也走过来，围在空白的命盘前，疑惑不解地看着。

"鹿涯小子，你不是在忽悠我们吧？"雷怒一脸沉怒地道。

"雷王大人言重了。我怎么敢？"鹿涯伸手在命盘上轻轻拂了一下，"各位大人难道忘了，一百多年前，上一任祭司大人为谨殿下预言，命盘中显示的一切，在谨殿下十八岁之后就是一片空白？"

这个命盘是一个圆形的黑色石盘，中间如同泉水一样清澈透明，边缘则是各种精密的符号和天干地支。此刻，圆盘的中间便是一片微微晃动的水光，什么都没有。

火王道："那为何连凰北月的过去都没有？"

"在北月郡主那里，从北月郡主出生到年老死去，命盘之中都有记载。而在凰北月这里，她的过去和未来都不可窥见。"鹿涯说着，也是轻声叹息。

"是空白的就代表灾祸？"雷怒问道。

鹿涯道："当年大祭司说，未来不可窥见之人，必是引致天下灾祸的根源。谨殿下所创万兽无疆，后来使卡尔塔大陆几乎陷入万劫不复的深渊，魔兽出世，血流成河。如今，似乎历史又要重演。"

"这样说来，凰北月和谨殿下是同一类人？"

鹿涯摇摇头，道："不一定。在命盘上不拥有过去和未来的人，不一定会引发天下灾祸，也可能使天下兴盛。或兴或亡，还不好说。"

雷怒一时沉默。或兴或亡，连鹿涯也说不好，夜王更不敢肯定了。

一直沉默地看着众人讨论的夜王，此刻才缓缓开口道："司幽境乱过一次，寡人不能再下赌注。"

"陛下的考虑，臣觉得很恰当。"风无行也淡淡地开口道。

土王和火王没有开口，不过沉默表明他们并不反对。

冰王一向不表明立场，然而只要是夜王的决定，他绝不会反对。

见众人都是如此态度，雷王也不好再说什么。为司幽境考虑的话，他或许也不会反对吧？毕竟，谁敢拿司幽境去赌那只有一半的可能性呢？

议事大殿里静默了一会儿，忽然，大门被推开，眼睛红红的吱吱跑了进来，哽咽着问："父王，月儿姐姐为什么离开了？"

火王立刻站起来拉住吱吱，柔声道："他们有自己的事情，要先行离开，以后还会回来的。"

吱吱吸着鼻子看向夜王。

夜王对她招招手，她听话地走了过去。

"瑶儿，如果她再次回到司幽境，你便要与她敌对，你会怎么办？"

"为什么？"吱吱立刻问。

"不要问为什么，我想知道你的答案。"夜王握住吱吱的肩膀，紧紧地看着她的双眼。

吱吱清澈的大眼睛盈盈闪动，十分动人。

火王等人都屏息看过来，等待着吱吱给出答案。

"殿下，您是王之子，不要犹豫。"从未说过话的冰王忽然冷冷地说。

他一开口，周围空气的温度自然而然下降了不少，似乎被寒冰冻住了。

吱吱浑身颤抖了一下。她从来没见过夜王这么严肃的表情，一时之间，犹豫着，不知道该说什么了。

然而，冰王的话却像一针强心剂，在她心里注入一股坚定的力量。

“我不会和她为敌，永生永世都不会。”她嗓音稚嫩，口中却吐出如此坚决的话来。

议事大殿中的所有人都怔了一下，没有表态。

夜王脸上却渐渐现出失望的神色，紧握着吱吱肩膀的手缓缓地松开，低咳了几声，然后颓然无力地靠在椅背上。

“父王，为何要问这样的问题？”吱吱并不笨，看见周围这几位王的脸色，就知道事情不对劲。

夜王掩着嘴咳了几声，面色很不好看，垂下手的时候，袖口上隐隐有血迹。

火王连忙走过来，柔声说：“陛下要休息了。殿下，先回去吧。”

见夜王真的身体不舒服，吱吱只能懂事地退出去。

“此事暂时瞒着瑶殿下是最好的。”鹿涯淡淡地说，“命盘的结果大家也看到了，以后该怎么做，不用夜王陛下再多费心了吧？”

鹿涯说着，别有深意地看了雷王一眼。

雷王哼了一声，拂袖离开。

鹿涯看着他的背影，有些无奈地叹气，向风王等人告辞后，也离去了。

冰王早已不知所终。

火王看了一眼剩下的风王和土王，美眸里隐有愁绪，道：“你们说，该信命盘，还是信自己？”

“夕妹，此事非同小可，还是……让夜王做主吧！”裂土道。即便知道这样龟缩会让火王反感，他还是说出了口。

“无行也这样想吗？”火王咬了一下嘴唇，然后看向风无行。

风无行点点头，道：“我等忠心于司幽境，唯夜王马首是瞻。”

“夕妹，这可是大事，你可不能像雷怒一样擅自做主啊！”裂土看见火王脸上有些忧郁的神色，忍不住说。

火王优雅地一笑，道：“放心吧。天色不早了，都回去休息吧。”说完，她转身往殿外走去。

风无行淡淡地开口道：“我们能帮她的已经帮了，剩下的，就看她自己的造化了。”

火王没有回头，只是点点头，然后身影化成一团火焰消失了。

随后，风王和土王也离开了。

微风吹着窗户上的风铃，发出丁零丁零的声音，在这山清水秀、清静悠然的地方，显得格外悦耳动听。

身处这个地方，凰北月有种错觉，似乎和之前打打杀杀的世界远离了，再也不必牵扯。

木门被轻轻推开，一身素雅白裙的凰北月走出来，裙摆微扬，远处的湖风轻轻吹拂着她的面颊。

这是一座建在湖中心的木屋，四周都是浮在水中的木板，高高飞挑的屋檐上挂满了风铃。那些风铃看似普通，可只要她的身体超过风铃的界线，便会铃声大作，结果不言而喻。

简单精巧的机关，却在她元气被封印住的这个时候特别有用。

凰北月走到湖边，蹲下去伸手撩拨了一下湖水，忽然一股反推的力量狠狠地将她的手推开。

凰北月微微诧异，将手缩回来，身后立刻有淡淡的声音传来："你从这里逃不了的。"

她回过头，在刚才自己站立的地方，此刻风连翼正负手而立，冷淡的紫眸看着她。凰北月站起来，看着他冷笑，道："逃？这个世上没有地方可以困住我，除非我自己不愿意走。"

"你能从这里逃走？"

"豁出命和你打，你以为我当真走不了？"冷眸直射，凰北月盈盈而笑，"你不也是怕我跑，所以匆匆赶过来吗？"

"你可以试试看。"风连翼抓住她的手，轻而易举就拽着她回到屋子里。

风连翼将凰北月往床上一扔，随即倾身压上去。凰北月出手如电，飞快地抓向他的脖颈，途中却被他紧紧地扣住手腕。

风连翼眉心一蹙，道："元气被封印还这么强硬？"

"你放开我！"凰北月怒喝道。

"怎么？还没有嫁给昀离，就打算为他守身如玉了？"风连翼嗤笑道。现在的她，不用他费多大力气就可以压制住。

他看着她因为愤怒而发红的脸庞，虽然知道她此刻是盛怒之下，还是忍不住低下头吻住她的唇。无论怎样，他都拒绝不了她的美，就如同拒绝不了周围的空气一样。

凰北月狠狠地瞪着他，双手被缚的情况下，只能使出一般女人都会使的、在她以前看来最笨的办法——张开嘴用力咬住他。

她的狠一向都不是说说而已，她不咬则已，一咬必定见血。

二人的唇齿间很快就弥漫了鲜血的味道。

人的嘴唇是神经最多的地方之一，也就意味着一旦受伤，也是最疼的。然而，在剧痛之下，风连翼不但没有放开凰北月的唇，反而带着一种变态的粗暴和强横，加深了这个吻。

凰北月只觉得脑袋晕眩，浑身的知觉像被冰封住一样。她心里空落落的，一片冰冷，只觉得无比伤心，无比难过。

强悍如她，骄傲如她，第一次没有拒绝一个人对自己的掠夺，任他予取予求。她不是不想反抗，而是知道现在的这一切都是她自己造成的，是她咎由自取。

凰北月啊！你为什么总要把幸福放走，等到失去的时候才后悔莫及？是不是想要抓住那原本就不属于自己的东西，也是格外艰难呢？

这个人是她的翼！她许下过誓言，生死相随，不离不弃！可是为什么他们会闹到今天这样的地步？

他爱她毋庸置疑，她爱他至死不渝！他们的心在什么都看不见的黑夜中，也能凭着相似的气息找到彼此。他们本该紧紧相依，却变成现在的互相伤害。凰北月，你究竟做错了什么？

一步步走到今天，她回首过去，曾经做过的事，她以为都是正确的，造成的后果却让她措手不及。

激烈的吻，粗重的呼吸，如同涨潮的海水将她淹没。然而，就在海水即将造成灭顶之灾的时候，他却忽然停住了。

他慢慢地抬起头，紫色的眸牢牢地锁着她的脸庞，那种深邃的、带着一点点冷漠的目光，让她的心不自觉地快跳了一下。

“为什么停下来？”她喃喃地问。

“为什么不反抗？”他没有回答她，却问了一个更可笑的问题。

凰北月怔了一下，随即冷笑道：“我反抗得了吗？”

风连翼站起来，冷冷地扔下一句话：“我不喜欢强迫一个身体冷得像尸体一样的女人。”

她紧紧地咬着嘴唇，极力隐忍着。她连自尊都抛弃了，换来的就是他这样冰冷的一句话吗？

“风连翼，你要羞辱我到什么时候？”

“到你心甘情愿留在我身边为止。”他冷冷地一笑，眼底的冰冷依旧让人心惊。

凰北月怔怔地看着他，有些无助地说："你为什么要变成这样？"

"被你逼的。"

凰北月猛然从床上站起来，上前一步揪住他的衣领，厉声道："你可以杀了我，可以任意羞辱我，但你不能把原来的他带走，你把他还给我。"

"原来的他？"风连翼嘲弄地瞥着她，"是你把原来的他赶走了，为什么来找我要？"

"他不会走的。"凰北月笃定地说。

"凰北月，我不得不说，你太自负了。你过于相信自己，才会让你彻底失去他。"他看着她苍白的小脸，抬起手，轻轻地抚着那细腻冰凉的肌肤，"以前的风连翼舍不得让你受半点儿委屈。你光芒万丈，他甘愿平凡黯淡；你骄傲，他就百般迁就；你重情重义，他陪你一起演戏；你有无数心结待解，他就愿意等你一生一世；你想嫁给别人，他愿意默默离开。凰北月，他为了你，连自己都打败了，让自己被你踩到脚底下，低到尘埃里。"

"我……"

"纵有心魔日日夜夜折磨他，他亦可以为了你战胜，但他唯一战胜不了的，就是爱着你的心。他唯有彻底舍去，才能成全你所有的想法，不去阻挡你。"风连翼低下头，捧着她苍白的小脸仔仔细细地看着。

凰北月亦睁大双眼看着他，像一只被抛弃的小兽般楚楚可怜，这是以往强大自信的凰北月不曾有过的。

风连翼低低笑出声来："你有没有想过，他曾经也是光芒万丈、万人景仰，他也骄傲强大，他也有割舍不下的感情？可是，他将自己的千秋霸业、亲情、下属，都为你舍弃了。你为什么不肯为了他后退，哪怕半步？凰北月，你只要稍稍退半步，他宁肯死也不会舍弃你。"

"我现在后悔了！"凰北月大声说，泪水狂涌出来。

"可是已经晚了。"风连翼沉默了一下，还是冷冷地说。

"对不起，我现在真的后悔了。我什么都没有，只有你。我不会嫁给昀离。我想保护南翼国，想拿到王玺保护你。只要成功，我这一生都用来补偿你。"

捧住她脸的手慢慢松开，她伸手拼命地抓住："你信我最后一次。"

风连翼却仍将手抽走了，紫眸冷然，毅然转身而去。

凰北月的身体颤抖，嘴唇发白，心脏疼得好像被千刀万剐一样。她不顾一切地冲上去，从后面紧紧地抱着风连翼："不要走！"

她此刻最大的期望便是千帆过尽还能破镜重圆，他依然在。她不是自负到盲目的人，有些事情，她可以任由自己一错再错，可有些事情，她知道没有第二次机会。他这样决然，是真的舍弃所爱了吗？无论怎样她都无法挽回他了吗？

他听着她颤抖哀求的声音，平静疏冷的面色还是有一点点动容的。他知道，她这样骄傲的一个人，能如此低声下气地哀求他，是真的不顾一切了，但是……

风连翼慢慢地抬起手，冷漠地想将凰北月的手指一根根掰开。可是她死也不松手，他无奈地一笑："凰北月，恨意让魇和昀离成魔，我却因为爱你而成魔。"

闻言，凰北月一怔。

就在她愣怔的一瞬间，她的手终于被他拉开，她却依旧不死心地抓着他的手臂。

风连翼飞快地转身，一掌拍出，狠狠地击向她的胸口。

凰北月根本没有想到他会对自己出手，一时没有防备，竟被打飞出去。

身子撞在木制屏风上，凰北月怔了一下，空洞的大眼睛里，泪水默默地流下来。疼，真的很疼！她的整个胸腔好像被撕裂了，剧痛由内而外蔓延开来。一丝鲜血顺着唇角流下来，她却懒得抬手去擦。

"很疼吧？"风连翼冷漠地开口，没有感情起伏的声音是那般冷血无情，"现在的我看到你这么疼，却不会心疼了。"

凰北月的骄傲和自尊再次被他踩在脚底，而且不仅是踩一脚，还被他用力地踞碎。

"风连翼，你够狠！"

"因为一切都结束了。"风连翼说完，便转身走了出去。

一切都结束了……苍白的唇边缓缓溢出一丝凉薄的笑意，凰北月低声道："我以为遇到你，是我这辈子唯一一次走运，却没想到这样的幸运也只是暂时的。

"风连翼，我恨这个时代，因为……因为它夺走了你……我的内心充满了悔恨之意，但是……若让我再选一次，我还是会选择南翼国。不是你不重要，而是这一切都是我罪有应得。"凰北月说完，慢慢地笑起来。

如果要惩罚一个人欲求太多，应该怎么办？最好的办法就是把她禁锢在永恒的时间里，把她最渴求的东西放在她面前，每当她想靠近的时候，便把那东西夺走，如此反复，让她求而不得。

在时间面前，我们都要俯首称臣，因为你永远不会知道它究竟有多么强大的力量，甚至强大到能够彻底改变一个人。

凰北月看着风连翼离去的背影，冷漠肃杀，不见了以往的翩翩风度、风雅温柔，现在的他是另外一个人，是在时间里被剥夺的另外一半。

似乎有道阴冷狂肆的笑声在凰北月的耳边幸灾乐祸地响起：凰北月，为了惩罚你心存贪念，便夺走你唯一可以得到的东西。从此以后，你不能有贪念，不能有渴望。在命中，序曲奏响，你会发现，你仍旧和以前一样，一无所有。

你是狼，独行一世，孑然一身。不要心存妄念，因为到最后，你终究还是要失望的。

凰北月喉咙里涌上一股腥甜，咳了一声，将淤积在胸腔里的瘀血咳出来。黏稠的血沫染红了衣角，她抬起手轻轻地擦去，不知不觉又笑起来。

凄凉落幕，这就是她的结局？不会的！即便一无所有，她也不会就此认输。

凰北月抬起头，看着木屋外。风连翼走到湖边站定，背对着她，看不见表情。

厉邪从湖上走来，一眼就看见了在屋子里咳血的凰北月。他那布满诡异图腾的脸上露出一丝阴森森的冷笑，仿佛是对她的宣战和挑衅。

凰北月深深地吸了一口气，擦干眼泪和嘴角的血迹，慢慢地站起来，踏出木屋。风不知不觉地大了，吹着她的裙摆和发丝。

她抬眸看着湖边的两人，从纳戒里拿出一壶酒和两个酒杯，自顾斟满，一杯酒自己端着，一杯酒放在地上。

“这杯酒敬你，祝你一世长安，江山万里。但愿他日相逢，不要拔剑相向。”凰北月仰头喝干了酒，然后扔掉酒杯，淡淡地一笑，便转身进了木屋，将门关上。

地上那杯酒静静地放在那里，厉邪看了一眼，道：“那丫头诡计多端，这酒……”

厉邪话未说完，便见风连翼轻轻地招手，酒杯被一股淡淡的风元气裹着飞到了风连翼手中。

风连翼轻轻地握着酒杯，垂眸看了一眼清澈的酒液，面上表情不动，却将酒杯凑到唇边，慢慢地仰头喝了下去。

酒一入喉，便如同苦胆汁一样，风连翼微微蹙眉，从口中到心中，皆是一片说不出的苦涩之感。

聪明如她，是想借这杯酒告诉他，她此刻的心情和感受。

她的感受，他怎么会不明白？他正是因为太明白，所以才会无动于衷。他不可能再像以前那样心疼她、纵容她，因为今时今日，他已非从前那个委曲求全的他。

他随手将酒杯扔进湖中，湖上烟波浩渺。转眼间，风连翼和厉邪的身影便消失不见了。

第十章 大婚风云

风连翼和厉邪离开后，一丝黑气从那个被扔到湖里的酒杯杯底慢慢地渗透而出，悄无声息地融入湖水。

凰北月站在窗边，看了一眼湖中的酒杯，这才回到床边坐下。

天夔不知道什么时候出来了，看了看凰北月苍白失色的脸庞，竟然难得地失笑道："你这副模样，我见犹怜，修罗王竟丝毫都不怜惜。"

"你少幸灾乐祸。"凰北月面无表情地说。她的情绪很难被人挑动。此刻，她虽然难受，但还不至于被天夔一说，就心痛得失去自我。

见凰北月依旧镇定淡然得有些变态，身为魔兽的天夔都觉得有些佩服。

"我现在都怀疑，刚才你那么伤心绝望，究竟是不是装出来的？"天夔瞥了一眼窗外的湖水，"还是说，只是为了最后让修罗王把酒杯扔进水中，将你的信息传递出去？"

"你觉得呢？"凰北月淡淡地问。

天夔道："如果真是这样的话，我觉得你实在太可怕了，连我都自愧不如。"

凰北月不置可否，只是淡淡地一笑，眼睛里的忧伤之色却被清冷的目光遮掩了。

"还有两天你就能恢复，我们开始吧！"凰北月不多说什么，让天夔坐过来，继续帮她运转元气。

天夔坐在凰北月前面，不禁问道："现在这样了，你还要不要拿到王玺帮他呢？"

"计划不变。"凰北月冷冷地说。

"你真是个奇怪的人，很多举动，我都弄不明白你的用意。"

“比如？”

“比如你为何要帮我运转元气恢复实力呢？你不怕我恢复之后帮昀离作乱，到时你难以收场吗？”

“怕也没办法，昀离捏着我的把柄呢！”凰北月淡淡地说完，将手按在了天夔的后背上。

虽然凰北月本体的元气被困神链封印住了，万兽无疆的元气却没那么容易被封印。虽说没办法发挥太大的威力，她要控制部分元气在天夔体内运转一圈还不是什么大问题。

凰北月的手腕上已经有十道红色符咒，她也对将来可能发生的事情有一个越来越清晰的把握。这个符咒不是吞噬她的，不会损害她的本体，却极其陌生。不过，只要对自己无害，她就安心多了。

待元气运转结束，天夔睡去后，凰北月也枕着枕头，看着手腕上的十道红色符咒，渐渐地陷入了沉睡。

她做了一个很长的梦。梦里，风连翼背对着她缓缓地离去。她追上去，却有一扇门出现，将他们分开了。她将门打破，继续追，不久之后，却又出现了一扇门。就这样，不管她打破多少扇门，总会有新的门出现，把他关起来，不让她靠近。

她问他：“为什么你连头也不回？”

他说：“因为我不想再等你了。”

凰北月醒来的时候，眼角还带着泪水。

凰北月睁开眼睛，便看见天夔略带怜悯的目光。她立刻收拾好情绪，眨眼间，又变得冷漠淡然。

凰北月正准备坐起来，天夔却对她做了一个噤声的手势，示意她不要乱动。

凰北月便单手撑着身体，压低了声音问道：“怎么了？”

“你听。”天夔指了一下窗外。

凰北月凝神去听。此刻，外面应该是变天了，湖面刮起了风，屋檐下的风铃发出不安的碰撞声。

凰北月听着外面的风声，面色渐渐地凝重起来：“有什么东西靠近了。”

天夔点点头，娇小的身子飘到窗边，将窗户打开了一条缝。

外面风起云涌，天空暗沉沉的，好像暴风雨即将来临。

“这气息很熟悉。”天夔喃喃地说。

凰北月走到她身后，将窗户又稍微推开了一点儿，道：“是魔兽。”

“看来你传递出去的信息把魔兽引来了。”天夔冷冷地说，“今天是最后一次运转元气，现在开始，快点完成，然后我带你离开这里吧！”

凰北月眯着眼，看了一眼外面，道：“我们先一起离开这里，我再找个安全的地方帮你吧？”

“哼！没有我的帮助，你不可能离开这里。”

“话是这样说没错，不过，我还没有笨到放一颗定时炸弹在身边。”凰北月将天夔抱起来，看了一眼四周，便悄悄地打开门出去了。

狂肆的风吹过来，湖水被吹得巨浪翻涌，无数浪花扑上来，拍打着木屋。

木屋旁边拴着一艘小船，凰北月抱着天夔一步步靠近，将拴着小船的绳索解开，先将天夔放了上去。

“魔兽就在不远处，我们到了湖面会非常危险。你想去送死吗？”天夔看着周围的景象，忍不住大声说。

这种气息是属于高等级魔兽的，她俩此时没有飞行灵兽，一旦在湖上和魔兽相遇，则凶险万分。

凰北月沉默不语，拿起船桨，正准备跳上小船，忽然一只无形的手抓住了她的肩膀。凰北月回头一看，虚幻的影子被水淋得湿透，轮廓比之前每一次看见时都清晰许多。

“影凰，魔兽要来了，你想让我在这里等死？”凰北月不惊不慌地直起身来，眼底有冷光微微一闪。

“我会带你去安全的地方。”影凰冷冷地说，根本不允许她上船。

凰北月也不抗拒，转过身微微一笑，道：“也好！你等我一下，我带上她。”她回身指了一下天夔。

凰北月为了让影凰放心，将小船的绳索也交给他拿着，这才转身上了小船。

影凰刚刚接过绳索，便觉得不对劲，眉心一蹙，立刻想起之前陛下说过这丫头诡计多端，小心别上她的当。

这个念头在脑中一闪而过，影凰瞬间面色大变。

凰北月对他微微一笑，手中闪过符咒的光芒，一个爆炸符瞬间在影凰面前爆炸开来。轰隆一声巨响，木屋被炸飞，一朵蘑菇云直接在水中腾起。绳子被火焰烧断，小船立刻随着一个浪花漂向远处。

等影凰破开火焰，只能看见小船被一个浪花顶高，然后被爆炸的推力推得更加遥远。

影凰冷冷地一皱眉，扬起手，四周狂卷的风立刻被召唤过来，风向转变，浪花也向他这边推来。

“怎么可能让你逃走？”他是“五灵”中的风灵兽，在他面前，岂有让凰北月乘着风逃走的道理？

影凰眼看着小船在风的推动下缓缓地朝自己靠近，面无表情地冷哼一声。

然而，就在他以为一切顺利的时候，只见浪花忽然腾高，一条黑色的巨蛇猛然从湖中蹿了出来。蛇身上长满寒气凛凛的黑色鳞片，坚硬如刀锋。那三角形的硕大脑袋上只有一只眼睛，眼睛里却有一朵红花的影子。

“嗷……”巨蛇冲着影凰吼了一声。

巨蛇的眼睛虽然映不出影凰虚幻的身影，十二支黑色利箭却从眼睛里射出，准确地对准了影凰的方向。

神兽？影凰一惊。

那些利箭的速度快得恐怖，即便影凰是风灵兽，也只是险险地避过。影凰满脸震惊地回头看了巨蛇一眼，片刻不敢耽搁，立刻从风中遁走。

“你想逃到哪里去？”一个魅惑阴柔的声音响起来，让人心里一阵发颤。

巨蛇张开嘴巴，锋利的獠牙边，一身红衣的妖娆男人慵懒地站着，冷冷地瞥了一眼从风中遁走的影凰。

他随意地一招手，如同播撒种子般，风中忽然开出许多红艳艳的花朵。

影凰的影子顿时被缚住，怎么都无法借助风元气逃走。

“你把她藏在哪儿了？说出来，就饶你一命。”魇从巨蛇的嘴巴里走出来，踏着飞花，撑着红色的纸伞，闲庭信步般从半空走到影凰面前。

影凰淡淡地瞥了他一眼，没有开口，眼角的余光却看向湖面。

此刻风大，湖面又有吹不散的浓雾，而巨蛇出现的时候带起了滔天巨浪，那只小船也不知道被风浪推到哪里去了。不过，她走了也比落在这只魔兽的手中要好。

凰北月的元气被封印了，连魇也没有察觉到她就在附近。

“不肯说？本大人总有办法让你开口的。”

魇微微偏了一下身子，冲巨蛇轻轻地挥了挥手。瞬间，数支黑色利箭飞射而下，悉数刺入了影凰的身体中。随着影凰的惨叫响起，魇口中发出了愉悦的笑声。

远处，凰北月透过重重浓雾，隐约可见一个庞大的身影屹立在水面上，竟感到几分熟悉。

“碧睛红花蛇王？”凰北月喃喃地说。

碧睛红花蛇王不是十二阶的神兽吗？而且，若她没记错的话，这蛇王此刻应该被困在不死之树上面，为何会出现在这里？

凰北月想起当初她去拿不死之树的树根时，惹怒了这碧睛红花蛇王，被它追得魂飞魄散，最后惊险地从它口中逃生。逃走之后，它那冰冷仇恨的眼神和声音，至今都让凰北月觉得身体阵阵发寒。

“还有一只魔兽，应该是魇。”天夔浑身湿透地坐在船中央，抱着双臂，冷冷地说。

凰北月心神一凛。现在的魇，可不是以前的魇。见到他，她要小心了。

“风连翼很快就会赶过来，我们走。”

凰北月移回目光，拿起船桨测了一下风向，然后快速地划桨，借着肆虐的狂风向前行去。

后面战斗激烈，她却已经没有心情再去顾虑。她从风连翼那里逃出来，不仅需要运气和实力，也需要勇气，因为这表示他们之间真正决裂了。这种感觉比杀了她还要让她难受。可是已经走到这一步，她再也没有选择的机会。

在天夔元气的催动下，小船很快就远离了大战的波及范围，风也渐渐变小。凰北月回头看去，烟波浩渺，根本看不见远处发生了什么。

忽然，灵兽空间里一阵波动，红烛等人的气息靠近了。

凰北月心中大喜，抬头一看，只见灰蒙蒙的天空上，冰灵幻鸟的身影冲破层层云雾，俯冲下来。看来，收到她传递出去的信息的，不止魇一个人啊！

“主人！”红烛站在冰灵幻鸟的背上，冲凰北月伸出手，“上来！”

凰北月点点头，没有犹豫，抓起天夔，在冰灵幻鸟贴着水面飞过的时候，利落地跳了上去。

顷刻间，冰灵幻鸟飞上高空，厚重的乌云很快就将他们的身影湮没。

凰北月等人离开后大约十分钟，漂浮在湖面的小船船头忽然向下一沉，风连翼的身影凭空出现在上面。他扫了一眼空荡荡的小船，淡紫色的眼眸平淡无波，目光却越来越冷：“你逃不了的。”

随着他的喃喃低语，他身后忽然掀起一个巨浪，浪头朝着小船猛地拍打下来，小船立刻就被打翻，而风连翼的身影也在浪头拍打下来的瞬间消失不见。

“哈哈哈……”魇的狂笑声穿透水雾，“不管你把那个臭丫头藏在什么地方，本大人都会找到她！”

“魇，在北曜国的土地上，由不得你这么嚣张。”厉邪从水雾中出现，抬头看着面前的那条黑色巨蛇。

“我就嚣张，你们能怎么样？”魇张狂地说着，瞥了一眼站在一旁默不作声的风连翼，口气冰冷又带着几分刻薄，“那个臭丫头很喜欢你，她越喜欢的东西，我越喜欢摧毁。”

“那就看阁下有没有那个本事了。”风连翼冷冷地说完，风止雾散，他和厉邪的身影也消失不见。

魇紧皱着眉头，向四处扫了一眼，冷哼道：“逃得挺快！”

“这位修罗王是否断情绝爱了？”忽然，碧睛红花蛇王冷冷地问道。

“哦？为何这么说？”魇的眼睛微微一亮，语气却浑不在意。

“以他的实力，若不断情绝爱，怎么可能是你的对手？”

魇眯着眼睛寻思了半天，然后问：“你的意思是，他现在和那个臭丫头不在一起了？”

不知为什么，即便是碧睛红花蛇王这样残忍嗜血的神兽，也能听出魇口气中幸灾乐祸的味道。

“在一起？嘿嘿……”碧睛红花蛇王诡异地笑了两声，“他们相见时不要生死相斗便算好的了。”

“想不到事情会变得这么有意思。”魇重重地拍了一下手，“那么接下来，我就等着看他们相爱相杀的好戏了。”

红伞轻轻一旋，魇妖魅而笑，如同花开十里，让人不知不觉地沉醉其中。

南翼国。

冰灵幻鸟在夜空中盘旋。

凰北月从高处俯瞰万籁俱寂、安然无恙的南翼国，松了一口气。昀离的确是个守信的人，十二天没到，他也没有动作。

“主人，这个天夔……”红烛看着那个一直没有开口说过话的小人儿，不禁皱眉道。身为神兽中的王族，红烛自然对天夔有种天生的戒备感。

凰北月闻言，手从天夔的肩膀上移下来。

她本想着趁赶路时帮天夔完成最后一次元气运转，但又想到最后一次事关重大，万一天夔恢复实力后威力大发，肯定要弄得惊天动地，便放弃了。

手腕上的那个咒印也只差最后一道符纹了，凰北月既期待又忌惮，所以格外小心翼翼。

“别担心。”凰北月安抚地对红烛笑笑。

听到两人的对话，一直闭着眼睛的天夔忍不住冷哼道：“哼，怕我暗算你们不成？”

“天夔阁下和我有契约，我放心得很。”凰北月笑道。

“契约只有一天时效，过了一天，别怪我翻脸无情。”天夔阴冷地说。

红烛闻言大怒，忍不住说：“她这么嚣张，主人何必帮她？”

天夔冷笑。

凰北月也只能无奈地耸耸肩，不想继续这个话题。她指了指前方第七塔的方向，道：“去那里。”

冰灵幻鸟立刻振翅飞向第七塔。

一行人毫不费力就进去了，沿着黑暗的楼梯一路向下，走到那扇黑色的石门前。然而，出乎众人意料的是，那扇石门竟然被堵上了。

凰北月试了好几次，都没有办法打开机关，看来是昀离封锁了这里。他不在这里的话，会去哪里呢？

凰北月凝神思索了片刻，便带着他们原路返回，趁着夜色来到七塔之阵前面。

她有万兽无疆，在阵外催动元气便能进去。由于本体的元气被封印，催动万兽无疆的元气也变得格外艰难，她用了很长时间都没有成功。

在凰北月满头大汗的时候，七塔之阵却像得到了某种感应，自动打开了虚幻的门，将他们摄了进去。

黑暗中，一阵天旋地转后，便有无数烛光出现在凰北月等人面前。

凰北月抬手挡在眼前，眯着眼睛仔细去看，发现那些黑暗的石碑上各放着一根蜡烛。一根蜡烛的光芒不会太亮，成千上万的蜡烛便是一片璀璨的光芒之海。黑暗的万兽宫被照亮了一大半，除了穹顶那似乎无尽的黑暗之外。

凰北月慢慢地走向万兽宫的中心，在最大的石碑前，果然看见昀离负手而立。他面对着那块巨大的石碑，不知道在沉思什么。

天夔看见那块石碑，停留在原地，没有上前。

凰北月走上前，站在昀离身边，道：“这块石碑上铭刻的是‘天罚’的完整版吧？”

昀离不置可否，只是淡漠地道：“怎么样了？”

不用说也知道他问的是天夔的事情，凰北月道：“最后一次了。”

昀离点点头，再次看着那块石碑沉默下来。

不过，这一次的沉默并没有持续太久。他道：“这是天罚，太艰深晦涩，你能不能学会？”

“你都能，我大概也能吧！”

凰北月走近一步，只见石碑上盘旋着的红色巨龙双目炯炯，有一种令人浑身发抖的邪恶凶狠感。不过，凰北月知道这只是石兽，并没有灵魂，也就不怎么忌惮了。

听到她如此自信的话，昀离冰冷的红色眼眸中似乎有柔光一闪而过，然而很快就被无尽的血红淹没了。

“这条龙是魇的本体。为了镇住天罚，不让它被人窃取，石兽里也封印了他的一部分元气。”见凰北月靠得那么近，昀离道。

凰北月觉得有些意外，想不到那个自恋到觉得自己是天下第一美的家伙，本体居然这么凶猛。

与万兽无疆结契的只有神兽中的王族，从魇到昀离，再到红烛，本体都是恐怖的巨龙，只不过化成人形后，各不相同罢了。

凰北月想到第一次来到万兽宫的时候，魇看着铭刻在石碑底下的一行小字怅然出神，立刻蹲了下去。她轻轻地擦掉石碑上薄薄的一层灰尘，那行小字依旧清晰入目。

“希望有一天，能和你在这片天空之下重逢。”

这字一定是轩辕谨留下的。她研究七破丹，一定也想死后能够重塑灵体吧？可惜人算不如天算，即便她重塑灵体复活，和她重逢的也只能是化魂之后的魇。

凰北月想到这些，忍不住回头看了一眼站在自己身后的冷漠男人，心里闪过一丝酸楚。

“昀离，你觉不觉得万兽无疆是个可悲的存在？”凰北月的声音忽然在安静的万兽宫中响起来，显得有些空洞无力。然而，她抬起头时，晶亮的目光却十分慑人。

昀离淡淡地瞥了她一眼，没有出声。

凰北月继续道：“轩辕谨创造出万兽无疆后死去，魇化魂入魔，你和轩辕问天为了杀他付出惨重代价。最后，轩辕问天为封印魇而死去，你接着化魂入魔，轮到我来付出代价……”

“你不用付出任何代价。”昀离冷冷地打断她的话，“你只需要看着我如何让天下倾覆。万兽无疆和化魂之后的魔兽为何非要成为敌人？”

凰北月怔怔地看着他。

昀离淡淡地道：“你带着万兽无疆嫁给我，你我不为敌，你可以活，我也可以活，这诅咒自然而然就解除了。”

“这也未尝不是一个好办法。”凰北月微微一笑，“可是，为什么非要以整个天下为代价呢？若我嫁给你，你和我一起隐居，岂不是更好？”

“这个天下让我失去了太多东西，只要它存在一天，我便一天不会安心。”昀离冷冷地说，“你若是想劝我打消念头，趁早放弃。”

入魔之后的昀离和当年的魇一样，带着极大的怨气和戾气。他们是天地间至邪至恶的存在，天生的破坏之神，除非封印他们，否则没有办法劝解。

凰北月知道根本不可能劝住他，也就打消了这个念头，只是低下头去看着石碑上的那行小字。

重逢……不管她和谁，魇也好，风连翼也好，甚至是墨莲，重逢之后都不可能欢喜圆满。

“最后一次，开始吧！”昀离淡淡地看了凰北月一眼，道。

凰北月站起来，元气被封印住，动作有些缓慢。

昀离的目光何等锐利，一眼就看出她的不对劲。手搭上她的脉搏一探，他立即眉头皱紧。

“困神链？”昀离哼了一声。

他的另一只手轻微地翻转，一颗丹药出现在手中。他不由分说就把药塞进凰北月的嘴巴里，然后将强悍的元气输入她的筋脉。

浑厚的元气横冲直撞地进去，凰北月毫不设防的经脉立刻被凶残地撑开，疼得她额头冒汗，忍不住惨叫出声。

昀离一点儿都不手软，如同对待一个玩具，丝毫不担心她会受伤。

他的元气进入经脉深处靠近符源的地方，那些锁住经脉将元气压制在符源之中的黑色链条，便被一道一道强行打断了。

凰北月疼得身子弓成一只煮熟的虾米，身上的冷汗将衣服都浸湿了。她只觉得眼前一片模糊，周围的烛光都在晃，晃得她难受。

凰北月颤抖着伸出手，像是寻求帮助的弃儿一样，紧紧地抱住身前的男人，无意识地呻吟了一声：“师父……”

昀离一怔。那些蛮横的元气在凰北月的经脉中停顿了一下，却再次以更加霸道的力度冲破困神链的层层封锁。

凰北月眼前一黑，终于支撑不住，闭上眼睛，无力地靠在昀离的怀中。

昀离一只手抱着她，一只手依旧强行往她的经脉中灌注元气。然而，连他自己都没有发现，他抱着她的那只手正在不自觉地收紧，让她更紧地贴在自己怀里。下巴轻轻地摩挲着她的头顶，他垂下的目光中带着一丝不舍和心疼。

昀离根本没有察觉到自己的举动有什么不对劲，站在一旁的天夔却慢慢地睁开眼睛，饶有兴趣地看着他。

片刻之后，天夔看见昀离的手上结了一个奇怪的印，立刻出声道：“你在干什么？”

虽然被她发现了，昀离依旧不紧不慢地道："别管闲事。"

"哼！让我别管，你最好别做自取灭亡的事情。"天夔的声音阴冷而充满威胁之意。

小小的身子不知道什么时候已经来到昀离身前，一只冰凉的手搭在昀离的手臂上，她强行按着他。

昀离目光一闪，冰冷地看向她，道："放手！"

"既然已经拖我下水，就不要一意孤行。"天夔警告道，目光异常冰冷地看着他的手，"你想要强行将风元气灌入她的经脉中，帮她获得风之咒印吗？"

"我做事用不着任何人过问。"昀离冷冷地一甩手，暗含一层巧妙却强悍的元气，将天夔甩出去。

不过，天夔身手了得，身子急退，靠着一块石碑，便稳稳地站住了。

天夔再次抬起头看向昀离时，已是怒不可遏，道："在司幽境，她已经得到了土之咒印，你现在是想帮她集齐五种咒印吗？昀离，既然你自寻死路，我便再也不过问你的事情。"

昀离的手微微一顿，眸中血红一片，十分骇人。过了一会儿，他还是慢慢地收拢五指，离开了凰北月的身体。

天夔悄悄地松了一口气。刚才那一瞬间，她心里当真是紧紧地捏着一把冷汗。如果万兽无疆的主人将五种咒印集齐，将是非常恐怖的。天夔想起当年的轩辕谨，至今仍然心有余悸。

"昀离，你我既然合作，就不要做危害对方的事情，别让我后悔选错了合作对象。"

天夔见昀离终于放弃了帮凰北月得到风之咒印的举动，稍微放下心来，重新抱着双臂在一块石碑前坐下来。

昀离将凰北月的身体放下，沉默了一会儿，退到黑暗中去。

天夔看了一眼离开的昀离，将目光落在凰北月身上，冰冷的眸中渐渐充满了杀气。万兽无疆的主人……等自己恢复实力后，这丫头一定不能留下！杀意在天夔的脑海中一闪而过。

凰北月已经悠悠转醒。好像全身被痛打了一顿，凰北月痛呼一声，慢慢地转过头，便看见了一旁闭着眼睛静坐的天夔。

"昀离呢？"凰北月环顾了一下四周，没有看见昀离。

想起刚才发生的事情，虽然让她痛苦不已，但她也知道，他是在帮她打开困神链的封印，正好解决了她目前最大的难题。

“你想见他？”天夔讥讽地问。

视线在那张孩童般的稚嫩脸庞上停留了一瞬，凰北月冷冷地移开目光，道：“最后一次运转元气了，我们开始吧！”

天夔闭上眼睛，任由凰北月将手放在她的肩膀上，将万兽无疆的元气缓缓地注入。气源中，元气的运转比之前更加快速，浩瀚的元气如同喷发之前的火山，在气源中蠢蠢欲动。

万兽无疆通过气源后，依旧有一抹黑色和红色元气随着凰北月的元气出来，只是这一次与往常有些不同。

元气即将出来的一瞬，天夔忽然道：“你把什么东西带出来了？”

凰北月心里一惊，表面上却平静地说：“你的符源里除了元气，还能有什么？”

“少在我面前玩花样！”天夔厉声道。

“你也别乱动。”凰北月出声警告道。

元气正在运转，天夔一旦乱动，让元气乱蹿，造成什么损伤，她可不管。

天夔也是极其能忍的狠角色。她面色阴冷，在万兽无疆的元气终于离开她的经脉时，忽然反身一掌拍出。

凰北月早就料到天夔会突然动手，立刻抽身退开。她旁边的一座石碑则被狠狠地击倒了。

天夔就坐在石碑下面，眼看着石碑倒下来，想躲开，身体却一阵痉挛。

十二次万兽无疆的元气运转完毕，天夔的气源中被封印了一百多年的元气忽然汹涌而出，新生的经脉一时之间承受不住强悍的元气，这才致使天夔一下子失去了行动能力，痛苦地弯下了身子。

石碑轰然倒下来，天夔惨叫一声，半个身子都被石碑压住。

一口血喷了出来，天夔脸色青白，抬起手指着凰北月：“你究竟……究竟带走了什么？”

“什么都没有。”凰北月冷静地看着她，道。

“我不信……”天夔咬着牙，道，“贱人！”

石碑倒塌这么大的动静，很快就把昀离吸引了过来。他看了一眼被压在石碑下的天夔，再看看凰北月，一时间没有动作。

“与我无关。”凰北月摊开双手，表示清白。

昀离没说什么，轻轻地挥手将石碑搬开，然后半蹲下去，探了一下天夔的脉搏。

“气源已经打通，看来你很快就会恢复了，只是……”昀离看向天夔的腿，略带惋惜地道。

天夔咬着牙说：“她肯定在我的气源中动了手脚。”

“我在你的气源中设了禁制，她若是动手脚，我不可能不知道。”昀离淡淡地说。

凰北月感到一阵庆幸。昀离果然不会轻易相信她！不过还好，每一次运转元气，那抹黑色和红色元气跟随万兽无疆的元气离开时，都没让任何人发现。

闻言，天夔虽然心有不甘，却也不再多说什么。方才那一瞬间，她的感觉十分模糊，好像隐隐被牵制了，但是本体元气运转了一圈后，她也没有发现任何异样。难道真的是她的感觉出错了？

将天夔扶到一旁休息，昀离这才慢慢走到凰北月身边，血红色的双眸紧紧地盯着她：“天夔这样的强者，感知力一向不会出错。”

“你的意思是我说谎了？”凰北月抬眸与他对视，目光清澈得不见半点儿心虚。

“你最好别这么做，我不喜欢有人对我撒谎。”从她眼中看不到半点儿破绽，昀离也不再继续追问，只是手指一翻，从纳戒里拿出了嫁衣和花冠。这是当初在修罗城的时候，他让未央送去给凰北月的，她离开的时候太仓促，没有带走。

凰北月看着鲜红的嫁衣，心中竟一时有些酸楚。不过，她的情绪半分都没有表现在脸上。她很自然地接过了嫁衣。

“婚礼在明天。”昀离淡淡地说。

凰北月点点头。

此时已是深夜，她没有多少时间了。

“别忘了你答应过的事情。”凰北月说完，便抱着嫁衣去休息了。

万兽宫，她很熟悉。除了藏着轩辕谨身体的那间房间，还有一些小房间可以随意出入，她便找了一间进去。

凰北月将门掩上，让红烛出来注意四周的动静。凰北月立刻盘腿坐下调动元气，将符源里的十二道红色符纹都调了出来。

浓郁的黑色元气包裹着细细的红色元气，顺着凰北月的经脉缓缓流出。如今浓郁的黑色元气的数量已经十分可观，在符源中，隐隐能与万兽无疆的元气相抗衡了。

凰北月指引着浓郁的黑色元气出来，看着它们渐渐凝聚在她的拳头上，然后分散开来，形成一层薄膜，将她的拳头完全包裹住。

凰北月诧异地看了一眼自己黑漆漆的拳头，只觉得所有元气都凝聚在这拳头上，威力肯定很大吧？可惜此处不能试验一下！她只好将这个念头暂时压下，继续专心地看那十二道符纹。

手腕上，十二道符纹十分有序地开始排列，片刻后就形成了一个符咒。凰北月屏气凝神地看着，却意外地发现没有发生不可思议的事情。符咒形成后，似乎只是一个寻常的文身，没有半点儿奇特之处。

以凰北月对符咒的了解程度，一时之间也弄不明白这符咒蕴含的意义。

难道只是一个普通的巧合？连续十二天的种种猜测和期待忽然落空，凰北月心中的失落感真的不是一点儿半点儿。如果真的只是一个普通文身，她何必花费这么大的力气？甚至还帮助天夔恢复了实力，她这不是自取灭亡吗？

凰北月郁闷得差点儿拿头撞墙，全身一下子像卸了力般向后倒下，一动也不想动。

“主人，发生什么事了？”红烛看见这样的她，不禁吓了一大跳，赶紧过来问。

“这个东西，你有没有见过？”失望透顶的凰北月干脆把手腕翻过来，让红烛看看那个符咒。

红烛看了半晌，也只是摇摇头，道：“没见过。不过，看着像符咒，只是不知道是哪一类。”

连红烛都觉得陌生，她更没有办法了。也罢，顶多是白白帮了天夔一次，以后自己多了一个强悍的对手而已，不算什么大事，真的不算什么大事。

凰北月现在唯一的安慰，就是那个让拳头变得黑漆漆的奇异黑色元气，虽然还没有试过威力，但想来应该不会太弱。

凰北月躺在坚硬的地板上，想起明天的婚礼，忍不住笑起来。

“主人怎么还笑得出来？”红烛郁闷地问。

“原本，我若得到风之咒印，这场婚礼还能拼一拼，却没想到会突生变故。我是在笑，为什么老天要开这么大一个玩笑？”

“明天的婚礼上，只要昀离先解决了南翼国的祸事，主人就可以……”

“我要拿到王玺。”凰北月坚定地说。这个决定，在和风连翼决裂后，依旧没有改变。

红烛也明白她的心思，不再劝说，只让她挪到榻上去好好睡一觉，好应付明天的事情。

此刻已是深夜，凰北月在榻上躺了没多久，天就亮了。

这一夜，大概谁也睡不着吧？

凰北月早早地起床梳洗，换上昀离准备好的嫁衣，戴上花冠，额前一层珠翳垂下，堪堪挡住她的面容。

凰北月根本不关心自己美不美，也无暇去看自己是什么样子，穿戴好后便走了出去。

昀离站在门外，身旁还站着一个二十多岁、黑发披散、面容愁苦、隐隐有着怒意的女子。

凰北月一看见她，就猜到她便是恢复实力之后的天夔。她脱离了幼儿的形态，成长到现在的样子。

天夔似乎知道凰北月已经认出自己，冷冷地瞥了她一眼，那充满阴森杀气的目光令人胆寒。若不是有契约存在，她恐怕会毫不犹豫地扑上来杀了凰北月吧？

凰北月淡淡地一笑，从容不迫地走到昀离面前，道："婚礼在哪里举行？"

昀离不说话，只是伸手揽住她的纤腰，身形一动，便从原地消失了。

"主人！"红烛心里一急，想跟上去，却被天夔按住肩膀。

天夔一开口，像是锯子锯在硬物上般，发出令人不舒服的声音："让她记住了，她只有一天时间。过了这一天，我不会放过她。"

"你……"红烛正想告诉对方别嚣张，转过头去，天夔却早就无声无息地消失了。

这个天夔的实力恐怕不在昀离之下，她们以后的日子怕是要难过了。

婚礼举行的地点居然是浮光森林，曾经凰北月和昀离生活过的暖泉谷。

这个地方，自从凰北月学成之后离开，就再也没有回来过，

记忆里，暖泉谷常年弥漫着暖暖的雾气，温泉遍布，桃花盛开。

在这里生活的五年，可以说是凰北月这一生最轻松自在的日子。因为在这里的时候，所有的杀伐阴谋都离她很遥远。现在，她却带着一身伤痕死而复生地回来，便是另外一番心境了。

抵达暖泉谷前，昀离设了一层禁制，将凰北月身上的气息完全屏蔽了。

"这是什么意思？"凰北月冷冷地问。

"不想有不必要的麻烦。"

闻言，凰北月心里有种不妙的预感。只是她没有来得及多想，他们已经进入一片水雾缭绕的暖泉谷了。

这个季节早就没有桃花，然而，一棵棵树依旧繁花似锦，比她记忆中的桃花更加艳丽，幽香扑鼻。不用想，她也知道这华丽的杰作出自魇的手笔。

拨开层层迷雾，眼前的景象让凰北月一怔。

原本只有两间小木屋的谷中，忽然出现许多精美的建筑。谷中央，一座大气的宫殿已经被装饰成结婚的场面，红色灯笼高挂，红毯铺地。

凰北月怔怔地看着，忽然转头质问道："为什么把这里改成这样？"

"有何不可？"昀离冷淡地反问。

凰北月一时语塞。

她看到眼前的景象，只是忽然间想起当年亲手盖起的两座小木屋。那是她从树林里一棵棵砍下树木拖回来，全凭自己一人之力盖起的房子，可是现在都不知所终，就如同提醒她过去的时光一去不复返一样。

凰北月心里纵然有火也发不出来，这样的心情只有她一个人懂，其他人都不会明白。

凰北月闷闷地低下头，跟着昀离走向那座宫殿。

此时，宫殿中已经有不少宾客。

说实话，看到有宾客在场的一刹那，凰北月还是吃了一惊。她以为这场婚礼只不过是个仪式。她嫁给他就可以，没想到他竟然邀请了宾客。

在座的宾客不多，但也不少，都是她熟悉的面孔。魇和天夔等人自然不用多说，看见宋秘出现，她才真正大吃一惊，眼眸危险地眯了起来。

有花冠上珠翳的遮挡，加上昀离刻意屏蔽了她身上的元气，凰北月的面容隐在珠翳璀璨的光芒中，令人看不真切。宋秘应该没有认出她来，只是礼貌地冲她点头一笑。温雅俊逸。逍遥王的风姿，自始至终都没有改变啊！

"佣兵之王凰战野携噬焰佣兵团首领上官无云、四海佣兵团首领罗淳等人前来祝贺。"

随着礼官的通报声，门外，一堆人浩浩荡荡地走进来。

以战野为首，身后的上官无云和罗淳都是一脸冰霜，显然被邀请来参加这场婚礼并非他们自愿。

她当初让红烛将佣兵王令交给战野，由他统领天下佣兵，看来初见成效。

凰北月心里稍感安慰，看了战野等人一眼，便移开目光不敢多看，怕被认出来。她为南翼国做的一切，都是心甘情愿的。

接下来，布吉尔家族的人也到了，只不过来人不是洛洛，而是赛斯族长亲自前来。

“光耀殿圣君孟祁天前来祝贺。”

听到这声通报，所有前来的宾客都哗然，纷纷看向大殿门口，只见风度翩翩的孟祁天面带微笑走进来，身后跟着墨莲和千代冬儿。

如今的千代冬儿已是光耀殿的新一任红莲，穿着一身红衣站在墨莲身旁，显得格外娇俏可人。

大概所有人都知道上一任的光耀殿圣君宋秘也在场，因此看见孟祁天的出现，整个大殿忽然安静下来。那些人意味不明的目光在宋秘和孟祁天等人身上来回扫视，一时之间，他们倒忽略了今天的新郎和新娘。

昀离负手站在一旁，似乎非常满意这样的结果。

“你究竟想干什么？”凰北月低声问，声音里带着一丝狠意。

“你只要看戏就行了。”昀离淡淡地说。

凰北月忽然一把抓住他的手臂，低声狠狠地道：“昀离，你不要太过分了！”

“呵呵……”昀离冷漠地笑了一声，“我若告诉你，我还邀请了修罗王前来，你是不是觉得更过分？”

凰北月脑中一阵晕眩，珠翳后面的脸色有些苍白，紧咬着红唇，低声说：“你想坐山观虎斗？没那么容易！”

“我手里有王牌，想做什么都可以。”昀离淡淡地瞥了凰北月一眼，然后别有深意地看向站在他们身旁不远处的天夔。

天夔天生一副悲苦的样子，好像被人欺凌长大的少女，站在角落里存在感非常弱，几乎没有人会注意到她。只有认识她的人才知道，这个看起来一脸愁苦的女人究竟有多可怕。

凰北月知道昀离以天夔来压制她，只有冷哼一声，闭口不言，身体却还是因为愤怒而颤抖。昀离，你欺人太甚！

昀离察觉到她的怒气，居然很愉悦地笑了起来：“凰北月，自古便有红颜祸水的传说，不用一兵一卒，只要一个女子便能倾覆天下，你信吗？”

凰北月深吸一口气，清亮的眼眸中冷光乍现，道：“我不管你要做什么，你和我的约定若是不履行，今天哪怕真的倾覆了天下，我也要拉着你陪葬。”

冷狠的目光让昀离微微一怔，她随即又微微一笑：“我从不食言。”

“这样最好！”

凰北月转向一边，检查了一下额前的珠翳，确定它真的能将自己的面孔完完全全遮挡起来。检查无恙后，凰北月才抬起头，看向大殿中已近白热化的场面。

逍遥王宋秘从容不迫地在宾客席中坐着，对孟祁天等人的到来视若无睹。而从孟祁天看见他的第一眼起，脸上的笑容就变得有些微妙了。

论到气势，孟祁天确实没有宋秘那样从容淡定。宋秘真是天然的一泓秋水。不过，说到虚伪和心机，大概谁也比不上孟祁天这样的聪明人吧？

孟祁天看见宋秘时也吃了一惊，显然没有想到会在这种地方相遇。不过，孟祁天脸上很快就恢复了春风般的笑容，自然地顺着台阶走向宋秘。

他的举动将所有人的目光都吸引过去。虽然孟祁天只带了两个人，但光是墨莲一身肃杀的气势，便足以震慑很多人。

孟祁天经过昀离和凰北月身旁时，停下脚步，寒暄两句。他的目光在凰北月身上停留了一瞬，但也没看出什么来。

随着墨莲的靠近，凰北月倒是有些不自然。她知道这个少年的感知力敏锐到可怕的地步。他从前虽然眼盲，但是不用眼睛看也能将她认出来。现在这种场合，她不希望被他认出身穿嫁衣的人是她。

不过，好在墨莲从一进来，注意力就一直在宋秘身上，并没有看向昀离身旁的新娘，这让凰北月松了一口气。

墨莲身上毫不隐藏的冰冷杀气，一时间让喜庆的大殿变得有些冷凝，前来赴宴的宾客在这种肃杀的气氛中，都感到有些呼吸困难。这少年，不会想在这里大开杀戒吧？

今天的婚礼可不是寻常的喜庆热闹，分明是一场精心算计的杀戮盛宴。之前有仇的人齐聚一堂，一触即发的矛盾也集中在这里。昀离的算计，岂会有疏漏？

寒暄过后，孟祁天不再停留，带着墨莲和千代冬儿两人走向了宋秘。

凰北月看着从身边经过的墨莲，犹豫了一下，微微抬了一下手臂。

墨莲，不要去，这是陷阱。

她想传递给他这样的信息，可是刚刚有所动作，昀离便出手将她往身后一拉，声音冰冷地道：“别耍花样！成亲之前，我都有反悔的理由。”

凰北月挣扎了一下，想到孰轻孰重，最终还是选择默默地忍耐，任由昀离将她搂进怀中。

向上走了两三层台阶的墨莲似乎有所察觉，情不自禁地回过头，冷锐阴森的目光在昀离身上转了一圈，最后停留在他怀中的女子身上。

璀璨的珠光熠熠生辉，挡住了所有想要窥视凰北月绝色容颜的目光，也包括墨莲的。墨莲阴沉的目光并没有停留太久，便冷漠地移开了。此刻，他的内心已经被嗜血的杀意充斥，背上的三把无极天锁也压制不住如同洪水般即将倾泻而出的杀气。

墨色的瞳孔中杀气隐现，墨莲一步越过了孟祁天。

他这一举动，让无数人都提心吊胆。

凰北月咬牙道：“你不想让婚礼变成一场闹剧吧？”

昀离不置可否。他不介意在婚礼之前看一场好戏。

凰北月见他根本没有要阻挡的意思，心一横，正想开口，孟祁天却先她一步伸出手抓住了墨莲，淡淡地道：“今天是昀离阁下的婚礼，有些私事，还是等婚礼结束之后再解决吧！”

墨莲明显不甘心，眼中冷厉的杀气让宋秘也不禁微微皱了一下眉，眼中有不知道是悲凉还是嘲讽的光芒一闪而过。

不过，孟祁天的话还是让墨莲停下了动作。墨莲强压了一下心里的怒气，转身快步离开了大殿。

千代冬儿看了看孟祁天的面色，见他微微点头，便立刻追着墨莲出去了。

一场即将爆发的大战就这么平息了，众人松了一口气的同时，也有着小小的失望。

孟祁天走到宋秘面前，微笑着低声跟他说话。他将声音压得太低，周围的人都没听到他们说了什么。

第十一章 王玺到手

大殿之外，桃花林中。

“墨莲！”千代冬儿好不容易才看到墨莲的身影，立刻追上来。

墨莲没有转身，站在一棵花团锦簇的树下，那墨黑孤绝的身影显得与这些开到极致的花格格不入。

千代冬儿看着他的背影，叹息了一声，道：“他让你克制是对的。众目睽睽之下，那个人毕竟……”

“嗯。”不用继续听，他也知道她想说什么。

宋秘是他的父亲，他若动手，就等于弑父，是大逆不道。如此一来，那些原本就当他是野兽的人，更会坚定心中的想法，觉得他就是一头只会杀人的野兽。

“我知道你在想什么。”千代冬儿走到墨莲身旁，抬头看了一眼他苍白的侧脸，“他让你犯下过大错，你不能原谅，就算他是你的父亲，你也不放过。”

墨莲抗拒地转过脸去，不想再听。

千代冬儿却不管他的抗拒，继续道：“墨莲，你这是在玩火自焚。圣君说得对，就算你再强大，在凰北月面前，你也只是扑火的飞蛾。这样下去，你会被她毁掉的。”

“不想听。”墨莲说出简单的三个字，明明很生气，却克制着不发火。

“你这样做值得吗？”千代冬儿痛心地说。

墨莲此刻的心情，她感同身受，因为他们都是对一个人抱有太大的希望，最后却发现那个人不是真正的阳光，只是自己在水中看到的一抹虚幻的月光倒影而已，是虚假的，根本遥不可及。

墨莲沉默着。他一向寡言少语，沉默的时候，一般就代表默认。

千代冬儿无可奈何地看着他，为他的痴心觉得不值得，更为他的固执而痛心。

以前没有相处过不明白，现在她才知道，墨莲的感情很单一。他这一辈子只有一份感情，付出去就再也收不回来了。他单纯而不自知，固执而不愿自拔，凶残却对一个人保有良知。这样一个人，可怕的时候太可怕，可怜的时候太可怜。

千代冬儿见他冥顽不灵，还想劝说，却忽然发觉周围的气氛有些不对劲。她转过头一看，不禁呆住了。

周围的桃花树一阵摇曳，花瓣飘落下来，如同纷纷细雨。

两个雪白的身影先后出现，一个倾国倾城、绝色容颜让花瓣都失色的，正是风连翼；另一人则面色阴沉诡异，满脸图腾，是厉邪。

墨莲也转过头看了一眼，目光一闪，便又移开目光，沉默地看着别的地方。

千代冬儿咬咬牙，终于狠心地说："看到没有，那个才是她喜欢的人。为了他，她宁肯自己去死。她的心里只有他，不会有你。"

墨莲向前走了几步，让树木将自己遮挡起来。

千代冬儿看着那个萧索的身影，有些过意不去，觉得自己把话说得太重。他外表强大，内心未必同样坚不可摧。

"对不起。"千代冬儿对着树林中那个隐约的身影轻声道。

墨莲微微摇了摇头。

这时，大殿中奏响了喜乐，婚礼开始了。

千代冬儿道："要进去吗？"

墨莲摇头。他只想一个人待着，不想去凑热闹。

千代冬儿知道他现在心绪烦乱，只好带着愧疚的心情回到了大殿中。

这场婚礼看似热闹喜庆，来的都是当世的大人物，其中却波谲云诡，人人心怀鬼胎。

宾客席上的来宾，此刻都将目光投向大殿中央。

十二根圆柱撑起的穹顶上装饰着鲜艳的彩绸和鲜花，地上红毯铺路，喜乐震天。

昀离回身牵起新娘的手，缓缓地走向前，暗红的眸子不着痕迹地扫过宾客席上的众人，唇角微扬。

千代冬儿向孟祁天身边走去，一边走，一边看着新娘子的背影。隐约中，她觉得那个背影有些眼熟。

孟祁天看见她疑惑的目光，便问："你在看什么？"

“这位昀离阁下如此厉害，娶的人也必定不凡。卡尔塔大陆上，什么样的女子能入他的眼？”千代冬儿低声说。

孟祁天微笑道：“恐怕皇室公主都入不了他的眼，我也好奇那个女子是什么人。冬儿，我见你刚才的目光，似乎有答案了？”

千代冬儿摇摇头，道：“肯定是我看错了，这根本是不可能的事情。”

孟祁天闻言，眉峰微微一挑，虽然没有继续追问，看向新娘的目光却含了一些深意。他聪明绝顶，很多事情不需要自己亲眼所见或者亲自验证，就可以得出答案。

很快，孟祁天便将目光投向坐在对面宾客席中的修罗王。他深知风连翼和那个女人的纠葛，因此只要风连翼有所表示，他的问题就有答案了。

然而，让孟祁天出乎意料的是，直到拜过天地，司仪喊了“礼成”后，那位修罗王从始至终都保持着无动于衷的表情，冷漠得近乎无情。

难不成真的是自己的感觉出错了？但是今天这种日子，没有凰北月出席，也是一个大大的缺憾吧？孟祁天正这么想着，大殿中忽然飘进来一阵香风。随即，无数飞舞的桃花瓣被一阵狂风送进来。

“哈哈哈，这样大喜的日子，怎么能少了本大人？”张狂的笑声由远而近，眨眼间，一个红衣的妖娆男子便站在大殿中。

他踩着满地花瓣，空中纷纷扬扬落下的花瓣被他手中的一把红伞挡住。他笑得极其妖孽，魅惑的唇瓣让在场男女都有种口干舌燥的感觉。

昀离冷冷地转过身，看着他，道：“现在才来，你打算干什么？”就算他用尽蛊惑人心的本事，昀离也是不受诱惑的那一个。

手中的红纸伞轻轻地旋转，妖魅的目光慢慢地移到新娘身上，魇道：“这丫头是我先看上的，我寻思了一下，怎么都不能让你白白娶走。”

面色瞬间阴沉下来，昀离道：“你知不知道，你究竟在说什么？”

“我当然知道。”魇嘿嘿一笑，“反正你不喜欢她，娶她只是为了戏弄她，不如让给我，我最喜欢美人儿了。”

如此荒诞嚣张的话，根本就是一种赤裸裸的挑衅！众人正愁没好戏看，此刻全都兴致勃勃起来。

“魇，今天让你来这里的目的，看来你是忘得一干二净了。”昀离淡淡地道。他那淡然的语气中已经有几分怒意。

魇道：“我当然没忘！只是，帮你做事什么好处都捞不到，我才不干。你把那臭丫头给我，我保证，今天将这里杀得片甲不留，一个活口都不放出去。”

听到他的话，刚才还等着看戏的众人立即面色大变，纷纷站起来，怒视着昀离。

“昀离阁下，看来你今天要我们来这里是早就算计好的。”第一个站起来说话的便是噬焰佣兵团的首领——上官无云。

他在佣兵界颇有威望，正道人士非常敬重他。他一说话，很多人都跟着附和，不满的声音越来越大。

魇像看笑话一样仰头大笑，道：“一群蠢货！怕死，你们可以选择不来啊！”

“哼！他用我们的家人做威胁，我们岂能不来？”四海佣兵团的首领罗淳也站起来说。

众人皆是一腔心酸苦涩，若非如此，谁愿意接受一只魔兽的邀请？这不是摆明了将自己往虎口里送吗？

“家人是什么东西？从来只会拖累人，不要也罢！”魇无所谓地说。他这样说的时候，根本没有注意到珠翳后面，凰北月忽然变得冷厉的目光。

众人对他怒目而视，他却依然笑得比妖精还妖。

战野率人走过来，不卑不亢、不慌不惧地说：“既然婚礼已经结束，我等的恭贺之意也送到了，告辞！”

昀离淡淡地说：“天色不早了，浮光森林一到夜晚就凶险万分，诸位还是留下吧！”

战野面色沉冷，身后的佣兵首领已经怒不可遏。

这分明就是阴谋，浮光森林里何时不凶险？可是他们来的时候，昀离震慑了整片森林，那些凶恶的魔兽都远远地避开了。想让他们走，他只要以魔兽的气息镇压，他们自然可以安然地离开。他如今说什么不安全，不过是想强行将他们留下来。

战野也深知这个道理，但是现在占上风的是昀离，他们强行走的话，只会吃亏。好在突然杀出一个魇来，要和昀离抢新娘。他倒可以借这个机会，在他们斗得你死我活时离开。

这样想着，战野便压下怒气，一挥手，带着众人走出大殿。其他人也是敢怒不敢言，只好心不甘情不愿地走了出去。

最先离开的是修罗王和厉邪。仿佛早就料到会这样，没等昀离开口，他俩便离席了。

风连翼经过天夔身边时，脚步稍稍放缓，淡紫色的眸子充斥着冷意，看了她一眼。

出于对王族血统的畏惧，天夔不得不低下头。

厉邪看着她，道："天夔，不跟陛下一起走吗？"

身体微微一震，天夔低声道："我只认王玺。"

厉邪口中发出讥讽的笑声，风连翼则是不动声色地离开了。

这一幕，被站在昀离身边的凰北月悉数看进眼中。她心里有几分无奈。看来，就算是风连翼本人站在这里，也不能将天夔震慑住。

天夔只认王玺，没有王玺，就连拥有修罗城纯正血脉的风连翼都没有办法驾驭她，好一个地狱魔兽啊！

凰北月冷冷地看了天夔一眼，视线转回来的时候，发现魇也走过来了。

魇满脸都是不正经的笑意，邪恶地盯着凰北月："臭丫头，落在我手里了吧？"

凰北月斜眼看着昀离，笑问："你同意？"

"你先进去。"昀离抬手将她挡了一下。

凰北月笑了一声，微微地掀开珠翳，对魇道："我说过，只要你能让他同意，我无所谓。"说完，她双眸含笑，看了昀离一眼。别以为只有你会挑拨离间，制造矛盾，我也会。一个女人若不靠实力来战斗，其实还有很多绝杀武器，就看她会不会用了。

凰北月转身的一瞬间，看见魇面对着昀离，嘴角慢慢浮起冰冷的笑容，充满了挑衅。

她满意地掀帘而入，将额前的珠翳拨开，抬起头，却不期然地看见千代冬儿站在她身前不远处。凰北月脸上的笑容瞬间僵住。

对方却没有一眼就认出是她，只是惊疑地道："是你！"

当初，凰北月闯进光耀殿寻找破解宋秘"以眼还眼"的禁术，曾和千代冬儿交手过一次。虽然那一次她并没有被千代冬儿认出来，但之后孟祁天出现了，她一向很忌惮孟祁天的洞察力，不知道他是不是对千代冬儿说过什么。

凰北月带着几分犹疑，看着千代冬儿的表情，发现她眼中并没有露出熟悉之色，这才冷淡地点点头，道："是我。"

"看来阁下真是不能小觑的人物，当初和你一战，是我不自量力了。"千代冬儿一边说着，一边慢慢靠近凰北月，"不过，阁下似乎很像我认识的一个人。"

"哦？"凰北月状似不在意地挑挑眉，"像什么人？"

千代冬儿看着她的表情，变得犹疑不定。很像，那份冷傲从容；不像，面对她时，自己只感觉全然陌生。

千代冬儿犹豫了一下，随意地说：“无所谓了！她已经死了很多年，而我也重生了。”

凰北月闻言，脸上不自觉地露出一抹笑容：“听闻阁下是光耀殿的新一任红莲，想必实力非凡，恭喜。”

“不用客气！你既然是旳离阁下的妻子，将来再次见面时，免不了要有一番生死较量，所以，我们还是不要太熟为好。”

“难道成为熟人，下手就不能干脆利落了吗？”凰北月笑道，“千代阁下，要做红莲，首先要学会的就是心肠要硬。”

“这个不用你教。”千代冬儿被凰北月盛气凌人的语气激怒，冷冷地说完，便拂袖而去了。

凰北月松了一口气，要是这种时候被千代冬儿认出来，还真是有些尴尬。

凰北月慢慢地走到走廊尽头的房间里，只见这里被布置成了新房，和民间成婚的新房一般无二，红烛燃烧，大红的喜字、帘幔、被褥。

她看着这一切，真不敢相信自己居然成亲了。她嫁给了一个曾经很尊敬、很感激，却又狠狠地伤了她的人。

红烛从灵兽空间里出来，看了周围一眼，皱眉道：“主人，非要拿到王玺不可吗？”

凰北月点点头，道：“王玺在旳离手上，以后想要对付他太难了。我无法放心，这是唯一的机会。”

“可是……”红烛还想说什么，门外已经响起脚步声。

凰北月连忙示意她，让她迅速回到灵兽空间。

门被推开，走进来的果然是旳离。

凰北月挑挑眉，笑着问：“你是怎么把他打发走的？”以她对魇的了解，他可不是轻易就能被打发走的。

“新婚之日，你不该在新房中一开口就问别的男人。”旳离淡淡地说。

他这话说得有些暧昧，实际上，两人之间却是杀机隐现。

这种突兀的暧昧，让凰北月有些不自然地蹙了一下眉。

旳离走到她面前，伸出手，撩拨着她额前的珠翳，低声道：“我以为你会让我帮你掀开盖头。”

“我想不用这么麻烦。我和你都知道对方是什么样的人，何必拘泥于这些繁文缛节呢？”凰北月抬起头，嫣然一笑。

“你在生气？”他看见她的笑容，却眯起眼睛，道，“是因为今天来的宾客让你不满意吗？”

“宾客无所谓，谁来都一样。反正我如今重塑灵体，和过去的人早就没有多少关系了。”凰北月慵懒地向后一靠，“只是，昀离，你没觉得这样迎娶我太寒酸了吗？”

“你想要什么？”她爽快，他自然也不拐弯抹角。

凰北月瞥了他一眼。今日的她盛装打扮，蛾眉淡扫，目光映着眼妆，潋滟绝色，让人一看失神，再看失心。

她知道自己的美，因此毫不掩饰，微微向前倾身，一只手抓住他的衣袖，红唇轻启，道：“你救了南翼国，我嫁给你，可是你让战野来这里，算不算违背我们的约定？”

“我说过放了南翼国，但我说过会放了凰战野吗？”

凰北月闻言，银铃般的笑声从口中逸出来，道：“好！是我没有提前说清楚，现在自然不能怪你，这件事咱们先不谈。我现在只想知道，你拥有王玺，真的能驾驭天夔？”

“当然。”

“我要王玺！”看见他点头，凰北月开门见山地说，“你娶我，怎么能没有聘礼呢？”

昀离冷冷地看着她，道：“你向我要求得太多了，你值得吗？”

凰北月仰着一张小脸，烛光映在她的脸庞上，细瓷一样的肌肤有种诱人犯罪的光泽。

他忽然俯身下去将她压倒，低下头，淡淡的呼吸喷在她的耳边：“想要王玺，就让我看看你值不值。”

他太亲密的动作让凰北月本能地缩了一下身子。

昀离立刻抬起头来，一双冷然的眸子看着她：“不愿意？”

凰北月不语。若在以前，这种事情，她不会在意。男女之间，这种事情再正常不过，一个出色的杀手是不应该在乎这些的。那时候，大概是因为自己的心里没有任何人吧？而且，她也没有要为任何人守身如玉的想法，所以才能无所谓。

“我以为你为了南翼国，当真能舍弃一切。”昀离讥讽地一笑，起身，整理着衣服下摆。

“谁说我不能？” 凰北月深吸一口气，慢慢地坐起来，跪在床上，双手搭在他的肩膀上，主动凑上去吻了一下他的唇。

昀离怔了一下。她的红唇妖冶，目光迷离，一切都充满诱惑力。

他是魔，心已成魔，本可坚如磐石，可在看见她双眸的那一瞬，一切都土崩瓦解。他搂住她的腰，再次将她压到身下，大红的帘幔被他随手一挥，散了下来。

充满欲望的身子微微起伏，他掠夺着她口中的香甜，动作逐渐柔缓。

那种温柔忽然让他有种恍惚的错觉，仿佛还是在盛开桃花的深谷，温泉的水汽弥漫在繁花间，他走过小路，看见她偷懒睡在树下，淡粉色的花瓣落了她一身。

连续数天的训练太累了，他从来没有见她睡得那么香甜过。一片花瓣轻轻旋转着落下，恰好落在了她的粉唇上。他如同着了魔般情不自禁地俯下身，将那片花瓣拿起来，又情不自禁地用手指轻轻描绘着她嘴唇的形状，最后，竟情不自禁地低下头吻了她。

那是第一次，他清寂的心被魔性占满。从那以后，魔性便紧紧抓住他，在他心底生了根，并日渐加深，让他无法拔除。

凰北月，你怎么会知道，你是我的心魔！

轻解罗衫，嫁衣褪去，两人只隔着一层薄薄的亵衣。她被他抱在怀里，他身上的灼热烫得她快不能呼吸。

凰北月紧抿着嘴唇，闭上眼睛，只觉得这一切不过是场梦罢了，她会醒过来的，很快就会醒过来。

浮沉的欲望里，昀离忽然闷哼一声，在凰北月的嘴唇上狠狠地咬了一下。紧接着，他的拳头便无力地落在床上。

带着血的唇边缓缓地露出一抹轻笑，凰北月抬手将昀离推开，然后坐起来。

昀离伏在锦被上，沉重地喘息着，声音低沉而痛苦："你下毒……"

"最毒妇人心，你没听说过吗？"凰北月拉好身上的衣服，冲他浅浅一笑，然后去拉他的手。昀离的手指修长，指节如修竹一样漂亮。

凰北月轻轻地摩挲着他食指上的纳戒，道："昀离，你做了很多错事，不过有一句话你说对了，一个女人可以不费一兵一卒倾覆天下，因为她本身就是致命的武器。红颜祸水，没有一个男人逃得脱。"

"你都算计好了……"昀离无力地冷笑道。

"我知道你已经将南翼国下面的火山移走，而我也嫁给你了，我们完成了交易，剩下的便各凭本事获取。"

"好！"昀离冷声道，"你想要王玺，就凭你的本事拿吧！"

凰北月低下头，看着他手指上的纳戒，凝眸深思。纳戒和灵魂结契，没有那人的灵魂之力，不可能打开。

她扣着纳戒的手指轻轻一动，一抹笑意便浮现在唇边。

“我没有猜错的话，这枚纳戒是轩辕问天的，而它是他从轩辕谨那里继承来的。”凰北月微微一笑，一抹浓郁的黑色元气从她的手指慢慢涌入了昀离的纳戒中。

昀离平静的面色终于有些波动。他想将手抽回去，可是浓郁的黑色元气已经钻进纳戒中。

纳戒虽然以灵魂之力结契，但高阶纳戒十分稀少，纳戒的传承中，还有继承的规则。若是一位高手去世，他的纳戒可以让另外一个人继承，但是纳戒中依旧有他的气息存在。

从凰北月碰到昀离的纳戒开始，就感觉到符源中，从天夔体内带走的那部分浓郁的黑色元气有些异样的波动。她知道那些是轩辕谨的元气，因此才会下这样的判断。现在看来，她的判断是正确的。

浓郁的黑色元气涌入昀离的纳戒，凰北月的精神力也随之被带入。浩瀚的空间里，无数珍宝琳琅满目，一些她只在书本上见过的珍贵药材被随意地放置着。

凰北月一边寻找王玺，一边不忘趁火打劫一番，就当成是差点儿失身给昀离的补偿吧！

意念一动，凰北月拿到王玺的刹那，忽然感觉一股凶悍的力量进入纳戒中。

她心道不好，她配置的药对昀离这样级别的高手不可能有长久的作用，他恐怕要恢复体力了。

凰北月一把抓起王玺，也来不及细看，便立刻从纳戒中退了出来。若是昀离强行封闭了纳戒，她会被关在里面，出不去的。

昀离挣扎了一下，浑身瘫软无力，双手却十分用力地抓住她：“我不会放过你！”

“这句话我原封不动地还给你。”凰北月抓住他的手，狠狠地扯开，然后抓起散在床上的衣服，随意地穿上。

凰北月看了一眼昀离身上狰狞的伤痕，站起来转身离去。她走到屏风旁，忽然听到身后传来低沉的声音：“我要你一句话，你有没有对我动过心？”

“没有！”凰北月回答得干脆利落，半秒钟的犹豫都没有。

昀离的嘴唇有些苍白，但他还是坚持着问：“以前也没有吗？”

“没有！”

“好……”昀离低声说，“那我以后，就不用对你手下留情了。”

“放心，我也不会手下留情。”凰北月微微偏头，沉默片刻，还是道，“在这里的五年，我很感激我的师父，可惜你不是他。”说完，她大步走了出去。

凌乱的洞房中，烛光忽然摇曳起来。不知道是哪里吹来的风，一瞬间就将蜡烛吹灭，整个房间顿时陷入黑暗。

随即，一声邪恶的冷笑声在黑暗中响起。

外面早就不是喜庆热闹的婚礼现场，那些高挂在廊下的红灯笼全都被吹落在地上。深谷中的桃花落了一地，被踩得混进泥土中。

这里满地狼藉，像是经过一场大战。

深谷中到处是鬼哭狼嚎，肯定有不少高阶的灵兽和神兽包围过来了。

凰北月一边整理着衣服，一边跑出去。

这里发生了什么事情？不过是短短的一两个时辰，怎么发生了如此天翻地覆的变化？

“主人！”红烛从狂风里迅速赶过来。

“是不是光耀殿和宋秘打起来了？”凰北月扬声问。

红烛连忙点头道：“宋秘要离开，墨莲不肯放过他，便开始了一场大战。之后，魇和天夔也动起手来。”

“谁赢了？”凰北月急忙问道。

她听到墨莲对付宋秘的时候，心里猛然一沉。墨莲，他是你父亲！你疯了吗？

“宋秘逃走了，墨莲追出去了。”红烛说着，拉住凰北月，“浮光森林里好战的神兽都被魇召集回来了，这里很危险，我们快点儿离开吧！”

凰北月点点头，自然知道这里不能久留，扫了一眼四周，说：“战野还在这里，带上他们一起走。”

说完，两人便转身朝宾客居住的地方跑去。

凰北月才跑了两步，便感觉风比刚才大了许多。出于天生的警觉，凰北月立刻拉着红烛停下来，目光锐利地向四周扫视了一圈，冷冷地说：“出来吧！”

红烛一惊，顺着她的目光看去，才发现厉邪不知何时竟然站在一堵墙壁的阴影中。听到凰北月的声音，厉邪慢慢地走出来。

他的一头银发在风中飞舞，天色太暗，她们看不见他脸上的图腾，但依旧可以感觉到那种诡异的气息。

“陛下对你的行动真是了如指掌。他知道你会跑出来，让我在这里等你。你果然没让我等太久啊！”厉邪阴冷地道。

凰北月闻言，心里一沉，感知了一下周围元气的流动，没有风连翼的气息。但是，风属性的高手很善于隐藏气息，尤其是风连翼，说不定他就在某个地方看着。

“等我？他怎么不自己来？”凰北月戏谑地说了一句。

厉邪笑道：“都说了陛下了解你。你既然跑了出来，自然是暗算了旳离。为了帮你斩草除根，陛下就没空来等你了。”

凰北月闻言，猛然转身，看着远处那座沉寂在黑夜中的宫殿，心里一紧。

厉邪一闪身到了她的面前，道：“你想去阻止，太晚了！这一切都在陛下的掌控之中。”

“不愧是修罗王，如此简单地坐收渔翁之利，让人不佩服都不行。”凰北月说着，悄悄地将手放在纳戒上。纳戒里面放着王玺，她本想交给风连翼，可是现在看来，如果把王玺交给他，她就没有活路了。

可是，就算王玺在她手上，天夔也不一定会乖乖听她的话。当年，轩辕谨让天夔和厉邪立下契约，臣服于万兽无疆的主人，如今这两人依旧处心积虑地想要除掉她。

凰北月正犹豫着该把王玺放到哪里，厉邪已经准备动手了。

红烛闪身上前，道：“厉邪，轮不到你来动手。”

“笑话，今天凰北月休想逃走！”

“剑技……千军银光斩！”凰北月清冷的声音忽然响起，黑暗的天空被一道刺眼的剑光照亮。

厉邪一怔，周围的空气已经被搅得一阵波动。他连忙向后退去，衣摆却还是被剑光狠狠地割下一块。

“带战野他们先走。”凰北月飞快地对红烛说，同时给了红烛一个放心的眼神。她一个人更好行动。

红烛相信她的能力，于是点点头，转身很快地离开。

厉邪被凰北月摆了一道，也不再客气，寒芒一闪，宝剑出现在手中。

两人隔着不远的距离，冷冷地对视了一眼。

凰北月暗自凝聚万兽无疆的元气，既然要打，那就痛痛快快打一场吧！

“哈哈哈……”一阵大笑声由远而近，眨眼间，一道夭红的身影出现在了凰北月和厉邪之间，“美人儿，你没和旳离在一起，在这里干什么？”

魇的出现，有些出乎二人意料。厉邪看见他，知道明显没有什么好事，脸色极其难看。

凰北月道：“听说你和天夔动手了，我好奇，出来看一看。”

“她？”魇戏谑地道。他微微抬头，只见一道身影闪电般俯冲下来，却在靠近他身前十米的地方瞬间停了下来。

天夔一张愁苦的脸含着怒意，冷冷地道：“打到一半逃走，算什么本事？”

“谁说我逃？我忽然想起有件东西忘在臭丫头这里了，特地来找她拿。”魇充满恶意地看着天夔，“反正你也打不过我，何必垂死挣扎？”

这句话彻底惹怒了天夔，眼看她就要动手，魇却忽然转头冲凰北月道：“臭丫头，快把我的地火双月镰交出来，不然被天夔乘虚而入，你怎么忍心？”

凰北月淡淡地一笑，道：“你跟我不是同一个阵营，你以为我会帮你？”

“臭丫头，你一而再、再而三地找死，当真活腻了不成？”魇狠声威胁道。

凰北月微微一挑眉，朝着厉邪抬了抬下巴，道：“这人要杀我，你帮我解决了他，我就把地火双月镰还给你。”

“哈哈哈，这还不容易吗？”魇邪恶地大笑一声，一转身，提着巨大的红色镰刀，如同捕食的雄鹰一样扑向厉邪。

厉邪怒喝道：“凰北月，你太阴险了！”他一边说着，一边闪退，很快就和魇战在了一处。

阴险？她一直都这么阴险！难道他现在才发现？

凰北月这才看向天夔，道：“如果我是你，这个时候就会上去，和他们其中一人合力解决另一个人。”

“我做事用不着你来提醒。”天夔冷冷地说，站在原地无动于衷。

对付这种什么都不在乎的人最头疼了！见天夔不被挑拨，凰北月也没办法，只能说：“如果你现在是想杀了我，我劝你不要动这样的念头。”

天夔微微眯了一下眼睛，立刻明白了什么，道：“你拿到王玺了？”

凰北月手腕一翻，一块纯白的印玺便出现在她的手中。印玺之上华光流动，天夔站得近，险些被这华光惊到，连忙退开一段距离。

王玺中有令地狱魔兽畏惧和臣服的力量，天夔根本不敢靠近。

凰北月看见她这样的反应，微微扬唇，道：“我虽不想用王玺威胁你，但我也不想被你威胁，所以，离我远一点儿。”

“凰北月，就算有王玺在手，我也不一定会臣服于你。”天夔咬牙切齿地说。

“我知道。”凰北月轻松地说，“万兽无疆里的契约你们都可以无视，可见魔兽的强大是无法预料的，我也没有指望让你臣服于我。”

“那你为何要拿到王玺？”天夔怒道。

为何？这个问题让凰北月一怔。当初她千方百计想从昀离那里得到王玺，是因为不希望那个人受伤，但是现在看来，她做的这一切都没有意义了。那个人已经不需要她保护了。

“你管不着。”凰北月无所谓地说，“天夔，我现在要离开，以王玺命令你不准阻挡。”

凰北月将王玺高高地举起，王玺之上的华光照亮了她精致的面庞。

天夔咬着牙，心中充满恨意，却真的没有任何举动。

凰北月满意地笑了笑，慢慢地向后退去。

红烛应该已经将战野他们带到了后面的森林里，只要没人阻挡她，他们就能顺利地离开。

凰北月慢慢地退到深谷的边缘，忽然听到一声巨响。远处宫殿的屋顶一瞬间被掀飞，无数红色光芒倾泻而出，将整座深谷照亮。

狂风肆虐地吹着，整个山谷似乎都要被狂风卷入地狱。

不远处，和厉邪打得正酣的魇一看到这片红光，立刻吃了一惊，动作稍稍一滞，差点儿被厉邪打中。

刚才一场战斗，厉邪对战魇，居然也没有落于下风。看来，舍弃所爱的修罗王变得很强，王族魔兽的实力也随之水涨船高。

“这是怎么回事？”魇看着宫殿的方向，吃惊地问。

厉邪则阴恻恻地一笑，道：“看来，昀离这次为了美人儿，吃了大亏。”

闻言，魇不再犹豫，朝着红光的方向飞去。

恰在这时，一道黑色的影子急速地从宫殿里面飞出来。

魇手疾眼快地抓住那道黑色的影子，顿时闻到一股浓浓的血腥味。他低头一看，这个影子不是昀离是谁？

被魇抓住的一瞬间，昀离喷出一口血，看来伤得不轻。

跟着昀离从红光中出现的风连翼落在他们身前不远处，冷冷地看着他们。眼角的余光瞥到凰北月，他不禁朝她深深地看了一眼。那一眼中包含的信息太多，看似冷漠，实则怒意重重，似乎有将她撕成碎片的寒意。

凰北月身子一颤，不与他目光相触，连忙去看昀离。他会伤得这么重，多半是因为她下了毒，否则，以他的实力，怎么会败得这么惨？

“黑子，你居然这么没用，不肯将美人儿让给我就算了，现在还要本大人保护你。你说，你能给本大人什么好处？”魇见昀离伤得这么重，立刻意识到这是一个讨价还价的好机会。他也不管此刻身陷险境，带着一个拖油瓶还被包围了，只知道趁火打劫。

“少废话！”昀离沉声说。

昀离抬起头，看到不远处的凰北月，那血红色的眸子一瞬间变得无比幽深。

“嘿嘿！不如以后让我当你的老大吧！”魇兴致勃勃地说。

“魇，死到临头了，你还有心思开玩笑？”厉邪讥讽地开口道。

魇冷哼一声，道：“谁死还不一定呢！”他忽然扬声道：“天夔，你站在哪一边？”

“我只听命于王玺。”天夔冷冷地说。

“啊哈，黑子，快把王玺拿出来。”魇眼睛一亮，那叫一个开心啊！

天夔的面色一瞬间无比难看。

昀离低咳一声，道：“王玺在凰北月手里。”

“啊？”魇眨巴着眼睛。

长相妖孽的男人开始卖乖，真的有种无形的杀伤力。如果凰北月站在他面前，一定会忍不住扇他。卖乖可耻啊！浑蛋！

“臭黑子，你居然中了美人计！”半晌后，魇才发出一声惊天动地的怒吼，恨不得一巴掌将被他使劲儿扶着的男人拍死。

魇立刻拽着昀离后退几步，然后手中印诀变幻，一阵腥臭的浓烟冒起，碧睛红花蛇王忽然出现在他和风连翼之间。

魇看了一眼身后的厉邪，身子一晃，便猛然朝凰北月扑去。

“臭丫头，每次都坏本大人的好事，干脆杀了你一了百了。”

凰北月手持王玺，看见昀离的举动，只是淡淡一笑，沉声说：“天夔，以王玺命令你，挡住他。”

即便一万个不情愿，天夔看见王玺之上闪烁的华光，也不得不听命于凰北月。只见她身形一动，迅速来到凰北月身前，一道结界张开，将魇挡在了外面。

魇气急败坏地踹了一脚结界。此时的他带着一个重伤的家伙作战，哪有那么容易？

看着被激怒的魇，凰北月不禁笑起来。

“你少得意！”天夔冷冷地回头瞪着她，“王玺的命令，我不是每一次都会听。”

“只要在这种时候，能让你听一次就好。”凰北月轻笑道。

看见天夔的变态程度，凰北月猜想，这只地狱魔兽身在血池中，必定是以一种进化的方式成长。她一百年没有从血池中出来，现在出现，恐怕一百多年前的王玺对她也不会有百分百的威慑。一旦她进化的力量超越王玺，自己就不可能轻松自如地命令她了。

这个道理，天夔比她更明白，因此看向她的眼神才会充满杀机。

从拿到王玺到现在，凰北月还没有真正看过这件神物。此时，她将王玺的一面翻过来，看见上面印刻着的图案时，忽然怔住，一种更甚于吃惊的表情毫不掩饰地出现在她的脸上。

图腾？不，是符纹！为何修罗城的王玺上会有符咒之术的符纹？而那繁复的符纹竟然十分眼熟，细微的地方却又不尽相同，一时之间，凰北月也不敢轻易下定论。

如果她没有看错，王玺上的符纹和她从天夔的气源中带出来慢慢在她手腕上成形的符纹，相似程度至少有百分之八十五。

一瞬间，凰北月脸上的表情精彩地变幻，在外人看来，那表情则是高深莫测，难以捉摸。

“你在看什么？”天夔冷冷地问。

凰北月瞬间回神，像是什么事都没有地耸耸肩，道：“没看什么。”

天夔根本不相信她的话。以她活了这么多年的老辣经验，知道刚才凰北月脸上的表情代表着有大事发生，而那件事与王玺有关。既然与王玺有关，就肯定和自己脱不了干系。

她想逼迫凰北月说出口，风连翼和厉邪却已经来到结界前面。有三个绝世高手的威压，她的结界不可能撑太久。

风连翼靠近结界，对凰北月伸出手，道：“把王玺交给我。”

“不能交给他。”魇大喊，“臭丫头，你若是交给他，本大爷一定将你碎尸万段。”

“凰北月，王玺本来就是修罗城之物，你应当物归原主。”厉邪目光阴森地看着凰北月。

凰北月看着外面一双双虎视眈眈的眼睛，道：“王玺到我手里，自然是我的东西。你们想要，各凭本事来啊！”

魇差点儿被她气炸，镰刀在手中一转，看似要动手。

厉邪冷冷地说：“王玺在你手中没有丝毫用处，只会给你带来杀身之祸。”

闻言，凰北月认真地点点头，道：“说得有道理。”

她这么听话，肯定有鬼！风连翼了解她，看见她脸上露出狡猾笑容的一刻，便说：“你若是敢做傻事，便是和修罗城为敌。”

“呵呵……”凰北月莞尔，“你真是世上最了解我的人，不过，和修罗城为不为敌，有区别吗？你既然选择在地狱为王，便是选择终身与我为敌。”

她铿锵有力的话让风连翼一怔，随即，他眸子的紫色沉淀下去：“你已经做出选择了？”

“我的选择早已做出，是你要跟我背道而驰。”

讥讽的笑意在风连翼优美的唇边绽放，他轻轻地瞥了凰北月一眼，不再多说什么，只是对厉邪微微点了点头。

厉邪笑道：“那么，今天就各凭本事，看看谁能夺得王玺。”

魇狠狠地瞪了他一眼，拽了一下重伤的昀离，低声道：“黑子，你还能不能打？”

“你说呢？”毒素加上重伤，让昀离的声音听起来有些破碎。

魇一脸纠结，却又非常不甘地看着凰北月：“臭丫头，这次没这么容易放过你！本大人一个人也能把王玺抢回来。”

他刚说完，厉邪已经先他一步行动，一阵风波击打在天夔布下的结界上，结界剧烈地震动。

见状，魇也不再客气，放开昀离便动起手来。

天夔连忙离开了结界。

凰北月也知道不好，看这两人来势汹汹，情况相当不妙。开玩笑，就算她是轩辕谨，也架不住两只强悍的魔兽一起进攻啊！

他们面前的结界正慢慢地破碎，天夔却消失无踪。很明显她不想待在这里，以免被凰北月以王玺命令。

凰北月看着眼前糟糕的局面，脑子转得飞快。半秒钟后，她已经做出了决定。

她不可能留下来和他们打，所以……既然他们都想要王玺，那就好好争抢吧！

凰北月将手中的王玺狠狠地砸向结界，大笑道：“谁的本事大，谁就能得到王玺。”说完，她片刻不留，召唤出冰灵幻鸟，一跃而上。

冰灵幻鸟振翅高飞，掠起地上无数落花。

同一时间，厉邪和魇同时打碎了结界。看见朝着结界飞来的王玺，两人都不可能谦让，同时飞扑过去争抢。王玺在半空中翻了一个身，印着符纹的地方有几片符纸闪过。

战局之外的风连翼，目光一凝，想出声已经来不及了，只能一挥手，召唤了无数风元气，裹着他的身体飞快地向外一荡。

“王玺是我的。”魇妖孽地一笑，他的手几乎和厉邪的手同时触到王玺。

然而，他身后的碧睛红花蛇王却在这个时候发威，硕大的眼瞳中，两道细如针尖的锋芒射向了厉邪的眼睛。

厉邪大惊失色，忙着躲闪锋芒，手忽然错开，没有抓住王玺，气得咬牙切齿。

魇轻松地一把抓住了王玺，属于魔兽的邪恶笑声从他口中逸出来。

“以火为引，以雷为力，携九天皇皇之威，雷火符，爆！”

魇抓住王玺的那一刻，一道清冷的声音也随之响起，那样冷静，却目标明确。

魇怔了一下，似是想起什么，连忙抬起头，看向前方乘着冰灵幻鸟准备逃离的少女。她身穿嫁衣，青丝飞扬，即便隔了这么远的距离，他依旧能看见她那清澈冰冷的眸子。

此时此刻，双手已经完成结印，浓密的睫毛微微掀起，她看了魇一眼。

魇的心在那一瞬间像是被一双柔软的小手捧住，却遭到用力的一捏，有点儿疼。

凰北月毫不犹豫地将一只手按在冰灵幻鸟的背上，火红的符光一闪，魇手中的王玺忽然爆炸。炽烈的火焰腾空而起，火焰中心是黑色的焰心，带着焚毁一切的恐怖力量。

魇抬起手挡在眼前，那火焰却无情地爬上他精致妖孽的脸庞，皮肤如纸般在火焰中脆弱地烧毁。

“魇……”看见这一幕的凰北月忽然捂住嘴巴，不敢相信那张雷火符的威力会这么大。

是王玺！王玺里面有着一种和万兽无疆相似的力量，是那股力量将雷火符的威力增强了无数倍。她想收回雷火符已经不可能了，只能眼睁睁地看着黑色的焰心从火焰中蹿出来，以毁灭一切的力量将魇包围起来。

魇风华绝代的身影在烈焰中如同一朵开到极致的妖艳牡丹花，色彩浓烈，美得惊心动魄。

魇逐渐睁大眼眸，在那一刹那，依旧不敢相信这个世上有一股力量能够将他伤成这样，他惊世的容貌竟然如此脆弱地被摧毁。

他震惊地看着渐行渐远的凰北月：“臭丫头……”顷刻间，他的声音、他的一切都被火焰吞噬。

冰灵幻鸟已经飞远，远离了火焰的波及范围，只有热浪阵阵扑来，让人感受到那股强大到不可思议的恐怖力量。

王玺被毁，其中蕴含的能够令地狱魔兽臣服的力量在这场爆炸中被尽数释放，身在爆炸中心的魇和厉邪都没能逃过这场厄运，连昀离也被波及了。

风连翼一开始就察觉到王玺上贴着雷火符，于是迅速远离。即使这样，他还是被那喷发出来的黑色火焰震得胸口一闷，喉间涌上一股腥甜。

爆炸席卷了整个暖泉谷，一朵巨大的蘑菇云升起来，将数千年的厚重树荫轰开，黑色的火焰直冲天际。

卡尔塔大陆的黑夜第一次被照得这么明亮，那些隐藏在黑暗中的身影全都无所遁形。

被红烛带着匆忙离开浮光森林的战野和众佣兵，也在听到巨大的爆炸声时停下了脚步。战野紧紧地蹙着眉。

如此强悍的力量，用来毁灭一个国家都绰绰有余。是魇还是昀离爆发出来的力量？据他所知，拥有如此毁天灭地的能量的，只有魔兽了吧？

“主人……”红烛抬起头，喃喃地道。虽然没有感应到凰北月受伤，但是这股力量还是让她非常担心。

他们已经远离了暖泉谷，此处密林幽深，一片浮光在枝叶间慌乱地飞舞，似乎也被那股爆炸的力量吓坏了。

“红烛姑娘，是不是北月……”战野连忙问道。他恨不得立刻折返回去。他不应该把她一个人留在那么危险的地方。

“主人没有危险。”红烛摇摇头。

红烛知道凰北月安然无恙，也放下心来。她现在能做的，便是将战野太子等人安全地带离浮光森林。

“太子殿下，赶路要紧。主人很快就会追上我们的。”

红烛一向对凰北月有信心，战野同样如此。北月总是有办法创造奇迹。

北月，快点儿赶上来。

第十二章
四分天下

一路追踪宋秘到了浮光森林之外的墨莲猛然停下脚步，迅速跃上一棵巨树的顶端，抬头看着远处的恐怖光柱。他苍白的面孔也被那道光芒映出几分诡异的火焰之色。

“发生什么事了？”尾随而来的孟祁天和千代冬儿也先后跃上巨树的顶端，满脸震惊地随着墨莲看向同一个方向。

“这种力量太恐怖了。”孟祁天面色凝重，看向墨莲，问道，“墨莲，你能感觉出来是什么人的气息吗？”

墨莲沉默地看着，片刻之后才说：“有魔兽，有……”

他忽然睁大眸子，竟然撇下孟祁天和千代冬儿，闪电般掠向光柱冲起的地方。

“墨莲！”千代冬儿大喊了一声。

墨莲的速度快得不可思议，早已经消失在了密林中。

孟祁天看着墨莲的举动，神色几经变幻，最终还是归于平静。

千代冬儿就没有这样冷静了，道：“让他过去没有问题吗？”

“墨莲做事有他的分寸，旁人管不了他的。”孟祁天说着，似乎不想去追，从树上跳了下去。

千代冬儿只能无奈地跟着跳下来。

孟祁天走了几步，顿住，身子侧了侧，道：“冬儿，你觉得要掌控墨莲有可能吗？”

“宋秘都掌控不了他，我们谈何容易？”千代冬儿摇摇头，似乎觉得孟祁天这样问，也不过是出于无奈。没有人能真正掌控墨莲。墨莲看似简单，可他的心是完全封闭的。

"那就是说，没有任何可能性了？"孟祁天又问。

千代冬儿笑了笑，道："有个办法，或许可以。不过，这世上大概没有人能做到。"

"哦？"孟祁天很有兴趣，"什么办法？"

"掌控了凰北月，就等于掌控了墨莲。"千代冬儿抬头凝视着他，道。

这个办法很简单，但这世上有谁能做到呢？

果然，孟祁天听了她的话之后，便沉默不语。确实，如果说掌控墨莲很困难，那么掌控凰北月更是难如登天。

一片浮光受到极大的惊扰，纷乱地在密林中乱蹿。王玺爆炸的威力也蔓延到了这里，让这些常年霸占着浮光森林的生物感到恐惧。

就在这时，冰灵幻鸟跌跌撞撞地飞了过来。它的翅膀撞上一棵粗壮的大树，翅膀上的碎冰纷纷落下。它的身子摇晃了一下，慢慢地飞低。

凰北月从它的背上站起来，想跳下去，身手却没有平时那样利落，还没站稳就一头栽了下去。

地上堆积着厚厚的落叶，不知道经过了几千年，这些落叶早已腐烂，所以凰北月摔下去，竟也不觉得疼，只是胸口一闷，难受得说不出话来。

她跌下的一瞬，一道身影闪电般冲到她的面前，将她从地上抱起来。那人焦急地捧起她的脸，检查她的伤势。他看见她苍白得没有半点儿血色的脸庞，双手一颤，竟不知道该怎么办才好。

"为什么……"喉咙里被酸涩感胀满，凰北月还是努力地开口，声音沙哑得不像话。

她仰着脸，眼睛里满是泪水，眼眶通红。或许根本看不清眼前的人是谁，但她能感觉出，这个人不会伤害她。泪水迷蒙中，只有一个人的身影，浓墨一般的黑，残雪一样的白，靠近的呼吸中，她能感觉到他的慌乱。

他抬起手，抹去她脸上的泪水，然后把她揽进怀中，紧紧地抱着。

这是生离死别之后，他第一次靠她这么近。在她清醒、坚强的时候，他不可能这样拥抱她。

"为什么？为什么？为什么……"精神和情绪都很崩溃，凰北月喃喃着，只会重复这一句话，然后泪水不断地滚落下来。

发生了什么事，他并不知道，只是从刚才那场惊天动地的爆炸可知，一定是让她没有办法接受的大事。他不会开口安慰她，这种事情他从来都不擅长。她问为什么，他也只能无奈地选择沉默。他不知道缘由，即便知道，也不可能说出让她不再难过的话。

月，我只能这样抱着你，任你哭……

这时，一个阴邪的身影忽然出现在凰北月身后的树林中，带着恨意的目光从幽暗的密林里投射出来。

情绪崩溃到极点的凰北月没有察觉到有人靠近。墨莲则是在这个人的气息朝这边靠近的瞬间就已经察觉。他骤然抬起双眼，看着那个鬼鬼祟祟的人影，锐利的目光中带着一抹刺破黑暗的阴寒之感。

那个身影正是得知王玺爆炸，身体里的契约尽数解除而得到了完全自由的天夔。没想到阴差阳错，竟然让她再也不用受制于王玺。不过，就算凰北月有功，她也一样要杀了那丫头。

天夔循着冰灵幻鸟的气息，一路跟过来，只要凰北月落单，杀了她并不是什么难事。然而，令天夔没有想到的是，等她赶来的时候，竟然还有一个人在凰北月身边。

虽然密林里只有枝叶间偶尔飞过的一两只浮光投下的光芒，天夔还是一眼就认出了那个面孔苍白的少年。他眼角的桔梗花是一种特殊的标志，代表着不属于任何魔兽的恐怖力量——光耀殿的墨莲。

婚礼上，天夔亲眼见过这个少年身上散发出来的强大气息，并且她能感觉到，那样强大的气息还只是他原本力量的四分之一。若是他体内所有的力量都爆发出来，不知会是何等的恐怖？

天夔咬着牙，冷冷地迎视着墨莲锐利的目光，心有不甘，却还是悄悄地隐入黑暗中。凰北月，这次算你走运！不过，你不会一辈子都这么走运的。

待那股阴邪的气息完全远离之后，墨莲才将目光收回来，动作轻柔地拍着凰北月的背，然后一挥手召唤出幻灵兽，抱着凰北月一起坐了上去。

幻灵兽飞起之前，转过头看了一眼墨莲怀中的人，分明有些不高兴。

墨莲轻轻地将凰北月挡住，然后道："南翼国。"

幻灵兽这才转过头，薄薄的黑色翅膀张开，瞬间飞入高空。

清晨的阳光从窗外透进来，细碎地洒在窗台上。

客栈的房间里很安静，床上的人安然沉睡。醒着的人却坐在床边一动不动，连呼吸都小心得不会惊扰到任何人，只是目光专注地看着躺在床上的那个人。他已经看了很久。如果她一直睡，他就一直看。

墨莲察觉到沉睡中少女的睫毛忽然动了一下，立刻站起来，动作比风还快。他瞬间就离开床边，站在窗前，将桌上还在燃烧的油灯灭了。

凰北月慢慢地睁开眼睛，又红又肿的眼睛定定地看了一会儿头顶的床幔，这才慢慢地转移视线，看向背对着她站在窗边的黑衣少年。

“墨……”凰北月张嘴想说话，却因为喉咙干涩嘶哑，才说出一个字就说不出来了。

墨莲转过身，像是才知道她醒过来一样，倒了一杯茶端到床边，把她扶起来，喂她喝下去。

其实她没有这么脆弱，睡一觉足以恢复元气和精力。她一向都是体能很强的人。不过这种时候，凰北月和墨莲都沉默着，反倒觉得不管说什么做什么都不合适，不如顺其自然的好。

凰北月将整杯茶水都喝了下去，喉咙得到滋润，终于好受一些了。

凰北月抬起头，对上墨莲的眼睛，从他的眸子里看到自己红肿的双眼，一时觉得无比狼狈。

昨天发生了什么事情，她已经不太记得了。当时她太难过，情绪完全崩溃，从冰灵幻鸟背上摔下来的时候，就像个无助的小孩那般，茫然不知所措。如果当时墨莲没有赶来，她可能被天夔追到，也就完蛋了。不过，她还是感谢在当时那种情况下，有这样一个怀抱让她依靠。

凰北月低着头，假装轻松地笑着说：“好久不见了，墨莲。”

墨莲心里酸酸地发疼，忙说：“在……光耀殿……”

墨莲刚说出来，便立刻住口。那一次，他假装没有发现她，为什么现在又要说出来？墨莲懊悔自己的笨嘴拙舌，便抿着唇不再说话。

凰北月一怔，随即笑起来。那次在光耀殿，虽然他没有和她相认，可是她知道，他绝对认出她来了。

凰北月看着他懊悔的样子，从纳戒里将他留下的桔梗花玉佩拿出来，捧在手心，道：“真好看！如果这是你送给我的，谢谢你。”

墨莲看见那块紫色的玉佩，有些慌乱，连忙站起来，想走出去。

“墨莲！”凰北月开口叫住他，“既然都认出我来了，为什么一次又一次地想逃？我从来没有怪过你！”

墨莲背对着她沉默了一会儿，慢慢地说：“我……送你……回来。”

凰北月看看房间里的摆设，知道这是在南翼国境内，顿时安心不少。

凰北月穿好鞋子走下床，走到墨莲身前，拍了拍他的肩膀：“我知道那个会伤害我的人不是你，真正的你会保护我。”

墨莲怔了一下，随即充满怜惜地抬起手，轻轻地抚着她的脸庞：“不会了！以后……永远都不会了。”

听着他不连贯的话，知道他身上肯定还锁着无极天锁，凰北月轻轻地叹息。她没有怪过墨莲，真的从来都没有。他都没有办法控制真正的自己，她为什么要怪他？这样的他只会让人觉得心疼，是强大的力量让他变得这么可怜。

凰北月心里有很多想法，却半点都没有表露在脸上。她不想让他觉得自己在怜悯他。她把他当成朋友，即使被他杀过一次，这个想法也永远不会改变。

肚子咕噜叫了一声，凰北月大为尴尬，不禁大笑起来，捶了一下墨莲的肩膀：“要对女孩体贴一点儿啊！快去准备大鱼大肉。”

墨莲见她笑得开心，也情不自禁笑起来。虽然那笑容有点别扭，但他还是欢天喜地地出去准备吃的了。

凰北月看着墨莲出门，这才慢慢地收敛脸上的笑容。

胃里翻搅得难受，她捂着腹部慢慢坐下来，抓起茶壶想倒杯茶，却发现手抖得连茶壶都抓不稳。

就在这时，一只手从旁边伸过来抓住茶壶，稳稳地为她倒了一杯茶。

凰北月一怔，随即抬起头，却看见一个金发少年站在自己面前，面容俊秀，有些不好意思地抓着后脑勺。

又穿越了？她怎么可能在这个时代看见这种金灿灿的发色呢？

“你干吗这么看着我？”金发少年放下茶壶，表情有点儿严肃，脸颊却明显泛红。

“喂，你不觉得突然闯进别人的房间里，很没礼貌吗？”凰北月觉得好笑又好气。

金发少年呆了一呆，差点儿跳脚，大声道：“什么叫突然闯入？明明是你把我带进来的。”

“小孩子说谎鼻子会变长的。”

“我没有说谎。”

凰北月觉得好笑地看着他气得涨红的俊脸，越看越觉得有几分眼熟。难道什么时候不注意，她真的把这么一个美少年给带进来了？

少年看着她似笑非笑的表情，终于气急败坏地说：“我……我是小虎啦！”

“哪个小虎？”凰北月愣了一下，“等等，你是我养大的那个小虎？”

金发少年无语地点点头，道：“主人，你是不是发烧烧糊涂了？”

说着，他低下头，将脸颊贴在凰北月的额头上试了一下，丝毫不觉得这样的举动有什么不妥。

凰北月却满头黑线。如果他真是小虎，可能忘了此刻是人类的形态吧？小虎居然像身为老虎时一样，用脸来蹭她。

“只有一点儿烫。”小虎一边抬头一边说，见凰北月用手按着胃部，又忍不住伸手去摸。

这次，凰北月自然不可能让他如愿。在他的虎爪靠近之前，凰北月便一把挥开了。

小虎一呆，随即捂着被打痛的手，委屈地问：“为什么要打我？”

“臭小子，不知道男女有别吗？以前骂你就算了，非要等我揍你的时候，才知道我文武双全？”

凰北月握起拳头想动手，小虎立刻乖觉地躲得老远。他抱着脑袋一回头，看见她脸上的笑容，自己也不禁一笑。

凰北月也不是真生气，闹过之后心里舒服多了，胃部却依旧如被磨盘绞着一样难受。

小虎很乖地走过来，弄了个水囊，在里面装满水，手上火元气一闪而过，水囊便热了。然后，他体贴地把水囊塞给凰北月抱着。

小虎想弄点儿东西给她吃，但见她摇头，估计是想等墨莲回来吧！既然这样，小虎就百无聊赖地拿了把梳子帮她梳头。说是梳头，不如说是好奇地抓着她的头发玩耍。不过，这种时候，这种感觉也蛮惬意的。

小虎居然成年了，这让凰北月感到很欣慰。她回想起当年接生他的时候，好像是上辈子的事情。对她来说，小虎是亲人一样的存在，有他在身边，多多少少能够填补她心里的苦闷。

凰北月抱着热水囊趴在桌子上。

不知道她睡了多久，不过既然已经到了南翼国，想必很久了。

关于那场爆炸之后的事情，从她醒过来的那一刻就很想问，却不知道应该怎么开口。在爆炸中心的魇，究竟怎么样了？

这场意外，她根本没有料到，当真是措手不及。她确实想再次封印魇，可是绝对没有想过要杀他。魇与她相伴多年，她并不是真的无情无义，怎么可能冷血至此？

她闭上眼睛，脑海中再次浮现的那一幕，依旧让她抑制不住地浑身颤抖。

帮她梳着头发的小虎动作一缓，轻轻地拍了一下她的肩膀，道：“主人，魔兽是不会死的。”

他们拥有无尽的生命，以及斩不断的命源，即便是绝世高手，要想杀死魔兽，也不是那么容易的事情。

凰北月闷闷地点头。虽然她也明白，但还是没有办法释怀啊！那场爆炸真正把过去的魇彻底焚毁了吧？

小虎看着凰北月颤抖的肩膀，想俯下身去抱抱她。以前都是她怜惜他，现在他长大了，也该回报她了吧？这么想着，小虎当真付诸行动，目的很单纯，动作也很坦然，将凰北月往怀里一揽。

“主人，心里难过的话，就靠着我哭吧！”

凰北月本来心里挺难过，被他这么一抱，倒有些哭笑不得。这家伙，究竟有没有把她刚才的话听进去啊？男女有别啊！

凰北月正苦笑着，客房的门忽然被推开。

墨莲端着一个托盘，上面冒着热腾腾的食物香气。他脸上单纯的笑意让人完全无法将他与那个嗜血的少年联系起来。

然而，他一开门，眼前的一幕却让他脸上的笑容彻底消失了。他很敏感，尤其是面对凰北月时，一点点不安都能在他的心里造成轩然大波。他呆怔在门口，端着盘子一动不动地看着凰北月。

凰北月一阵头疼，遇上两个问题少年啊！

“小虎，起来。”凰北月拍了一下小虎的脑袋。

小虎也听话，乖乖地站起来，淡金色的眼睛看向门口的墨莲。

在凰北月所有的灵兽中，只有吱吱对墨莲稍有好印象，其他几个都因为墨莲杀过凰北月，而自始至终对他抱着一种敌意。

这种矛盾一时半会儿是没有办法调和的，凰北月装作无事一样对墨莲招招手，让他进来。

墨莲端着托盘靠近桌子的时候，就被小虎上前挡住。

“给我吧！”小虎对墨莲没办法不警觉，谁知道他什么时候突然发狂？

墨莲无动于衷，端着托盘的苍白手指上骨节紧绷。

凰北月不想让他生气，踹了小虎一下，道：“行了，哪那么多规矩？你跟谁学坏了？”

小虎这个头脑简单的家伙居然说：“他现在没有恶意，可是所有人都知道他喜欢主人，让他靠近岂不是白白便宜了他？”

这下尴尬了！凰北月额头上冒出无数条黑线，悄悄地看了墨莲一眼。

墨莲原本苍白的脸上浮起淡淡的红晕，眼睛慌乱地转着。不经意间对上凰北月的眼睛，他忽然一怔。

凰北月正想开口缓解一下尴尬的气氛，墨莲却将装着食物的托盘往小虎手中一放，便匆匆地转身走了。

“墨莲！”

凰北月开口叫他都没用，他像被人追杀一样，转眼就消失不见。

“叫你乱说话！”凰北月恨不得抽小虎一顿。

小虎嘿嘿笑着转身，将托盘放在桌子上，有点儿得意地说：“没想到还真有用。”

“什么真有用？”凰北月不解地问道。

“吱吱说，墨莲是个笨蛋，很好骗，果然是这样。”小虎把他的心得说了出来。他好多次都想试验一下，可惜之前一直不能说话，加上和墨莲也没什么交集。没想到这次一击即中，强悍的墨莲也败在了他的手上。

凰北月顿时觉得无语。吱吱真是的，把小虎都带坏了。

说到吱吱，凰北月细心地发现，小虎笑完之后，眼睛里还是有深深的落寞。

儿时的玩伴、一起长大的同伴、生死与共的朋友，现在却各奔东西，任谁都会难过。

“什么时候我们再去一次司幽境，把吱吱带回来？”

凰北月把托盘挪到自己面前，看着里面的各式小菜，有鱼有肉有菜，不得不赞叹连墨莲这种生活白痴都变得这么细心了。

小虎闻言，呆了半晌，才回过神来，眼眸闪闪发亮，但还是犹豫地道：“可她现在是司幽境的王之子……”

“那又怎样？只要她想跟我走，我就一定带她走。”凰北月笑笑，“反正是夜王先言而无信，我又何必对他有情有义呢？”

“主人，你真是太好了！”小虎欢呼一声，又要扑过来。

这次，凰北月提前做好了准备，抬手一挡，道：“男女授受不亲。”

“嗷……”小虎一眨眼变成了赤金圣虎，庞大的身躯依旧不知腼腆地往凰北月怀里一钻，蹭着她的下巴使劲儿撒娇。

“这样就没关系了吧？我是不是很可爱呀，主人？”

这家伙……凰北月没忍住，哈哈大笑起来：“走开，走开，这么大的人了还撒娇。”

“有什么关系？反正能对你撒娇的也只有我了，你就将就一下吧！”

不知道在灵兽空间里听到这话的冰灵幻鸟会不会对小虎恨得咬牙切齿？臭小子，等你回来再收拾你！叫你炫耀！叫你炫耀！

听着里面传来的欢声笑语，门外的墨莲慢慢地靠在墙壁上。里面那个世界，是他向往却无法融入的。为什么他是不祥之人？为什么只要他靠近她，就会伤害她？这样不公平！

墨莲站在客栈的二楼，忽然吹过一阵风。他抬起头，看见前面的街道上，有个熟悉的身影站在人群里，正对他冷冷地一笑。

墨莲目光一凝，冷狠的光芒一闪而过，身影一晃，便朝着人群赶去。

然而，那个身影只在人群中停了一会儿，下一秒就消失不见了。

墨莲的感知能力一向强悍，他没有犹豫，立刻朝着城外飞速掠去。

城外空旷，墨莲一眼就看见前方站在小河边的男子。他穿着金灿灿的衣袍，背影神圣庄严，如同不可侵犯的神祇。可是只有墨莲清楚，在那神圣的外表之下，他的那颗心比魔鬼还要邪恶。

墨莲看见那个人的一瞬，黑色的雷光已经在手中闪现。

那人却慢慢地转过身，背负着双手，对着墨莲淡淡一笑："澈儿，看见你这样，我很不高兴。"

墨莲抿着唇，不用言语，只是身上的杀气越来越盛。

随着墨莲的靠近，宋秘的面色逐渐阴沉，眼眸里淡淡的金光悄无声息地闪了一下。

墨莲忽然皱眉，背上的无极天锁骤然收紧，搅得他的五脏六腑差点儿破裂。

然而，即便这样，他身上的杀气也丝毫不减。

宋秘摇摇头，道："你杀了我，就永远不可能知道为什么靠近你的人都会受到伤害。"

这句话明显比巨大的痛楚更能控制墨莲。他犹豫了一下，停在宋秘身前不远处。

宋秘满意地微笑了一下。墨莲是他的孩子，他自然知道用什么办法才能最好地控制墨莲。

"为……什么？"墨莲语气僵硬地问道，眼前这个人让他的情绪无法平静下来。

幼年时，圣君亲自教导他。虽然残酷，可人人都羡慕他。他也觉得这是圣君格外的恩宠，直到他知道圣君是他的父亲。

他开始不理解，开始很迷茫。他跑到市井中，听到寻常人家的父亲谈话，觉得自己与宋秘的相处和他们一点儿都不一样。为什么父亲会当他是野兽？父亲训练他，只是因为他身上神秘的力量能够让圣君为所欲为？

从墨莲的眼睛里，宋秘一下就能看到仇恨和怨恨。这双重见光明的眼睛，比宋秘想象中还要明亮许多，而这也正是墨莲体内的力量被无极天锁压制的原因。若非如此的话，墨莲才是真正属于黑暗的人。

“你想知道原因的话，就要帮我做一件事情。”宋秘道。

墨莲摇摇头，很明确地表示，自己不会再帮他，不会再被他利用。

“澈儿，是谁教你这样违逆父亲的？是凰北月？那个丫头太坏了。”

“和她无关。”墨莲的语速很慢，但终于明确地表达了出来。

宋秘失望地说：“你不肯帮我的话，我也不会告诉你。”

墨莲的目光一冷，眼中忽然露出杀意。

宋秘早就料到他会有如此反应，退开一步，金灿灿的星砂从天而降。他神秘地笑起来：“澈儿，将来总有一天，你一定会同意帮我的。知子莫若父，没有人比我更了解你。”说完，宋秘的身影便消失在了星砂中，无迹可寻。

墨莲紧紧地握着拳头，在河边站了一会儿。

忽然，远处有急促的声音在呼唤他的名字：“墨莲！墨莲！”

这声音有些熟悉，墨莲不禁抬起头，朝着声音传来的方向看去。

水边的芦苇长得高大茂密，一个红衣少女穿过芦苇丛飞快地跑向他。

那张熟悉的面孔让墨莲的瞳孔紧紧地一缩。红莲？

看到她的时候，墨莲有些不相信自己的眼睛。他分明亲手把她杀了，她怎么可能还活着？

片刻之后，红莲已经扑到他的怀里，紧紧地抱着他，开始大哭：“我终于找到你了！墨莲，我好想你！”

墨莲几乎是半点儿情面都不讲，将红莲从自己怀中狠狠地扯开，推到了一边。

“墨莲？”红莲眼中满是泪水，怔怔地看着他。

阴冷的目光看了她一眼，墨莲转身想走。

“不要走！”红莲先一步跑到他身前，挡住他，“你不喜欢当墨莲，我不叫你墨莲了。澈儿……”

墨莲苍白的手忽然掐住她的脖子，狠狠地用力，差一点儿就将她的脖子掐断。

“放肆！竟敢对公主殿下无礼！”不知道从哪里跑出来的黑衣人忽然拔出刀，砍向墨莲的肩膀。

红莲睁大了双眼，奈何脖子被掐住，根本发不出声音。

墨莲抬起手，轻而易举就将那把刀捏断，同时也放开了红莲的脖子。

“滚！”他不想杀她第二次，可她再不滚，他就不会手下留情。

那个黑衣人震惊地看了看自己的刀，又面色苍白地看了看墨莲。这个面色苍白诡异的少年，实力太恐怖了！他这把刀可是乌金所锻啊！这个少年居然用两根手指就捏断了。

红莲咳了几声，连忙站起来，拉住墨莲的衣袖，苦苦地哀求道：“我找了你那么久，你为什么就不能多看我一眼？我知道你讨厌我，可是，你跟我说句话都不行吗？”

墨莲毫不留情地抽回自己的衣袖，冷冷地看了她一眼：“别找死。”

红莲的泪水倾泻而出，那张精致的脸上带着怨愤和不甘：“我们从小一起长大的情分，都比不上一个死掉的人吗？为什么？”

“她没死。”墨莲阴冷地说。

“对！她是没死！她现在是北月郡主，是洛洛·布吉尔的妻子！你那么喜欢她，为什么还让她嫁给别人？”红莲发泄般地道。

这些话，她忍了好久，每次都想对墨莲说。现在的凰北月已经不是以前的凰北月！她还嫁给了别人！现在的凰北月跟死了有什么两样？她很高兴，因为连墨莲都放弃了。

闻言，墨莲第一次对她露出类似于讥讽的眼神，只不过很冷很淡，如同对着一个陌生人。对墨莲来说，所有没资格进入他心里的人都是陌生人。

看着他的眼神，红莲一怔。她说错什么了吗？有什么事情是她不知道的吗？

“澈……”她想再次去抓墨莲的手，却被他无情地一把甩开。

不想继续和她浪费时间，否则他真的会杀人！墨莲一拂袖，消失在芦苇丛中。

红莲看着空荡荡的芦苇丛，再次咬牙切齿：墨莲，我真的让你这么厌恶？

“公主殿下……”那个黑衣人低着头，不敢看当今永宁公主哭泣的样子。

“今天的事情不准对任何人提起，知道吗？”红莲道。

“属下明白！”黑衣人立刻点头。能够保护公主的人，自然知道什么话能说、什么话不能说。

红莲转身往外走去。黑衣人立刻跟上。

二人走了几步，前面的红莲忽然转身，手中一柄利剑猛然没入黑衣人的胸口。

“公……公主……”

“我只相信死人的嘴巴是不会乱说的。”

利剑在黑衣人的胸腔里一阵翻搅，抽出来时鲜血四溅，黑衣人当场倒地身亡。

红莲从纳戒里拿出一瓶药粉撒在黑衣人的尸体上，刚才还鲜活的生命慢慢化成了一摊血水。

红莲做完这一切，用帕子擦着剑，眼神冷冷地往旁边的芦苇丛一瞥，道："滚出来！"

一个灰头土脸的人跌跌撞撞地跑出来，小心翼翼地低着头，不敢看红莲。

看见这个人，红莲嘲弄地撇了一下嘴角，道："刘石，你跟着我干什么？你这么没用，我根本用不着你！"

"我……我会有用的。"这个灰头土脸的少年，正是当日从地狱谷中跟着红莲出来的刘石。

"哼！你能有什么用？你没用到我连杀你都不屑。"

刘石咬着嘴唇，放下尊严，道："我知道墨莲回临淮城的时候带着一个少女。我亲眼看见的！"

红莲立刻问："那个女的是什么人？"

"我不敢靠近他们，但是，我……我会查清楚的。"刘石一听她这急切的语气，就知道自己不会没用了。

她如此在乎另外一个男人，让他痛不欲生。虽然心里苦涩，但只要能留在她身边，他便无怨无悔。

"好，你去查清楚他们住在哪里，还有那个女的是什么人。"红莲扔了一袋金币在他脚边，"刘石，这件事你做好了，我就让你跟着我。"

刘石连忙点头，欣喜不已。

红莲看了他一眼，转身离开。

红莲一边走，一边想着刚才墨莲说的话，越想越觉得不对劲。

墨莲说凰北月没有死，似乎指的不是那个没用的北月郡主。难道真正的凰北月活在她不知道的地方？联系之前发生的事情，红莲的眼光越来越冷。

当初，帮北月郡主医治眼睛的那个戏天，她早就怀疑了，可惜一直没有办法见到那个戏天。现在一想，戏天不正是当年凰北月在南翼国的化名吗？

还有，在北月郡主的婚礼上，那诡异的天降红花被传为神迹，其实根本就是有人刻意而为。谁才会这么费尽心机地帮北月郡主呢？

现在，墨莲又带着一个神秘的女人回到了临淮城……

凰北月，如果你真的没死，这一次，我一定不会放过你！

红莲从芦苇丛出来，不远处就是南翼国的皇家狩猎场。

最近，皇上都在这里处理朝政，带了宫中的不少人来。皇后也来了，因此红莲一同前来。

皇上对她这个失而复得的女儿并没有多少好感，原因之一便是她和北月郡主过分相似的容貌。在皇上的心里，北月郡主是独一无二的，没有人能够替代。红莲回宫至今，皇上也没有召见过她几次。

皇后更因为她和去世的惠文长公主的长相太过相似，与她不怎么亲近。

战野就更不用说了。她过去顶着红莲的身份做过不少事情，除了讨厌她，战野对她没有任何感情。

那些奴才看见主子都是这样的态度，对她自然也没什么好脸色。说来讽刺的是，在整个南翼国皇族中，唯一对她不错的竟然是北月郡主。虽说大部分是因为北月郡主天性软弱善良，对每个人都是如此，但是偶尔的关心，还是让红莲有一种朦胧的家的感觉。

方才感应到墨莲的气息，红莲悄悄地从猎场里溜了出来，现在也只能偷偷地溜回去。

皇上最近精神很差，来此地也只能看着众位皇子、皇孙在猎场上展现英姿，他则和嫔妃们在看台上歇息、闲聊。

朝政上的大部分事情，都由太子战野代劳。可是前两天，战野忽然消失了，没有告诉任何人他要去哪里。这件事急坏了皇后和一些拥护太子的大臣。他们一直隐瞒着，连皇上都不知道。

皇上耽于酒色，不爱惜自己的身体，健康每况愈下，眼看着渐渐放下大权交给太子战野，若太子殿下消失了……皇上有这么多子嗣，个个觊觎着皇位，此刻若是风声被走漏，整个太子党都会跟着遭难。

红莲身手了得，不惊动任何人就进了围场。红莲走上看台，一抬头，就看见宜妃在皇后身边说着什么。皇后的面色很不好看。

红莲忙走过去，还没靠近就听到宜妃用刻意拔高的声音道：“太子殿下还没登基就如此繁忙，今天难得皇上这么高兴，也不出来露一手。”

皇上偏过头来，道：“是啊！几天没见战野了，叫他来吧！”

“皇上，您不是不知道，战野向来不喜欢这些活动。他此刻恐怕在军中，晚些时候会来给皇上请安的。”皇后温婉地说。

宜妃一听，便笑道：“皇上的众多皇子里，就数太子殿下最聪明勤快，知道在军中树立威望，拉拢人心。”这话另有所指，任谁都听得出其中的深意。

双手笼在宽大的袍袖中，皇上半闭着眼睛，没有开口。天威难测，谁也不知道皇上在想什么。

皇后咬着嘴唇，暗恨宜妃乘机挑拨。

“宜妃娘娘说得对。皇兄从小就比别人踏实努力，这是有目共睹的，可没有半点儿夸张。倒是敬王殿下，听说前日为了争抢一名歌姬，将布吉尔家族的人打伤了。”红莲清脆的声音忽然响起来。

不知道什么时候，她已经站在了宜妃的身后，声音一出，吓得宜妃低呼了一声。

红莲见她如此反应，冷笑道：“红莲对政事一向不懂，只是现在北曜国虎视眈眈，敬王殿下在这个时候得罪了布吉尔家族，是不是不太妥当？”

宜妃的脸色瞬间变得非常难看。

皇后看了红莲一眼，脸色稍稍缓和。

闭目不语的皇上睁开眼睛，道：“祈泰近来行事让朕很失望。传令下去，让他去边关待着，没有朕的命令就别回来了。”

“皇上！”宜妃大惊失色。她可只有这一个儿子啊！

红莲冷笑。

宜妃和敬王都不够懂事，皇上那么宠爱北月郡主，现在北月郡主嫁给了洛洛，以皇上的心思，自然极力偏帮着北月郡主一边。在皇上心里，所有儿子、女儿加起来，都不及北月郡主的十分之一。他们现在还敢得罪布吉尔家族，不等于找死吗？

皇上不高兴地冷冷一挥手，不理会宜妃，倒是让宫人摆驾，回行宫休息去了。

宜妃临走前狠狠地瞪了红莲一眼，又气又怒地离开了。

“你倒是聪明。”皇后淡淡地说了一句。

“她欺负母后和皇兄，就是欺负我，我怎么能坐视不理？”红莲笑着说。

看见红莲的笑脸，皇后一怔。她不想去看那张脸，可还是因为血缘而有些动容。她知道自己对红莲并不好，战野也是如此。正因为这样，她心里才煎熬得难受。

“母后，你是不是担心皇兄？”红莲见皇后满面愁容，问道。

战野的事情，红莲也知道。

皇后叹息一声，道：“不知道他去哪里了，一声不响就不见了。”

“母后不要担心！我去找皇兄，一定把他带回来。”

皇后很意外地看着红莲，半晌才让自己心中的愧疚感消散了一些。

她将红莲的手拉过来，紧紧地握住，道：“好孩子。”

红莲垂眸笑了笑，放开皇后的手，转身离去。

红莲转身的一刹那，笑容渐冷。好孩子……还是第一次有人把“好”这个字套在她的身上，可惜言不由衷。

午后的斜阳挂在窗外，淡淡的余晖在屋顶铺下一层迷离的光彩。

两个人影一前一后来到城中的云来客栈，衣着华贵。二人刚走进客栈，小二就非常热情地迎了上去。

“两位客官，是住店还是吃饭？”

走在前面的少女将一枚金币扔给小二，道：“二楼客房里有位客人和我们约好了，我们是来找他的。”

小二接到金币愣了一下，再抬头时，两位客人已经上了二楼。

“客官，让小的先去通报一声吧？”

“不用了。”二楼一间客房里，一个金发少年推开门，对着小二淡淡地说了一句。

小二一愣，似乎没见过这位客人啊！

金发少年对长相俊美的一男一女道：“主人就在里面，请进吧！”

在卡尔塔大陆上很少能见到如此漂亮的金发，金灿灿的一点儿杂色都没有，衬着白皙的肌肤，让这少年显得俊秀可爱。

少女不由得多看了小虎两眼。小虎见状，朝她露出好看的笑容，两颗小虎牙也露了出来。

两人推开客房的门走进去，屋子里亮堂堂的。

凰北月在屋子里煮茶，茶香四溢，令人心旷神怡。

“好茶！”男子深吸了一口茶香，不由得赞道。

凰北月抬起头，道：“粗茶罢了。在下没什么好东西招待，让孟祁天阁下见笑了。”

“若说加了紫灵草的茶还只是粗茶，那世上什么茶才叫好茶呢？”孟祁天不客气地坐下，接过她递来的一杯茶。

白玉杯里盛着泛着紫色的茶水，通透无瑕，如同一件珍稀宝物。

紫灵草是一种冰属性的灵草，珍稀难寻，对内伤有极好的疗效，特别是对内心郁结之人，紫灵草有很大的帮助。昀离的纳戒里都是好东西，凰北月打劫了一番，弄出不少。

小虎拿来坐垫，让客人围着茶桌坐下。小虎则坐在凰北月和千代冬儿之间，殷勤地端了一杯茶给千代冬儿。

“阁下好大方！听说这紫灵草早已在世间绝迹。”千代冬儿捧着茶杯，依旧冷着脸，很不好应付的样子。

凰北月低头烹茶，闻言笑道：“有些东西虽然绝迹于世间，却并不代表不存在。”

听出她话中有话，千代冬儿想追问，孟祁天却在这时笑道："几日不见，阁下似乎领悟颇多啊！"

"人生在世，不能固守不前，总要往前看的。"凰北月抬起头，不施脂粉的脸颊素净美好，目光清澈，却冷静慑人。

"不知道阁下领悟了什么，才会传消息给我们？"孟祁天笑问。

凰北月将紫灵草泡的茶喝下去，只觉五脏六腑都如同被洗涤过，十分舒畅，她道："魔兽出世，天下动荡。自此以后，卡尔塔大陆上会出现四股强大的势力：以佣兵王令号令天下的南翼国，和修罗城渊源颇深的北曜国，以昀离和魔为核心的暗黑势力，以及以阁下为首的光耀殿。"

"光耀殿偏安一隅，谈不上大势力。"孟祁天轻轻地摇头。

凰北月笑道："真正偏安一隅、与世无争的是司幽境，阁下敢说没有争夺天下的雄心？"

孟祁天挑眉，笑道："在你的眼睛里，什么都藏不住。"

"你有墨莲，这天下自然有你的一份儿。"

孟祁天苦笑道："你在挖苦我呢？墨莲虽是光耀殿的人，但要让他真正忠心于我，谈何容易？"

凰北月低着头，睫毛卷翘，浓密漆黑，覆盖着眼眸，让人看不透她的心思。

千代冬儿来回看着这两个人。他们在这里谈论墨莲有什么意义？她更想不明白的是，为什么孟祁天要跟这个女人私下见面？看样子，他们的交情很不一般啊！

"你们先谈，我出去走走。"千代冬儿站起来，道。

这种谈话的气氛，她实在不喜欢。

孟祁天没有阻止。她走了，自己和凰北月说话更方便。

凰北月对小虎点点头，也让他跟出去。

只剩下他们两人时，孟祁天才开门见山地说："墨莲的心在你身上，只有你能让他一直忠心。"

"那是他能控制自己的时候。"凰北月叹息，"况且，我不希望任何人利用他。"

"我也没想过要利用他。"孟祁天道，"但是，如今四分天下，你我且不说，风连翼、昀离、魔，这三个人的可怕，你不会不知道。对付一人尚可，三个人的话，你我若不联盟，只有被瓦解的份儿。"

"分析得很对！"凰北月点头道。

孟祁天道："所以，关键之处在于墨莲，也可以说，在于你肯不肯接受他的一片真心。”

凰北月倒茶的手顿了一下。她怔了一会儿，放下茶壶，道：“孟祁天，你知道墨莲是什么样的人吗？”

“我只知道，只要是你说的，他都会听。”

凰北月摇摇头，道：“你不懂。如果你给他一点点希望，他会一直抱着这个希望飞蛾扑火。哪怕不能实现，他也不肯松手。”

孟祁天一怔。他从来不知道，了解墨莲最深的人竟然是凰北月。

“那你就不能让他永远抱着这个希望吗？”

“你什么意思？”

孟祁天微笑道：“我的意思很简单。你和风连翼已经决裂，可以接受墨莲……”

“呵呵……”凰北月笑出声来，“孟祁天，你聪明一世，想不到在爱情上这么笨。爱情这种东西，不是随随便便就可以转移到别人身上的。”

孟祁天挑眉。他确实没有深入研究过爱情。这东西，古人说了：穿肠毒药，杀人利器，碰不得。

看见墨莲后，他就更加坚信，爱情果真是可怕的东西，杀人于无形。

他无奈地说：“看来，我们还是只能各自为政。”

“也不一定。”凰北月撑着下巴，道，“虽然我不愿意和他们为敌，可是现在的形势已经无法扭转。不过，至少我现在还能有一个选择，那就是不和墨莲为敌。”

“哦？”孟祁天眼睛一亮，“你想到什么好办法了？”

“没有办法！不过，你我可以立下君子之约，任何一方有难，另一方都不准袖手旁观。”

“这个契约，很明显我吃亏啊！”孟祁天苦笑道，“墨莲肯定会帮你，可我似乎并没有王牌。”

“我们家东菱在你手上，还不算王牌吗？”凰北月瞥了他一眼，“况且，我虽然不喜欢你如此虚伪，但墨莲是我的朋友，他有难，我绝不会袖手旁观。”

“如此甚好！需要滴血立下契约吗？”

凰北月嘿嘿一笑，道：“孟祁天，你这样的人，就算有契约，我知道对你也没用。”太聪明的人总是知道钻契约的空子，所以说，某些时候，立契约不过是笨蛋的一种自我安慰方式罢了。

孟祁天也笑道：“此话，也是我想对你说的。”

两人不约而同地笑起来，以茶代酒，干了一杯。

第十三章
南国封侯

热闹的临淮城街道上。

墨莲从城外回来，路过卖面人儿的小摊，想起客栈里形容憔悴的凰北月，便忍不住停下来，买了一个栩栩如生的书生面人儿，想带回去让她高兴一下。

“你偷东西是不是？小乞丐，没钱就滚！竟敢偷窃，我送你去官府。”前面一个卖烧饼的摊上，小贩揪住一个瘦弱的小女孩，大声嚷嚷着。

小女孩吓得哇哇大哭。

旁边的路人指指点点的，有同情声，也有谩骂声。

墨莲目光一沉，忽然到了小贩面前，扭住他的手，将小女孩扯过来。

“你这……”小贩张口刚想骂，忽然一枚金币落在他的掌心。

顿时，小贩眼睛一亮，态度转变，开口道：“客官，这……这太多了吧？”

“不要……欺负人。”墨莲看也没看小贩一眼，转身便走了。

“大哥哥，谢谢你。”小女孩被救了，就一直拽着墨莲的袖子，一边哭，一边跟着他走。

墨莲几次把她甩开，她都锲而不舍地重新抓住他。

无奈之下，墨莲不由得想起第一次见到凰北月，她帮了他之后，他也这样锲而不舍地跟着她。她当时一定觉得很烦吧？就像他现在一样。

墨莲这样想着，心忽然柔软了几分。

走到人少的地方，他转过身，把自己身上的所有钱都给了小女孩，然后推了她一下，让她走。

小女孩看着手里的半袋钱，抽了一下鼻子，抬起头，道：“大哥哥，这么多钱，我用不完。我只是饿了，你可不可以再买个烧饼给我呀？”

墨莲推开她，意思是：都给你钱了，就自己去买吧！

小女孩歪着头看了他一会儿，忽然喊道："墨莲！"

墨莲脚步一顿，回过头，竟然有人认识他？而且似乎对他很熟的样子。

他还没想通透，小女孩已经像小鸟一样欢快地扑过来，抱着他的脖子哈哈大笑："墨莲，墨莲，太好了！我终于找到熟人了！"

墨莲拽了半天也没能把这条八爪鱼拽下来，又犹豫着，不能对她动粗，可是她压坏了他买给月的面人儿，令他很不爽。

"你……谁？"

"我是吱吱啊！"

墨莲傻了，吱……吱？

"嗯，嗯！"吱吱用力地点头，"这么久没有见你，你是不是很想我呀？"

墨莲直接把她从身上拎下来，推开一点点。

他跟吱吱算是交情不错，吱吱还是织梦兽的时候，经常和他在一块儿。方才他就觉得小女孩身上有股熟悉的气息，所以才没有动手。

他看着眼前的小女孩，明眸皓齿，甜美可人，和记忆中的吱吱差别实在太大。要他一时半会儿接受昔日的小伙伴忽然变成小女孩，还真有点儿困难。

"墨莲，你去哪儿？等等我啊！"吱吱见墨莲忽然转身走了，连忙追上去。

墨莲走得很快，吱吱就跟在后面跑："你有没有见过月儿姐姐啊？我跑出来就是为了找她。"

墨莲一边走，一边摇头。

"你骗人！"吱吱鼓着腮帮子说，"你买面人儿干什么？"

"我……自己玩。"墨莲动作飞快地把面人儿藏到了纳戒里。

吱吱扑哧一声笑出来，道："你自己才不会买面人儿玩呢！我知道了，你肯定是送给月儿姐姐的，对不对？你知道她在哪里，快带我去。"

墨莲暗暗恼恨一眼就被她看穿了心思，心中不快。

可是，吱吱一向不怕他，追上去拖着他的胳膊："带我去，带我去，带我去，带我去嘛！"那黏人程度堪比牛皮糖。

墨莲不是吱吱的对手，只觉得吱吱像噩梦一样怎么都甩不脱，无奈之下只得点头答应。

"太好了！墨莲，墨莲，我们先去买个烧饼吧！"吱吱明显是得了便宜还卖乖的类型。只要墨莲摇头，她立刻施展无敌缠功，墨莲根本无力招架。

墨莲一路被"欺负"着回到客栈，而吱吱自然是满载而归。

可怜的墨莲一看见客栈的大门，连忙狂奔进去，半秒钟都不敢耽搁。

客栈的院子里，墨莲一进去就看见了千代冬儿，脚步一顿，目光瞬间冷凝。

他后面的吱吱一下没刹住脚，一头撞在墨莲硬邦邦的背上，咚的一声摔在地上，眼眶立刻红了。

千代冬儿身边的金发少年转过身往这边看了一眼，目光绕过墨莲，看见坐在地上的吱吱时，不禁怔了一下。

“呜呜……你是故意的。”吱吱挤出两滴眼泪，拽着墨莲的衣服下摆哭诉。

墨莲居然没有生气，只是转过身将吱吱拉起来，笨拙地用衣袖帮她擦了一下眼泪。

这个举动惊得千代冬儿睁大了眼睛，像看怪物一样看着墨莲。

“墨莲？”千代冬儿疑惑地问，“她是……”

墨莲没有回答，只是抬起头，看向二楼的房间。从元气的波动来看，他知道孟祁天也来了。

墨莲的面色不禁有些阴沉，看着很骇人，吓得千代冬儿深吸了一口气。

吱吱只是哭两声而已，被墨莲拉起来就好了。

“东菱姐姐。”吱吱看见千代冬儿，先是一怔，随即儿时的记忆浮现在脑海，立刻惊喜地大喊。

千代冬儿看着这个陌生的女孩子，觉得有些疑惑。这世上知道她叫“东菱”的人似乎不多了，可她从来没有见过这个小女孩。

听到吱吱开口叫“东菱”的瞬间，呆怔的小虎立刻回神，大步走向吱吱，想让她别乱说话。

然而，吱吱的速度比小虎快多了。吱吱开心地说：“东菱姐姐，我是吱吱啊！”

自从她恢复人类的形态后，以前的人都认不出她来了。

听到她自报家门，小虎拍了一下脑袋，暗呼：糟糕了！

闻言，千代冬儿呆住了。

此时，在客栈房间里的孟祁天笑着问道：“关于你的身份，你打算一直瞒着冬儿吗？”

二人喝着茶，聊了半天天下大势。他俩都是洞察力惊人的聪明人，说话投机，眼光独到，聊得十分愉快。

凰北月站起来关上窗，闻言笑了笑。

凰北月忽然偏过头，看着院子里的一幕，微微一愣，道："似乎瞒不瞒都无所谓了。"

凰北月正说着，院子里背对着她的千代冬儿忽然转过头，看着站在窗边的她，目光闪烁，最后归于平静。

吱吱抬头看见凰北月，连忙挥着手大喊："月儿姐姐！"

凰北月对她笑了笑。

身后的孟祁天走上来，看见外面的情景，也笑道："正好，省得我不知道该怎么说。"

"你倒轻松了。"凰北月瞥了他一眼。

院子里的吱吱飞奔着上楼，推开房间门，扑了进来："主人！我好想你啊！"

凰北月抱住她，拍了拍她的背，问道："你怎么从司幽境跑出来了？"

吱吱抬起头，嘟着嘴说："我不喜欢做王之子，我还是喜欢做吱吱。"

"那你父王……"

"我看见父王和宋秘来往，宋秘是坏人，父王也是坏人。"

凰北月一怔，知道吱吱绝对不会说谎。夜王是吱吱的父亲，虽然他们现在才相认，凰北月依然看得出来吱吱很喜欢他。

闻言，屋子里的其他人也大吃一惊，显然没有想到一向与世无争的司幽境会和前任光耀殿圣君有来往。

"吱吱，你真的亲眼看见了吗？"凰北月问。她印象中的夜王不像是这种人。

"看清楚了！"吱吱忙点头，"我偷偷地躲在外面，后来被宋秘发现了。我害怕，就悄悄地逃出来了。"

面色骤然严肃，凰北月对孟祁天道："我以为我们结盟之后，卡尔塔大陆从四分天下变成三分天下，现在看来，还是四分天下啊！"

"宋秘和夜王萧阑……"孟祁天皱眉道，"这两个人加起来真是一种诡异的组合啊！两人都擅长隐藏在黑暗中行事。我看这一次，多半是司幽境想重振声威，再次在卡尔塔大陆上崛起。"

"想崛起哪有那么容易？"凰北月冷笑道。

有吱吱在，凰北月不好多说什么，毕竟夜王是吱吱的父亲，于是把话题一转，道："红烛带着战野从浮光森林出来，恐怕已经到南翼国了。小虎，你去打探一下红烛的行踪。"

小虎点点头，看了吱吱一眼，转身出去了。

吱吱咬着手指犹豫了一下，低声说："我跟小虎一起去。"

“去吧。”脸上的笑意加深，凰北月鼓励地拍拍吱吱的肩膀。

送走了两个幼稚的小朋友，千代冬儿忽然说：“圣君这次前来，是不是为了和她结盟？”

孟祁天笑而不语。

墨莲怔了一下，随即眼中渐渐露出喜色。

凰北月坦然地问：“光耀殿和我结盟，难道有什么不妥吗？”

千代冬儿冷笑，直截了当地说：“和一个不守信用的人结盟，我相信不会有什么好结果。”

她的话音刚落，墨莲便骤然出手，快如闪电般直袭千代冬儿身上的要穴。

凰北月见状，猛然向前射出，桌上的茶杯顿时碎落一地。她一手抓住墨莲的手，另一只手将千代冬儿推开。

“不要碰我！”千代冬儿歇斯底里地大喊，一掌重重地打在凰北月的肩膀上。

“冬儿！”孟祁天惊呆了，连忙按住千代冬儿的肩膀，制止她再次发疯。

墨莲扶住向后跌退的凰北月，眼中寒芒闪现，杀气好似要将周围的空气冻结。

凰北月深吸一口气，还好她早有准备，以元气在身体周围形成保护层，否则，千代冬儿那疯狂的一掌非打得她受内伤不可。可是，即便没有受内伤，那一掌下去，也疼得凰北月直吸气。

墨莲看得心疼。他舍不得伤她，更不想看到别人伤害她。

千代冬儿见墨莲的眼睛里露出恐怖的杀气，冷笑出声，道：“这一掌我打得毫不后悔！如果再来一次，我会下手更狠。”

凰北月按住冲动的墨莲，道：“这一掌我接得也不后悔。不过，再来一次的话，你没有这样的机会。”

千代冬儿狠狠地瞪着她，双眼通红地道：“你不是消失了吗？还回来干什么？”

“我有我想做的事情，用不着你过问。”

“哈哈哈……”千代冬儿狂笑，“原来是我太把自己当一回事了！你做什么根本不用在乎我，我算什么呢？这么多年我早就该看透了！是我傻，居然一次又一次地相信你。现在，我明白了，以后再也不会了。”说完，她跌跌撞撞地跑了出去。

凰北月面色平静地看着千代冬儿的背影，没有出声阻止。

孟祁天叹气道：“冬儿好不容易从你已经再也不会回来的伤心中走出来，现在突然得知你还活着，难免会激动一些。”

“我比你更了解她。”凰北月淡淡地说，想了想，又笑道，“她很快就会想明白，她一直忠心守护的人是北月郡主，而我不是北月郡主，她不能把我当成别人而定我的罪。”

孟祁天挑眉，笑道：“在这个问题上，你倒是看得很明白。”

凰北月瞥了他一眼，知道他这话是什么意思。她不想谈论，便说：“少废话！宋秘和夜王结盟的事情，你该想个应对的法子吧？”

“这件事，不仅我们担心，别人也会担心。南翼国疆土辽阔，目前来看，是最稳固的一方势力，难以动摇。所以，其他三方若要动手，都不会选南翼国为第一对象。因为这样一来，消耗力量太大，就算勉强赢了，也是元气大伤。”

孟祁天分析得头头是道，凰北月也点头赞同。

她深知这一点，所以才能不慌不忙地在这里煮茶待客。

“南翼国能有今天，有你一半的功劳。”孟祁天赞赏地看着凰北月。

是她威胁魏武臣，打败东离国；是她劝降千代楹，收编西戎国；是她将南翼国的版图，直接扩大了一倍不止。不仅如此，她还让布吉尔家族和南翼国皇室联姻，以神迹神化北月郡主的身份。对南翼国来说，这些都是长远的利益。

这些事情，可不像一个普通女人会做的。有时候，孟祁天很好奇，凰北月究竟是什么人？她的脑子里怎么会有这么多想法？

“我没有功劳！”凰北月的声音忽然冷下来，“过去的事情已经过去，我不想再提起。”

孟祁天微微眯眼，看着她的面色，知道她在下逐客令。他也不生气，笑容依旧如春风一样，道：“好吧，不打扰你休息了。我们也在客栈里下榻，有事随时找我们。”

凰北月点点头。

孟祁天离开，墨莲却犹豫着没有出去。

“刚才我不是故意发脾气，没吓到你吧？”凰北月偏着头，看着他笑。

墨莲听到她的声音冷下来的时候，脸上露出忐忑的表情。他一直都这样小心翼翼的，在她面前不敢出一点儿差错，似乎觉得错半点儿都得不到她的原谅。

墨莲摇摇头，组织了一下语言，才说：“结盟……真的吗？”

“当然！”

“那我们……不是敌人？”

“不是。”凰北月回答得很肯定。

墨莲低着头，苍白的脸上慢慢地露出笑容，样子很腼腆。

凰北月问道：“你笑什么？”

墨莲说："不是敌人，你……不会走。"

"哈哈哈……"凰北月开怀大笑，"墨莲，我不走，你就不走吗？"

墨莲认真地点头。

凰北月叹气，道："你真是个固执的家伙，不过固执得很可爱。"

墨莲不知道她是在夸他还是骂他，不过，他都接受。

固执？他觉得固执没什么不好的。

小虎和吱吱来到城外，默默无言。

吱吱跟在小虎的身后，几次想开口，然而看见小虎的背影，又不知道该怎么开口。

远处，一队人马从迷雾森林中狂奔出来，很快到了官道上。马蹄声震耳欲聋，所到之处扬起漫天的灰尘。

小虎定睛一看，策马在前的正是战野。战野身后跟着红烛，再后面的佣兵也都是熟面孔。

"是他们。"小虎说了一声，正想赶上去，吱吱却忽然从后面抓住他的手，低声道："等一下，有人过去了。"

小虎看了一眼被吱吱抓住的手，不自在地低咳一声。吱吱也马上红着脸松开了手。

官道旁的树林里，一个红衣少女骑着马奔出去，刚好挡在战野等人前行的路上。战野一挥手，身后众人齐刷刷地停下，一时之间，灰尘铺天盖地。

"红莲？"待看清那个少女，小虎低呼一声，"她不是已经死了吗？"

"现在的红莲，灵魂气息很弱，应该只是宋秘以某种手段让她能行动自如。"吱吱说。

小虎点点头。

前方，灰尘已经散开，战野面色冷酷地策马走到红莲身边，道："你要干什么？"

"母后担心你，让我来找你。"红莲抬起头，疑惑地看着战野身后的众佣兵。

她很肯定，刚才确实远远地看见了红烛。那丫头是凰北月的召唤兽，她出现在这里，表示凰北月就在附近。可是灰尘扬起又落下的短短时间里，红烛居然不见了！此刻一眼看过去，只有各佣兵团的首领，根本没有红烛的影子，她不由得更加疑惑。

战野看着她探寻而疑惑的目光，不由得对她更加防备。血缘至亲又如何？红莲从小在光耀殿长大，跟他早已是道不同不相为谋。虽然他怜悯红莲从小的境遇，但若牵扯到南翼国，依旧不会感情用事。

“母后那里，我自会去请安，你回去吧。”战野冷冷地说。

红莲的马在地上踱了两步，被她勒住缰绳：“皇兄，在长公主府里的北月郡主，究竟是什么人？”

“她是北月郡主。”战野低喝道。

“她不是。”红莲坚定地摇头，“我和凰北月交手很多次，她绝不是那样的。皇兄，你没有背着父皇做什么事吧？”

“你胡说什么？！”战野怒道，俊脸冷酷，“红莲，你想做什么？”

“我什么都不想做啊！”红莲耸耸肩，慢慢笑起来，“皇兄，你这么紧张，让我觉得你很心虚。”

战野抿着唇，不说话，表明他已经非常愤怒。

红莲却根本不怕在老虎嘴里拔牙，依旧不怕死地说：“欺君之罪，也许会连累母后吧？皇兄神秘地消失这么久，一定很辛苦了，红莲就不打扰你了。”她策马让路，笑着看战野愤怒地离开。

“那个女人真可怕！”吱吱小声说。

“跟着她，看看她要去什么地方。”小虎对吱吱使了一个眼色，两人悄悄地跟上红莲。

“小心一点儿啊！如果她要去见宋秘，我们很容易被发现的。”吱吱有些不安地说。

小虎说：“你用幻术，能拖住他们的。”

“我……”吱吱低着头，“织梦兽的能力被父王封印起来了。”若非这样，她偷偷从司幽境跑出来，也不会一路上身无分文，饿得去偷烧饼吃了。

脚步顿了一下，小虎道：“那你先回去，我跟着她去看看。”

“我要跟着你。”头摇得像拨浪鼓，吱吱坚决不肯离开。

小虎无奈地笑了笑，道：“那你牢牢地跟着我，不要乱跑。”

“嗯！”吱吱用力地点头。

红莲骑着马进了迷雾森林，一路往月落谷的方向而去。走到枝繁叶茂、灌木丛横行、再也不能前行的地方，她便停下来，弃了马继续往前走。

森林被迷雾笼罩，不过这个季节阳光灿烂，偶尔有阳光投下的地方，雾气就稀薄很多。在这种环境下，要跟踪一个人实在不容易，好在小虎鼻子灵，天生就是森林里的王者，才没有把红莲跟丢。

红莲一直走到森林深处才停下来，在原地站了好一会儿，只见虚无的空气中忽然走出一个人来。金色的长袍依旧充满威严，那人手一拂，空气微微波动了一下，结界消失。

“圣君。”红莲单膝跪下去。

“不用行礼了。”宋秘道，“你见过墨莲了吧？”

红莲咬着嘴唇，有些忧伤地点点头：“他很讨厌我。”

“你们本性不一样，讨厌是自然的。”宋秘道，丝毫不在意这话刺伤了红莲的心，“你忽然来找我，有什么事？”

“我有一件事不明白，关于凰北月。”

“她还活着。”宋秘道。

“长公主府里的北月郡主根本不是她。”红莲激动地说。

“确实不是她。”

红莲一怔，忙抬起头，道：“圣君早就知道了？”

“这件事很复杂，你不用多管。长公主府里的那个废物可有可无，但真正的凰北月一定要铲除。”宋秘眯起双眼，冷狠地说。

红莲听到真正的凰北月果然还活着，顿时心生怨恨，道：“她当然要死，而且要死得最惨。”

宋秘微笑。他看到红莲这样的表情，就很喜欢，这种坚决、狠毒、怨恨，让人爱啊！

“她如今就在临淮城，离你很近。不过，红莲，在没有绝对的把握之前，我不希望你打草惊蛇。”

“红莲明白。”红莲点头。她不是沉不住气的人，为了杀凰北月，忍辱负重也无所谓。

“圣君要杀她，是否有把握了？”

宋秘笑道：“现在没有，不过很快就有了。”

红莲面露喜色，听到这样的回答，自然也放心多了。

“红莲，你还带了尾巴来啊？”宋秘忽然说。

红莲一愣，随即明白过来，一下子转身，手中的烈焰散开，瞬间将周围的雾气烧得一干二净。

整座森林顿时清晰起来，躲在不远处灌木丛后的小虎和吱吱也露出了身影。

红莲的火焰烧过来，小虎毫不示弱，赤金圣火焚烧一切，顷刻间吞噬了红莲的火焰。

“这火焰是……”红莲一愣，随即大笑，“赤金圣虎！那是凰北月的召唤兽赤金圣虎！”

红莲可是永远都忘不了这头老虎，想当年第一次看见这个小家伙的时候，就想据为己有。四阶的神兽，能召唤赤金圣火，威力无穷。当年，要不是凰北月半路杀出来，赤金圣虎早就是她的了！

小虎将吱吱护在身后，淡金色的眸子看着红莲和宋秘，道：“宋秘，你从光耀殿被赶出来，没想到依旧贼心不死。”

“她毁了我多年基业，我怎么可能轻易放过她？”宋秘目光一闪，看向小虎身后的吱吱：“萧瑶公主，我离开司幽境时，夜王请我看见你就带你回去。如果你不听话，我可以略施惩罚。”

“我不跟你回去！”

小虎也怒视着他，道：“哼！夜王和你勾结，将来一定会后悔。吱吱，我是不会让你带走的。”

“今天恐怕由不得你们了。”宋秘冷冷地说。

他伸出手，金色的权杖出现在手中。周围虽然阳光稀少，他身上依旧金灿灿的，夺人眼目。

“吱吱先走！”小虎猛地将吱吱推出去，低吼一声，身上金光大盛，瞬间就恢复了神兽的形态。

宋秘不屑。即便小虎是已经成年的赤金圣虎，他也不会放在眼里。

“抓住那小丫头，伤了她也没关系，只要别让她死了就行。”宋秘对红莲吩咐了一句。

红莲立刻绕过小虎去追吱吱。

小虎怒极，想去追红莲。宋秘却忽然到了近前，小虎只能先应付宋秘。熊熊的赤金圣火，将周围的树木都燃烧起来。

身在火焰中的宋秘，目光冷冷地闪过，权杖狠狠地杵在地上。一道金色的光芒从权杖上流出来，如同灵蛇，猛地朝小虎脚下射去。

“小虎小心！”一声大喝猛然从宋秘身后响起。

宋秘一怔，随即感到后背传来一阵寒意。

赤金圣火极其炽热，那股寒气中的力量却更加强大。

宋秘面色一变，连忙闪开。在他闪开的下一秒，他方才站立的位置忽然被无数寒冰利刃射出一个坑。寒冰遇上烈焰，寒冰融化，也浇熄了火焰。水雾往上升，瞬间笼罩了整座森林。

小虎一愣，随即察觉出元气中的气息，心里一喜，立刻掉头往回跑。

小虎追上红莲，张开口，一团烈焰猛地喷了出去。

红莲大惊，从腰间抽出一把软剑，艰难地抵住那团烈焰。滚烫的烈焰烧得她的眼睛都睁不开。她怒道："该死！"

小虎猛地扑上前，张嘴咬住吱吱，往背上一甩，头也不回地冲出迷雾森林。

片刻之后，一个人也跟了上来，气喘吁吁的，正是红烛。

"红烛姐姐！"吱吱高兴地说，"还好你在附近。"

"你们两个家伙净给我闯祸。"红烛一拳头敲在小虎脑袋上，气得牙痒痒。

要不是她也刚好打算偷偷地跟着红莲，今天，这两个家伙恐怕回不来了。

"我们下次不敢了。"吱吱心疼地揉着小虎的脑袋，可怜兮兮地说。

红烛无奈地笑出来，真是两个活宝！不过，幸好他们没事。

三个人回到客栈，见战野竟然也到了，几位大佣兵团的首领也住了进来。

整座客栈都被买了下来。

现在，凰北月已经和长公主府脱离了关系，那些丰厚的赋税，她也不好意思再用。这几年，她专心修炼，又经历了几次大难，没攒下什么钱，又恢复了缺钱的状态。

不过，对战野和那些大佣兵团来说，钱根本是小意思。他们一出手就买下了客栈和附近的商铺民房，看得凰北月眼红不已！

谁说实力等于金钱？以前她纯粹是被人忽悠了啊！

客栈大堂里，众人围坐一桌。

那些佣兵对现在的凰北月很陌生，不过，战野一说起月夜，众人便都恍然大悟，想不到不戴面具的月夜阁下这么年轻，真是让人意外啊！

"以阁下的实力，绝对让南翼国如虎添翼，只是不知道阁下是否打算继续隐于幕后，不再出面？"四海佣兵团的首领罗淳一脸敬佩地看着这个年轻的女子。

"隐于幕后也没什么不好。"凰北月笑着说。

闻言，罗淳和上官无云等人脸上都露出了失望的神色。

战野道："你喜欢清净，但目前来看，就算隐于幕后，也清净不了吧？"

凰北月笑问："太子殿下有何高见？"

"我回去禀告父皇。南翼国正是用人之际，父皇一定很高兴。"

南翼国皇帝求贤若渴，十分爱才。一位天阶以上的高手出现，战野相信他不仅会很高兴，还会大肆封赏，用尽一切手段将她留在南翼国。

凰北月既然已经决定留下，也没打算继续隐于幕后，将来的事情根本不允许她躲在暗处。

凰北月点点头，道："一切听凭太子殿下做主。"

战野大喜，看向她的目光中充满了惊喜和某种复杂的情绪。让她留在南翼国，一直是他最大的愿望，现在终于实现了。

上官无云等人也高兴不已，让人搬了几坛上好的酒来，每个人都痛痛快快地喝了几大碗。

战野忙着进宫，没有耽搁多久就走了。上官无云等人也先后离开。

红烛这才带着吱吱和小虎进来，将刚才发生的事情简单地说了一遍。

凰北月皱眉道："看来宋秘和司幽境勾结，多半也是要对付我。"

"就是不知道他是不是真有这个能耐了。"红烛说。

"我一直都怕宋秘这种人。他从来不自己出手，每次利用别人都是击中要害，所以不能对他掉以轻心。"脑海中浮现出墨莲被控制时的情景，凰北月不禁倒吸一口凉气。

红烛坚定地点点头，道："主人放心，我会派人随时注意墨莲的动静，不会让宋秘接近他。"

目前看来，也只有这个办法。司幽境那边，凰北月了解不深，只能走一步算一步。

南翼国皇宫。

战野马不停蹄地飞奔到猎场。他离开几天没有人知道，猎场的护卫也只当他是在军中，所以他现在才回来，便也无人过问。

战野原本想直接去面见皇上，可是想到红莲在路上说的话，还是先去了皇后那里。皇后不在。院子里打扫的宫女只说刚才皇上派了人来，皇后便匆匆地走了，也不知道发生了什么事。

战野目光一凝，心里忽然有种不好的预感，立刻飞快地赶往行宫。

行宫外面，里三层外三层都是顶盔掼甲、全副武装的侍卫。这种阵势只有刺客来时才会出现，难不成是有刺客来猎场行刺皇上？

那些侍卫老远就看见了战野，见他面色严肃，谁也不敢耽搁，立刻放他进去。

战野大步走进去，迎面看见皇上身边的公公匆匆地走出来。他立刻抓住对方，沉声问："发生什么事了？"

“太子殿下！”老太监一看见他，立刻老泪纵横地道，“您总算回来了！出大事儿了！您……”

老太监环顾左右后，才小声说：“皇上遇刺了！”

“父皇身边高手如云，又有那么多暗卫，怎么会让刺客接近？”战野看老太监的表情，便知皇上这次遇刺一定非同小可。

“不是外来的刺客，而是……是……是宜妃娘娘。”

战野一怔，脑海中立刻浮现出宜妃那张美艳的面孔。

在宫里，宜妃最得宠。皇后潜心佛学，不再管理后宫，后宫的一切事宜都是宜妃在打理。在他的记忆中，宜妃是个聪明而且很要强的女人。她应该不可能做这么蠢的事情。

“此事不要宣扬。”战野嘱咐了一句，便飞快地走进寝宫。

寝宫里一片安静。

皇后坐在床边，用锦帕擦着眼角的泪水。红莲跪在她的身旁。

龙床上，皇帝闭着眼睛，脸色灰白，了无生气。他的身上只盖着薄薄的锦被，从胸膛的起伏程度，便可知他的呼吸非常微弱。

战野心中一颤，连忙走过去，在龙床旁跪下。

“父皇！”

皇帝听到动静，慌忙伸出手，喃喃地道：“北月……北月来了……”

皇后的面色再次一冷。不过，也无所谓了，她释然之后，就只剩下凄凉的呜咽。

“儿臣是战野。”战野靠近皇帝的耳朵，低声说。

“战野啊……”皇帝抓住他的手，悲哀地说，“南翼国，交给你了。”

“父皇会好的。儿臣这次带回一位高人，本想着过两天向父皇引见，不过，现在让她来也一样。”

战野站起身，正想往外走，皇后忽然问：“是什么人？”

“母后放心，儿臣找的人不会错。”

红莲抬头看了他一眼，眼珠微微一转，似乎想到他找的是什么人了。

皇后站起来，正想抓住战野的手，门外却响起了凄惨的哭声。

“皇上，臣妾是冤枉的！臣妾不敢谋害皇上啊！”来人竟是宜妃。

皇后面色一冷，凤仪威严，喝道：“不是把她关起来了吗？为什么又让她跑来？”

侍卫纷纷出去阻拦，可是敬王也来了，带着敬王府的几位高手护着宜妃，不让侍卫们靠近她。

“我们要见父皇！”敬王大喝道。

战野大步走出去，站在行宫门口，霸气地往下一指，道：“放肆！愣着干什么？将这两个乱臣贼子抓起来！”

那些侍卫原本还碍于敬王和宜妃的身份不敢动手，此刻见太子出来发号施令，哪里还会犹豫？他们立刻包围上去，将宜妃和敬王一干人等全部拿下。

“你们竟敢对本宫无礼？！放肆！”宜妃声音尖厉地大喊，抬起头忽然看见皇后，眼睛都红了：“贱人！一定是你陷害我，一定是你！我不会谋害皇上，谋害皇上的是你。”话音落下，一个巴掌便隔着远远的距离以元气打在宜妃脸上。那人下手一点儿都不轻，顷刻间打得宜妃半边脸都肿了。

“母妃！”敬王大惊，抬头怒瞪那个动手的人：“哼！你这半路来的野种，反了不成？”

红莲一拂衣袖，冷哼道：“就你们这等下作的东西，也敢诬蔑皇后？”

见她出手，战野也有些意外，不过并没有多说什么，只是对一个黑衣骑兵吩咐了两句，让他去请凰北月进宫。

“父皇还在里面休养，你们在这里大声喧哗，成何体统？”战野冷酷地说。

他一发话，宜妃疯狂的气焰不禁降了几分。

敬王道：“我母妃没有下毒谋害皇上，若不来向父皇澄清，便会被皇后私下处死。”

战野回头看了一眼自己的母后，见她红着眼睛，被红莲搀扶着，悲戚伤心。

“宜妃下毒已经是证据确凿。她亲手熬了燕窝送来，父皇吃了后就中毒了，分明就是她下毒，现在还血口喷人！”红莲指着宜妃道。

“这里岂有你说话的份儿？”敬王大怒道。

这个红莲是半路跑出来的公主，在以血统为尊的皇室中，这样的身份自然不可能很快就让人接受。

“红莲是本宫的女儿，她说的话就是本宫的意思。”皇后忽然开口，冷冷扫视了敬王一眼。敬王立刻闭嘴。

“宜妃，你犯下大逆不道之罪，若肯俯首认罪，看在你侍候皇上这么多年的分上，本宫可以做主留你一个全尸。”

“哈哈哈……”宜妃大笑，“荒谬！我没有做过的事情，为什么要认罪？”

“到现在还执迷不悟，本宫也帮不了你。谋害皇上可是大罪！你一人死了无所谓，敬王还这么年轻……”

“你休想威胁我！我要见皇上！”宜妃歇斯底里地大喊。

皇后冷冷地道：“皇上在休养，不见任何人。”

皇后刚说完，伺候皇上的老太监忽然走出来，道：“皇上让宜妃和敬王进去。”

皇后一怔。红莲和战野也是错愕不已。

宜妃母子大喜，立刻挣开了侍卫们的手，大步跑进去。经过皇后身边的时候，宜妃道：“我会向皇上证明清白，同时，也会让皇上查出真正的凶手是谁。”

皇后岿然不动，只是面色比之前更难看了几分。红莲紧紧地搀扶着她，低声道：“母后不用担心……”

“担心什么？”战野忽然开口问，言辞直接，眼神锐利。

“没什么。”皇后脸上勉强露出一个笑容，“你刚才说要去找什么人？”

“我从远方带回来的高手精通炼药术，或许对父皇有帮助。”战野说着，便匆匆走下台阶。

“战野。”皇后忽然喊了他一声。

战野回头，忽然看见一道金灿灿的光芒扑面而来，如密不透风的牢笼般一下子锁住了他的感知能力。

“母后？”战野难以置信地看着皇后。随即，眩晕的感觉当头笼罩下来，他一下子无力招架，身子一软，被两个黑衣暗卫扶住了。

“送太子殿下回去休息。”皇后威严地说。

暗卫立刻扶着战野离开。

皇后转身走进大殿，见宜妃母子正跪在龙床前哭诉。皇上闭眼听着，胸口微微起伏，已经是出气多、进气少。

“皇上，您要为臣妾做主啊！臣妾就算有天大的胆子，也不敢做那等大逆不道之事。这一切都是皇后陷害臣妾的。臣妾亲手熬的燕窝，被她半路调包了。”宜妃哭诉道。

皇上听着，慢慢睁开浑浊的双眼，看向走进来的皇后，嘴唇微动，道：“你有什么要说的？”

宜妃转过头，狠狠地盯着皇后：“你这个心如蛇蝎的恶毒女人！”

皇后瞥了她一眼，淡淡地笑道：“本宫无话可说。”

“战野呢？”皇上的胸口狠狠地起伏了一下。

敬王乘机说：“太子方才命人抓住母妃和儿臣，此事他肯定也参与了。这么多天，他消失得无影无踪，恐怕是在密谋，等不及要做皇帝了。”

“胡说！”皇后喝道，“战野对此事并不知情，刚才他还想要去请高人来为皇上诊治呢！”

“父皇，不能相信她！太子居心叵测，不仁不孝，南翼国的江山，万万不能落入他手中啊！”敬王急忙说。

红莲冷笑道：“哼！南翼国，除了我皇兄，谁有资格登上帝位？敬王殿下，难不成你想做皇帝？”

“我……”敬王无话可说，脸颊涨得紫红。

皇上狠狠地喘息了几下，喝道：“高公公，为什么北月还不来？朕要见北月郡主！”

“北月郡主不会来了。”皇后忽然道。

皇上一怔，随即面露惊恐、愤恨之色：“你……你……”

“皇上放心，本宫不会对北月郡主怎样。布吉尔家族往后将是战野最大的助力，只要北月郡主在，就不怕布吉尔家族会背叛。我就算再讨厌那丫头，也舍不得除掉她。”皇后冷笑着，慢慢地走近皇上的龙床。

今日，是她隐忍这么多年之后的爆发，那份威严和冰冷的气息，让宜妃母子都不敢直视。

红莲上前一步，将宜妃母子推开。

这两个人见皇后露出真面目，也吓了一跳，气焰不再像刚才那般嚣张。皇上已经奄奄一息，而皇后大权在握，外面又都是太子的黑色骑兵，以及皇后早就布下的人马，他们突遭变故，怎么有能力和皇后拼命？

皇后谋划多年，甚至可以说是等了一辈子啊！皇后俯下身，看着怒急攻心、脸色青紫的皇帝，低声笑起来，极其畅快。

“皇上，看看你现在的样子。”纳戒里的镜子像是早就准备好的，皇后拿出来对着皇帝的脸。

“你自己瞧瞧，你现在哪里像我刚认识的皇上？我现在看着你，一点儿都不会觉得不忍心，只会笑自己几十年来为你苦苦守候，简直是傻瓜。”

皇上睁大双眼，看着镜子里的自己，常年声色犬马而臃肿的面孔，中毒之后眼窝深陷，嘴唇青紫，那模样要多狼狈就有多狼狈。

皇后却依旧戳着他的痛处，道：“不知道惠文长公主看到现在的你，会不会觉得恶心呢？”

“滚！”不知道哪里来的力气，皇上忽然抬起手，将镜子打翻在地，“你这个毒妇！毒妇！你不配提起皇姐。”

“哈哈哈……”皇后大笑，“若不是为了打击你，我才不屑提她的名字。”

皇上急剧地喘息着。

皇后道：“你以为她是什么贞洁烈妇？你以为她嫁给萧远程是为了你守身如玉？你以为她当真给你生了一个女儿？皇上，你太天真了！”

“住……住口！”皇帝艰难地说，一口气差点儿喘不上来。

“你现在连皇位都想给凰北月，你说说，这世上最大的傻瓜是不是你？”

皇上怒睁着双眼，双手狠狠地捶着床板。他不想听，一个字都不想听。这些都是假话，是她嫉妒，她一直都嫉妒他和皇姐。他们只是因为伦理道德才不能在一起。他这一生永远都做着那样的美梦。他们虽然没有在一起，但他们有北月，北月就是最好的证明。

“北月绝不是萧远程的女儿。”皇上咬牙切齿地说。他亲自验证过，滴血验亲，北月的血和萧远程的根本不相融，和他的却能相融。

皇后不屑地道：“她当然不是萧远程的女儿，因为她的父亲叫轩辕问天。他和惠文长公主相爱，生下了凰北月。你爱的皇姐一辈子都在等那个人回来。”

“胡说！”皇上骤然大怒，用尽所有力气掐住皇后的脖子，歇斯底里地大喊，“你胡说！胡言乱语！一派胡言！你敢侮辱皇姐的清白，我杀了你！”

红莲见状，连忙上前，强行将皇上的手扯开，救出皇后。

皇后咳嗽了两声，得逞地笑起来：“别月山庄是轩辕问天为她所建，‘北月’这个名字也是他取的，‘北境之月’是为了纪念他们在北曜国苟合的那个夜晚。你要证据吗？现在让曦和公主进宫，她会告诉你一切。这么多年被蒙在鼓里，你现在是不是很心痛啊？”

“说谎……”皇上形容枯槁，喃喃地说。

“你都快死了，骗你有什么用？皇上，这世上还是本宫对你最好，不想让你糊里糊涂地死了。”

皇上满脸泪痕，眼睛突兀地大睁着，依旧无意识地摇头：“不可能，不可能……”

他的梦怎么可能这么轻易就碎了？不可能的！

“你是什么人？不准进去！”外面的侍卫忽然大喝。

可是，那么多人居然阻拦不住一个人。

皇后和红莲大惊，连忙转过身，只见一个陌生的美丽少女走进来。少女的目光锐利慑人，看得人心底发寒。

这眼神莫名有些熟悉，红莲眯眼看着，没有细想，抽出宝剑，一剑刺出去，想挡住来人。来人出手如电，飞快地抓住红莲的剑，冷冷地道："我不想在这里杀人。不过，你若执意找死的话，我不介意成全你。"

红莲一怔，从刚才一瞬间的交手来看，此人的实力在她之上，恐怕和圣君不相上下。她哪里会是此人的对手?

"北月……北月来了吗？"听到她的声音，皇上忽然来了精神，双手胡乱地挥舞着。

凰北月看了龙床上的帝王一眼，轻抿着嘴唇，想了想，还是走过去。

她握住皇上的手，柔声道："我在这里。"

皇后和红莲对视一眼，都不知道这个陌生人究竟想干什么。不过，她的实力摆在那里，她们想阻止她，也是不可能的。

"你终于来了。"皇上虚弱地说。他的眼睛里不断流出泪水，泪水逐渐变成血红色。

凰北月一边握着他的手，一边凝神把脉。毒已经进入他的五脏六腑，因为情绪激动，毒素蔓延更快，根本无药可救了。

皇上紧紧地握着她的手，眼前模模糊糊只有一个人影。他已然看不清楚，只是说："北月，叫我一声父皇吧！"

凰北月一怔，遂明白了他这么多年的执念。她心里叹息一声，将死之人的唯一愿望，成全他又何妨?

"父皇。"她轻轻地叫了一声。

鲜红的血泪从皇上的眼睛里涌出来，他的脸上绽开了一个满足的笑容。他身为帝王，手握天下，却从来没有这样满足过。皇上心里满满地装着一股力量，似乎能带着他找到执着一生的那个人。

我们再也不会分离了。皇姐，朕终于可以去找你了……

紧握着凰北月的手慢慢松开，没有生气地垂落在锦被上。血泪染红瓷枕，宣告统治着卡尔塔大陆上最庞大国家的帝王驾崩。

皇后看着那双手垂落，眼睛里有种光芒，像是被打翻的烛台一样，轰然陨灭。

她笑了一声，倨傲地抬起下巴，道："皇上驾崩！"

那声音不轻也不重，却能传到外面大殿中，跪着的人顿时开始放声大哭。

老太监站在行宫外面，尖声大喊："皇上驾崩……"

宜妃面色苍白，身子歪倒在地上。完了，一切都完了!

皇后转身看着她，不紧不慢地说："宜妃郭氏，心肠歹毒，胆大包天，下毒谋害皇上，即刻挖去贼眼，拔掉毒舌，罚为宫奴。其族人一律诛灭，一个不留。

“敬王祈泰，心术不正，觊觎皇位，大逆不道。立刻处以极刑，斩首示众。”

“你这个毒妇……”宜妃大喊道。

行刑的人已经走进来，抓住宜妃的双手按在地上。敬王想去救，却被另外两个人抓住，按倒。

皇后冷笑道：“歹毒？宜妃，你得势之时是怎么对待本宫的？别以为本宫不知道！因为长公主一事，你在皇上面前挑拨，让皇上恨透了本宫。”

“那是你罪有应得。你自以为娘家势大，便可为所欲为了吗？”

“我父亲做的事，我无可奈何，他也受到了惩罚。可是你做的事情，本宫却可以让你十倍奉还。”皇后冷冷地说完，让人立刻将宜妃母子拖走。

在宫里，从来都是成王败寇，如果今天输的人是皇后，她的下场会比这凄惨十倍。

凰北月一直冷眼看着皇后下令，没有阻止。这些生存法则，她比谁都懂，输了就是输了，谁也救不了。皇后，也绝不可能留下后患。说句没有感情的话，她也不希望宜妃和敬王余党活下来。人站在不同的立场，思考的角度也不一样。别人觉得残忍，在自己看来却是理所应当。

“战野呢？”看着人都被带走了，凰北月才开口问。

皇后看了她一眼，道：“你就是战野请来的高手？阁下是南翼国的人吗？”

“不是。”凰北月淡淡地说，“我要见战野。所有的事情，我都只跟他说。”

“战野在休息。我是他的母后，跟我说也是一样的。”皇后使了一个眼色，让侍卫挡住了凰北月的去路。

对那些侍卫，凰北月根本不放在眼里。这些人给她练手都不够，更别说阻拦她的去路了。只是，她亲眼看见皇后的丑事，皇后怎么可能轻易让她走？

以后要和南翼国合作，她也不想和皇后的关系闹得太僵。虽然靖安王是她杀死的，不过这件事，她也不打算抖出来。

“太子让人请我进宫，说有要事。既然他在休息，我便等他一会儿吧！”

皇后眯眼打量着她，似乎在观察她脸上有几分真情、几分假意。半晌，皇后看不出来什么，便对红莲说：“红莲，带她去偏殿。”

“是。”红莲带着凰北月走出去。

红莲走到门口，有些担心，忍不住回头看了一眼。皇后慢慢地坐到龙床上，怔怔地看着皇帝的遗体，不知道在想什么。

行宫里到处是侍卫，皇上驾崩的消息一传出去，立刻有不少嫔妃、皇子、公主前来哭悼，附近的大臣也纷纷赶了过来。

凰北月走进偏殿，坐下，见门口的红莲迟迟不肯离去，便问道：“红莲公主，还有什么指教吗？”

“我以前是不是见过你？”红莲开门见山地问。这种感觉太熟悉了。

“见没见过，很重要吗？”

“很重要！”红莲冷冷地说，“你很像一个人。你若是她，我会毫不犹豫地杀了你。”

凰北月淡淡地微笑，道：“希望红莲公主美梦成真吧！”

红莲重重地哼了一声，关上门离去。

安静的房间里，凰北月轻轻地叹息了一声。天色还早，不想被外界嘈杂哭闹的声音打扰，她便盘腿打坐，进入修炼状态。

自打从天夔那里得到了那些浓郁的黑色元气和王玺的印记，她觉得修炼的速度比以前快了很多，每次不用太久，体内的元气便充盈了。而且，她一直无法感应的风之咒印，似乎也能看见了。不过，咒印这种东西，有时候玄乎得很，明明感觉到了，却就是没有办法靠近，她试了许多次都失败了。

现在，她已经不再继续做无用功，而是专心修炼，巩固已经得到的四个咒印。

凰北月如今的实力，能够和超一流的高手，如昀离、魇等人比肩。可就是差那么一点点，她不能赢他们。

借助万兽无疆，体内的元气飞速地运转着，凰北月不知不觉就沉浸在修炼的畅快感觉中。等她渐渐脱离修炼的状态睁开双眼时，目光比之前又清澈了几分。

她的额前慢慢地闪过冰、火、雷、土四种咒印的符号。

凰北月缓缓地呼出一口气，抬头看见外面天已经完全黑了。行宫中华灯初上，到处都亮堂堂的。外面出奇地安静，除了偶尔听见一两声妃嫔的哭泣，便只有侍卫走动时盔甲相撞发出的铿锵声。这种安静让人心里有些不安。

凰北月正想着，偏殿的门忽然被推开，外面的灯光泻进来，带着夜晚的凉风。

战野失魂落魄地站在门口。她从来没有见过这么可怕的战野。他双眼通红，脸色惨白，好像坟墓里爬出来的死人。

凰北月站起来，朝他走了几步。

战野看着她，喃喃地说：“她说这么做，都是为了我。”

看着他这么可怜的样子，凰北月忍不住说：“她是真的很爱你，为了你才这么做。”

“为了我？”战野难以理解地道，“她杀了父皇……我从小就觉得，这个世上最爱父皇的人是她。我没想到，她竟然会……”

“爱一个人到绝望的时候，宁愿毁了对方，也不愿意再承受下去。”凰北月说着，脑海中忽然浮现出风连翼那双冷漠的紫色眼眸，心里顿时闪过一阵难言的酸楚。这么简单的道理，她以前怎么不明白呢?

战野怔怔地看着她，半晌才走过来，伸出双臂抱着她，将脸埋在她的肩膀上，一动不动。

皇帝驾崩，举国哀悼。

半个月之后，太子战野登基。他立刻颁布法令，广纳贤才，整顿军队，将西戎国和东离国边境连成一线，利用先天有利地势和城池阻挡北曜国的侵犯。

同一时间，南翼国和北曜国边境，一场牧民争夺牧场的打斗，演变成了两国边境驻军交火。

斗争一起，便无休无止。从小规模的混战，到北曜国军队半夜偷偷攻入南翼国边境城市，大肆屠杀抢掠。消息传回临淮城，举国震惊。

战野虽然刚登基，可一直以来南翼国的军权都在他的手里。盛怒之下，他立刻调集军队增援。就这样，两国之间的战争终于爆发。

同月，战野封客卿月夜为睿侯。

一位天阶级别的高手被封侯爵，在任何一个国家都无可厚非，只是以女子之身统领军队出战，不免让不少人私底下不服。

这个时代强者为尊，可对女子，依旧有太多的束缚。

不管朝中多少大臣上奏反对，战野依旧力排众议，坚持以王侯的待遇对待凰北月，只因她值得任何国家这样做。

第十四章 战场相见

深夜，一队北曜国士兵悄悄地从险峻的山路潜入南翼国边境，从陡峭的山壁上俯瞰不远处的城池。

“不准出声，保持队形，一个一个过去。”为首的将领压低声音下令，后面的人把他的话传下去。

山壁下面是悬崖，人掉下去绝无生还可能，可是只要从这里过去，便能进入南翼国的城市，与城外的守军里应外合，一举端了这处边境要塞。这些人个个是精锐士兵，身手了得，甚至有好几位召唤师，此举绝对万无一失。

所有人都屏气凝神，悄悄前行。

忽然，一阵冷风从远处吹来，这些人不禁打了一个寒战。都快夏天了，怎么风还这么冷？比寒冬腊月的风还要刺骨。

这风来得很诡异，为首的将领忽然一抬手，让后面的人都停下来。将领仔细地感知了一下，脱口道：“不好！后军转前军，退！不准乱！”

这位将领的素质不错，对危险的感知很敏锐，而且临危不乱，的确是个人才，可惜他身在敌军，可惜……可惜了……

黑漆漆的山崖上传来一声低笑：“各位不要逃了。这山壁四周被我埋了炸弹，不管你们跑多快，都只有死路一条。”是女人的声音，悦耳动听。然而，此时此刻听来，那声音却比地狱魔鬼的笑声还要可怕。

将领猛然抬头，看着黑暗中的某一处：“你是……”

冰雪的晶莹光芒忽然从黑暗中出现，巨大的冰鸾鸟扇动着翅膀，带起阴寒的风，吹得山壁上的众人脸上阵阵刺痛。

“冰灵幻鸟！”

“居然是冰灵幻鸟！她是南翼国的睿侯，传说中的天阶高手啊！”

士兵中有召唤师，见多识广，一眼就看出来人的身份。

将领的身体猛然一震。他忽然向前走了半步，冰灵幻鸟的光芒照亮了他刚毅英俊的脸庞。

将领紧紧地盯着冰灵幻鸟背上的少女，竟有一瞬间的错觉，似乎看到曾经的那个红发少女英姿飒爽地朝他走来。

少女从冰灵幻鸟的背上站起来，看着将领，笑道：“宇文获，没想到会有和你兵戎相见的一天。”

“凰北月？”宇文获喃喃地说，很快，激动的情绪就平复下来。

他来之前，陛下已经说过，现在的凰北月，看容貌和身手，皆不是当年的凰北月，让他不要惊讶，留神对付就是。陛下说这话的时候，他没有看见陛下的眼中有任何情意，陛下似乎只是说着一个从未谋面的对手而已。

宇文获当时震惊不已，不知道陛下和凰北月之间发生了什么。此刻看见凰北月，他已经明白陛下说的话是什么意思了。这个女人现在的实力很可怕！

“我也想不到会在这里碰上你。”宇文获一脸严肃地道。他看了一眼山壁四周，如果这里真的被她埋了炸弹，那么他带来的精锐士兵，今天恐怕要全军覆没。

“战场之上，只有生死，没有情义。所以，这一次，别怪我手下不留情。”

凰北月看着他笑了笑，驾驭着冰灵幻鸟飞向高处。清越的口哨声响起，顿时，空气中便弥漫起浓浓的火硝味。

“逃！快逃啊！”士兵们惊慌地大喊起来。

一时之间，原本就狭窄的山壁小路上鬼哭狼嚎，乱成一片。

人挤人之下，有人不小心摔下了万丈悬崖。一些实力不错的召唤师还算冷静，连忙召唤出自己的灵兽，离开山壁。

宇文获一边退，一边狠狠地瞪着半空中的凰北月。虽然闻到了火硝的味道，但迟迟不见爆炸，他便知道这丫头是在耍诈。可当前军心已乱，在士兵死伤无数的情况下，想要再稳住军心谈何容易？

宇文获看着她脸上有些俏皮的笑容，冷冷地道：“这次，算你狠！”

凰北月微微挑眉，更狠的还在后头呢！

安全离开山壁小路的士兵刚刚松了一口气，忽然，从旁边的树林中冲出许多人，见人就杀。

阎王要你三更死，哪能留你到五更？

凰北月的嘴角扬起冷笑。看着宇文获乘上火目大鹏鸟，带着剩下的十几位高手匆忙离开，她忽然扬声道："宇文獗，回去告诉风连翼，要跟我作对，这些小计谋没用，让他光明正大地上战场跟我打。否则，我就打到北曜国去，把他揪出来。"她的声音在黑夜里回荡。

虽然宇文獗没有回应，但她知道，他绝对听见了，也绝对会把这话原封不动地带给风连翼。

"王，要不要追？"

从树林中冲出来的正是阿萨雷等人。从浮光森林回来后，他们就立刻跟随凰北月到了边境。

凰北月看着这些朝气蓬勃的年轻脸庞，笑道："不用了！总要留几个活口回去送信。"

"王这一招太厉害了！那个宇文獗怎么都想不到，他螳螂捕蝉，还有黄雀在后呢！"凰北月降落在地上，阿萨雷等人便高兴地围上来。

凰北月道："宇文獗的才能不输给当世名将，他将来一定大有作为，千万不能掉以轻心。"

她接受过现代化的军事训练，对古代的谋略了然于胸，对方想在她的眼皮子底下玩阴的，绝对不可能。不过，她毕竟不是真正的军事高手，战场上风云变幻，那些身经百战的人才是最可怕的。

众人点头。

不过，和北曜国的第一次交锋，他们就取得了胜利，还是值得庆贺的。众人拥着凰北月，起哄要回去喝酒，高高兴兴地离开了这里。

他们离开后不久，月光重新照在这处山壁上。

林子里，死去的人全被抛下了悬崖，血液的温度也渐渐冷凝。风吹过，带着一丝丝血腥的味道。

似乎是循着鲜血的味道而来，一抹夭红的身影忽然降落在方才大开杀戒的地方。那个身影踩着地上干涸的血迹，慢慢地转过身，一张绝美的面具出现在皎洁的月光中。

那张面具堪称精美绝伦、巧夺天工，没有半点儿瑕疵，无论怎么看，都令人心醉神迷。面具后面的红色眼珠却阴冷诡异，那人像是没有感情的恶魔。

面具之后的人深深地吸了一口带着鲜血味道的空气，发出一声不满足的冷哼。目光转向不远处闪烁着灯火的城池，那人红眸中嗜血的味道越来越浓。

他朝前走了一步，忽然被一根树枝上的东西吸引了目光，停下脚步。

翠绿的玉佩挂在树枝上，通透的水色十分喜人。他抬起手，满是伤痕的手背让人触目惊心。他一把抓下那块玉佩，放到掌心来看。这是他熟悉的东西，但他想不起来关于这块玉佩的一切。

他也没有多想，只是随手将那块碧绿的玉佩挂在自己的腰间。随即，那妖娆的红色身影瞬间消失在这片树林中。

被起哄喝了半坛子酒的凰北月，找了个借口连忙离开将军府。

那些浑小子的酒量是越来越好了，看样子是打算喝一整夜吧？

“王，不带这样半路逃走的呀！太没出息了！”阿萨雷提着酒坛子追了出来。

凰北月转身，笑道：“我的东西掉了，去找找，一会儿就回来。你们先喝着。”

她的东西确实掉了，是之前和墨莲逛街的时候买的一块玉佩。虽然不是特别宝贵的东西，可她习惯挂在身上了。墨莲又是个敏感的人，他送的东西被她弄丢了也不好。

说起来，这块玉佩，或许连墨莲自己都不记得了。当时，他眼睛看不见，不知道被哪个奸商敲诈了，买下这么贵一块玉送给她。

后来，他送了她用紫玉细心雕刻出的桔梗花。她倒是一直舍不得随便挂在身上，好好地保存在纳戒里。

凰北月从将军府出来，夜风一吹，喝过酒后昏沉沉的脑袋就清醒多了。她乘着冰灵幻鸟飞上高空，沿着来时的路往刚才那处山壁而去。今日，她只在那里停留过，玉佩应该是掉在那附近了吧？

唉，山壁下面是悬崖，要是玉佩掉到了悬崖底下，可就麻烦了。

很快到了悬崖边，凰北月降落在那片树林中，手中火光一闪，立刻将周围照亮。刚才她就站在这个地方……

凰北月走到一棵树下，忽然怔住，眯着眼，蹲下去，用火光照亮地上的几个脚印。这是血干涸之后留下的印子，因此不可能是他们的。看来，他们离开之后，还有人来过这里。

凰北月站起来，向四周看去，只有一个人的脚印，一直走到这棵树下就消失了，看来对方是个高手啊！

喝过酒的脑袋隐隐作痛，凰北月敲了一下头，喃喃地道：“看来有麻烦了。”

除了看到几个脚印，她连玉佩的影子都没见到，兴许是被脚印的主人拿走了。

只是，那块玉佩不是神器，也不是灵器，除了挂着好看，半点儿作用都没有，像对方那样来去自如的高手应该不屑于要这种东西吧？凰北月这样想着，走到悬崖边向下一看，深渊黑漆漆的。若是玉佩掉下去了，她就只能默默地跟墨莲说一声不好意思了。

凰北月郁闷地爬上冰灵幻鸟的背，返回去，一只手支着昏沉的脑袋，说："红烛，你有没有觉得那个脚印有种怪怪的感觉？"

红烛在灵兽空间里，闻言便跑了出来，道："不知道主人在那个脚印旁边，有没有闻到一股怪异的味道呢？"

"怪异的味道？"凰北月直起身子，回想了一下，慢慢地道，"似乎有种烧焦的味道。"

红烛连忙点头，道："就是这种味道，我开始以为是火硝的味道。"

"我们并没有点燃火硝。"

事实上，他们根本就来不及准备大量的火硝，只是在附近找到一些粉末，然后让红烛在她吹响口哨的时候撒到空中。

火硝的分量不多，只是用来迷惑北曜国的士兵而已。晚上风大，火硝的味道很快就被吹散了。她刚才赶过去的时候，根本就没闻到火硝的味道，而那股淡淡的被火焰灼烧之后的味道却若隐若现。也正因为如此，她才一直觉得那脚印很怪异。

"也许是一位火属性的高手，比较张扬，喜欢将火元气外放。"红烛想着某种可能性。

凰北月也觉得这种可能性不小。

一个人能不能成为召唤师，天赋很重要，但有时候也要靠几分运气。一些召唤师原本很平凡，机缘巧合之下忽然强大起来，便控制不住自己的激动情绪，走到哪儿都喜欢让人知道自己有多厉害，因此元气外放的情况并不少见。

但是，她隐约觉得没这么简单。

两人沉默了一会儿，冰灵幻鸟已飞到城外一片黑暗森林的上空。

在边境，傍晚之后城门就关闭了，晚上的森林基本上寂静无声，一个人都没有。

然而，在这样的寂静中，一声尖厉的惨叫忽然划破了黑夜。

凰北月和红烛迅速地对视一眼。

"阿丽雅的声音？"红烛惊道。

不等想明白，为什么半夜三更，好端端在将军府的阿丽雅会出现在这里，凰北月已经驾驭冰灵幻鸟迅速飞了下去。

冰灵幻鸟速度飞快，猛然冲到了尖叫响起的地方。

他们一靠近，浓浓的血腥味便扑面而来。火元气从凰北月的手指上钻出来，瞬间照亮树林里横七竖八的无数尸体。

红烛掩着嘴惊呼一声。那些人死得太惨，而且都是十几岁的女孩子。

角落里，一个瑟瑟发抖的身影抱着膝盖蜷缩在那儿，身上的重要经脉正汩汩地往外冒着血。

凰北月的双眼中燃烧着怒火。什么人这么大胆，竟敢在她管辖的地方为非作歹？

“红烛，去帮阿丽雅疗伤。”凰北月沉声吩咐道。

然后，她闭眼感受了一下周围的气息，便驾驭冰灵幻鸟掉转方向朝另一个地方追去。

红烛绕过地上黏糊糊的血液，走到阿丽雅身边，刚伸手碰她，就遭到极其强烈的反抗。

“别碰我！魔鬼！好可怕！”

无奈之下，红烛只能点了阿丽雅身上的穴道，喂她吃了一颗止血的丹药。

待阿丽雅晕过去，红烛才动手帮她处理身上的伤口。

阿丽雅也是一位身手不错的召唤师，虽然红烛从来没见她出过手，但她和阿萨雷是亲兄妹，两人都以速度见长，遇到危险，跑是不成问题的。是什么样的高手，会把她弄成这样？

红烛看着阿丽雅身上经脉处那些可怕的伤口，心脏一阵紧缩。那人是想让她身上的血都流干吗？

红烛刚处理完阿丽雅身上的伤口，凰北月便一脸忧色地回来了。

“她怎么样了？”凰北月走到阿丽雅身边蹲下，问红烛。

这时，阿丽雅醒过来，一睁开眼睛就浑身颤抖，又哭又喊：“我看见他了！好可怕！鬼……他是鬼……”

“阿丽雅，是我！你看见谁了？是谁把你带来这里的？”凰北月连忙问。

她的声音稍微大了一点点，就吓得阿丽雅大哭起来，什么都不说。

“主人，她好像被吓坏了，暂时问不出什么来，还是先带她回去吧！”红烛说。没有追到那个作恶的人，主人也很烦躁。只是阿丽雅这个样子，她们什么都问不出来，反而会吓坏阿丽雅。

凰北月点点头，道：“你带她回去。我处理这些女孩子的尸体，通知她们的家人来认领。”

一下子死了这么多女孩子，城中的百姓肯定会惊慌不安，接下来就会不好治理。人心涣散，若有强敌来攻，只要稍稍利诱，整座城池沦陷都不是什么难事。

不管是谁，敢在她眼皮子底下做这种事，她都不会放过。

第二天一大早，果然，这座边境城市震动了，许多百姓在大街上哭诉。

不知道谁一煽动，那些百姓便把将军府围了起来，声称是新来的睿侯没有能力保护城中百姓，要求睿侯为此事负责。

凰北月在将军府急得焦头烂额。这种事情，按照惯例都是发放抚恤金，然后她亲自出面，承诺调查凶手，不会让那些孩子枉死。可这些百姓就像约好了一样，谁也不买账，反而越闹越凶，看样子是准备把将军府围死。

“那些刁民实在太放肆。王已经仁至义尽，他们还想怎么样？”将军府里，站在屋顶观望了一下府外的情况，阿萨雷一下来就气得大喊大叫。

吉克道：“看来是城中混进了奸细，有人故意煽动百姓，先让我们内乱，他们坐收渔利。”

“我看八成是北曜国的人做的。风连翼那个卑鄙小人，滥杀无辜少女算什么好汉？”阿萨雷看了一眼凰北月平静的面色，才说。

吉克忙冲他使了一个眼色，然后小心地观察着凰北月的表情。有些事情，她从来不说，但他们心里都明白。

“不是北曜国的人。”凰北月沉默了片刻，才开口，“风连翼的行事风格，我了解，他不会用这种手段。”虽然他已是今时不同往日，但人的本性是改变不了的。

“就算人不是他杀的，这些百姓也是他派人煽动的。”阿萨雷笃定地说。出事的是阿丽雅，他差点儿就疯了。

凰北月抿着唇，撑着下巴思索了片刻，道：“那人喜欢少女，晋城这么大，他一定还会来的。”

闻言，所有人都怔了一下，纷纷看向她。

“王，你是打算给他设圈套吗？”

一抹冰冷的笑容浮现在凰北月的唇边，她精致的脸庞如同出尘的青莲一样秀美，却不失大气。她道：“不入虎穴，焉得虎子？”

众人倒吸一口凉气。听这口气，她是想用自己当诱饵，引那人上钩啊！

深夜。

晋城的宵禁自古以来都极严，一到晚上，便不准百姓出门。围住将军府的百姓迫于压力，也不得不回去了。整个晋城陷入恐怖的寂静中。

城中的一处民宅中，凰北月换了一身寻常少女的素净衣裳，坐在窗前装模作样地织布。秀发垂在香肩上，沐浴之后，她身上有股淡淡的少女香气。

她神态柔和，举止优雅，眉梢眼角带着单纯之气。收敛了浑身戾气，她其实是可以扮演任何角色的。

只可惜这古代的织布机太折磨人了，明明原理很简单，用起来却让人头大。她不得不尽量小心，放慢动作，却仍织得歪歪斜斜。

她抬头看了一眼窗外的月亮，已经月上中天，周围还没有半点儿动静。

难道那人看穿了她的计策？或者，他压根儿不打算出现？不管是哪一种可能，她都不能接受。这人害她刚上任就成了百姓心中的罪人，她一定要抓住他，出一口气，以安抚民心。

她脑中不断闪着各种念头，手指被纺锤扎了一下，立刻冒出大颗的血珠儿。

凰北月皱了一下眉，下意识地将手放进嘴里，冷不防从旁边伸出一只手来，抓住她的手。对方舌尖一卷，吮着她的手指。

凰北月一惊，后背发凉，额头冒出细细的冷汗。不可能……有人这么接近她，她居然半点儿都没有察觉。她的感知能力一向十分敏锐，这绝对是不可能的。

凰北月心里震惊，头脑却非常冷静。她调整着呼吸，佯装惊呼一声，想将手缩回来。然而，那人吸她的血吸得十分入迷，喉咙里甚至发出一声满足的叹息。而后他牙齿用力，竟然想将伤口咬大，继续吸。

他还得寸进尺了！

凰北月手指一勾，强行将手从他的牙齿间抽了出来。

那人站在她的身后，被她强硬的态度弄得一愣。随即，那人生气了，抓住她的头发猛地将她拉进怀中，半点儿怜香惜玉的意思都没有。

凰北月彻底怒了，拳头紧紧地握起，浓郁的黑色元气迅速涌出来，在拳头表面形成了一层有力的防护膜。从天夔的气源中带出来的黑色元气，她还没有用过呢，这次正好试验一下威力如何。

一只手肘向后用力一顶，在那人松手的瞬间，凰北月迅速转身，如同戴着黑色手套一样的拳头朝对方的面门狠狠地砸去。

“去……”

凰北月才说出一个字，眼前忽然出现一张美到惊心动魄的面具，面具后的血红双眸映着那人一身夭红色的衣服，显得妖艳无比。

那人的红眸冷冷地看着她：“诱饵吗？哼！”

凰北月的双眼被他身上夭红色的衣服映红。在拳头接近他面门的刹那，她忽然将拳头一偏，打在他身后的墙壁上。顿时，拳头上带着的浑厚元气将墙壁轰倒，地面迅速开裂，土石飞溅。

对凰北月突然收手的举动，这个绝美的面具男显然有些不解。不过，对方收手，他可不会。

凰北月痛苦地闷哼一声，便被几朵红花卷着向后砸去。花瓣比刀刃还要锋利，割得她身上皮肉翻卷，鲜血淋漓。

凰北月重重地撞在墙上，又倒下来，嘴角溢出一丝鲜血。她抬起头，难以置信地看着面前戴着面具的男子，忽然觉得心里无比刺痛。

一个极其自恋的人，要对自己的容貌失望到什么地步，才会戴上这样一张美到毫无瑕疵的面具?

那人无法理解她脸上忽然出现的悲伤表情，慢慢地走向她："我见过你。"这口气不是疑问，而是非常肯定。

血红色的双眸慢慢地眯起来，他忽然俯下身，抓住凰北月的头发，一把将她的身子提起来，邪恶地说："你就是把我害成这样的人？臭丫头，终于让我找到你了。"

凰北月深吸一口气，喃喃地说："对不起！"

"对不起？"魔冷笑道，"这三个字，听起来就好像是你在嘲笑我一样。"

"没有！"凰北月坚决地摇头。她怎么会嘲笑他？他变成这样，她心里只有无尽的悔恨，怎么会去嘲笑他?

"没有的话，就跟本大人走吧！你害了我，我要慢慢折磨你到死。"

凰北月再次深呼吸，平复了与魔重逢的激动情绪，冷静下来。

"不行。"她一个字一个字地说，"事实上，我今天设下圈套，是为了抓你。"

"哈哈哈……"魔仰头大笑起来，像是听到这个世界上最好笑的笑话，笑得放荡不羁、花枝乱颤，"本大人就在这里，你倒是来抓啊！"

凰北月抿着唇，一时不语。

说实话，她现在想抓住魔，绝对是痴人说梦。在她修炼齐五种咒印之前，魔和昀离两大魔兽，她都只能避而远之。她唯有将五种咒印集齐，掌握了黑水禁牢的封印，才敢和他们接触。

由神入魔的魔兽，实力往往更加变态，当年轩辕问天封印了魔之后就死了，可见这只魔兽究竟有多可怕。

但是，想到那些惨死的少女，凰北月还是不甘心。若放任魔在晋城继续为非作歹，就算是她，也没办法平复那些百姓的怨气。

脑袋里飞快地闪过无数念头后，凰北月平静地说："现在抓你确实不够明智。"就算抓住，她也困不住他。

魔低声邪恶地笑道："算你识相！"

"不过，你也不能抓走我。"凰北月明确地说。

魔却嗤笑一声，道："以你的实力，能让我不抓你吗？"

凰北月挑挑眉。这个还真不好说。和魔对战，她虽然没有百分百必胜的把握，却有百分百的把握逃走。

"咱们做个交易吧！我这里有一件东西，或许你感兴趣。"凰北月想了想，最终还是决定忍痛割爱。

"让我感兴趣的东西只有你。"

魔靠近她，冰凉的面具贴在她的脸上，让她心里微微一酸。

凰北月偏过脸，手指在纳戒上弹了弹，一把黑色的断刀便出现在手中。凰北月将断刀横在他胸前："这个怎么样？"

"地火双月镰？"血红色的眼睛微微眯起，魔伸手想去拿断刀。

凰北月向后一闪，道："你答应我不再为难晋城的百姓，这东西就归你了。"

"没问题。"魔毫不犹豫地道。除了晋城，还有别的地方，但地火双月镰只有这一把。

和魔兽讲话不费劲，也不用费尽心思立契约，凰北月掂量了一下手中的断刀，扔给魔："归你了！"

魔抬起手接住断刀，衣袖滑下来的时候，露出手臂上触目惊心的伤疤。

凰北月心里一惊，下意识地抬手碰了一下。

魔忽然目光暗沉，飞快地出手，掐住她的脖子，咬着牙，问："你想干什么？"如此敏感多疑，完全不像他的性格。

凰北月抓住他的手，暗中以元气和他较劲，好不容易才让他松开了自己。

凰北月咳了一声，道："你的伤……我有一些药……"

"不用。"魔冷冷地说，"这些伤留下来可以经常提醒我，同样的错误，绝对不可以犯第二次。"

凰北月一怔。

魔把玩着那把断刀，又恢复了邪恶的本性，嘿嘿一笑："地火双月镰终于完整了。臭丫头，下次见面，可以让你好好领教一下它的厉害了。"

凰北月倨傲地抬起下巴。

魇道："谁也无法阻挡它。它是这个世界上最完美的武器。"

凰北月看着魇如此自负的样子，心里十分沉重。

地火双月镰是当年逼死轩辕问天的利器，她应付得了吗？可是，就算应付不了，她也得硬着头皮上，因为除了她，还有谁能终结这个延续了三代的诅咒呢？

魇收起地火双月镰，转身往外走。打开门的时候，他忽然停了下来，回头看了凰北月一眼。

"这次放过你。下次，你就没这么好运了。"

凰北月一动不动地看着他离开。直到他的身影消失不见，凰北月才慢慢地坐下来，叹息一声，擦了一下额头上的冷汗。

下次见面，大概就是战场上的生死之战了吧？虽然很不愿意，但她只有全力以赴。并且，在这段时间里，她无论如何都要找到获得风之咒印的办法。

屋里半天没有动静，埋伏在外面的阿萨雷等人冲进来，看着倒塌的墙壁，以及裂开的地面，皆大吃一惊。打斗得如此激烈，他们在外面居然没有听到半点儿动静，实在令人匪夷所思。

"王，是什么人？"阿萨雷问。

"是魇。"凰北月有气无力地回答。

闻言，大家只是怔了一会儿。只有阿萨雷握着拳头，道："那个浑蛋。"

"魇确实不好对付，以后恐怕麻烦了。"吉克皱着眉说。

凰北月淡淡地说："他以后不会再来危害晋城百姓，放心好了。"

吉克一怔，随即明白过来，连忙问："王答应了他什么？"

"也没什么，只是把原本属于他的东西还给他而已。"

凰北月抚着额头。她也不知道，把断刀还给他，会不会让他如虎添翼。但是，除了地火双月镰，没有什么更能打动魇了。他并不是一个好对付的人。

"那……那凶手怎么办？我们怎么跟那些百姓交代？"阿萨雷说。

凰北月想了想，说："提高抚恤金。另外，在城里抓一个奸细，把罪名推到他身上，让他顶包吧！"

众人一愣，随即脸上的表情精彩起来。啧啧，看来有人要倒霉了！遇上他们的王，哪有那么容易混进来当奸细啊！

北曜国。

夜袭失败的宇文获返回都城徽京，立刻亲自将凰北月的话一字不落地带给风连翼。

御书房里，宇文荻跪在地上，不敢抬头，来自帝王的威严压得他心情十分复杂。

风连翼坐在御座上，手指缓缓地敲着桌面上的奏章，并不说话。没人能猜透他心里的想法。天威向来难测，现在的风连翼尤其如此。

“她想和我在战场上光明正大地打？”半晌，他终于听到帝王开口。

从无声的沉重威压中解脱出来，宇文荻终于松了口气，忙说：“她识破了我的计策，并且迎头痛击。臣以为，她的身手和谋略，都不可小觑。”

“荻，你对她的评价似乎很高。”风连翼忽然说。

他亲切地直呼宇文荻的名字，那种语气却让宇文荻浑身发冷。

“臣只是就事论事，她确实……”

“荻，你好像从来没有喜欢过哪个女人吧？”风连翼敏锐地问。

宇文荻的脸色瞬间苍白如纸。后背上冷汗直冒，他狠狠地咽了一口口水，才胆战心惊地说：“臣忠于陛下，愿为陛下赴汤蹈火。”

“朕从来没有怀疑过你的忠心。只是，对付她，朕不放心让你去。”风连翼站起来，绕过御桌走了下来。

宇文荻脸色煞白，却仍低着头，不敢反驳半句。

“凰北月这个人，你永远猜不透她。她身上有种奇怪的力量，能够让你不得不认同她的想法。所以，只要对她心存善意的人，都不适合做她的对手。”他对凰北月的了解，可以说是深入骨髓，没人比他更了解她。

宇文荻俯首道：“陛下的意思，臣明白了。但是，目前在战术上，和凰北月过过招的，只有臣一个人，其他人恐怕……”

“你作为领兵主将，朕不会换你下来，只是要加几个人进去。”

听到他这么说，宇文荻心里顿时有了一种不好的预感。

果然，风连翼立刻让人召唤修罗城十二魔神进来。

要和修罗城的人共事，对从小在严格家庭教养下长大的宇文荻来说，无疑是最大的打击。他的脸涨得通红。宇文荻想反对，可他知道，一旦反对，他就连率兵的机会都失去了。

他是天生的军人，上战场杀敌洒热血才是他的宿命。如果被束之高阁，他会变成一把生锈的宝剑，就算再次出鞘，也不复那锋利的锋芒。

从御书房出来，宇文荻垂头丧气地走着。半路上看见皇后的凤辇，他连忙避到一旁低头站立。

皇后的凤辇到了他旁边停下。凤辇中，皇后魏嫣然温柔妩媚的声音轻轻响起：

“宇文将军回来了？我听说这一战不顺利，希望将军不要太失意。战场上，胜负乃兵家常事。”

“多谢皇后挂怀！臣定当加倍努力，不让陛下和娘娘失望。”宇文狄恭敬地说。

这位东离国派来的皇后在宫中本分地过日子，并没有任何逾越之举，所以风连翼一直留着她。而她也并不和任何人过不去，因此，宇文狄等人对她还算心存恭敬。

这样的谈话，只是君对臣的寻常关怀罢了，宇文狄以为皇后说完就会离开，没想到她沉吟了片刻，又问：“听说将军在战场上遇到凰北月了，想不到她还活着。”

陛下心里永远只有凰北月，这一点相信皇后也很清楚。听皇后问起她，宇文狄顿时觉得头疼。

“是。不过，陛下已经派出十二魔神，相信要对付她也不难。”宇文狄谨慎地说。

“十二魔神……”魏嫣然隐在纱帘之后的妩媚面孔上似乎掠过一丝笑意，“看来陛下和她是真的决裂了。”

宇文狄低着头，不敢接话。

魏嫣然又问：“她还好吗？”

宇文狄知道她问的是凰北月，立刻说：“还好！只不过和以前大不一样了。”

“想必她还是一样的疏狂冷傲吧？那种人，怎么变都脱不了本性的。”魏嫣然讥讽地道。

“皇后说得是。”宇文狄说。

“说起来，若是有机会，本宫倒是很想会会她。”

宇文狄心里一紧，忙说：“皇后凤体尊贵，不能和她一般见识。”

魏嫣然莞尔，不再说什么，让宫人继续向前走。

凤辇中的魏嫣然是天生尤物，眼波流转之间，便能摄人魂魄。

“凰北月，你我若在战场相见，不知道会是怎样的情形？”她低声自言自语，手放在衣袖中，轻轻地握着一支白玉箫。

第十五章
风之咒印

咒印的光芒在凰北月的眉心匆忙地闪过，似乎有风纹出现。周围的风元气急速运转，无数黑色元气拖着尾巴在她身边旋转。

可是忽然间，风元气不安地波动起来，万兽无疆的气息也凌乱地四处碰壁。凰北月的眉心即将出现的风之咒印虚幻地散开，最后消失无踪。

“靠！”凰北月忍不住爆了一句粗口。她胸中气血翻涌，十分不爽。风之咒印，竟然这么难获得！

“主人不要心急，每一个咒印形成，都是要讲究天时、地利、人和的。”从雪白的银龙变为人形的红烛安慰凰北月。

凰北月呼了一口气。她也明白这个道理。可是这种关头，她没有耐心再等。

她多么希望什么时候被风属性的高手击中，就像上次获得雷之咒印，被墨莲的雷光击中一样，反而因祸得福。

从昀离的纳戒里搜刮来的宝贝中有许多风属性的珍品，她以为有这些东西帮助，得到风之咒印应该不难，却没想到最后关头，不知道什么原因，咒印竟忽然消失了。她恨不得把万兽无疆拿出来，狠狠地踩上几脚出出气。

红烛看着她气愤不已的样子，掩着小嘴嘻嘻笑着。

凰北月苦笑道：“你居然还笑得出来。”

红烛连忙收起笑容，道：“主人还是看淡一些好，每天愁眉苦脸的，怪让人担心的。”

凰北月也想每天高高兴兴的，睁开眼睛就觉得生活幸福美好，可现实是她每天睁开眼睛，就有一大堆恼人的事情摆在面前，再加上还有一大堆强大的敌人在对她虎视眈眈。

“对了，阿丽雅怎么样了？”

红烛摇摇头，道：“还是那样，伤好了，精神依然崩溃，每天都说自己看到魔鬼了。问她，她又不说。”

闻言，凰北月想起魔脸上的面具，只觉得更加心烦意乱。

“王！”吉克在外面敲门，肃声道，“北曜国的军队又在城外十里扎营了。”

凰北月猛然站起来，道：“我的心情正不爽呢！走，去会会他们。”

城楼上，南翼国的旌旗迎风招展，士兵们跟青松一样笔直地站着。他们知道睿侯要来，个个精神抖擞。

现在，凰北月可是所有热血男儿心目中的偶像啊！听说她是卡尔塔大陆上最年轻的天阶高手，二十岁都不到。虽然从没看见她出手，可她几次出谋划策击退了北曜国的大军，已经让这些士兵非常崇拜。

一行人走上城楼，为首的男子气度沉稳，一脸严肃。士兵们向他投来崇拜的目光。

这就是睿侯啊？果然气度不凡！这种高大的身材才是强者该有的啊！他那坚定的目光，一看就知道勇气非凡。

正当众人啧啧赞叹的时候，男子转过身，微微弯腰，神态顿时变得十分恭敬，冲正从楼梯走上来的黑衣少年说了两句话。

少年抬起头，精致的容貌一下子夺去了山河日月的光芒，看得众人睁大了眼睛。

“吉克大哥，你干吗那么严肃？敌人来就来了，反正早晚都要来的。”阿萨雷从后面飞快地冲上来，扑到城墙前，举目远眺。

吉克依旧一脸严肃，对黑衣少年说：“王，你看前面。”

原来那个黑衣少年才是睿侯。众人跌破了眼镜，不过，很快就释然了。

这黑衣少年一双明澈的双眼如鹰隼一样，透着犀利清冷的锋芒，举手投足间有种尊贵慑人的气度。虽说他容貌俏丽，看起来不过十八九岁，却是让人不敢小觑的人物。

这样想着，再看向凰北月时，将士们立刻肃然起敬地绷直了身体。

“看来，这一次，北曜国准备大举进攻了。”看着前方连绵十里、旌旗招展的庞大队伍，红烛忍不住说。

凰北月问道：“领兵的是谁？”

“宇文获。”吉克说。

闻言，凰北月多多少少松了一口气。要是听到领兵的人是风连翼，她恐怕会抑制不住激动吧？

“我偷偷去打探过了，除了宇文获，还有数十位绝顶高手。如果我没有看错的话，有几位是修罗城的十二魔神。”

阿萨雷凭借着超乎常人的速度，专门负责打探消息。今天一早，他知道北曜国大军靠近，就悄悄地出去打探了。

从远处收回目光，凰北月道：“他居然派了十二魔神来，摆明了是来挑衅的。”

“王，十二魔神不足为惧，交给我们。”阿萨雷拍拍胸脯，道。因为阿丽雅的事情，他的满腔怒火正愁没地方发呢！

“他们虽然不是让我们恐惧的角色，可是晋城作为南翼国的天然屏障，一共有三座城门，我没有猜错的话，风连翼派十二魔神来是想分别攻打三座城门，分散我们的兵力，让我分身乏术。”

“北曜国皇帝太阴险了。”随同他们一起上来的晋城副将一听凰北月的话，便愤恨地说。

然而，听到他这么说，吉克和阿萨雷等人都有种想为风连翼“喊冤”的冲动。

说到阴险，谁比得上他们的遮夜之王啊？风连翼简直是白白替她背了大黑锅！

果然，凰北月沉默了一下，眼中没有让他们失望地浮现出一抹戏谑的光芒。

“既然这样，我们也将计就计好了。”

凰北月嘴边浮起一抹诡异的笑意，看得众人齐齐打了一个寒战。

十二魔神中有不少凰北月的老熟人，例如焰心狮、未央等人。此刻，这群让世人闻风丧胆的人，都聚在北曜国大军的主帐中。

主帐中央的沙盘上面是晋城的模拟图，用红旗标注了东门、北门和西门的位置。

“北门的守卫最严密，也最难攻破。东门有天然峭壁作为屏障，易守难攻。只有西门最易攻破。”焰心狮的大掌在沙盘上来回指着。

“那我们就猛攻西门，只要打开西门，便可和外面的士兵里应外合。”一个络腮胡子的男人粗声粗气地说。

“据探子来报，凰北月会亲自率领精锐镇守西门。那丫头肯定料到我们会这么做，所以早就想出了应对的法子。”未央冷冷地瞥了一眼说话的男人，目露不屑之色。蠢货！要是凰北月这么容易对付，也不会让陛下日日夜夜忧心至此了。

焰心狮点头道："木苍亲自打探的消息不会错，凰北月已经悄悄带兵去西门了。"

木苍是修罗城中掌管织梦兽的十二魔神之一，曾经和凰北月交过手。他操控织梦兽可以到达任何地方，制造不可思议的幻境迷惑对手。这一次，也是他悄悄将织梦兽放进晋城中，秘密打探回这个绝密的消息。他相信一定能帮助他们赢一场漂亮的仗。

听焰心狮这样说，苍老的木苍自得地嘿嘿一笑。

不过，他自然不会想到，凰北月身边可是有一只织梦兽的祖宗，不知什么时候就会给他们来一场"反织梦境"。

"既然这样，最好不要和凰北月硬战，那丫头可是非常厉害的。"刚才说话的络腮胡子男人此刻又道。上一次在修罗城，凰北月一个驭土符便将包括陛下和厉邪大人在内的人都困住了，可以想象她的实力有多么恐怖。

"胆小鬼！"未央喝道，"这么贪生怕死，怎么不滚回家去吃奶？！"

"哼！未央阁下，曾经阴后那么器重你，你实力非凡，甚至可以与凰北月一战，不如你单枪匹马去西门，岂不是更好？"络腮胡子男人冷笑道。

"你……"未央大怒。

"好了！都少说两句！"焰心狮忽然低喝一声，声音里夹带着元气，瞬间震慑得众人心头一颤。

焰心狮在沙盘上西门的位置标记了一个"X"，道："为了以最快的速度取得胜利，与凰北月硬碰硬是不明智的。放弃西门，我们主攻距离西门最远的东门。"

"不杀了凰北月，就算我们攻下东门，也会被她抢回去的。"未央大喊。

焰心狮冷笑道："未央，你想多了。一人之力就算能逆天，怎么敌得过千军万马？"

"斩草不除根，春风吹又生。留下这么大一个后患，将来……"

"未央，陛下任命我为统领，让我领导你们，可你似乎并不尊重陛下的命令啊！"焰心狮打断未央的话。

闻言，未央只得咬着嘴唇，恨恨地偏过头去。

宇文荻看着修罗城的十二魔神吵吵嚷嚷的，闷闷地站在沙盘后面，一言不发，只是有些怀疑地看着沙盘。凰北月，你当真这么好对付吗？

他才是真正的统帅，可是十二魔神相当骄傲自负，他说的话，这些人半句也听不进去，直接把他架空了。

焰心狮布置好作战计划，便一脸得意地离开了。

宇文荻站在沙盘前，久久地凝视着西门和东门的位置。以他带兵多年的经验，自然知道兵不厌诈的道理。尤其凰北月极其奸诈，焰心狮等人自以为识破了她的计谋，怎么知道这计谋里没有隐藏更深的计谋呢？他们必须小心才是。

傍晚，十二魔神带领十万精兵悄悄地从一侧的山道靠近晋城的东门。

他们是灭了火把潜行，到达晋城东门前，才集体点亮火把。一时间，十万人排列成阵，高举火把，如同一条蜿蜒的巨龙。

城墙上巡逻的将士一看这阵势，立即大喊："有敌人！敌袭！敌袭……"

十二魔神在下面大笑。看来，晋城的东门当真是防御薄弱啊！

他们自以为有天堑阻挡，只要派几千兵马就能守住，根本想不到木苍的织梦兽一出，那些镇守山道的士兵还没来得及发现敌情，就永远睡过去了。

"在西门的凰北月得知东门被袭，肯定气得跳脚，肠子都悔青了吧？哈哈哈……"焰心狮忍不住得意地大笑起来。

未央冷眼看着他。这一路上也太顺利了吧？没有遇到半点儿阻挡。虽说木苍功不可没，但是，她总觉得有些不对劲。

焰心狮抬起手，冲身后十万人一挥，道："攻城！"

焰心狮的话音刚刚落下，紧闭的东城门忽然打开，一个小女孩逆着光走了出来。她每走一步，便有清越的银铃声响起。

十二魔神一怔，不解地看着那个小女孩。

"哼！还没打，就让孩子出来投降了吗？"焰心狮得意地大笑，"可惜，我可不会对老弱妇孺有同情心，杀了！"

火光照亮了小女孩的脸，木苍忽然面色剧变。四周无数织梦兽匆匆返回，全部躲进他宽大的灰色衣袍中。

"怎么回事？！"看见这场面，焰心狮怒吼。

"那……那……"木苍额头上冒出大颗大颗的汗珠儿，脸上竟然露出了惊慌之色，结结巴巴地说，"撤……撤吧！"

"胡说！老子都打赢了，撤什么撤？！"焰心狮怒吼，一挥手把木苍从马上打了下去。

未央怒道："这一路行来都非常诡异。焰心狮，你不要太自负！"

"哼！你们这些胆小如鼠之辈，要滚就滚！我拿下晋城之后，自己回去领功。"焰心狮不理会未央等人的反对之言，手一招，"想为陛下立功的，就跟我来。"

十二魔神中，除了木苍和未央，全都跟了上去。

焰心狮带人靠近城门的时候，周围忽然火光大盛，从城楼到周围山脉的一整个包围圈里，无数火把晃得人眼睛都睁不开。

齐刷刷的弓箭从火把的缝隙间伸出来，从四面八方对准了下面的十万精兵和十二魔神。弓箭泛着冷光，箭尖在火光的映照下显得更加锋利。

焰心狮面色狰狞，抬起头，看着城楼上如同神祇降临的红发少女。

“凰北月！”

“看到我一脸意外的样子是怎么回事？”一只手搭在城楼上，凰北月懒散地说。

“你不是应该在西门吗？”

“咦，这里不是西门吗？”凰北月佯装天真地眨眨眼睛，“抱歉，我的方向感不太好哦！”

城楼上立刻爆发出一阵笑声。

焰心狮脸色铁青，知道自己上当了。可是，织梦兽怎么会出错呢？

焰心狮猛然想起刚才木苍的反应，立刻看向站在城门口的小女孩。随即，他怒吼一声。忽然，一条手臂骤涨了数倍，狠狠一拳向小女孩砸去。

轰隆一声，地面顿时被砸出一个巨坑。烟尘滚过，却根本不见小女孩的身影。

“哈哈哈……真是个笨蛋！”城楼上传来银铃般的娇笑声。

不知何时，小女孩竟站在了凰北月身边。她穿着一身鹅黄襦裙，掩着小嘴咯咯笑个不停。

她什么时候上去的？焰心狮以及他身后的众人皆瞪大了眼睛。那个小女孩，难道也是深不可测的高手？

只有木苍一眼看出了小女孩的来历。他根本不敢多停留，从地上爬起来，就匆忙地利用织梦兽逃跑了。

凰北月威武地站在城楼上，拎了一把剑在手中，指着下面的众人，道：“今天你这十万兵马，一个也别想活着回去！放箭！”

弓弦紧绷，嗖嗖嗖，箭如飞蝗，密集地从四面八方射来。顿时，一片惨叫声响起。普通士兵根本逃都来不及，纷纷中箭倒地。

十二魔神个个实力不俗，迅速避开了密集而来的箭矢。

可是，凰北月培养出来的赫那拉族勇士也不是吃素的，十几个人杀下去，加上小虎，简直是大屠杀加混战！

“凰北月！”半空中传来一声怒吼。

未央裙下的蛇尾一摆，瞬间上了城楼。未央手中宝剑挥舞，两条冰龙急冲而下。

红烛眼睛一眯。这种人，哪用主人出手？银光一闪，她便迎头而上。

“宇文荻并没有出现。”

凰北月扫视了一下战场，十万精锐都是十二魔神带来的，其中并没有宇文荻。

她可不相信宇文荻会乖乖地待在营中。果然，还没等她深想，远处的西门便骤然吹响了求援的号角。烽火在黑夜中点亮，夜空暗红一片。

那家伙果然不是省油的灯啊！

“还好主人把晋城一半的兵力都布置在了西门，否则这次要让宇文荻得逞了。”冰灵幻鸟沉闷地说。

凰北月嘴角微扬，笑道：“能逼我使出绝招来，宇文荻也确实够厉害。我们去西门吧。”

这里战局已定，十二魔神只需要留给红烛和小虎等人对付，而东门的兵力布置也不错，待弓箭手凌虐一番后，步兵和骑兵自然会出来歼灭剩余的残兵。

冰灵幻鸟在夜空中盘旋一圈，便出现在西门的上空，此处才是真正的战场。

这个时代的战术和中国古代的基本一样，攻城战利用机械和战车，远处的火攻、投弹，近处的攀墙、撞门。

此时，城墙下面已经堆积了无数尸体。

宇文荻的确是个军事奇才，几万兵马在他手里运用得当，打得西门守军吃力不已。

凰北月直接从半空跳上城楼，大步走向主将所在的地方。

“睿侯！”主将一看见她，脸色就白了。

凰北月让他驻守西门，他却让西门损失惨重，差点儿城门就被攻破了。

处在这种劣势之中，凰北月也没有骂人。现在她哪有空骂人啊？

“晋城初建的时候，西门没有地势上的优势，因此在城外修了护城河，怎么不用？”凰北月沉声问。

主将道：“最近是雨季，护城河水势上涨。对方阵营里有冰属性的高手，将护城河水冻结成冰，直接将数万大军引渡了过来。”

看来在这个时代打仗，依靠召唤师还是非常有用的，所以每一个国家对召唤师和武道高手都非常看重。就算这些拔尖儿的人数量稀少，但只要在关键时刻起了作用，便能达到以一敌万的效果。

“点三百身强力壮的精兵给我。”凰北月看了一眼城下的战局，目光一暗。

主将不敢耽搁，立刻传令下去。片刻后，三百精兵便在城楼下集合，人人配备了战马。

凰北月跳上一匹战马，对三百精兵挥手。

主将面色苍白地看着她：“睿侯是要亲自率兵冲出去吗？这可万万使不得。您身份尊贵，若有个闪失……”

“笑话！我又不是活腻了！”凰北月一脚将主将踹开，厉声道，“在我回来之前，给我死守着城门。若敢失守，我诛你九族。”

说完，凰北月率领三百精兵，朝与西门相反的方向而去。

一路驰往城外，水流声由远而近。

凰北月勒马停下，从马背上跳下来，走到宽阔的大河边。河的两侧峭壁高耸，滚滚河水向前奔流而去，气势滔滔。

“睿侯，水闸在那里！”一个精兵来到她身后，指着上方一座高耸的山脉，道。

水闸修建在山中，这个季节雨水丰沛，闸门被放了下来。否则，大量雨水涌下，道路便会被冲断。

凰北月看着山脉，沉吟片刻，便下令让三百人合力将巨大的水闸打开。对于她的命令，谁也不敢违抗，三百人一起上山，转动起水闸的轮轴。

凰北月再次乘上冰灵幻鸟，从高处往下看。

轮轴被转动的一刹那，大地都在震颤。随着水闸升起，一股巨浪如同出海的蛟龙，怒吼着狂冲出来。

轰隆隆……山河震颤，鸟飞兽走。

凰北月立刻乘着冰灵幻鸟往晋城方向飞去。

凰北月回头看着奔涌而来的巨浪，距晋城还很远，双手便开始结印。

冰灵幻鸟喃喃地道：“不知道晋城的城墙能不能承受住这么凶猛的水攻？要是承受不住，城中百姓可就遭殃了啊！”

没有得到身后人的回答，冰灵幻鸟不禁回头看了凰北月一眼。见她专心结印的样子，冰灵幻鸟细细一想，惊道：“主人，晋城那么大，你想用驭土符将整座城池保护起来，将元气耗尽都不可能做到。”

凰北月凝着眉，已经没有时间多想了。

东门虽然保住了，但西门如果失守，他们之前所做的一切努力照样白费。何况，不给宇文荻一个沉重的打击，风连翼还真当她是好欺负的。

晋城隐隐在望，凰北月立刻开始念动咒语：“天风浩浩，江水滔滔，沃土千里邈邈。土灵之神啊，听吾之祷告，请携威而降临人世，以驭土之法则贯通天地。驭土符！移山困城！”

攻城之战中的晋城百姓感受着山河动荡的气势，纷纷抬起头，不安地看着天空。

如此巨大的动静，交战的双方不知不觉停了下来，静静地等待着宿命的来临。

冰灵幻鸟的身影出现在被火光照亮的夜空之中，晶莹的冰雪之色映着火焰，旖旎多彩。

“终于来了……”主将一看见天空中出现的冰灵幻鸟，立刻松了一口气，浑身浴血地倒在地上。

“大人，看那里！不好了！”一个将士指着远处狂奔而来的巨浪，惊恐地喊道。

“什……什么？是谁把水闸打开的？”主将面如死灰地道。

水闸那边也有重兵把守，敌军想要打开根本不可能。再说了，水闸打开，就只有和敌军同归于尽的下场。

城中百姓也看到这一幕，顿时，所有人都大声喊叫着转身奔逃。

北曜国大军更是狼狈地扔了兵器夺路而逃，哪里还管命令不命令。只有宇文荻镇定地抬起头，看着半空中的凰北月。她手中的印诀已经完成，双手按在空中。

晋城前方的大地上，一道漆黑的城墙拔地而起。

不远处的山脉上，一抹翩跹的白衣迎风而动，淡紫色的双眸看着前方用术法形成的城墙。

“月，对付你可真不容易啊！”淡淡的笑声从那人优美的唇瓣中逸出来。

而后，他的足尖一点，身子便如风一般射向战场。

巨浪呼啸而来，战场上的北曜国士兵仓皇地逃跑。可是，人的速度再快，又怎么快得过咆哮的洪水？

宇文荻连同数十位召唤师一起在前面抵挡，可是，巨浪撞上了凰北月立起的高墙，便立刻转向他们。一瞬间，洪水汹涌而来，惨叫声被淹没在了洪水之中。

千军万马瞬间就消失了，速度快得不可思议。

凰北月单膝跪在冰灵幻鸟的背上，深深地喘了一口气。她听见晋城里百姓的欢呼声，沉重的心情终于有了一丝轻松感。失去抵抗力的北曜国士兵只是残兵败将，不足为惧了。

“睿侯万岁！”城楼上，将士们欢呼起来。

凰北月回头看着他们，然后慢慢站起来，嘴角扯出一丝笑容。

忽然，那些欢呼的将士好似看见了什么可怕的东西，瞬间安静下来。

众人头顶的光线忽然之间消失无踪，一股磅礴的元气在四周蔓延开来。凰北月心里咯噔一下，慢慢地回头。

一个巨大的身影立在半空，飘散的银白色头发和衣服挡住了横吹而来的风。

狂奔而来的洪水被他庞大的身体挡住。厉邪抬起巨大的手掌，冷笑着，准确地把凰北月从冰灵幻鸟背上抓起来，捏在手心。

凰北月冷冷地抬眸，道：“想不到修罗王也来了，我的面子够大的呀！”

“陛下想见你。”厉邪阴森地说。

“正好，我也想见他。”凰北月半闭着眼睛，没有做无谓的反抗。

土属性的大型术法十分耗费元气，因为和一般的属性不一样，土属性召唤的是密度很高的实物，而冰、火只需要土的十分之一元气就可以。所以，修炼土属性元气的人，必须要先天元气充沛才行。

凰北月依靠万兽无疆，元气已经足够深厚，但也需要时间来恢复一下。

厉邪把她抓在手心里，转身涉水往前走去。滚滚巨浪淹没了北曜国的千军万马，在他庞大的身躯之下却如同小溪，甚至都没有没过他的膝盖。

凰北月对想跟上来的冰灵幻鸟挥了挥手，自己则闭上了眼睛。

晋城城楼上，将士们担心地看着被巨人抓在手里的凰北月。为他们带来胜利的睿侯，不会出什么事吧？

巨人的身影消失之后，结束了东门的战斗、匆忙赶回来的红烛等人看着西门这边明显经过一场大战的场面，脸上露出了错过好戏的失望表情。

“王在哪里？”阿萨雷抓过主将，问道。

主将知道这几个人都是睿侯身边数一数二的高手，不敢得罪，连忙将刚才发生的事情迅速地说了一遍。

闻言，众人的面色都变得难看起来。

“那人绝对是厉邪！”吉克道，“厉邪在这里的话，说明修罗王也来了。”

红烛跳上凰北月以术法形成的高大城墙，眺望着远方。一阵风吹来，她拂开脸上的头发，心中忽然有种莫名的感觉。这个季节的风，似乎不应该冷得这么刺骨吧？

“冰，主人为什么没让你跟着？”红烛转过头，看着站在不远处拢着翅膀的冰灵幻鸟。

“吾不知。”冰灵幻鸟沉沉地开口，“她这么做，一定有她的原因。”

“我有些不放心，还是跟去看看吧！”红烛皱着眉，道。厉邪离开的时候利用结界隐藏了气息，所以要跟上主人，需要费些时间。

凰北月慢慢地睁开眼睛，见眼前的景物变了，知道自己已经离开了南翼国的国土。这里倒是山清水秀，和战场格格不入。

厉邪走到一座小山前，忽然停了下来。他低下头，一双硕大的紫色眼眸冷冷地看着她：“你肯定不知道陛下有多痛苦吧？”

凰北月一怔，难以相信厉邪会忽然说出这种话来。印象里，这个人一直想置她于死地，残忍冷血，不会发出这种感叹。

厉邪继续说：“总有一天，你会真正把他逼疯的。”

凰北月认真地打量着他，问道：“你跟我说这些，是什么意思？”

“你没有想过补偿吗？”厉邪阴冷地问。

“补偿？”凰北月冷冷地笑起来，“我有什么好补偿的？我到现在孑然一身，什么都没有，给不起他任何补偿。”

“或许有。”厉邪淡淡地说着，“因为陛下，我不会伤害你。去见陛下还有很长的路要走，你可以先休息一下，恢复元气。”

凰北月从没想过厉邪会这么体贴，一时之间有些不适应。她低头笑了笑，便坐在厉邪的手掌中，闭目调息，恢复元气。

不知道过了多久，等凰北月睁开眼睛的时候，厉邪已经在一座小屋前停了下来。他用一根手指推开门，将她放了进去。待凰北月回头一看，厉邪已经将门关上了。

屋子里点着一种奇特的熏香，味道很淡，却令人身心放松，非常舒服。

凰北月慢慢地向屋内走去。

房间里，简单地摆了一张竹床，旁边置了屏风，香炉就在屏风旁边。

竹床上，风连翼闭目躺着，似乎是闻着熏香的味道睡着了。

凰北月的心一下子随着风连翼那张平静的睡容安静下来。她挪着脚步走到竹床旁边，一点儿动静都不敢弄出来，生怕惊扰了那个睡着的人。

凰北月在床边坐下来，低下头，久久地凝视着他。她已经很久没有这样好好地看过他了吧？这张脸，当初让她感到何等惊艳，一见倾心！后来她与他背道而驰，她以为再也没有机会这样静静地看着他了。是她做错了事情，亲手把他推开，如果有机会……

凰北月轻轻地闭了一下眼睛，慢慢地俯下身去，冰凉的嘴唇碰了一下他的脸。

他的脸软软的，有点儿温暖的触感，一下子让她觉得心里又酸又胀，再也忍不住地热泪盈眶，一颗泪珠儿陡然滚落下来。泪水狠狠地砸在风连翼脸上，那双紧闭的眼眸忽然睁开。那淡紫色的眸子潋滟无比，他却淡漠得一动不动。

凰北月的呼吸一下子狠狠地滞住，如同周围的空气一瞬间被抽走。她连忙退开，肩膀却被他忽然抬起手用力地按住。

凰北月再次低头看着他，却依旧只在那双眼睛里看到令人心疼的淡漠疏离之色。她紧紧地抿着唇，和他静静地对视了片刻，才看见他粉色的唇瓣微微一动。

他喃喃地说："你终于出现在我的梦里了。凰北月，我以为你讨厌我到了都不肯出现在我梦里的地步。"

"我没有讨厌你啊！"凰北月心中一酸，低声说。她只是讨厌自己，从来没有讨厌过他们任何一个人。

风连翼微微扬起嘴角，笑了。他抬起手，爱怜地抚着她的脸颊，轻柔得像是捧着一件易碎的瓷器。如此虚幻的一个梦，似乎他呼吸稍微一重，就会把它吹散。

这样久违的温柔，让凰北月再也忍不住。她哽咽一声，用力伏在他的怀里："你怎么可以说话不算话呢？你说过要给我一个家，为什么要食言？"

风连翼微微一怔，伸出手将她抱紧："我没有食言，从来都没有。"

"骗子。"凰北月喃喃地道。不过，无所谓了，骗子就骗子，她就是喜欢这个骗子，所以，是苦是甜都自己品尝。

风连翼低声叹息，搂住她纤细的腰身，忽然翻了一个身，将她压在身下。

凰北月怔了一下，疑惑地看着他。她还没弄清他的用意，嘴唇已经被他低下头用力地吻住。霸道却不失温柔的力度，由浅至深，一点点地辗转吮吸。

她睁大双眼看着他，心脏咚咚咚地快跳，有些紧张，还有些期待。

她搂着他的脖颈，没有拒绝，也没有反抗。如果他把这当成一场梦，那么，她也当成一场梦好了。只有在梦里，他们才能这么恣意地拥抱，没有防备，没有忽然对立的仇恨，就是这样，简简单单地拥抱在一起。

等梦醒了，翼，你会一笑置之，觉得不过是一个荒诞的梦而已。而我也会笑一笑，把这一切珍藏在心底。下次见面的时候，我们依旧拔刀相向，生死不容。

这就是我们最好的爱情吧？虽然没有开花的过程，却有结果的甜蜜，哪怕只是在梦中。

半晌后，风连翼轻轻地放开了凰北月的唇，瞥了她一眼。她那双原本清澈的眸子，此刻染上了一层虚幻的光芒，迷离妖娆，看得他竟连呼吸都忘记了。

“月，你是不是很讨厌这样的我？”他声音嘶哑，被情欲撩拨得分外性感。

凰北月低笑道：“我喜欢这样的你，很喜欢。”

他一怔，暗紫色的眼眸中飞快地闪过一抹痛苦之色，随即动手去解她的衣裳，一面又温柔地吻着她。衣衫落地，她洁白细腻的肌肤在他眼里惊艳成一片雪色。

凰北月生性豁达，除了脸上，很少会去在意身上的伤疤。此时，她身上的几处伤疤虽不严重，但还是与雪白的皮肤不相衬，让她不好意思地想要抬手挡住。

早知道有这一天，她应该早点儿把伤疤除掉。她想自己在他眼中很完美，特别是在这仅有一次的梦中。可是，她现在后悔已经来不及了。

他低下头，在她肩膀上一道浅浅的伤疤上来回轻吻着。他不在意她美不美，他只会觉得心疼。

凰北月目光迷离地看着风连翼，忽然张开双臂，攀紧了他结实的肩膀。她的眼波如水，浓密的睫毛在脸颊上投下温柔的剪影。睫毛遮掩下，可以看见她半睁半闭的双眸中时而闪现的清辉，有着精灵般的狡黠，又有着孩子般的天真。

从窗户透进来的淡淡阳光轻柔地照在她细腻的肌肤上，如同花妖一样的诱惑。风连翼的呼吸停顿了两秒，忽然身体开始发紧，他呼吸急促，眸子变成一片暗紫。

肌肤与肌肤的贴合，似乎无法满足风连翼被撩拨起来的欲望。他开始在她身上落下细密的吻，从脖子一直到光滑平坦的小腹，在她全身肆意地点火。

风连翼的舌尖如水般冰凉，他每吻过一个地方，都让凰北月有些害怕地抓紧他。

凰北月努力地抬起头，却只看见他完美的侧脸。她低声喊：“翼……”

一股奇怪的感觉从凰北月的小腹蔓延开来，如同此刻风连翼身体里的感觉一样。有生以来，她第一次感到自己的身体竟如此空虚，而这样的空虚只有他才能填满。

他抬起眸，深深地看了她一眼，汗水逐渐在额头凝聚，呼吸也越来越重。片刻，他低哑的声音响起：“现在后悔还来得及。”

凰北月有些好奇，为什么在梦里他还能如此理智地问话？但是，她不后悔。她怎么会后悔呢？也许此生仅此一次，她能和他这么亲近了。

她轻轻地摇头，眼神迷离，脸颊微红，水汪汪的眸子里映着他被情欲折磨得性感魅惑的脸庞。

风连翼这样的倾国之色，能让城池都沦陷，凰北月也不能幸免。

凰北月努力地朝他微笑，娇柔、温顺。在他眼里，那是一张怎样美丽的面孔？

姣好，梦寐以求。

“吻我，翼。”

他俯首噙住她的唇，用力辗转，同时猛地一挺身……

她小声地低呼起来，身子一紧，小脸皱得紧紧的。他顿时僵住，一动也不敢动地看着她：“很疼吗？”

她皱眉不语，咬着嘴唇。他屏息等待着。半晌后，她才忍着痛摇摇头，小脸靠在他的肩膀上，眼眶却湿润了。

“不痛，一点儿都不痛。”比起她带给他的伤害，这样的痛根本微不足道。

她不明白，他已经舍弃所爱，为什么还能这么温柔地爱她？也许是因为在梦里，所以他们都是当初最好的模样和内心。

在欲望编织的梦幻里，一切都变得模糊不清，只有彼此的感觉才是最真实的。在他一次次的撞击为她带来的快感里，前世和今生一起交错。

曾经发生过的事情，无数次生死边缘，危急时刻，阴谋倾轧都不复存在，千万年也是弹指之间。只有这一刻，是她用尽了三世才等来的。

原来她等了这么久。

凰北月紧紧地抱着风连翼，想哭。她终于把身心完完整整地交付给了他。他们却不能在一起。

里面颠鸾倒凤、如胶似漆，外面的厉邪却目光阴暗地看着自己的手。掌心，无形的风元气正渐渐向外消散，进入空气中，便如同散碎的纸屑般飞得越来越远。

庞大的身躯如同一座小山立在山林中，他抬起眼睛，追随着风元气消失的方向，目光微微一凝，淡紫色的眸子里映出一抹妖艳的红色。

红得似血的衣摆在风中飞扬，精致完美的面具有种让人一见倾心的冲动。魇一动不动地站在远处的树梢上，暗红色的眸子看向这边，若有所思的样子。

厉邪几步走过去，居高临下地看着这只强悍的魔兽。虽然有高度上的优势，魇的气势却丝毫不弱于他。

“魇阁下，看来伤得不轻啊！”厉邪讥讽地说。他满脸的图腾显得可怖，但他知道，魇若摘下面具，会比他可怖一百倍。

魇懒懒地看了他一眼，双眸依旧妖得勾人魂魄。

“谁在里面？”

“一个你不会想看见的人。”厉邪淡淡地说。

魇低下头，看着厉邪的手，瞥见那些正逐渐消散的风元气，冷冷地道：“你的元气正在消失，为何？”

厉邪抿着唇，有些不悦，握紧了拳头，道：“阁下应该管的不是这个。”

“那我该管什么？”魔懒散地问。对于许多事情，他半点儿兴趣都提不起来。

厉邪道：“你的绝世容貌被毁，你难道不恨吗？”

“恨！那又如何？”

“我很希望能亲眼看见她死，可惜修罗王到底心慈手软，不能让我如愿以偿啊！”厉邪感叹地说。

魔道：“她死过一次，仍然活过来了。这个女人，没有那么简单。”

“哼！虽然这样说，但留下她，对你我都不利。不管怎么说，万兽无疆和魔兽永远是对立的。她活着，你我就得死，或者被封印。你愿意吗？”

魔眯着双眼，还是有些懒散的样子：“我跟黑子合作，他怎么做，我就怎么做，不想浪费时间去思考。只是，我很怀疑，她能不能集齐五种咒印？最后的风之咒印，是最困难的吧？”

听他这样说，厉邪的目光瞬间变得更加阴沉。他握紧的拳头中，风元气消散得越来越快。

“哼！当年的轩辕问天不一样成功了吗？只要拿着万兽无疆，就似乎永远和好运联系在一起！”厉邪愤恨地说。

魔低声笑道：“问天？问天是我养大的，他得到风之咒印的手段并不光明。这一点，相信你比我更清楚吧？”

厉邪冷哼道：“上一任修罗王的死成全了他。”

“是啊！阴后为了问天，不惜委身下嫁，最后成功刺杀修罗王，夺了他的风元气……”魔说到一半，忽然顿住，血红的眸子如同利刃般射向山中的小屋。

身随心动，魔忽然一步向前，想绕过厉邪扑过去。

厉邪却早有准备，在他行动的时候后退一步，庞大的身躯便将魔的路封死了。

魔狠狠地盯着他，忽然哈哈大笑：“好一个修罗城啊！”

厉邪的面色比他的更阴郁，他却依然淡淡地说了一句：“王命不可违。”

“哼！修罗王是不是打着坐山观虎斗的如意算盘？告诉他，没那么便宜的事！”魔恶狠狠地说，“他帮了凰北月，我和黑子就算被封印，也要拉着他一起陪葬。”

“你和昀离就那么没用吗？”厉邪道，“当年，轩辕问天封印你都力不从心而死。凰北月现在要对付的是你和昀离，还有一个天夔。”

魔的眼神依旧非常阴邪。他像是根本没有听见厉邪的话，只是冷冷一拂袖，道："放心，修罗城别想置身事外。"魇说完，无数花瓣涌现，夭红的身影在飞花中消失了。

看着魇的身影消失，厉邪才缓缓地松开了紧握的拳头，自言自语道："这是目前最好的办法，没有凰北月，怎么能牵制住你们三个大魔头？"

小屋里，被无休无止地攻城略地的凰北月刚开始还能抱着风连翼情意绵绵地说话，到后来，就只剩下无力了。

如果这是一场战斗，身为男人的风连翼天生就是战场上的王者。而凰北月，实力强悍的遮夜之王，只有丢盔弃甲求饶的份儿。

凰北月胆战心惊地装死，这一装，还真的迷迷糊糊地睡着了。

如果这是梦，这么清晰的缠绵是为什么？如果这不是梦，他怎么会如此温柔地抱着她、爱怜她？

此刻，她迷迷糊糊地努力想睁开眼睛，却被他温柔的手轻轻蒙住眼睛。

"月，看到了吗？有光！"他喃喃地道。

被他的声音引领着，她努力去看，在黑暗的脑海中，如同走过漫长的火车隧道一样，她真的看到前方有若隐若现的光。

"走过去，不要害怕，我在这里看着你。"他继续以低哑的声音诱惑她。

她慢慢地朝前走去，一步一步，却能感觉到他的拥抱温暖地包围着她。

他嘴角的笑容慢慢扩大，一直扩大到她被那道刺眼的光芒包围，然后，他的温度消失。

"月，我爱你，一直都爱你，从未改变……"他低声叹息的声音骤然消失。

凰北月猛地睁开眼睛，本能地想要反手抓住他，不想让那股温暖消失，然而……

淡淡的月光从窗外透进来，照着她的脸庞。蒙眬中，是周围清冷的空气。她睡在竹床上，盖着薄被，身上酸疼得不可思议。

凰北月怔怔地看着周围，完全不知道发生了什么事。

刚才的一切，是她的梦？不！不会啊！她很清醒，一直都很清醒。发生的一切，所有的细节，她都记得很清楚，怎么可能是梦？做梦的人明明是风连翼，为什么会变成她？

她慢慢地坐起来，知道周围一个人都没有，没有元气的波动，除了凄清的树林、黑夜和小木屋，什么都没有。她将脸伏在手掌中，慢慢地呼吸。发生了什么事？究竟发生了什么事？

不知道过了多久，小木屋的门被轻轻地推开。

凰北月猛然抬起头，目光里藏着惊喜。可是，她看见门口呆呆站着的红烛时，眼中的喜悦便如同烛光一样悄然熄灭了。

他走了，不会回来。

奇怪了！她怎么会像鼓起勇气把第一次献给心爱的人，对方却因为终于得到她的身体而离开之后的笨女人？她心如刀绞，难过得好想去撞墙呢！她几时变得这么不豁达了？

“主人？”红烛目瞪口呆地看着她，根本没有想到会看到这样一幕。

凰北月露在薄被外面的肩膀和脖颈上全是又红又紫的吻痕。红烛的年纪不小了，立刻明白发生了什么事。顿时，她的一张小脸便红透了。

凰北月看见红烛害羞的模样，慢慢地将薄被拉起来，裹住自己的身体。

下巴支在膝盖上，凰北月淡淡地笑道：“就好像做了一场梦一样，梦醒了，还是能感觉到现实的凄凉。”

红烛红着眼眶走过来，在她身边坐下，哽咽着说：“风连翼是个大恶人！大坏蛋！他怎么可以……”

“我是心甘情愿的。”凰北月喃喃地说，“我知道他为什么要舍弃所爱。”

红烛低着头，一个劲儿地哭鼻子。

凰北月也不管她有没有认真地听，继续说：“他是因为爱我无望，所以选择成全我。否则，就算我放弃一切跟他在一起，后半生，他也会因为自责而越来越不敢靠近我。他怕不能实现我的梦想，怕我一生都在怀疑和后悔中度过……”

凰北月说到一半，再也说不下去，泪珠大颗大颗地往外涌，想止都止不住。

红烛抬起头看着凰北月，只见凰北月的眉心忽然闪过风之咒印的风纹。红烛怔了一下，随即心中满是酸楚之感。

“主人……”红烛哽咽着开口，结果什么都说不出来。

红烛只能靠近凰北月，轻轻地抱着她，让她尽情地哭。

风之咒印是五种咒印中最难获得的一个。

风元气看似温和，实则十分霸道。整个大陆上，以风元气闻名的不过几人，而一旦将风元气修炼到一定程度，则是非常可怕的。

修罗城历代的王族传承的都是风元气。当年，轩辕问天也是因为夺去了上一任修罗王的风元气，而顺利获得风之咒印，才能无敌于天下，横扫大陆，封印魔兽。

现在，风连翼以另外一种方式把风元气给了主人，帮助她得到风之咒印。可是，这种方式会带来什么后果，红烛不敢想象。

凰北月的眼泪把红烛的衣服都打湿了。红烛默默地抱着她，低声说：“一切都会过去的，你们一定会有未来，一定会有……”

北曜国。

一道雪白的光倏然降落在皇宫里。

帝王的寝宫中，安静的夜和灯火并存，漫漫长夜似乎永无止境。

厉邪扶着风连翼走向龙床。走到一半，风连翼忽然推开他，自己踉跄着摔倒在龙床之前。

风连翼低下头，深深地喘息几次，才抬起头，慢慢地擦去额头的细汗。

“魇来干什么？”风连翼的声音异常沙哑，完全失去了以往优雅的声线。

厉邪一愣，随即说：“他说修罗城休想置身事外。”

风连翼轻笑道：“那我就等着看他们究竟能掀起多大的浪了，咯咯……”

风连翼低声咳嗽，慢慢地回眸看着寝殿门外。

厉邪察觉到风连翼的目光，立即闪身出去，片刻后，将魏嫣然拽了进来。

“你偷偷摸摸躲在外面干什么？”风连翼已经在龙床上坐下，抬起紫色的眸子冷冷地看着魏嫣然。

“陛下的声音……”魏嫣然有些惊讶，但是并不害怕。

“无须你多管。”风连翼冷淡地说。

魏嫣然道：“听说北曜国在晋城败了，二十万大军死伤了大半。臣妾担心陛下，所以深夜来探望。”

风连翼冷笑道：“你是怕朕兵败如山倒，让南翼国长驱直入攻入徽京，你被俘为阶下囚吗？”

魏嫣然低眉顺眼，没有开口。她有一身魅惑人的本事，却奇异地没有在这时候表现出来，只是像个寻常女子一样，不敢说太多。

“臣妾还是为陛下吹奏一曲吧！”魏嫣然低声说。

风连翼怔了一下，没有拒绝，轻轻张开略显苍白的唇，道：“《月魄》。”

魏嫣然不动声色地拿出凰北月的白玉箫，放在唇边轻轻吹响。

厉邪抬起头，皱着眉看了风连翼一眼。

箫声响起，起起伏伏，呜呜咽咽，如泣如诉。

风连翼靠着软枕，闭目凝听，嘴角隐隐有笑意。箫声中，他忽然低声说：“厉邪，朕今天很高兴。朕从没有这样快乐过。”

厉邪垂眸听着。

风连翼道："她美得不像话。看着她，我在想，为什么偏偏是她？别人比她好，为什么不是别人？"

魏嫣然抬起头看了风连翼一眼，非常不解。为什么今天他的话这么多，而且说得这么直接？他好像已经不惧怕任何人窥见他的内心。

魏嫣然自然不明白风连翼的心。她也不需要懂，只是认真地吹奏那支忧伤的曲子。箫声里的相思，不知道是作曲人想表达的，还是吹箫人想表达的。

"陛下，"厉邪低声开口，"有件事，我一直都不明白。"

"何事？"

"陛下舍弃所爱是我亲眼所见，为何现在还……"

"呵呵呵……"风连翼低声笑起来，像是枯死的树木没有一点儿生气，"我立下契约的时候，舍弃的是曾经的凰北月。契约之物，是北月郡主的头发。我怎么可能舍弃她？这一生，连死亡都无法将我带离她的身边。"

厉邪一怔，随即认命地摇了摇头，释然了。他本就不应该抱着希望啊！唉……情关难过，几任修罗王都是如此，当真是命啊！

厉邪不再说话，垂着头站在一边，等着皇后魏嫣然将那曲《月魄》吹奏完。

箫声终于缓缓地停止了，余音绕梁。

魏嫣然沉默片刻，才将白玉箫慢慢收起来，温顺地说："陛下喜欢听，嫣然可以天天跟随在陛下身边，为陛下吹奏。"

风连翼闭着眼睛，苍白的脸十分平静，胸膛微微起伏，却摇摇头，道："嫣然，朕有没有说过，北曜国不会困着你，你想去哪里都可以？"

"我哪儿都不想去，只想跟着陛下。"魏嫣然坚决地说，"我知道你心里不会有我，可是你娶了我，就不能随便把我扔下。"

厉邪有些怜悯地看了这个女人一眼。

她不想走，风连翼也不多说什么，反正北曜国不在乎养这样一个闲人。他现在很累，没有那么多精力去应付朝中的元老们，留着她也能安抚一下那些老头子。

"厉邪，"风连翼淡淡地开口，"从今天开始，朕封你为国师。对付南翼国以及魔兽的一切事宜，你都可以全权做主，不需要请示朕。"

厉邪单膝跪下，恭敬地说："谢陛下。"

风连翼挥了挥手，让他退下。

魏嫣然坐在床边，看着风连翼半闭着双眸、似乎很困、随时都会睡去的疲倦样子，忍不住说："厉邪对凰北月一直心存杀意，陛下这么做，会不会对她不利？"

风连翼扬唇轻笑，道："没有人能伤害她。"

魏嫣然怔了一下，不懂他所说的。

风连翼睁开眼睛，忽然抬起手，摸了一下魏嫣然美艳如花的脸颊："不用担心，你始终是北曜国的皇后，一生安乐无忧。"

"安乐无忧吗？"魏嫣然的脸颊微微一红，她羞涩地看向他，"若陛下真的希望嫣然安乐无忧，就赐给嫣然一个女人该有的幸福吧！"

淡紫色的双眸轻轻转向她，风连翼静静地看了片刻，眼眸中没有情绪波动。

魏嫣然的心沉沉地落下去。她苦笑一声：自己又在奢望了。

可是，她不甘心！她怎么可能甘心？她这么美，不输给任何人，她应该有幸福的！可是她的幸福每次都跟她开玩笑。

魏嫣然紧紧地握了一下拳头，鼓起勇气，俯下身去，主动献上自己柔美的唇和身体。

媚术修炼到她这种境界，哪有男人抵抗得了她这样不顾一切的魅惑？

魏嫣然柔软的身体好像没有骨头，软软地倒在风连翼的怀中，对着他又啃又咬。她的另一只手则悄悄地探进他的衣襟，用尽了手段挑逗、点火……

她相信自己的魅力可以让他神魂颠倒，欲仙欲死。她也感觉到了他的呼吸渐渐变得粗重。他是正常的男人，要是没感觉才怪了！他心里有凰北月又怎么样？只要陷入她的温柔魅惑里，他就会发现，凰北月那样的女人其实就是一杯白开水，一点儿意思都没有。

就在魏嫣然即将成功地挑起风连翼的欲望时，他忽然冷静地出手，将她轻轻地推开。

魏嫣然已是衣衫凌乱，高雅的发髻也散了，嘴唇上的口脂也模糊了，一双剪水秋眸怔怔地看着他。

风连翼慢慢地整理着自己的衣襟，面无表情地道："你出去吧！"

"为什么？"魏嫣然一瞬间红了眼眶，泪水簌簌而下，打湿了整张妖艳的面孔，"我哪里不够好吗？"

"魏嫣然，我问你，你喜欢我吗？"风连翼冷静地出声。

"喜欢！"

"那你爱我吗？"

她犹豫了一下，刚想回答"爱"，他却轻轻地笑了："你只是不甘心而已。你需要我的爱，因为它会让你觉得满足。

"真正爱一个人，会让你把自己所有的欲望和野心都驱逐出去。你只想为了她做一切，哪怕是放弃她、推开她，哪里还会有不甘心？到那个时候，你的心都被她挖走了，你所能做的，就是乖乖做一个没有心的人。”

魏嫣然听着他的话，红唇微启，喃喃地说：“这样的爱真奇怪。”

风连翼微笑。看吧，旁人是不会理解的。

魏嫣然擦着脸上的泪水，站起来，吸着鼻子走了出去。她主动诱惑，却被他冷冷地推开，没有什么比这样更伤她的心了。

房间里重新陷入安静。

风连翼慢慢地躺下去，掌心有微弱的风元气在流动。他将手举到眼前一看，无形的风元气转了半圈后，便化成一阵淡淡的烟雾，消失了。

第十六章
天命之人

晋城一战，南翼国大胜。

凰北月低调地回到临淮城，没有参加任何盛宴，而是潜入灵央学院中的万兽宫，和红烛一起闭关修炼，将外界的一切事务都交给吉克等人打理。

她静心苦修，不理日升月落，不知白昼与黑夜交替。凰北月不知道自己在万兽宫里修炼了多久，只知道一旦进入五种元气融合的境界，便像来到另外一个世界，没有任何干扰。

清风送来一阵清凉，又是一个安静漫长的夜。

临淮城中万家灯火，皇宫里更是灯火辉煌。

巡逻的士兵来来回回地走着。宫女、太监在寂静的宫殿间穿梭，低眉顺眼，谁也不敢抬头看一眼站在高楼之上的帝王。

“陛下，夜深了，外面寒气重，快进来吧！”一个太监恭恭敬敬地说。

战野龙袍加身，头戴金冠，面容英俊冷酷，浑身透出帝王之气。此时的他，看起来更加难以接近。他心里很明白自己等的是什么，但同时也很明白，那是永远也等不到的。

战野慢慢地转身，走进大殿。他一进去，便看见几十个太监低着头，每人手里都捧着一幅展开的画卷。画卷上有各种各样的美女，环肥燕瘦，都是绝色姿容。

他脸上有倦怠之色，看见这些美女图，更是眉头深锁，面露不悦。

亲信太监永安是从小伺候战野的，最会察言观色，知道战野不高兴，但这是太后吩咐下来的，不能敷衍。

“陛下，这些佳丽的画像已经送来好多天了。太后娘娘吩咐，陛下如今已经过了大婚之龄，再不立后，恐怕朝中大臣要烦得陛下再无清净日子。”永安跪在地上，道。

战野皱眉。他何尝不知道这些？关于大婚一事，从他还没登基一直闹到了现在。

自从先皇驾崩，太后就鲜少露面。太后本来准备搬到离宫去住，但因他尚未立后，后宫无人管理，才只得留了下来。

想到去请安的时候，看到太后那张形容憔悴的枯瘦面孔，战野便感到一阵心酸。虽然因父皇一事，他对太后心存芥蒂，但她终究是自己的亲生母亲。如果他立后，也许太后就能真正了却心事，一心一意去离宫颐养天年了吧？

战野想到此，慢慢地走向那些画卷。永安立刻跟上去。

战野每走到一幅画卷前，永安便立刻把画上女子的姓名、年龄、家世等报给他听。那一张张姣好的面孔从眼前掠过，却没有一个能进入战野冰冷的双眸。

他看着画中的这些美人儿，心中另外一张清丽的面孔却越来越清晰。

月，我想娶你！这一生，我只想娶你一个人啊！

“慕氏嫡女影姿，年二十……”见战野长久地站立在一幅画卷前发怔，永安立刻大喜地说出画中女子的家世。

年二十，在这个时代的女子中，已经算是晚婚了。不过，这位慕小姐是太后的亲侄女，曾经也是太子妃的最佳人选。可惜，当初身为太子的战野无心成亲，婚事也一直耽搁了下来。

这个慕影姿也算是个倔强脾气，在闺阁中便立誓“非战野太子不嫁”，一直苦等着，多少年轻俊杰、富豪贵胄上门提亲，全被她拒之门外。如今她已经二十岁了，媒人也渐渐不敢上门，提亲的也少了，眼看着这辈子只能苦守闺阁。

战野脑中乱糟糟的，压根儿没有听见永安在说什么。这些人，是谁不都一样吗？反正都不可能是她。

“就她吧！”战野烦不胜烦，随便指了一下画中人，便转身离开了。

永安大喜过望。这下子终于可以向太后娘娘交差了！那被选中的女子，正是太后一心想指给战野的慕影姿小姐啊！看来慕小姐苦等这么多年，也算没白等啊！

永安立刻让太监将画卷收起来，揣到怀里，迫不及待地去向太后禀报。

夜幕降临之后的司幽境万籁俱寂，黑雾弥漫，半点儿声音都没有。

夜王的宫殿中，只有最高的瞭望塔上有一星灯火摇曳，光芒忽明忽暗地闪烁着。

瞭望塔上，一身灰袍的大祭司鹿涯双手捧着黑色的命盘，眺望远方，喃喃地说："出现了！"

在他身后，夜王推着轮椅从黑暗中出来，与夜王一起的还有脸上带着深沉笑容的逍遥王宋秘。

司幽境的夜空，很少会出现星月。此刻，大祭司鹿涯的命盘所对的方向，却有一颗闪闪发亮的星辰，散发着清冷的光芒。

"喀喀……"夜王低下头，不停地咳嗽。

宋秘则慢慢地向前走了一步，双手撑在扶栏上，面色阴沉，眸中淡淡的金光和那星光互相辉映。

"不管怎么说，万兽无疆是从司幽境起源的，陛下有何高见呢？"宋秘轻声问，没有回头。

夜王咳得胸腔堵塞，脸颊泛起病态的红晕，但还是说："谨儿创造万兽无疆的时候，从司幽境拘禁了无数灵兽和神兽的魂魄，封印在黑玉中，万兽无疆才会强大得不可思议。"

"哼，当真是奇才啊！陛下这样说，想必是有高招了？"宋秘笑着问。

夜王刚想开口，一阵突如其来的咳嗽又阻止了他的话。

鹿涯见状，便替夜王说："万兽无疆里有数万兽类的魂魄，另外，还包括和万兽无疆立下契约的神兽皇族的魂魄。若能打破这种关系，万兽无疆便可破解。"

宋秘偏过头，目光高深莫测，似乎已经想到了什么，但还是要等着鹿涯的话去验证。

夜王吐了一口血在手帕上，沉重地喘息着。他休息了片刻，才说："司幽境从创立至今，只有那次被谨儿背叛，损失了大量魂魄，一般人休想将司幽境的魂魄带出去。"

"萧谨，她用的是什么办法顺利地拘禁了那么多魂魄呢？"宋秘问。

嘴角隐隐有一抹讥讽的笑，夜王道："招魂术。"

淡金色的眸子一闪，宋秘转过身来，道："我以为只有被诅咒过的桔梗大人才会使用招魂术。"

"你大概不知道，桔梗曾是司幽境的大祭司，因为利用司幽境的大量魂魄和术法，创造了招魂术而被诅咒，司幽境将她驱逐。谨儿背叛司幽境后，投靠了桔梗。"夜王慢慢地道。他想起陈年旧事，忽然痛苦地弯下腰，按着闷痛的胸口。

"万兽无疆的根本就是招魂术。没有这种禁忌的术法，怎么可能创造出万兽无疆？"夜王咬着牙，悲伤地说。他恨招魂术，这个术法几乎毁了司幽境，也毁了他最珍视的妹妹。

“原来如此。”宋秘淡淡地笑着，目光转向鹿涯：“这颗突然出现的璀璨星辰，想必就是凰北月完完全全与万兽无疆融合了。星辰闪现，是不是连九天之上都惊动了呢？”

夜王抿着唇，冷笑一声，道：“逍遥王，你现在正在打什么算盘呢？”

“陛下既然这么问，想必已经猜到了吧？”宋秘微笑道，“我这么多年的准备，看来并没有白费。”

鹿涯冷冷地说：“据我所知，现今世上唯一会招魂术的墨莲，已经和凰北月结盟了。而墨莲想杀你，不可能再让你利用了。”

“我也不指望让墨莲再去杀凰北月第二次。”宋秘说，高深莫测的笑意在金色的眼眸中浮现。

鹿涯皱着眉，看了宋秘一眼，才转向夜王。鹿涯单膝跪下，双手捧着命盘，道：“陛下，凰北月是命定之人，但她未必会带来灾祸。也许她是兴天下之人，我们不一定要和她为敌。”

宋秘看向他的目光中忽然闪过杀意。这人，太多管闲事了！

夜王撑着额头，半晌才喃喃地道：“寡人又何尝想和她为敌呢？只是，万兽无疆不能继续存留在这个世上。要毁了万兽无疆，只能先毁了她。”

鹿涯沉默下来。夜王痛恨万兽无疆，尤其痛恨它带来的灾难，因为每次和万兽无疆结契的神兽入魔，都会有无数魂魄涌入司幽境。

夜王的性格优柔、善良，他和萧谨殿下虽是一母同胞，个性却截然相反。夜王不想眼睁睁地看着生灵涂炭，司幽境变为地狱，所以，牺牲一两个人根本就没什么。

“宋秘，你跟我合作是有条件的。司幽境庇护你，而你要把招魂术给我。”夜王抬起头，虚弱地喘息着说。

“当然。”宋秘点点头，“墨莲虽然不听话，但有时候他也会迷失自己。”宋秘说得很笃定，一双淡金色的眼睛抬起来，看着夜空中闪烁的明亮星辰，微微一笑。

光耀殿。

月亮的清辉照亮了光明神殿之前的空旷广场，夜晚的凉风吹着孟祁天的衣摆上下飞舞。他仰起头看着漫天星河中最亮的那一颗星。

“圣君，你看。”千代冬儿喘着粗气跑过来，指着天空中的那颗星星，道。

那颗闪烁的明星上，一些散碎的光芒慢慢地坠落下来，形成一道细细的金色光柱，降临在临淮城的一角。

孟祁天凝眸细看，随后道："看来传说中的天命之人出现了啊！"

千代冬儿不解，问："什么叫天命之人？"

"我也是偶尔翻阅古籍了解到的。传言是能逆转天下、颠覆江山的人。天命之人出现，天下或许大兴，也或许大乱。"

"现在四方势力蠢蠢欲动，都有一夺天下的野心，这天命之人难道有本事一统天下吗？"千代冬儿道。

孟祁天微笑道："不好说！应天命而生的人，谁知道带着怎样的使命呢？"

"我不信有这样的人。"千代冬儿说，"凭一人之力而逆天下，这太荒唐了！"

听到她不服气的话，孟祁天只是淡淡地微笑，并不接话。

他看着那道金灿灿的光柱消失，才道："去外面看看吧！"

两人一前一后出了光耀殿，没有叫上墨莲，因为知道他不喜欢凑热闹，除非是有凰北月在场的热闹。

虽然已经是深夜，但那道金色光柱出现得十分奇异，不少百姓在睡梦中被惊醒，都好奇地出来观看。

听说光柱光芒大盛的时候，半个临淮城都被照亮，如同白昼，怎能不引起轰动？好事的百姓穿上衣服跑出来，顺着光柱的方向，来到了灵央学院的外面。

毕竟是卡尔塔大陆最负盛名的学院，高手云集，历史悠久，又有皇室眷顾，这些百姓再大胆也不敢闯进去，只是站在外面围观。那道光柱便是从漆黑的天际直接射入灵央学院后方的七塔森林中。

学院中的各位长老、学生都被惊醒了，早就有长老进入森林中探查。

"这是什么？"看着巨大的光柱笼罩在七塔之阵的上方，南宫长老不禁诧异地问。

没有人能解答他的问题，以苍河院长为首的几位高手，脸上也只能露出震惊的神色。

实力强大的人都能从这道光柱中感受到一股磅礴的力量，而这力量让周围的空间都有些扭曲，可见其强大到何种程度。不过，光柱并没有停留太长时间，在他们赶到之后的片刻，便渐渐化为细碎的金色星砂，慢慢变小，直至最后消失。

黑夜重新笼罩了七塔之阵，四周静谧得如同死境。那么多人，居然没有一个敢大口呼吸，生怕惊动了黑夜中的什么东西。

苍河院长道："恐怕是万兽宫里有什么启示吧？待我打开之后看看。"

众位长老也点头同意。无缘无故天降金光在万兽宫之上，一定是有什么特殊的预示。不一定是坏事，也许是祥瑞，昭示着南翼国能一统天下，结束数百年的混战。

苍河院长走上前去，谁知才走了几步，忽然，万兽宫中涌出一阵狂暴的黑气，数十只黑气凝成的野兽狂奔而出，在黑夜中发出震慑人心的嘶吼声。

一听到兽吼，学院外面围观的百姓吓得纷纷奔逃。部分学生倒是非常好奇地靠近。

数十只灵兽中有火属性灵兽，它们周身燃烧着烈焰，将小小的七塔之阵四周照得无比明亮。

苍河院长抬手挡住众人，然后一只手遮在眼前，眯眼看着那十几只灵兽，威严地道："是谁胆敢闯入万兽宫？"

"退下，不得放肆！"一个清脆的少女声音在灵兽身后响起，掷地有声。

那些灵兽闻言，便恭恭敬敬地退到一边，当真不敢放肆地怒吼。

众人顿时瞠目结舌。此人能同时控制这么多灵兽，本事是何等强悍啊？

这时，一身雪白的秀美少女走出来，微微一笑，脸颊边两个俏皮的酒窝若隐若现："我和主人在这里修炼，不小心惊扰了各位，抱歉。"

"红烛姑娘。"苍河院长和凰北月有过数面之缘，自然认识她的召唤兽红烛。只是几天不见，这丫头片子似乎与以前不一样了，气势很强啊！

红烛笑了一声。苍河院长急切地问道："你是说，在里面修炼的是月夜阁下？刚才那道光柱……"

"那是主人融合五种元气成功，与万兽无疆融为一体，庞大的元气引得天上降下异象，苍河院长大可不必担心。"红烛笑着说。

苍河院长当然不担心，反而很高兴呢！

"如此异象，果真是七塔之阵选出的契约之人！哈哈哈……"苍河院长开怀大笑。以月夜对南翼国的忠心，这绝对是好事啊！

红烛见这个半截身子都快埋进黄土的老头儿居然笑得这么开心，也跟着笑了。这个老头儿可真有意思！

红烛笑着笑着，脸上笑容一收，往旁边退开一步。就在这时，一束刺眼的青光从万兽宫中爆射而出，所有人都条件反射地抬手挡住眼睛。青光如同有实质一样，瞬间带起一阵风，吹得众人身上的衣服猎猎作响，狂乱地飞舞。

苍河院长心里一沉。这道青光分明是外泄的元气凝成，实力稍弱一些的人被元气冲击到，恐怕当场就要受内伤。他焦急地扭头看了一眼不远处的学生。这些孩子都是初级修炼者，体内好不容易凝聚起来的元气，可不要被这道青光一次性破坏殆尽啊！

然而，他的担心显然是多余的。青光射出来的瞬间，还没到达那群学生的身前，凌厉的气势便陡然一收，在半路上忽然掉头，像听话的宠物一样返回万兽宫中。青光化为一条条柔软的光带，温顺地缠绕在红发少女的手臂上。

她是什么时候站在这里的？自然没有人看见。青光萦绕之下，空气的波动都有些不正常。

凰北月清冷的目光淡淡地扫了一眼外面的众人，平静的脸上没有任何表情，她冷若冰霜，浑身透着一种陌生的高贵气质。她从半空中降落在地面，青光在她身后拖出长长的光尾。

“月夜阁下，”见那些学生没有事，苍河院长总算松了一口气，冲凰北月抱拳，“多谢手下留情。”

“这里没事了，各位都请回吧！”凰北月轻启唇瓣，说出来的话虽然冷冷淡淡的，却没有让人觉得反感。她这种级别的高手，傲视天下，又有何不可？

苍河院长正想说话，忽然，凰北月清冷的目光中闪现一抹厉色。她手臂上的青色光芒骤然飞射出去，钻进一棵茂密的大树中，一声惨叫随即响起。

这一切不过发生在不到一秒钟的时间里，众人只觉得眼前一花，便从那棵树上掉下一个矮小的怪人来。随着怪人落在地上，那棵大树之前笼罩的大片阴影也消失无踪。这……这是什么东西？众人大惊。

小怪人被青光束缚着，不停地在地上打滚怪叫，脑袋上两根尖尖的牛角用力地在地上刨着，似乎想刨出一个洞来。

“月夜阁下，这是……”苍河院长也是第一次看见这种小怪物。看样子，这种小怪物能够操控黑暗，如今潜伏来南翼国，相当不妙啊！

“是司幽境专门抓捕魂魄的怪物。”凰北月淡淡地说，“它们偷偷摸摸地潜伏在这里，一定有不可告人的秘密，烦请院长审问了。”

“这个自然。”苍河院长一听到“司幽境”三个字，那张布满皱纹的脸上便满是凝重之色。司幽境的大名，他自然是听说过的。

刚才，凰北月出手的一招又快又狠，青光绚烂夺目，无数人为之震惊和倾倒。那些学生看着光芒万丈的她，浑身涌起激动万分的热血。高手！这样的高手，才是他们追求的目标啊！

凰北月看见前方暗处有两个熟悉的身影，便对苍河院长和几位长老点点头，消失在原地。苍河院长摸着胡须，道：“幸好啊，这样的高手是站在南翼国一方的。”

站在暗处的人是孟祁天和千代冬儿。千代冬儿大概没有想到，造成这惊天动地金光的人会是凰北月。千代冬儿看见她那一刻，脸上有些不自然的神色闪过。

四人一起出了临淮城，孟祁天才道：“看来，司幽境已经暗中盯上你了。”

“盯上我也没用。杀了我，就要独自对付魇和昀离，他们不会做这么蠢的事情。”凰北月冷冷地说，“对了，墨莲呢？”

“想见他，自己去见，非要等着他来找你吗？”千代冬儿不客气地说。

凰北月看了她一眼，没有多说什么。倒是红烛忍不住说：“又没问你，谁让你回答了？”

眼看这两个女孩子要大吵一架，孟祁天连忙说：“墨莲在光耀殿。有事吗？”

凰北月眯了眯眼睛，黑色的衣袍在夜风中飞舞，像一只巨大的即将俯冲而下的苍鹰。

“我在万兽无疆里发现了一些东西。”她抿着唇，片刻之后，才说，“和招魂术有关。”

孟祁天倒吸一口气。他翻阅过无数关于万兽无疆和招魂术的典籍，一听凰北月这样说，立刻将二者联系起来。

“原来是这样！”孟祁天重重地拍了一下手掌，然后对凰北月道，“先回光耀殿找到墨莲。”

他突然这么着急，让凰北月的心也不禁快跳了一下。她没有耽搁，立刻赶往光耀殿。

光耀殿。

一向不喜欢光亮的墨莲，到了夜晚也不会点灯，因此，整座光耀殿看上去黑漆漆的，如同一座中世纪的恶魔城堡，好似随时都会有恶魔张牙舞爪地出现。

没有察觉到里面有任何气息，四个人都屏住了呼吸。

孟祁天一进去，立刻吩咐侍女点亮了所有灯火，然后才问：“墨莲呢？”

“回圣君，墨莲尊上今早出去了，到现在还没有回来。”

“他去哪里了？”孟祁天厉声问。

说话的侍女吓得浑身一颤，道：“奴婢不知道……”

凰北月已经让吱吱带着小虎和冰灵幻鸟出去找了，回来之后看见孟祁天神色有异，便问：“你到底在担心什么？”

千代冬儿和红烛也都被派出去寻找墨莲了，孟祁天便没有拐弯抹角，直接说：“我怀疑，墨莲的出生，根本就是宋秘的阴谋。”

凰北月挑眉。他会这样怀疑，她一点儿都不奇怪。宋秘心机太深，谋算也太远。他对惠文长公主那么深情，却在长公主去世之后和别人生下墨莲。他对这个孩子没有半点儿疼爱，简直只是把墨莲当成武器使用。按照宋秘的个性，如果只是一时失误才让墨莲出生，他大可以不闻不问，或者心狠手辣地将墨莲除掉，没有必要将墨莲养在身边，还亲自教导。

“墨莲的母亲是谁？”凰北月问。

“这个说来话长了。不过，墨莲的血脉中继承了招魂术，那他的母亲肯定是桔梗的后人。宋秘找上她，绝对不是偶然。”

孟祁天在屋子里走来走去，一会儿低头思索，一会儿轻轻敲着自己的额头，好像想证实什么。凰北月镇定地坐着，一动不动，但想到孟祁天所说的可能性，还是忍不住一阵惆怅。

“宋秘不会这么轻易放过墨莲，一定会再来找墨莲，绝对不能让墨莲落在他手里。”

凰北月点点头。就算不出于这样的考虑，她也不会让宋秘再靠近墨莲。他根本不配当父亲。如果说，当年的萧远程让北月郡主受尽委屈，已是罪大恶极，那宋秘简直该去死。

直到深夜都不见墨莲回来，孟祁天已经失去等待的耐心。他对宋秘和墨莲都了解至深，知道墨莲一旦落入宋秘手里会是什么后果，因此比任何人都急。

“不用担心，以墨莲的实力，他没有那么容易被抓住。”凰北月冷静地说。

闻言，孟祁天渐渐地安静下来。

片刻之后，二人便听到外面有脚步声响起，还伴随着吱吱的数落声。

“就知道乱跑，让人担心死了！”如果现在还是织梦兽的形态，不难想象吱吱一定会用细细的小脚去踢墨莲。

墨莲被她说得低着头，像个做错事的小孩一样走进来，真是半句口都不敢还，就那么一路被骂着回来了。红烛和小虎脸上都露出无可奈何、哭笑不得的表情。千代冬儿则是一脸气愤。

一进门，墨莲看见凰北月在，才不好意思地认错，道：“以后……不会了。”

凰北月扑哧一声笑出来，刚刚悬着的心终于放下了，还好墨莲没有事。

墨莲被她笑得更加窘迫，连忙抬头去看孟祁天。他是不是错过什么了？为什么所有人都聚在这里？还有好久不见的月，看见她，他心里跟开花一样高兴。

“墨莲，你最近见过宋秘吗？”孟祁天直接问道。

墨莲没有隐瞒，点点头。

“果然啊！”孟祁天微微一笑，“他怎么可能安分？”

凰北月看向墨莲，道：“墨莲，怕不怕战场艰苦，行军打仗苦闷？”

墨莲摇摇头。其实战场是个什么样子，他也不了解。

“不怕的话，明天就跟我起程去边关吧！”她觉得，还是暂时把墨莲带在自己身边最放心。比起昫离和魇，更让她担心的人是宋秘，还有黑暗中的司幽境。她似乎永远都不知道，他们的下一步棋会怎样走。

墨莲怔了一下，随即明白过来凰北月说的是什么意思，一下子大喜。他目光灼灼，笑起来的模样傻气得可以，惹得吱吱哈哈大笑。

凰北月带走墨莲，孟祁天也没说什么，他们既然在同一条船上，就不用顾虑太多。

第二天，一行人起程，从临淮城出发。

大清早，凰北月已经派人进宫请示战野。战野同意她的一切决定，给她用兵上的一切权力，毫不怀疑。这一次，战野没有亲自出宫送行。

到了城外，红烛笑道：“不知道皇上这次是怎么了，上次主人离开，他可是差点儿没亲自送到边关呢！”

凰北月骑着一匹通身墨黑的骏马，英姿飒爽，闻言一笑，打趣道：“做了皇帝之后，后宫佳丽三千，看都看不过来，我们这些看腻了的，只好远远地派去打仗了呗！”

听她拿自己开玩笑，爽朗洒脱，众人都大笑起来。墨莲也奇怪地看着她，目光闪闪，好像看着一尊金光闪闪的雕塑，竟是那么吸引人。

只有千代冬儿竟然拿凰北月的话当真，涨红了脸，愤愤地说：“你明知道皇上对你一片真心，连皇后都不立，哪有什么后宫三千？你不喜欢他，可别糟蹋他的心！”

她的声音很大，话一说出来，所有人都不笑了。有些人尴尬地看着千代冬儿，只是个平常的玩笑而已，怎么就当真了？

红烛说：“主人只是开玩笑而已，你怎么这么没趣？”

“开玩笑？她拿人的伤疤寻开心呢！若皇上听到了，该有多伤心？”

“够了！”凰北月收起笑容，忽然冷冷地说。这个千代冬儿是不是搞错了，现在还当她是北月郡主吗？

“千代阁下，你以为你是什么身份？有什么资格跟我说这样的话？”

千代冬儿怔怔地看着这张陌生的脸，忽然咬着嘴唇，策马奔出城外。

“唉，你这不是给我找麻烦吗？”孟祁天无奈地叹了一口气。

凰北月无耻地笑道：“总不能一直惯着她，让我在手下面前多没面子啊！是不是？她是你的人，你还不去追啊？”

众人大跌眼镜，本以为她终于霸气了，对千代冬儿没那么愧疚了，谁知她竟是因为没面子啊！

红烛笑嘻嘻地说：“希望那丫头伤心一阵，自己就想明白了。主人，我们何时出发？”

“等等，还有一个人。”凰北月转身望着临淮城的方向。

片刻之后，尘土飞扬，一行快马飞驰而来，到了近前，众人才看清是几个将士带着一个蓬头垢面却很有精神的男人。他们下了马，将男人手上的锁链打开，对凰北月恭敬地说：“睿侯，末将奉命将人带到了！”

“多谢了！”凰北月随手扔了一袋钱给他们。

待那几个将士离开后，凰北月才看向低着头沉默不语的男人，道：“北堂阁下，好久不见了。”

男人闻言，慢慢地抬起头来，布满泥污和伤痕的脸有些恐怖，一双眼睛却依旧锐利。这竟是西戎国的大将北堂悠！

“为什么放了我？”北堂悠摩挲着手腕上被锁链长久磨出来的伤痕，不疼，但这代表着亡国的耻辱和悲凉。

凰北月坐在马背上，高高在上地俯视着他，道：“我很需要你这样优秀的人才。你曾在西戎国帮过我，我也帮你一次，希望你能为我所用。”

“北堂悠永生永世只对女皇一人效忠。”北堂悠冷漠地说。

凰北月一笑，欣赏地看着这个男人，道：“我们做个交易吧！你帮我打天下，我负责让千代楹衣食无忧。并且，日后时机成熟，我会让你们重逢。”

身子震了一下，北堂悠这才慢慢地抬起头，目光锐利地看着凰北月：“你说到做到？”

“可以滴血立誓。”凰北月干脆地说。

“好！”北堂悠也回答得非常爽快，“牵马来！”

虽然二人是对立的立场，可是，西戎国投降的那一战，是因为凰北月，才让女皇，以及国中百姓安然无恙，所以，北堂悠毫不犹豫地相信凰北月。

凰北月命人牵来一匹骏马给北堂悠，随即，一行人策马朝北方飞驰而去。自此，凰北月身边聚集了这片大陆上最优秀的几位人才：聪明绝顶、运筹帷幄的孟祁天；能征善战、勇武无敌的北堂悠；神出鬼没、善于侦察的阿萨雷；冷静沉稳、奋勇当先的吉克；诡异恐怖、实力强大的墨莲。

而她作为首领，有将这些来自不同地方、性格迥异的人凝聚成一条心的能力。她要这片大陆再也没有分裂。她要终结万兽无疆的诅咒。她要上天入地、完完整整的自由。

北曜国，必须要破！魇和昀离，一定要封印！司幽境，她也要打得他们永陷黑暗！为了这些，凰北月愿意将生命交给死神。她已经为此失去太多东西，所以，继续不惜代价、不择手段吧！这才是她的本性，这才是那个永远傲视天下的凰北月。

天命之人！这片大陆的风，注定会因她的出现而改变吹拂的方向……

新皇登基的第一年，晋城一役大败北曜国之后，南翼国开始主动进攻北曜国的边境城市，一月之内连下十二城，北曜国的守将仓皇地向都城请求支援。

五月，援兵到，由老将宇文战亲自挂帅，率军四十万人赶往前线。

南翼国这边，之前一直带兵攻城的睿侯月夜在一场大战之后，因伤驻留在攻占的城池中休养，率领大军的则是西戎国降臣北堂悠。南翼国大部分将士都听过北堂悠在西戎国时的大名，因此不服气者众多，传言南翼国的军队已经军心不稳、军容散漫。如此一来，这样一支南翼国大军，和有老将统率、士气大振的北曜国军队悬殊便很大，还没开战，胜负已经很明显。

宇文战在固若金汤的燕州城中，命令守城将士日夜不休地准备弓弩、火箭，在城前设置陷阱，派探子前往敌方阵营打探。他不愧是久经沙场的老将，经验丰富，一般小子是没办法比的。即便每次传回的消息都是敌方军心懈怠涣散，宇文战也半点儿都不放松警惕。

燕州城外的山坡上，睿侯凰北月正带着一支精锐军站在高处远眺。

燕州是北曜国的重要北方城市，军事要塞，因此常年有重兵把守。燕州一旦被攻下，北曜国失去这处北方屏障，就相当于打开了北曜国的大门，任她随意闯入。只是，风连翼此时派了宇文战这个老将来，倒是个大麻烦。

宇文获在上次晋城之战中为了保护部下受了重伤，现在还卧病在床，否则，也不会让已经解甲归田的老将出来打仗了。

凰北月对宇文战很是忌惮。她细细地读过关于宇文战生平的记载，也看过他留下的一些兵法谋略，发现此人带兵打仗有个很大的特点——谨慎。不管对手多弱，他从来不会轻视，带兵四十年未尝一败，是真正的常胜将军。

凰北月原本的打算是用离间计，收买北曜国的大臣，在风连翼面前进谗言。宇文战老了，而风连翼夺位之时，宇文战是站在十一皇子一边的。此时，十一皇子也归国了，若宇文战再胜了这一仗，手中握有重兵，难保他不会起反心。

这种事情在历朝历代都屡见不鲜。以宇文一族在北曜国的威望，再加上风连翼的暴政，宇文战想反，绝对是一呼百应。

一旦换下了宇文战，北曜国再派来的人便和宇文家族无关。她调查过北曜国的武将，能够作为替换的将领没一个需要太担心的。要是换一个只会纸上谈兵的人，她这次就赢定了。

可惜，此计谋居然被风连翼识破，那个被她收买的大臣才进宫进言，便被斩首示众，以示警告：谁敢和敌方勾结，就是这样的下场。

啧啧，对手和她一样奸诈，怎么会轻易上当?

凰北月凝着眉，看着四周起伏的山峦，没有可以借助的地形，前方一马平川。

到了燕州城，才有高耸的山峦，雄峻的城池便是依山而建。严密坚固的堡垒俯视着下方，只要一有风吹草动，立刻便会被哨兵察觉，然后等着她的便是万千箭矢、火炮轮番攻击。除非她有源源不断的百万雄师，否则，只有全军覆没的下场。

固若金汤的城池、老谋深算的将领，这一战，真的是让人很头疼。

手中的马鞭轻轻地敲打着掌心，凰北月慢慢地掉转马头，道："回去吧。"

"主人，军中现在可是真的军心不稳。北堂悠初来乍到，又是降臣，怎么降得住那些油滑的家伙？"红烛担心地说。

"我相信他自有分寸。"

对北堂悠，凰北月倒是从来没有担心过。他的才能曾经是和战野齐名的，当初若不是为了女皇千代楹，他不可能不战而降。

红烛策马跟着她，追问："那这一战要怎么打，难道一直耗下去？"

"当然不能耗。我们粮草运送，路途遥远，宇文战那个老家伙一定会派人先断了我们的粮草。他是老将，知道怎么打才会损失最小。"

"那我们怎么办？"红烛一听，急得不得了。

凰北月微笑，半点儿担心的样子都没有，道："静观其变吧！"